本书系安徽省第三届长篇小说精品扶持工程重点入选作品

揉蓝秘境

ROULAN MIJING

马洪鸣◎著

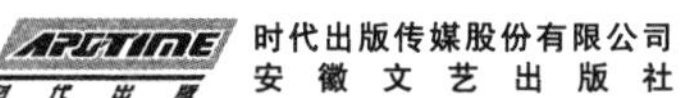

时代出版传媒股份有限公司
安徽文艺出版社

图书在版编目（CIP）数据

揉蓝秘境 / 马洪鸣著. — 合肥 : 安徽文艺出版社,
2018.11（2022.5重印）
ISBN 978-7-5396-6506-1

Ⅰ. ①揉… Ⅱ. ①马… Ⅲ. ①长篇小说－中国－当代
Ⅳ. ①I247.5

中国版本图书馆CIP数据核字(2018)第248976号

出 版 人：朱寒冬
责任编辑：宋潇婧　王婧婧　　装帧设计：褚　琦

出版发行：时代出版传媒股份有限公司　www.press-mart.com
安徽文艺出版社　www.awpub.com
地　　址：合肥市翡翠路1118号　邮政编码：230071
营 销 部：(0551)63533889
印　　制：北京一鑫印务有限责任公司　（010）61424266

开本：880×1230　1/32　印张：11.5　字数：280千字
版次：2018年11月第1版　2022年5月第2次印刷
定价：42.00元

写给《揉蓝秘境》

这本书里的每个文字，如同水滴，在这个世界上只有很小的位置，却能汇聚成河流。爱或者疼痛，快乐或者孤寂……每个文字都怀抱赤心，每个文字之后仍有各自的语言，描绘着在顺境与逆境交错的时间长河中博弈的人物。他们活着，在你我之间。

书中描写了幽深人性中的隐秘境地，摒弃自我及小我，携带着天然的野性及原生态的玄妙，在缓缓絮语中探讨我们想知道的人性中的"上善若水"，以及负重的善良如何拯救人性中的背叛。它不仅展示了一个少女的心灵成长史，还剖析了人性中无奈地隐藏真心、真性而导致的孤独。它的每一个由此出发的文字都肩负使命，这些文字踏上直抵内心的征途，试图摆脱孤独。

浸揉蓝草做成染料的过程，谓之揉蓝。靛青是从蓝草中提炼出来的，但颜色比蓼蓝更深。古人将其凝练成句："青，取之于蓝，而青于蓝。"其释义为：比喻人经过学习或教育之后可以得到提高，常用以比喻后人胜过前人。这是本书发自内心的声音，亦是对人性之善不息的期待。

此为自序。

目录 CONTEN

第一章　平地波澜

1

后来，百荷期待祖父再次复活。

祖父的初次复活，历经了那个春天的午后，接着又度过了一个无眠的春夜。

那个春天的午后，接连数日的绵绵春雨，使洗尽铅华的大河圩，蘸满了浓情蜜意。

大河圩遍布于水与水之间的村庄，仿佛识破了诡秘的阳光显露的觊觎之意，每一座农舍都遍布斑驳，表情肃穆。

村庄外，途经大河圩的清溪河，怀抱着汛期即将来临的秘密，流向长江。

这个春天的午后，百荷正伏在祖父的床畔纠缠不休，她怀着莫名的失落。

爷爷，你接着讲啊，爷爷，红狐狸去了哪里？它什么时候还会再来？它是不是还在我们大河圩？

祖父停止了断断续续的讲述，从被窝里伸出干枯的手臂，抚摸着百荷柔软浓密的头发，祖父的手掌流淌出轻柔的无限的依恋，仿佛清溪河水。

渐渐地，祖父的胳膊耷拉下来，同时，眼神也涣散了。房梁上，一只忙碌的蜘蛛悬在空中。潮湿的空气中突然传出了一丝响动，有如叹息。

祖父一旦停止讲述，余下的情节便成了一条费解的谜语。见祖父闭上了眼睛，百荷心有不甘，她摇晃着祖父的胳膊，继续央求祖父：爷爷，你不要睡觉，快点接着讲啊，爷爷，你不要睡觉！

祖父仍然紧阖眼睑，毫无声息。

百荷不断地央求，最后变成了恳求：爷爷，你说话呀，你说话呀！祖父不说话，百荷就会坚持喊叫，她固执地制造喊声，是从心底排斥安静，屋子里没有声响，就会很安静，这安静令她恐惧，这安静掩藏在每一处角落，青面獠牙。

祖父面颊浮肿，眼睛闭上了，仿佛整个人都已闭合，嘴巴、鼻子、耳朵，以及眉毛、花白的头发。

蛰伏在祖父身体里的时光先是无精打采，接着，仿佛凝滞了。

安静逐渐包围了百荷，也扩张了她心头的恐惧。不堪恐惧的重负，百荷停止了呼喊，丢下祖父，逃到了屋外。

雨后初晴，无处不在的阳光包围了百荷。四周仿佛跳跃着刺目的精灵。

田野里，遍开的油菜花，在水与水之间铺就了天地间璀璨的舞台。浓烈的油菜花香蜿蜒侵入百荷的鼻腔。

百荷无意欣赏美景。春光排解了恐惧，她对祖父描述的红狐狸念念不忘。凭着想象，她眼前的黄灿灿的油菜花铺就的舞台，渐渐升起超人般魁岸的形象。祖父，红光满面，双目有神，从天际间阔步而来。

祖父拥有一杆猎枪。祖父的猎枪，百荷素未谋面，但百荷见过电视里的猎枪，她一厢情愿地认为祖父的猎枪是黑色的，盘踞在祖父的肩头。猎枪和祖父同样拥有一颗善良的、红色的心。祖父的善心让他拥有了红狐的情谊。

祖父和红狐的情谊,深入百荷的内心。

是祖父给那只狐狸起了一个名字,红狐。

红狐与祖父的相遇是在一个春天的清晨。大河圩的清晨在水与水之间,剔透,晶莹。大河圩的清晨在水与田之间,冉冉升起。

那杆猎枪的面颊上隐约浮现着寒意。祖父与猎枪期待收获一些野味:野兔、山鸡,或者野猪。他们无暇顾及成片的油菜花的问候,很快穿过田野以及遍布田野间的池塘,来到大鹏山下。上山后,祖父与猎枪沿着崎岖的山路,在树林间寻寻觅觅。是祖父最先将狐狸的皮毛纳入视线。红色,醒目的红色迅速占据了祖父的内心。

狐狸一定是察觉了祖父的到来,它从岩石边探出头,微露双眼。狐狸的目光摇摇晃晃,一会移向左,一会飘向右,始终畏缩不前。正是这目光打动了祖父,祖父深谙狐狸目光后面内心的凄惶。祖父和颜悦色地对狐狸说,快走吧,我不逮你。祖父从肩上拿下了猎枪。狐狸的眼里亮晶晶地续上了泪水,祖父觉察了这泪水背后的难言之隐,疾步接近狐狸。

祖父接近了一团红,仿佛接近了一团火。红色占据了祖父的内心,祖父同样似燃烧的火焰。

祖父蹲下身子与狐狸的视线处于同一个高度。狐狸无疑是灵敏的,它默不作声,用自己的目光与祖父交流,那目光黯然、衰微。祖父毫不犹疑地俯察了狐狸的困境。关于目光的交汇,祖父在给百荷讲述时总结了一点,他说,这世间万物都是相通的。祖父还补充了一句,要说最难疏通的其实是人心。百荷尚处幼年,对人心叵测毫无体悟,她最关心狐狸凄恻目光的原因，祖父的目光顺着狐狸的视线游走，最终在狐狸的右后腿停留。狐狸的右后腿卡在石缝间，动弹不得。

事实上，祖父与红狐狸初次相遇时，刚刚年满十二岁，拥有一杆猎枪仅仅是他当时的幻想，如今是百荷的臆想。

祖父当时腰间别了一把砍柴刀。家境贫寒的祖父尚在大户人家放牛，自己家里的食物仅够勉强糊口，自然没有闲情收养一只狐狸。当时，祖父邂逅受伤的红狐狸，利用砍柴刀为红狐狸在山间岩石边开辟了一处隐蔽的安身之所。接着就近寻来野生草药，将草药碾碎，挤搓出汁，小心翼翼地涂抹于红狐狸的伤口。连续多日，红狐狸在巢穴中养伤时，祖父总是借放牛之机给红狐狸带去食物并及时更换草药。

红狐狸的伤口渐渐愈合，它和祖父的情谊越来越浓。

祖父和红狐狸的交往，断断续续伴随了祖父的一生。这期间的情节，有的厚重烦琐，有的单薄纤巧，结局既迷离扑朔又遥遥无期。祖父每次向百荷提及红狐狸，只撷取其中的细小的片段，祖父与红狐狸的交往像河水一样源远流长。

百荷六岁了，她在祖父对红狐狸的讲述中成长，她记不起祖父是从哪天开始讲起红狐狸的，她乐于倾听祖父讲起红狐狸。相比村里的同龄玩伴，百荷情愿和狐狸做朋友。她的这个愿望让她情有独钟，但实现愿望的时日似乎又遥不可及，百荷从未与红狐相见，百荷渴望与红狐相见，她在向往与渴望中成长。

百荷站在院子里，眺望大鹏山，她脑海里的想象，如同山峦蜿蜒起伏。关于红狐的踪迹，她脑海里的猜想同样绵延不绝。祖父曾说，如今，狐狸躲避人类是为了逃避伤害，百荷便认定人群的存在是她见到红狐狸的最大障碍。依照祖父的描述,从前,村庄的范围尚未扩张,庄上村民屈指可数。而今,百荷身处的村庄占据了她生活的全部,而她未及涉足的城市日渐壮大且深入人心。

2

傍晚,伴随着草草退场的夕阳,田间劳作的祖母匆促归来。祖母满脸疲惫,却满载而归。她身体倾斜着,左臂吃力地挎着竹篮,竹篮里是满满的野菜。见百荷独自在院子里,祖母不免喋喋不休。她说,百荷,我在田里时,顺手摘了很多野菜,你看我这篮子里,哪一样是荠菜,哪一样是马齿苋?百荷,你在院子里干么事?你怎么不陪着爷爷?放下竹篮,祖母进进出出,先去抓了一把陈年稻谷,喂了鸡,又去屋后塘边赶回了自家的鸭子。接着一边清理院子里七零八落的鸡屎,一边吩咐:百荷,你去问爷爷,荠菜是炒了吃还是凉拌吃?

夜幕以悲悯的目光注视着祖孙二人,越来越浓。

祖母忽然沉默了,尽管她用力挥舞着扫帚,一种发自泥土的寂静,潮湿的寂静,仍然重重包裹了她。一阵微风掠过,祖母浑身一震,慌忙丢下扫帚,跌跌撞撞扑进房间。

百荷未曾理会祖母,发现了脚下的一只蚂蚁,她的遐想已移师地面。蚂蚁脚步匆忙,也许是去聚会,也许是去寻觅食物,蚂蚁的去向引起了她的兴趣。暮色妨碍着她,为了观察,她蹲下身,整张脸几乎贴在地面上,边专注地研究这只蚂蚁的前行方向,边体贴地关心蚂蚁,走了这么久,你是不是饿了?百荷和脚下的一只蚂蚁还未搭上腔,祖母慌里慌张从屋里又跑了出来。祖母张大了嘴巴,满脸惊骇,六神无主地环顾四周,老半天,嗓子里才挤出了哭腔,百荷,天塌了啊,你爷爷走了啊。

黑暗完全挤压下来。祖母的脸庞在黑暗之中模糊不清。百荷闭了一下眼睛，她拒绝红色的心被黑暗覆盖，她的世界拒绝黑暗。她说，奶奶，爷爷没有走，爷爷在家啊。

院子里，前所未有地亮起了灯，灯光驱逐了夜的黑暗。

百荷借助灯光，密切跟踪那只蚂蚁的踪迹，直至那只孤独的蚂蚁最终汇入蚁群。蚂蚁排着长长的队伍前进，最终汇聚到院子里枣树根下，密密麻麻。这一群蚂蚁合力托举着一粒来历不明的白色颗粒，排着长长的队伍前行，像是受着神秘力量的牵引，看似忙忙碌碌却又井然有序。百荷无法破解蚁群的密语，却感谢灯光向她昭示了蚂蚁的无畏，蚂蚁对光明与黑暗一视同仁的漠视令她心生敬畏。

家里拥进了左邻右舍，平日冷清的院落热闹起来，大人们进进出出的。院子里、堂屋里都是来客，祖母却疏于招待，她表情木讷，眼神也很空洞，她拖着自己的整个身体在屋里屋外晃来晃去。

几乎每位来客都来询问百荷，祖父临终时交代了什么。百荷如实回答：祖父是偏心的，他总是偏袒那只狐狸，讲到他与狐狸的交情却不肯交代狐狸的下落。百荷说，爷爷就是不肯说狐狸去了哪里，我求他，他还是闭上眼睡觉了。众人不免唏嘘，有人小心提醒百荷，不是睡觉，是走了。百荷指着躺在床上的祖父执拗地纠正说，爷爷是睡觉啊，他没有走。

祖母最终失去了耐性，又一次潸然泪下。她说，你个孬子，这个也不懂，你爷爷是死了，都穿了寿衣啊！

百荷打了个寒战，她在众人的注目下被不安和恐惧征服。那是安睡的祖父，那掩藏在祖父语言里的是只红狐狸。她还没有结识那只狐狸，那么一只灵敏的狐狸，它的下落不该被遗忘。她笃定地说，奶奶，爷爷没有死，爷爷不会死的。

祖母泪眼婆娑,无奈地连连摇头,漠然扫了一眼祖父:他还是享福的,丢下的苦都给了我,他什么也不留,一句话都没有啊！祖母的一句感慨引起了众人的共鸣,与祖母嫡亲的一位王奶奶,刚跨进院门,便接住了祖母的悲戚之言,眼圈一红,也抹起了眼泪。众人看上去是为祖父的离去悲伤,实质是感叹人生无常,一时间悲怆的氛围笼罩其间。

百荷厌嫌此时的氛围,她脱离了祖母的怀抱,定睛寻找那群蚂蚁。灯光如旧,老枣树下却只有无边的空寂。那群蚂蚁毫无踪迹。百荷绕着枣树转了一圈,连一只落单的也未曾寻获,蚂蚁的不辞而别让她万般失落又心生疑惑,她无从想象,蚂蚁庞大的队伍,如何统一规范,来去无踪,蚂蚁的行程貌似一场诡秘的旅程。

这是祖父的无眠之夜,也是众人的无眠之夜。寂静的夜,神奇与奥妙并存,它永远无眠,它永远活着。

半夜时分,百荷的父亲田得福踏入家门。

近几日,田得福在县城觅得一份临时工作,专门为店家客户派送桶装纯净水,这份工作,让他见识了县城里悄然兴起的纯净水。

夜里,田得福宿在店铺里,他节省了住宿费,老板免了守店的后顾之忧。当天傍晚,幸好村主任精明,在村委会的本县电话簿上查到店铺送水热线,及时转达噩耗。田得福在接到来电时,正躺在床上出神,像是专为守候来电。

撂下电话,田得福立刻向老板告假。他语气里的悲痛感染了老板,老板好心建议说,县城到大河圩没有开通公共汽车,要不然,你骑上我那送水的三轮车?

田得福谢绝了老板的好意,甩腿出了县城,浓重的夜色簇拥着他。由柏油路到石子路到泥巴土路，走在田野间，他脑子里空空如也，眼前漆黑一片。路面凹凸不平，像是他起伏不平的内心，深一脚浅一脚地，他一直走，一直走。四小时后，他远远望见远处村庄自家院里的通明灯火时，整个人瘫软在田埂上。

与此同时，田得福的胞弟田五福自接到村上刘家辗转打到工地的电话，已在南京火车站排了两个小时的长队。田五福最后如愿买到回乡的火车票。火车是夜里十一点进站，检了票，他跟随着人流，进了车厢，人贴人夹饼似的闷在绿皮车厢里，一路上走走停停到达距南京五十多公里的钢城时已过夜半。灯光之外的夜色深不可测，田五福望着火车站对面的客运汽车站，它在安睡中，它四通八达的车辆也在安睡之中。

天亮之后，八点钟，由钢城通向田五福家所在县城的客运班车才会上路。田五福的内心搅动着焦躁与疲倦，他无法驾驭安睡的班车，却可以指挥自己的双腿。田五福带动自己的双腿，以行动取代了内心的躁动，他迈着坚定的步伐穿过了城区，先是柏油路接着是石子路最后是泥巴路，田五福一路走，一路走，直到天色渐明，他远远地望着他熟悉的村庄，脸上竟浮起一层浅浅笑意，仿佛他的行走将他带到了一处极乐之地。

这一夜，百荷祖母虽抽空安顿百荷入眠，但祖母恍恍惚惚，并未察觉百荷虽然是闭着眼睛，但她的耳朵是醒着的。百荷清楚地意识到父亲和五叔先后踏进家门。

百荷晓得父亲和五叔都在外面挣钱，也判断出他们挣钱所得数目有限，总是无法支撑祖父医病的花销。除夕夜的饭桌上还曾因此起了争执，五叔埋怨父亲结婚掏空了家里的老本。父亲据理力争，理由是五叔在建筑工地打工，钱没有挣到家里来，却学城里人投资做生意，发财无望，让家里债上添债。兄弟二人像是预知了祖父的安然入睡，俩人面向祖父而立，面颊僵硬,他们的悲伤之色麻木而僵冷。

父亲和五叔各自经历了怎样的行程,也许正是蚂蚁的行程？村庄以外的世界超出百荷的想象,人与蚂蚁的行程同样超出百荷的想象。一个百荷向往的世界,一段百荷期望探索的行程。

天色大亮,家里又迎来了一些亲戚。院子里,屋子里,三五一群地聚在一起交头接耳,偶尔会传来嬉笑声,像是亲友间聚会的一个节日。百荷的耳朵,虽然昨晚并未入眠,仍然精力充沛,不时地将一些语言传送给百荷。多数人交流的都是有关城里的信息,晓晓的父亲和玉莲的父亲与五叔同在南京的一处工地,当初都是跟着刘家老大出去的,这回都委托五叔带了信。村东根联爷家大儿子早先是大队的赤脚医生,年后去了城里的药房,穿着白大褂当上了坐堂医生,他给病人把脉,一个病人的现金提成是大家最感兴趣的话题。除此之外,大家议论最多的就是谁去城里发了财,谁在城里找到了工作。听着听着,百荷失去了兴致,这些对话里没有有关百荷的母亲的内容,没人提到韩美枝。

午饭时,百荷问父亲,爸爸你走了多远的路？你有没有遇见一群蚂蚁？百荷的一句问话引来了祖母的号啕大哭。祖母的双眼像是打开了闸门,泪水奔涌,百荷不免心惊,也出乎意料,她一直以为只有自己泪水多,没有想到祖母也有如此旺盛的泪水。祖母的哭声里还饱含着倾诉,她说,我的命啊,怎么就这么苦。这个苦是什么味道？百荷在祖母的哭声里陷入了更深的困惑。多年后,百荷有了自己的孩子,她依然无法体味祖母的甘苦。虽然,她的生活味道里也是有苦的,却情愿总结她的生活是五味杂陈,其中,苦的味道便微乎其微。

祖母的一番哭诉阻挡了百荷的求索之心。她审视着祖母的泪水。那些泪水遍布伤口与疤痕。父亲也注视着那些泪水，脸上是犹疑的表情，他居然咧嘴一笑，是苦笑！父亲脸上挂着苦笑抱起了百荷，他说，百荷，爸爸没本事，走的路也不远。远有多远？近有多远？百荷心生疑惑，她刚想追问父亲路上的见闻，祖母从她的苦海里拔出了哭泣，脸上恢复了镇定，眼神立刻犀利，嗓音也很凌厉，祖母潮湿的目光在父亲的全身上下游动。老四，你的老婆呢？都这个时候了她还不见个鬼影子？这个狐狸精！

祖母目前只有父亲和五叔二子，但父亲却被祖父母唤作老四，老大，老二和老三从未现身，但他们活在家里，活在父亲和五叔之前，他们留有称呼。

3

母亲的身份扑朔迷离，是鬼影子还是狐狸精？百荷却向往母亲。

隔壁晓晓的母亲和玉莲的母亲正围着五叔，打听自家男人在城里的景况。晓晓和玉莲，一个牵着自己妈妈的手，一个偎在妈妈的怀里，百荷在角落里张望着，她羡慕她们的手，羡慕玉莲母亲的怀抱。她说不清自己的想念，也无法辨别狐狸与狐狸精的区别。既然母亲是狐狸精，百荷愿意想念狐狸精，更愿意见到狐狸精。祖母难得提及母亲，百荷抓住时机迫切地表达诉求说，奶奶，我想见狐狸精。

百荷的愿望又一次让祖母动容，擦净了脸上的泪水，祖母面上凝霜，气势汹汹冲百荷的父亲嚷道，还不快想办法通知她？父亲这才开口说道，我去村主任那打了她的传呼机，她筹了钱，正在赶回来。

父亲的回答，似乎让在场的人都松了一口气，祖母脸上有了舒缓的表情，百荷的心却跳到了嗓子眼，她紧紧抓住了父亲的一只手。父亲抱起了百荷，他说，百荷，妈妈马上回来了，你想妈妈吧？百荷既不点头也不摇头，难得与父亲相聚，父亲的气息让她感到陌生而无所适从。她诚实地说，我想妈妈，我想问妈妈，红狐狸后来去了哪里？

后来，百荷见到了母亲。

母亲面带微笑，目光里都是浓浓的暖意，百荷就是凭借着这清晰可见的暖意，断定了她就是母亲，与狐狸精毫无关联。母亲独有的目光，在世间无法取代。百荷永远都无法忘记一眼认出母亲的瞬间，碎金般的阳光熠熠生辉，母亲光彩照人，而那个瞬间从此永恒。

百荷的接纳让母亲喜出望外，从相见的那一刻起百荷便成了母亲的影子。百荷对母亲的亲密让祖母心生妒意。背着母亲，祖母告诫百荷说，你妈妈是个狐狸精，你刚两岁时，她就狠心丢下你，跑到城市里逍遥，你莫要跟她好，她哪里像母亲。

百荷记不起两岁时和母亲分别的情景，也无从辨别作为母亲榜样的标准，她不由自主被母亲吸引，也时刻留意招引母亲的目光，这一点她无法抗拒。她问，奶奶，妈妈为什么要去城市里，城市比我还好吗？奶奶，她就是妈妈呀，奶奶，狐狸和狐狸精一样吗？百荷的问话貌似简单，却直抵内心。祖母眼神迷乱了，不免黯然神伤，她说，你这个伢啊，今后怎么搞？祖母一声长叹，丢下这句话，像是丢下无数的谜语。百荷无心猜谜，她追逐着房梁上跳动的阳光，阳光的暖意如同母亲带来的温暖。母亲手拿一张纸和一支笔，微蹙眉头，写一排数字，再掰着指头计算一下，百荷听到母亲身旁的父亲说，你凑的这些钱，加上借刘家的，办事应该足够了。大人们围坐在东厢房，七嘴八舌。只有短暂的间隙，堂屋里，唯留百荷独守着安睡的祖父。

4

一束阳光，漫不经心跨进门槛，像是恪守着它无意泄露的一些隐秘之意，悄悄地，沿着地面，延伸着。百荷的目光追逐阳光，她的追逐是一种爱意表达。这样的追逐让百荷直接进入了明亮的、温暖的旅程。

在大河圩之外，阳光在行走，每时每刻，它的足迹遍布世界的角落。

携手百荷的这束阳光却独辟蹊径和她站在一起。这是一缕神奇的阳光。这缕阳光曾经像风一样直接进入海洋，在不为人知的水的筋脉之中穿越长江，掠过清溪河，到达百荷的世界。百荷的世界是纯净的，经过水的洗礼的阳光带着双倍的纯净，凝视着百荷。阳光和百荷心有灵犀。

阳光纵身一跃伫立在房梁上，百荷的目光紧随其后也跳到了房梁上。

百荷的目光凝滞了。

在房梁上，她的目光中耸立着一只火红的狐狸！仿佛阳光送给百荷的礼物。一只红色的狐狸！一束火红的烈焰！一个无法击碎的梦！

那火的光焰照亮了房梁的周遭，百荷揉揉眼睛，惊讶地张大了嘴巴，祖父说得没错，世间确实有红狐狸，这正是祖父描述的红狐狸。

红狐狸不开口说话，红狐狸用眼睛说话。它凝视着百荷，眼珠一动不动。红狐狸的神态，似曾相识，恰似祖父每一次对红狐狸的描述。尤其是它的眼神，在安静中流动着不安的眼神。只在一瞬间，百荷便看到了自己的眼神，有时候，当她独自面对黑暗，面对安静，面对沉默，由于害怕，害怕黑，害怕静，她就会对眼前的一切流露出这样的眼神，眼珠忘记转动的眼神。狐狸此时的纠结深入百荷的内心。

这么可爱的狐狸，像火一样的狐狸，它此时的目光打动了百荷。

百荷开口安慰狐狸：你不要怕，爷爷说过他不会伤害你的，大家也不会伤害你的。狐狸的眼珠转了一下，显然领会了百荷的心意。它的目光活泛了，但仍留有一丝疑虑。百荷接着表白，你是红狐狸吧，我爷爷跟我说过你们是好朋友，我是爷爷的孙女，你也和我做好朋友吧，我喜欢你。

百荷的真心实意打动了红狐狸，红狐狸的眼睛里流淌出了晶莹的泪珠。红狐狸流泪，百荷的心里也很难过，她说，你哭了？我心里好难受。红狐狸转了转头，百荷听懂了它目光里流动的语言，也明白它的动作。她说，你下来啊，上次爷爷没讲完你去了哪？你下来告诉我啊！百荷说着，伸出双臂向红狐狸敞开了怀抱。

狐狸收回了目光，在房梁上挪动了两步，也许在向阳光求援，但阳光像是完成了某种使命，悄然跳下了房梁，阳光落在地面上，与百荷肩并肩仰头注视着狐狸。红狐狸在房梁上又谨慎地挪动了两步，探头看了看地面，似乎是在试探深浅，目测高度。百荷指着被挪到堂屋的祖父，祖父依然在安睡。她鼓励它说，我和爷爷是你的好朋友，我们欢迎你，你下来爷爷就醒了。百荷将手指按在嘴唇上，泄露了一个天机：大人们都在算账，这是我们的秘密。

一定是百荷的鼓励让红狐狸放下了顾虑，尽管它眼里人类的空间危险重重。红狐狸不顾一切地选择了信任百荷，红狐狸纵身一跃。一团红，瞬间绽放。一团火，轰然苏醒。

红狐狸飞身一跃，它没有投入百荷的怀抱，像是奔向它的使命，刚好扑到祖父胸口。落在百荷眼前的红狐狸，像是一团火，瞬间在百荷的眼前绽放，同时点燃了祖父的生命。红狐狸趴在祖父的身上，前脚与后脚同时蹬动，它的尾巴随着身体节奏来回摆动，像是在鞭打隐形的障碍。红狐狸不和百荷说话，百荷也瞬间遗忘了语言，红狐狸的这个举动显然超出了百荷的理解范围。百荷瞪圆了双眼。

红狐狸的激情映红了祖父的面容，祖父的脸上出现了红晕。祖父在百荷的眼前睁开了双眼。爷爷，你醒了？百荷欣喜地喊道。随着百荷的惊呼，那只红狐狸停止了动作，凝神片刻，纵身跳起，眨眼，便在百荷眼前消失。

红狐狸,你别走!百荷惊叫道,她要挽留红狐狸,一只渴望的红狐狸,一只永远的红狐狸。房梁上没有,窗外也没有。百荷的目光焦灼而慌乱,她匆匆丢下祖父,追到了门外,她单薄的身影跌跌撞撞,踩乱了阳光。

众人留意到百荷的惊叫,却没有留心她的追逐。红狐狸与祖孙二人欢聚一堂的奇妙场景,阳光是见证者,但阳光悄然无声,它虽热情洋溢却无声无息。

众人的眼里并没有红狐狸,只闻听祖父一阵猛烈地咳嗽,接着一声长长的叹息惊悚落地。祖父在众人的惊愕中突然挺身坐了起来。房间里顿时乱成了一团,惊叫声此起彼伏。

祖母、父亲、母亲、五叔,所有人都惊叫着拥到了院子里,又挤向院门。五叔甚至跑掉了鞋子,母亲手里抓着一沓钱,散落了一地。他们在百荷的眼前顿失端庄,惊吓使整个院子都颠簸起来,像是水面上变形的船舶。百荷察觉了成人世界的惊慌,这慌张让她茫然而困惑。她不明白人们惧怕什么。

只有祖母强作镇定,勉强说出两句话。她说,不得了了,诈尸了!

祖母的这两句话同样令人恐惧无措,奔逃的五叔闻言像是被念了符咒,突然僵立在院子中央,居然无力再挪动自己的脚步。百荷见状,豁然明白,一个人,比奔跑更累的是不能跑了,跑不动了。只见五叔双腿僵立片刻,登时便瘫软在地上,翻起了白眼。祖母扑过去掐住五叔的人中。手指抖抖的,无法用力。百荷站在院门边,望着大家乱作一团,父亲和母亲从她的身边挤到门外去,母亲边跑边慌张地丢下一句话,百荷,快跑!

百荷才不跑呢,她的问题却一连串地蹦跳着,此时此刻,天与地之间,明亮坦荡,黑暗与安静也未曾降临,跑到哪里还不是一样的。为什么要跑,为什么要躲,揣在心里的想法怎么会躲得掉呢。

除非,奔逃的人不爱红狐狸,他们才要躲避红狐狸。大家自己吓唬自己,自己当然感到害怕。他们不去追赶一个真实的红狐狸,却在自己的恐惧之中东奔西跑。

百荷不明白,是红狐狸吓坏了大家,还是大家吓跑了红狐狸。何况,红狐狸走了,祖父一定很伤心。百荷冲着堂屋里坐起身的祖父喊道,爷爷,红狐狸走了,红狐狸被他们吓跑了。喊着,喊着,百荷的眼里涌上了泪水。

祖父仍然端坐着,他身上似乎还残留着红狐狸的活力,脸色红红的,双眼流光。那套百荷眼里奇异的服饰,像是盔甲罩在祖父身上,看上去令百荷内心讶异。百荷的眼泪止不住,她的眼泪如泣如诉,红狐狸,你为什么要走?

红狐狸的造访诡秘而短促,祖父错失了与之交流的机会。祖父是被一个梦钉住了手脚,梦境一定让祖父心有余悸。百荷的呼喊让祖父恢复了神志,祖父开口说话了,他说,百荷,这口气差点要了我的命。

祖父与一口气的纠缠经过了漫长的旅程,漫长到无法用他的生命来衡量,祖父说,别说我没死,就是我死了,这口气,该活着的永远都活着。

尽管是百荷的无畏让众人惊魂落定,但当大家团团围住祖父,却忽视了她如实陈述的真相。

祖父茫然问道,你们怎么都在家,都围着我干什么?众人无法答疑解惑。百荷的答案简单明了,她说,他们害怕红狐狸,他们吓跑了红狐狸,他们自己吓唬自己。百荷的回答招来质疑。祖母首先纠正她,你不要胡说,哪里有什么红狐狸?这孩子是被吓出病来了。祖母壮着胆率先和祖父搭上了话,话音打着战,目光也惴惴不安,她说,老头子,你活过来了。你好吓人啊。祖父发声,吐字清晰,我一直活着。

祖父与祖母的交流,消除了众人的顾虑。镇定后,父母打量着百荷,百荷是他们的孩子,夫妻二人却不懂得百荷。尤其是母亲,闻听了女儿的胡言乱语,怔怔地注视着百荷,既像是质疑自身又像是对母女的亲密充满了怀疑,她失望地说,这个女儿怎么一点也不像我啊?百荷是母亲的女儿,母亲的断言让她很憋屈,但她情愿委屈自己也不愿顶撞母亲,她说,妈妈,你和我一起找红狐狸吧,一只红狐狸,喊醒了爷爷的红狐狸。

醒来的祖父似乎也遗忘了红狐狸的造访,他既没有重温他和红狐狸的结缘,也不再延续他和红狐狸的交往。那天,祖父任凭百荷极力撺掇,也无法成为百荷的盟友。他遗憾而诚恳地说:百荷,爷爷确实没见到红狐狸,爷爷的这场梦,是一场由不得我的梦啊!

祖父虽然由沉睡中苏醒,却像是经历了长途跋涉。他躺在床上满脸疲惫,这让他和大家一样失去了辨别事实真相的兴趣。他伤感地说,百荷,我为什么没见到红狐狸?爷爷什么也不记得了,爷爷我睡了这一觉就像是病了一场。

很多年后,百荷巧遇一位老中医,老中医对祖父的那口气给出了解释。憋住祖父的是怎么样的一口气呢?也许就是普通的一口气,也许祖父因为某事、某人郁结于心或者得知了狐狸的下落。成为母亲之后,百荷给自己的孩子讲故事时照本宣科,她手持一本地方传奇,这解决了她给孩子讲故事内容匮乏的难题。她惊异地发现,红狐唤醒祖父的经过与传奇故事情节惊人地相似,百荷讲着讲着恍惚认为自己就是传奇故事中的人物。

5

祖父的这次缓醒,仿佛开启了另一艘生命之船。

祖父身体里看不见的手将祖父带到了另一个世界，祖父沉睡中的时空，同时也是苏醒的时空。

祖父容颜依旧，祖父还是原来的祖父。祖父的心却使他变成了另外一个人，另外一个祖父。

百荷时常认为是祖父暗藏在身体里的一个祖父获得了新的生命，就像草，就像田里的油菜花，经由寒冬的沉睡迎来了属于自己的鲜活的春天。每个生命里都有无数个潜在的生命。

祖父自己像是更喜欢新的祖父。或者祖父都想拥有，他想拥有一个完美的自己。后来，祖父的这次历程在百荷的记忆中一直鲜艳欲滴，这让百荷坚信，一个人，经历了沉睡苏醒中的时空，完全可以活成另一个人。

新的祖父戒了烟，也不再饮酒了，一改之前的不苟言笑。祖父总是笑眯眯地面对祖母，称呼也发生了改变，祖父不再唤祖母老太婆，祖父称祖母：王淑贞。

王淑贞，春天要翻麦田，还要毁菜籽茬，接着要插稻秧。王淑贞，夏天过了又要种小麦，栽油菜。王淑贞，你一个人忙不过来，就不忙了，你太辛苦了，我没力气下地做事，躺在床上害苦了你啊。祖父以前所未有的挚言疼惜祖母了。

接连几日，祖母去屋后塘边的水板跳淘米洗菜，总是能在水板跳的石缝间，遇见陶痴鱼。与陶痴鱼的相遇让祖母眼前一亮。三四月份，正是大河圩陶痴鱼的产卵期，喜欢安静的陶痴鱼潜伏在大河圩遍布的池塘里，祖母找来两片呈拱形的薄瓦片，对合形成瓦罐。瓦罐的一个椭圆形口用废鞋底扎死，另一口用草绳网住，做成了专捕陶痴鱼的渔具。

傍晚时分，祖母拎着渔具，躲避着夕阳的注视，将瓦罐放入屋后池塘近岸，水草丛中，一处为陶痴鱼构筑的新居落就。一夜之后，祖母起了一个大早，借着微露的晨曦，祖母一改往日迟缓的步履，她轻盈的身影轻轻地将瓦罐拖出水面，瓦罐里雌雄一对陶痴鱼，正陶醉在爱恋中，像是遵循着某种契约，这对享用了新居的陶痴鱼心甘情愿成全了祖母。

王淑贞，你这鱼汤熬得真好喝呀。祖父由衷地赞叹。祖母红了眼圈，她怔怔地站在床边，面对着祖父。祖父咧嘴憨笑，露出满嘴的黑牙，脸上绽放出孩童般的调皮神态。王淑贞，你这么看着我，还是第一次，你像是不认识我了，我知道这鱼是一对，我明白你的心意。祖父说完这句话闷头喝鱼汤，像是躲避他的真心实意，又像是把他的真心实意换成了一心一意。王淑贞，我这辈子多亏了你啊。祖父词不达意，祖母却心领神会。她嗔怪说，老头子，你喊我王淑贞，我才让你喝尽了我的心意。接着，祖母埋怨祖父，我们成家时，我就有了这个名字，我跟了你一辈子，你怎么到现在才喊我。自从跟了你，我就忘记了世上还有王淑贞。你这样一喊，我王淑贞像是才认识你田中贵啊。我王淑贞像是回到了16岁，我王淑贞像是重新活一回。

祖父的真心实意走进了祖母的内心，同时很快驻留在祖母的容颜里。祖父呼唤祖母王淑贞的那些日子里，祖母的脸色经过这些语言轻描淡写的描摹，像是涂抹了世间绝无仅有的美容霜，祖母逐渐变得不是眼前的祖母，就是那个王淑贞了。

脸颊绯红，两只眼睛亮晶晶的，梳着两条大辫子的少女，神采奕奕的王淑贞行走在，属于王淑贞的时光里。

王淑贞16岁之前的时光是在南京城秦淮河边的一条不知名的窄巷中度过的。沿着巷子光溜平整的青石板一路走下去，沿街的铺子琳琅满目，糕点铺、鸭子铺、旗袍店……百来米的南北巷子尽头就到了王记染坊。

这一日，王淑贞刚准备去女子学堂，父亲王掌柜拦住了她，今儿起不要去学堂了，过几日，你跟苏妈去她乡下家里躲躲。王淑贞面露遗憾一筹莫展，她眼睁睁看着街道上的一抹朝阳划过了房檐，落在院子里那些高高的布架上，浅蓝、深蓝、老蓝，布架上晾晒的那些老棉布璀璨如新。布架下，染匠在用木棍搅拌棉布，染锅里蒸腾的热气将他团团围住。

我不去。王淑贞走到柜台前，随手拨拉着柜台上的竹牌。客人送来布料后，竹牌一分两半，主客各留一半，竹牌系于布角染浅蓝，离布角一指为深蓝，离布角二指为老蓝。在染坊长大的王淑贞常帮父亲打理店铺生意，做这个，她最得心应手。她系的竹牌标记，染匠看了一目了然，从未出错。王掌柜将竹牌并拢，唰地一下又拍在油光锃亮的枣木台面上。王掌柜长叹一口气：王家人丁单薄，到了我这一辈只生下你，你妈也不在了。这阵子，南京城里的人都在逃往乡下。咱乡下虽没有亲戚，我给你找了出路，付足了你的费用。

几天后，王记染坊的帮佣苏妈辞了工，伴着王淑贞赶往乡下。

码头边，王掌柜送别王淑贞，一脸惆怅，他说，你不用惦记我，你好好的，我就好好的。你就当去乡下散心，安心等着，时局安定了，我来接你。这句话，是父亲留给王淑贞的最后一句话。王淑贞离开南京后，1937 年的寒风沦陷了南京城。王掌柜和店里染匠参加了抗日联盟，从此，杳无音讯。

田野、稻田、大鹏山、清溪河、清溪河岸边沉寂的村庄都转过身，成了王淑贞的另一种人生格局。

在乡下的第二年，18 岁的王淑贞嫁给了田中贵。

王淑贞与田中贵成亲的那一日。晨曦还在黑暗之中跋涉，王淑贞便早早起床。一缕薄薄的月光飘落在墙角，像是一束温和的目光，王淑贞悄然走进那月光，四周都沉浸在黑暗之中。仿佛到了世界的边缘，她独自静立在月光里，一动不动。王淑贞在暗夜中与父母悄声告别，母亲的容颜是模糊的，母亲在她无法到达的世界，她的告白是一种珍贵的感觉。父亲的容颜是清晰的，他的所在却是模糊的。她掏空了内心所有的语言，也掏空了所有的记忆，在脑海里父母面带让她心碎的微笑，直至泪流满面，直至屋外那一轮苍黄的月亮消失在天际。

天一亮，王淑贞便像往日一样在脸上抹了些炉灰，这刻意的伪装掩盖了她的清秀。苏妈起床了，站在她的身旁，手上拿了一把断齿篦梳：小姐，还是梳梳头吧，把辫子盘起来。王淑贞稍一犹豫还是摇摇头。遭到了拒绝，苏妈不禁悲从心来，小姐，你是不是怪我？王淑贞走到院子里，苏妈仍然跟在她的身后，小姐，这外头太乱了，就是脸上抹了炉灰也难免遇到歹人，你今天不要出门了。苏妈一把拽住王淑贞，像是担心她像流水般流走似的。王淑贞的整个身子也是轻飘飘的，两个人挨在一处，倒像是彼此依偎了。王淑贞僵立在院子里。苏妈借机将王淑贞的长辫子盘成"巴巴鬏"。

苏妈褪下了手指上的一枚铜顶针，小姐，我没钱买银卡子，这个送给你，好歹作个念想。王淑贞并未推辞，接过苏妈手中的铜顶针，挽住苏妈，两个人互相依靠着，彼此都传递了力气似的，有了力气似乎也有了流泪的精力，俩人泪水涟涟。苏妈，你是我的恩人，我想再为你做点事，再出去挖些芦根给全家充充饥。

苏妈仔细端详着王淑贞的面庞，点点头，旋即也去灶膛抓了炉灰在脸上抹了一把。她说，今天我们两个还是做伴到塘边挖些芦根，往后的日子，你到了田家，成了人家的媳妇，就算吃糠咽菜，也能记着好歹这两年我也尽了心，对得起你父母。

走到院外，王淑贞回首苏妈家的三间茅草屋，在冷风中瑟缩了身子，她仿佛看见冷风中的自己。

一旁的苏妈宽慰王淑贞说，那户人家该是殷实些，对你也是真心，一进两间的“车筒子”为了迎亲特意换了屋顶，稻草顶换成了麦秸顶。

安静的太阳，安静的天空，安静的稻草顶的农舍。

一切都将在安静中爆发或者沉眠。

空寂的村道上，唯有冷风东游西荡。

塘边更是寒风刺骨，但太阳依然是安静的。王淑贞一声不响地在泥塘中不断地挖掘，她的那双手冻得像两根胡萝卜，她却并不觉得寒冷，那不是她的手，她的整个人都不是自己的。后来，她洗掉了手上的污泥，褪下了手上的那枚铜顶针，王淑贞不在意手上的冻伤裂痕，她心疼她的这枚铜顶针。

伴着冷风，远远的塘埂上走过来几个人，苏妈低声嘀咕说，是抢亲的？这么早就来了？王淑贞心里直往下沉，她几乎要沉到塘里去。耳畔又伴起苏妈颤抖的声音，你快低下头，肯定不是迎亲的，那里有两个日本人。

王淑贞低下头去，那脚步声就从她眼前冰冷的塘水上浮上来，震得她头痛欲裂，直到脚步声消失，王淑贞的头脑里始终盘踞着疼痛。苏妈也像是被疼痛困扰着，按着胸口说，唉，这兵荒马乱的，小姐，你还是早点走吧，一刻钟都等不得，给你寻了人家，我也有了交代，太太、老爷也不会怪我。

苏妈拽住王淑贞的手下了决心，她说，回家，我们今天不吃芦根了。望望四周，苏妈又贴近王淑贞，悄声说，小姐，田家虽然是来抢亲，也是个厚道人家。苏妈停顿一下，便有些吞吞吐吐：田家还送来了半升稻米。苏妈陡然又提高了声调：回家，不挖芦根了，我们今天吃大米稀饭。

苏妈下到锅里的白花花的米粒，已超过了百粒。她一边数着米粒一边落泪，小姐，等下锅里热气冒上来，就闻到香味了。苏妈家的四个孩子挤在锅沿边。王淑贞站在角落里，灶膛里的火苗蹿出来，舔着她的心。她的心里煎熬着，离了灶间，那火苗依然煎熬着。王淑贞端起墙角的木盆，她去河边洗衣服，木盆里的衣服都是苏妈在镇上人家当长工的丈夫收来交给苏妈洗涤的，换点小钱，多少贴补家用。

天冷，双手接触河水，寒冷便像尖刺一般深入身体，王淑贞机械地挥动着双臂，她不像是在漂洗衣服，像是在逃避寒冷，寒冷无处可藏，王淑贞也无处可躲。她将每一件衣服浸透冰冷的河水，然后再将每一件衣服摊在河踏板上举着棒槌用力地捶打着。那敲击声闷闷的，传出去很远。

不远处的河岸边，一艘敞篷船缓缓地泊在了河岸。船上跳下几个后生，急匆匆的，一阵冷风吹过，整个天地都像是打了个寒战，那天地间的每个人都单薄得像是一片片树叶。眨眼间，那群人像风一样飘走了。那泊在河边的敞篷船，随风荡漾着。

除了这艘船，河面上一览无余，王淑贞注视着河面上孤零零的敞篷船，眼里渐渐浮上了泪水。未及拭去泪水，苏妈家的大女儿拖着小儿子，踢踢踏踏跑上河堤，那大女儿脚上的草窠鞋敲打着地面，发出震耳的声音。女孩一边吸溜鼻涕一边喊，姐，姐，你要嫁人了，抢亲的到了。

王淑贞心里咯噔一下，手里的棒槌落在水面上。她看见，先前由敞篷船上岸的几个人跟了上来，只觉得堤埂上那队人，劈头盖脸地就压到她的心里，她的心，一点点崩塌着。王淑贞怔怔地盯着河面，脸色煞白。几个后生站在堤岸上，定睛打量着王淑贞。为首的一个开腔道，你若是王淑贞就上船吧，说着，他指指那艘敞篷船。王淑贞默不作声，她抬头望着天上一朵朵藏着秘密的云。苏妈家的大女儿央求道，让我姐姐喝了稀饭再走吧。就是她喽，田中贵的老婆。几个后生嘻嘻笑了几声，推搡着其中的瘦高个，王淑贞匆匆扫了一眼，发现瘦高个的老蓝布褂子上竟然只有一块补丁。

王淑贞的目光再次落回水面时，她看见，有几件衣服在水里展开了笑容，随波荡漾。

棒槌扔在岸上，木盆依然漂浮于河面。王淑贞整个人却在那艘敞篷船上了，她的整个人生都在船上。她只知道，她嫁的这户人家，给了苏妈家半斗米。她还知道，她的新郎有个大名叫田中贵。船沿着清溪河逆流而上，王淑贞低着头，两只僵冷的耳朵灌满了风声，敞篷船上一个瓮声瓮气的声音催促说，田中贵，得快点，躲开了日本人，还得躲开土匪。除了风声，除了这句话，一切都像是静默的，静到恍离人间。王淑贞低着头，她的耳朵被冷风拎了起来。

王淑贞成亲那天，最终没有喝到苏妈熬煮的大米稀饭，却吃到了一块糯米年糕。田中贵抢亲前一天，田中贵的父亲老田找东家赊借了糯米打了年糕。田中贵对父亲说，这都吃了，往后可怎么还？老田狠狠地说，我在世我还，我不在世，你还，一辈连着一辈，不能让她没力气让田家断了香火，再说，东家说了，还不了就算了。田中贵依了父亲。别看父亲只是东家雇用的长工，日本人进攻大河圩，强抢东家油坊时，父亲曾一把火烧了东家的油坊。事后，东家未曾怪罪却常常接济他们。

进了田家家门，王淑贞始终低着头，她的世界里没有天，只有脚下视线以内的一巴掌土地。她身上那件褪了色的浅蓝老棉布大襟褂子，陪着她。

天黑尽后，屋子里点起了煤油灯。摇曳的灯火陪着她。

她看见土墙里的陈年稻草，被掺杂在田里挑来的泥土里，成了泥土的筋骨。她看见那些泥土的来处和归宿。田中贵进房，见她直直地盯着墙角，他说，别看这土墙草屋，倒也冬暖夏凉，才换了顶也不怕阴雨屋漏，这屋墙都是我和爹一层一层垒起的。王淑贞不说话，摸到了手上的铜顶针，鼻子一酸又流起了眼泪。

6

祖父和祖母，沉浸在倾听与倾诉的时光中。

祖父一开腔就变成了当年的田中贵，田中贵的话语必定是针对王淑贞表达的。祖父说，王淑贞，其实我一直想这么喊你的，但担心你不答应。祖母回答说，你这个闷葫芦，你没喊，怎么知道我会不答应？你喊了试试。

祖父辩驳说，当初，你一嫁进田家门就落泪，我不稀得喊。歇了一口气，祖父接着说，现在喊也算是喊了。随即，祖父拖长了声调，王淑贞，你烧的饭可真香啊！王淑贞你的嗓子可真亮啊！

王淑贞，我这辈子娶了你可真是我的福气啊！

王淑贞，我下辈子还要娶你，让你过上好日子。

祖父的嗓子沙哑了，嗓音渐渐微弱。祖母泪流满面，像是面对久别重逢的亲人。她嘴里咀嚼着自己的名字，王淑贞，王淑贞，还是原来的名字，活了一辈子，我终于找回了自己的这个名字。王淑贞眼角湿润了。祖母眼角湿润了。

祖母哽咽道，田中贵，我还没听够，你再喊喊我的名字，田中贵，你再喊，我记着回答你。祖父并未顺从祖母，他笑眯眯地凝视着祖母。祖母躲闪着祖父的目光数落说，看什么看，你啊，和我过了一辈子，倒像是才认识我啊。要是年轻时也这样喊，我早就答应了。你这一辈子都不认识你眼前的王淑贞啊。祖母最后的话语里满怀伤感。

祖父长叹一口气追忆道，我当初的一句话憋了七十年了，我现在说给你听，是替当年的田中贵说的。

当年的田中贵个头高，嗓门也不小，还粗声粗气。田中贵对着一直低低啜泣的王淑贞说，你从进门就没个笑脸，你不高兴这门亲事，我心里更不待见，我比你还烦着呢。田中贵皱着眉头，丢下了这句话，起身出门。

田中贵丢下他的新媳妇，选择和他心里的烦恼同床共枕，他一口气跑到东家的牛棚里，吹灭了马灯，蜷在稻草堆上，睡下了。

第二天，田中贵的东家一早起来喂牛，见食槽里不仅放满了饲料，田中贵蜷在草垛里酣睡，草垛边上多出了一张条凳，那条凳上绑着一块磨刀石。东家悄悄出了牛圈，揣着善心，找到正在磨坊磨面粉的长工老田说，中贵刚成亲，这两天就甭来牛棚喂牛了。老田稍一怔愣，像是明白了什么。

这天晚上，一家人喝了粥，天一黑，老田就蹲在茅屋前，田中贵走出屋。老田缓缓站起来，结结实实挡住了田中贵的去路。爸，这女人老是哭，也不说话，我去牛棚瞅瞅。田中贵说出了自己的苦恼。你娶的是女人，娶不起东家的牛，陪牛不如陪你女人，咱田家就靠你添人口呢。在寒夜里，老田不让步，吐出的每个字都带着寒气。田中贵只好慢吞吞将身子缩回了屋。他一进屋，王淑贞便止住了泪，她的哽咽之声也像是被寒冷凝滞在空气中。屋子里，灌满了屋外的风，煤油灯摇曳的灯火忽明忽暗，田中贵噗地吹灭了灯火，咬着牙在黑暗里一把扳过王淑贞的身子。

祖母顺着祖父的回忆赞叹说，我跟着你过日子，天天看你把牛犁田，闲时打草鞋，又学会磨剪刀的手艺，明白你是个勤快人。祖母鼓励祖父，田中贵，你现在喊我一声，就当是站在田里喊的。再喊一声，就当是在编草鞋时喊的。再喊一声，就当是磨剪刀时喊的。再喊一声，年轻的光景就喊回来了。

祖父并未满足祖母，仿佛对时光逆转不抱奢望。祖父静默片刻，陡然换成了另一种腔调，像是遇见了久别的亲人，语气里透着亲昵，老大，老二，老三，我来了。

祖父的声调陡然提起，悬在空气里，又落下来，击中了祖母。祖母浑身一震，从桌边趔趔趄趄扑到祖父床边。祖父喊出的余音还在回旋，人却双眼紧闭。祖母伸出手，一寸寸抚摸祖父，手脚是温热的，鼻息却无踪影，祖母身子发抖，颤着声喊道，田中贵，你刚认识了我王淑贞，你就要撇下我走了，你太狠心了。王淑贞抓住田中贵的手，一下瘫坐在床边，声嘶力竭地喊，田中贵，你还没和我相处呢，可不能走啊！

王淑贞坐在田中贵身边，泪流满面。

第二章　轩然大波

1

每年春天，百荷的祖母都会去采摘蓝草。

春分过后，掠过田野的风里还残留着冬季的寒意，越冬的油菜和麦苗犹豫着舒展腰身，嫩草尚匍匐在土壤间探头探脑。祖母挎着竹篮，急急地走向原野。她在田埂边、堤埂上寻觅蓝草的身影令人觉得一切都不会老去。天空、河流、田野、村庄以及人，这一切都在苏醒。

祖母千辛万苦采回的蓝草，脱离了土壤的滋养，在祖母的竹篮里顽强地怒放忧伤。蓝草俨然成了忧伤的蓝草，祖母也成了忧伤的祖母。祖母与蓝草构建了隐藏着忧伤的沟壑。祖母周围的任何人，没有谁能够跨越。祖母轻巧地构筑的那个沟壑，成就了另一个自己。后来百荷意识到，那是王淑贞，构筑沟壑的王淑贞。

没人知道，王淑贞采摘蓝草的时候看到了她的老大、老二和老三在田野间翻筋斗，先是老大，接着是老二、老三，他们围着她，嘻嘻哈哈的。他们都长胖了，不再梦想着吃红烧肉、白米饭，他们活着，却没有长大。老大告诉王淑贞，我再也不想着红烧肉、白米饭了，我也不孤单了。老二也笑嘻嘻地说，我也不想白米饭了，我来陪你的老大。接着是老三，他同样禀告母亲逃离了梦想,他们活蹦乱跳,他们的母亲渐渐老去,他们却在田野中永生。

王淑贞的老大是在婚后的第二年出生的。王淑贞的老二是在婚后第三年出生的。王淑贞的老三是在婚后第五年出生的。

田中贵在自己孕育的新生命降临的时光都是在磨刀的路上。他仿佛在用一生的时光与剪、刀和磨刀石厮磨。

王淑贞对蓝草的青睐,始终伴随着田中贵的迷惑。田中贵对磨刀石的钟情,始终伴随着王淑贞的困惑。

田中贵理解王淑贞的忧伤,她的忧伤活在老大、老二和老三的世界里,这也是他的忧伤,他们留在那个世界的呼吸令他悲伤。但他在她的忧伤里看到了更深的忧伤,这不是他交给她的忧伤。如同祖母痛恨祖父的行走,他们将彼此交给对方,同时留住自己的呼吸。

田中贵的行走首先是从声音开始的,是弥漫的抑扬顿挫的吆喝,他的嗓音洪亮,磨剪子嘞抢菜刀。无论多远,他的脚步还没到,但他的声音已先行抵达。

田中贵的吆喝声里,满是沧桑的颤音。他是怅然的,他扛着捆绑了磨刀石的条凳路过田野间的王淑贞,他的背后跟上了老大、老二和老三,他们向王淑贞汇报田中贵的踪迹,他去渡津镇了,他去港亭镇了,他去县城了。老大、老二和老三与田中贵如影随形,从未虚报田中贵的行程。王淑贞却从未求证,她习惯了和自己的呼吸生存。

三岁之后,百荷熟悉了一种场景。春天播种,秋天收割,农忙之后的农闲时光,祖父肩上扛着条凳,磨刀石盘踞其上。磨剪子嘞抢菜刀。祖父在他的吆喝里踏上了行程。祖父一生磨过多少剪子与铁刀,始终无法统计，恰如无法统计祖父一生走过多少伴随着吆喝的行程。

百荷三岁之后，祖父和他的吆喝声一同上路时，伴随了百荷追随的目光。

祖父对陌生的城镇吆喝着，磨剪子嘞抢菜刀。祖父对熟悉的城镇吆喝着，磨剪子嘞抢菜刀。

祖父对每一条熟悉的道路吆喝着，磨剪子嘞抢菜刀。

祖父热衷穿梭于县城。祖父的身影穿过行政中心、会展中心、广电大楼以及县城的 20 多条主干道。百荷的目光无法对百荷讲述，祖父对每一处场景的迷恋。

事实上，在这些庞然大物的建筑中，祖父的吆喝声常常遭到驱逐。每当此时，祖父讪笑着，取下肩膀上的条凳，停下来休息。祖父坐在角落里，脸上是心满意足的表情。仿佛，祖父赶往县城是为了停下来休息。

祖父离开的这个春天，成了祖母眼中残缺的春天。

祖母放弃了对蓝草的更频繁采摘，仿佛为了声援春天对祖父的离弃，也仿佛彻底摆脱曾经留给祖父的困惑。

这个祖父缺席的春天，田中贵却在祖母的生活里鲜活起来。

祖母在春光里整理祖父的衣物和用品。

她抖搂着一件颜色陈旧泛黄的中山装对百荷说，你爸爸出生时，你爷爷就穿着它。你爸爸和老三整整相差了 12 年啊。祖母和手中的衣服对话，田中贵啊，你穿着这件衣服去喊来大队卫生员，老四就自己出来了。

祖母将那衣服抖一抖，翻过了一面，翻出两块藏在里面的补丁。祖母对着两块补丁说，田中贵啊，老五出生时让你买件新褂子，你都不舍得啊。

祖母抹了一把眼泪，懊悔不迭，你那时要买了，到那边就不用穿带补丁的衣服了呀。

祖母点着火柴，一朵火花扑向了祖父的这件上衣。

祖父的痕迹随风而逝。百荷能看见风的容颜，能看见那团火拉住那风的手臂，祖父的痕迹随风而逝。在百荷眼里那不是消逝，那是一次未知的旅行。百荷看着那火焰燃烧得明亮而炙热，蓦地一惊，她想起了那缕黑发。

起初这缕黑发掩藏在一只铁盒里，铁盒深藏在床下的旮旯里，祖父以竹竿带路准确地钩出了铁盒。铁盒安然静卧在祖父的手掌上，充当保守秘密的坚硬外壳，它周身锈迹斑斑，它身上斑驳的纹路，彰显了岁月的留痕。

祖父对百荷说，这盒子也有年头了，还是你爸爸出生时，我在供销社买的，整个县城就这个铁盒包装的饼干最贵了。祖父接着打开了铁盒。铁盒里只有一缕乌发！百荷满是疑惑，她不明白，当年，是这个铁皮盒身价不菲还是铁盒里消失的饼干价格昂贵。

一缕黑发猝然与百荷相遇，百荷身处的明亮世界，让那缕黑发焕发了生气的同时又抒发着怨气。百荷隐约感觉到这缕头发浑身散发着诡秘气息，百荷不愿和诡秘对视，她斜睨着门外的艳阳说，爷爷，头发也许不愿意见到我们。

祖父轻抚黑发，也许是手掌的温度传递了温情，那黑发渐渐焕发了光泽。祖父说，我虽然收了它，可我活不过头发啊。百荷，你替爷爷收着它。

百荷接替祖父收留了乌发。她依照着祖父的嘱咐将这缕乌发重新安置在一个铁盒里，像是为这缕头发搬了一处新居所。盖上盒盖的瞬间，百荷甚至听到头发发出轻轻的叹息。那缕叹息让百荷深感不安。她说，爷爷，我什么时候把它再交给你？祖父摆摆手，不是交给我，要给也要给它的主人。谁是头发的主人，祖父讳莫如深。他说，该知道的时候自然会知道。

那是初春时节，天气乍暖还寒。祖父将这缕头发交给百荷之后就一直萎靡不振，他的肺病日益严重，以至于终日卧床不起。

祖父终日卧床不起，他的磨刀石便闲置在墙角唉声叹气。磨刀石习惯于走街串巷，又不得不与祖父终日为伴，它伴随着祖父，见证了祖父的大半生。它缄默不语，它与祖父的缘分不可言诉。磨刀石的缄默不语隐隐散发着一丝缅怀的气息。

病痛缠身，祖父无法走出家门，但岁月仍然不断地在成长。

祖父留下了太多的谜语，关于红狐狸，关于黑头发。这些谜语是祖父的专属，属于祖父的谜语只有交给祖父本人。百荷期待祖父复活。百荷期待移交这些秘密。

现在，百荷承认祖父曾经死去，祖父曾经历了一次复活。百荷坚信，只有死去的人才有机会复活。百荷期待祖父再次复活。

2

祖父曾经交代，这缕头发的存在，有个离奇的故事，而故事与头发都要对祖母保密。对朝夕相处的祖母保守秘密，加重了百荷的心事，也让她的好奇不断地发酵。对祖母保密是不是可以和母亲分享呢？百荷无从寻找祖父的踪迹，他的床铺空着，人也不见踪迹。寻找祖父是个难题。面对尚未复活的祖父，百荷心事重重，母亲似乎也心事重重。

旁人不了解，百荷最清楚，尽管母亲的心迹不易察觉。但百荷的生命是熟知母亲的生命的，她是母亲的一部分，她曾经在母亲的身体里，在这个世上无可替代，所以，无可改变。

母亲曾悄悄带百荷来到集镇上，在镇上的小吃店买了一个糍粑。百荷最喜欢吃糍粑，母亲居然识透了她的心思。又买了馄饨，像花瓣一样在碗里盛开的馄饨，百荷不忍心把它们吞到肚子里，母亲注视着她，鼓励说，吃吧，妈妈会记住你吃馄饨的样子。百荷吃得疑虑重重却故作香甜。她吃着馄饨留意着母亲紧锁的眉头，馄饨一个个进了肚子，母亲的眉头渐渐舒展开，母亲的样子很开心，百荷愿意母亲开心。

百荷吃饱了肚子，母亲又带百荷踏入镇上最大的百货商店。

这家百货商店位于镇中心，占据了整条街最大的门面，水泥构筑的门头刷了鲜艳的红色油漆，依稀可辨"国营百货商店"几个粗描的字，水泥台阶一直伸到店外那条碎石路面的主街。店外历经沧桑的槽门白天全部卸下了，店内仍然光线暗淡，几盏日光灯守着各自的角落。

绕过食品柜台，母亲牵着百荷到了服装柜组。隔了柜台，母亲抱怨说，城里都是开放的超市了，卖服装也是开放式，你们怎么还不撤了柜台？营业员是个中年妇女，冲母亲翻了个白眼，手里继续织着毛衣，嘴里不忘抢白母亲，城里好，到城里去，反正这店也要换主人了，有本事你就来承包，我情愿给有钱的个体老板打工。

母亲大度一笑，目光凝视着百荷。百荷的目光落在哪，母亲的目光就跟到哪。服装五颜六色，每一件都散发着簇新的诱人光泽。百荷的目光在其间跳来跳去。后来，百荷将目光驻留于母亲的脸庞，母亲的脸上拥有着世上最动人的温情，那温情的色彩世间难寻。百荷愿意端详母亲的脸庞。

母亲像是一点也不了解金钱的重要性，百荷却最清楚了。祖母总是念叨家里没有钱,寸步难行,祖母的范围就是家里、田里。她今天和母亲都走到镇上了,所以就花掉了许多钱,百荷就想起母亲在城里时走得有多远,那得要花多少钱啊。

母亲的目光最终落在了一件红色的羽绒外套上,她精明地问道,这件棉衣换季打折吧? 接着母亲又挑选了一件绿色上衣。

冬天已经过去了,那是一个寂寞的冬天,虽然有年相伴,可是母亲没有回来过年。见母亲询问棉衣价格,那营业员丢下手中的活计,脸色有了缓和,殷勤地从货柜里翻出来更多存货,堆在玻璃柜台上,供母亲挑选。

百荷拒绝着,拒绝着一个现实。

她着急地说,妈妈,我不要棉衣啊,到冬天你再给我买。冬天刚过去,下面排队的冬天还很远的。母亲翻检服装的双手稍作停滞,最终执意买下了棉衣。

这件红色的棉衣错过了上一个冬季,对下一个到来的冬季似乎急不可待,它占据了百荷的双手却无法占领百荷的心灵。母亲将棉衣递给百荷,鼓动说,穿上试试,大是大了点,明年穿正好。百荷接过棉衣,像是接过了一个炙热的伤痛,百荷的双手触摸到了前所未有的疼痛。她将棉衣隔着柜台迅速掷向货架,奔到了街上,仿佛逃离了疼痛的魔爪。母亲并没有责怪百荷的莽撞,她随后走出了店门,手里拎着那件鲜红的棉衣,神情笃定。

田野里,油菜花开始结籽,成片成片的,颗粒饱满。杏花、桃花,也已披挂上阵。百荷和母亲在田野间穿行,母亲似乎并没有留意那些花朵,百荷有心提醒母亲,可是她不知道该如何开口。路到了尽头,花朵的芬芳被留在了身后,遗留了一些百荷眼里的无助。百荷鼻尖发酸,她停住了脚步。母亲起初没有察觉,后来转过身凝视百荷,露出了亲热的微笑。她说,百荷不舍得妈妈,是不是?等妈妈到城里挣了钱,妈妈有了钱就会把百荷带在身边的。百荷的举动让母亲表明了心迹,百荷彻底清楚了,母亲买好了过冬的衣服留给她,棉衣将代表母亲陪伴她度过下一个严寒。置身春天的百荷,眼睛里的冬天瞬间来临,但百荷对春天恋恋不舍,她说,冬天永远都不会来的,妈妈,你走不了的。

母亲宽容大度,顺应着百荷说,好吧,冬天不来,我不走。

母亲轻而易举改变了主意,回答得草率,实质是在敷衍。穿过了田野,走上堤埂,清溪河默默加入了母女俩的队伍,河流的每一滴水似乎都在说话,絮絮叨叨,河流也是在挽留母亲。与清溪河结伴而行,百荷晦暗的内心豁然明亮起来。百荷说,妈妈,我给你讲故事吧。百荷想通过动人的故事挽留母亲。母亲果然点头赞许说,妈妈知道你最爱听故事,大河圩有多少故事?百荷掰着指头数,狐狸的,神树的,还有大鹏山的。百荷唯独没有说到眼前的这条河流。但百荷无疑是聪明的,她说,清溪河也是有故事的,留给妈妈慢慢说。

母亲点点头,很快进入了故事传播者的角色。母亲拖长了音调说,很多很多年前,很远的地方发生了战争,很多人逃避战乱逃到了清溪河边,其中有一个女孩藏到了水里,再也没有出来。

母亲的故事干涩简短,还留下了很多漏洞。百荷内心里在窃笑,她熟知另一个故事版本,那女孩其实不是藏起来,她是投河自杀了。也许总有一天,她会复活的,就像祖父也会复活。百荷隐瞒了内心的想法。她说,妈妈,你带我沿着清溪河去看长江吧!妈妈,你再跟我说说长江的故事吧。妈妈,我还想去看清溪河边的祥柱塔。百荷确信这么多的要求会蜘蛛吐丝一样缠住母亲,让她寸步难行。

百荷一一表明自己的奢求,像蚂蚁排队一样,母亲曾说要实现她的愿望,她的愿望就要满满的,这样,她的愿望也会缠住母亲,她和母亲待在一起的日子就会很长很长,像眼前的河流,望不到尽头。百荷的这些愿望母亲欣然接受,她说,好啊,母亲会让百荷实现愿望的。

母亲说,百荷,有些故事,等着你长大了就会有答案了。你不要相信故事,故事都是人编的。百荷纠正说,不对,故事多好啊,没有故事,多没意思啊,要是都是假的有什么意思啊?

百荷接着固执地提出了内心的疑问,百荷天真地认为,这是一道难题,问了个让母亲烦恼、困惑的问题,母亲就会留下来。百荷问,妈妈,清溪河是躺在地上还是趴在地上的?母亲显然被这个问题震惊了,她瞪大了眼睛,还未及思索,百荷接着抛出了又一个问题,她接着问道,要是躺在地上的,它总有一天要站起来。要是趴在地上的,河流的肚子里都藏了些什么?水是透明的,为什么看不清河底?百荷确信她的这些问题足以留住母亲。但母亲的眼神越来越复杂,脸上呈现出绝望而失望的表情。

母亲沉默了。沉默是母亲的外壳,百荷能够感觉到,但她无法击碎。沉默是母亲这次带回来的行李,随时会跟她出发。

母亲将百荷的这些来历不明的问题丢给了父亲。父亲正在河滩边,守着默默吃草的水牛,这是祖父喂养的水牛。祖父离开了,牛的命运便交由父亲发配,这对于父亲是个难题。父亲深知水牛是祖父的另一条命。这条命犁田翻土,从土地的这头到那头,从麦田到稻田。这条命从祖先那儿流过来,温情脉脉。

父亲一筹莫展,播种有了播种机,插秧有了插秧机,收割有了收割机。倘若外出打工,他可能不再亲近土地,他可以转租耕田,却不知如何对待祖父的另一条命。

田得福,她怎么就像你?这还有什么指望?母亲上前嚷道,父亲闷头抽烟,烟雾袅袅融汇到暖融融的春天的气息之中,像是酝酿着一项卓越的计划。父亲最后将烟蒂踝碎在脚底,对母亲献计献策,他说,嫌她傻,生个男孩好了。

没有钱拿什么养孩子?种田能挣到什么钱?再说……母亲忽然咬住嘴唇,挡住了自己的语言,脸色越来越沉,嘴唇和眼神歪向不同的方向,像是她最后吐出的话是对着牛嚷嚷的。她丢下父女俩,独自踩着田埂率先离去。母亲的背影挂着心灰意冷的落寞。百荷被母亲的另一种外壳阻碍,它不是沉默,却比沉默更尖锐,是冷落。

走到自家门前,母亲驻足打量自家的三间瓦房,墙面的砖,房顶的瓦,每个缝隙里都填充着颓败,从它们取代泥土和麦秸开始,颓败便和乔迁之喜并存。现在,它勉强支撑的颜面上满是沧桑。

母亲身上的传呼机嘀嘀叫着。她看着那上面的一组号码,回电话是个难题。

百米之遥,刘家的院门是敞开的。前几年,刘家倒卖钢材,像是一夜间,刘家荣升村里的首位万元户,近几年又传说刘家借着销售钢材,业务涉及房地产。刘家的富有像是一夜间突显的,致富的经验刘家讳莫如深。穿过刘家院门,前年刚翻新的砖瓦房,袒露着兴致勃勃的表情。刘家的砖瓦房就要拥有亲兄弟。刘家正在盖楼房,村上的第一栋楼房。除了村委会,村上唯一的一部电话,蹲守在刘家的堂屋里,默默地等待。

母亲迟迟疑疑跨入刘家院门,先是问候了刘家奶奶,又去恭维刘家的大儿媳,她的羡慕溢于言表,你好有福气,就要住楼房了。刘家的大儿媳正在厨房里鼓捣煤气灶,也许是炫耀,也许是实话实说,她说,这有什么好?一罐子煤气从城里运回村上来回要好多钱。百荷的母亲在城市不仅见识过煤气罐，还见识了煤气管道，却依然满脸惊羡，有钱就是好啊。提到钱，刘家的大媳妇像是被点了火，火气大了，嗓门也很高，有什么钱，还不够借的。百荷的母亲尴尬地垂手而立，她的心逃出了门外，但她的耳朵留在这里受尽了奚落。幸好，刘家大儿媳随着煤气灶火苗的升起，一物降一物，嗓门落下来，心情也舒畅了，注视着百荷母亲手里嘀嘀叫唤的传呼机，大方地说，你来是为打电话吧？打就是喽，大钱都借了，还在乎电话费这点儿小钱？

百荷母亲电话里的对话内容，显然外人听不懂。刘家奶奶就有义务询问，这次还要出去吧？是一个人还是两个人？母亲却保证说，我出去挣了钱，借您家的钱会很快还上的。

母亲回到家对父亲循循善诱。田得福，我们也要翻盖楼房。田得福，我们为什么要让人看扁了？父亲并不觉得自己是扁的，他的语气很硬，我又不是不还。父亲带着硬度的语言，像是无法雕琢的顽石，击痛了母亲，母亲眼里的泪水倾泻而出。

贱卖了祖父的另一条命，父亲内心沮丧，无暇顾及母亲的泪水。那牛售价低廉，买主说，我肯买，你就该谢我了，现在都在推广现代化，谁还要耕牛？宰了卖肉也是我发善心。以此类推，父亲是用买牛人的善心去归还欠刘家的部分债款。父亲撇下垂泪的母亲，揣着这份善心去往刘家新房的工地。

刘家筹建的二层楼已见雏形，每扇墙都像一面展开的旗帜，在阳光下红砖耀眼。每扇墙都站在高高的墙基上，傲视村庄，那些灰瓦的屋顶，不得不甘拜下风。每扇墙同时接受村民们羡慕的眼神。天长日久，每扇墙上的每块红砖都有辨别眼神的能力，有的眼神掩藏着嫉妒，有的眼神掩藏着咒骂。父亲急着偿还债款，刘家却不以为然。刘家老大递给父亲一根香烟，斜眼扫了下父亲手中的几张钞票。兄弟，这是打发我？说着他绕到一扇楼墙边，隔着墙和父亲说话，要想挣钱还债，你得想条出路。

3

痛哭之后的母亲，毅然下了决心。眼角挂着泪痕，母亲开始打点行装，行李收拾到一半，母亲出了家门。刘家的楼房即将封顶，上梁时现场的瓦、木工匠一人一条糕，分发到手的红包数字可观，无疑鼓舞了干劲。

刘家老大叉着腰，嘴里边吐着烟圈，边鼓舞士气，兄弟们加把劲，完工后，明天都跟我到城里工地上赚大钱，我吃肉，决不让你们喝汤。为了吐字清晰，他抽出嘴边的香烟，吐了一口浓痰踬在脚下，凭我在工地上的关系，有我罩着，城里人也不敢欺负。

母亲上前拽过了父亲，田得福，你跟我一道走。母亲的出走含意丰富，但父亲偏不领情，他说，我走不走，我到哪去？一个大男人还要你女人管？母亲发了怒，索性撕破了父亲的面子，她说，田得福，你不后悔就好。为避免旁人看热闹，父亲屈就母亲，跟着母亲往家走，他抬着头，挺着胸，步伐很快超越了母亲。

父亲去卖牛，母亲去刘家打电话。这一天，田家的几口人，似乎都围绕着刘家展开所有生活的细节。百荷五叔田五福涉及的细节最丰满。他一大早就到了刘家的新房工地，先是帮着瓦工打下手，接着又帮助木工上铰链，抽空他还会留意时刻为刘家老大点烟续茶。见哥哥和嫂子在刘家院里拉拉扯扯，他悄悄避到刘家的厨房里，洗净双手，帮助刘家特聘大厨打下手。刚好刘家的小姨子郑倩倩也在厨房忙碌，两人一左一右配合着大厨。

财大气粗，刘家盖新楼，招待工匠的伙食在村上也堪称一流，为图吉利，借着十全十美的吉祥之意，顿顿都是十大碗的待遇。掌勺的大厨在灶间拉开架势，一时间，厨房里香气缭绕。

两天后，五叔借刘家新宅竣工的喜悦之风，以隆重祝贺为起点，五叔的人生之旅也扬帆起航了。五叔从刘家新房出发，径自离开了家，直奔刘家在城市的建筑工地。

五叔的不辞而别顺应了潮流，却在家里掀起了轩然大波，像是多了一道障碍，母亲说，他走也留不住我。母亲让父亲拿个主意，她说，田得福，老五这是甩下家里的包袱呢，你说怎么办？父亲坚持维护胞弟，他说，老五不是那样的人。父亲界限模糊，态度暧昧，激怒了母亲，母亲下了最后通牒，我反正还是要去城里，要守，你守在家里，与我不相干。父亲坐在条凳上，看一眼堂屋墙上的山水中堂，又看一眼堂屋中间靠墙横放的长条案几，似乎在寻求援助，而堂屋里的一切都静默无语，它们耐心等待着。父亲沉吟片刻，果然立下了保证，他说，我保证你留在乡下也饿不到你。

稻苗成活了，野草也趁机疯长，祖母一直在稻田间清除野草，脸上沾了零星泥点，小腿上拍蚂蟥留了个红手印。田里的农活堆成了山，她一个人的操劳也如山般沉重，耘草耘到田横头，刚要再开头，突然感觉远远挂在天际的太阳俯冲而下，她跌坐在稻田里。为保护稻苗，祖母支撑着，忙爬到田埂上。闭了下眼睛，再睁开，太阳还是在远远的天空，稻田里烂草腐烂的臭味，依旧盘踞在鼻腔。她明知体力不支又要宽慰自己，不是活太重，是我越来越没用。

祖母回到家，恰巧撞见母亲正逼迫父亲推翻保证，你这算是什么保证？都什么年代了？离开你，我韩美枝照样吃香的喝辣的。母亲满脸嘲讽,连连跺着脚。

自己的儿子委曲求全,祖母心有不服,站出来打抱不平。她说,田里的活计堆成了山,你们却躲在家里扯闲篇。话锋一转,祖母指责母亲,你是个女人,不该这样和男人说话,男人离开家,女人们也都走了,田里的活谁来做?母亲无端受过,无疑是火上浇油。母亲说,你问问你儿子,他是一家之主,你再问问他的本事都用在什么地方。

婆媳的战争逐渐升级,父亲却抱着头,满面愁容,祖母不断地抱屈。她说,我这么好的儿子还遭你嫌弃,恨只恨自己的儿子是铁不成钢。

父亲做出了让步祈求母亲,你看在百荷的面子上,不要闹了。百荷隐约察觉到自己的分量,她却不愿意据守在父亲摆出的天平上,权衡了一番,百荷内心的依恋之情占了上风,她说,妈妈,你在家,我会很乖的。

百荷的声音里还有一丝犹疑,祖母在场,此刻抛出祖父遗留的秘密,显然不合时宜。她说,妈妈,我什么也不问你。这句话无疑画蛇添足,但大人们都处在烦扰之中,没有人关注百荷的内心,相反,祖母对百荷偏祖母亲的挽留心有不满,斥责说,你个傻孩子,你懂什么?百荷倔强地抢白 ,奶奶才不懂呢。她咬着嘴唇,咬住了一个沉甸甸的心事,她不能泄露祖父的秘密。母亲怔怔地注视着百荷,泪水涟涟。

收干了泪水,母亲顶撞祖母,老五能出去打工,我们为什么不能去城里?

五叔不辞而别,成了母亲的把柄,祖母遭到抢白,依然心平气和,她抛开了媳妇,抛出了心头的担忧,我的老儿子啊,你一人在外面有多可怜。

祖母唉声叹气却又强打精神,她说,我摘了乌草,昨天准备了一天,今天吃乌饭。祖母撇开争吵,怅然若失,百荷,你爷爷他再也吃不到乌饭了,你五叔他也没这个口福啊,我的老儿子在外面吃苦,还遭人编排。百荷不关心乌饭,她央求祖母,奶奶,你讲讲乌饭团的故事吧。

祖母没有理会百荷,她摇着头,嘴里嘀嘀咕咕,什么故事也没有狐狸精的故事好听。

母亲向父亲扫过来一个愤怒的眼神。百荷最关心祖父复活,她更关心狐狸的去向,她央求祖母,奶奶,你讲讲狐狸,狐狸的故事。那只红狐狸什么时候还会来。

祖母瞥了一眼母亲,稍一停顿,话里带着话道,狐狸都会守住自己的窝,狐狸都不会乱跑,就怕有的人不如狐狸。她说,就像男人在家里,女人就要守着男人,男人不在家,女人就要守着家,不然咋叫女人家?祖母添加的细节索然无味,百荷不明白这些弦外之音,她出门寻找蚂蚁。蚂蚁们结伴出游了,又似乎搬了家。找不到蚂蚁,百荷又惦记母亲,匆忙中断了寻找,急急忙忙又跑进屋。

田得福,你为什么不说话?田得福,你当年的本事都藏到哪去了?母亲的哭诉在院子里回荡,夹杂着浓烈的悲伤,父亲却悄没声息。百荷推开房门,见母亲独自趴在床上抱着枕头哭泣,那枕头软绵绵的仿佛是父亲的替身。母亲如此伤心,百荷的心深受触动,不禁泪流满面,母亲抱住了百荷,母女二人哭成了一团。母亲说,百荷,你不要怨妈妈。

百荷原本不曾流泪,是母亲的泪水唤醒了她的泪水。百荷很伤心,母亲如此伤心,她的心事只能一个人留着,等待祖父复活。百荷流出了泪水,她说,妈妈,爷爷什么时候会复活啊,我等到什么时候啊?母亲没有回答百荷,她的眼里饱含绝望的泪水。

4

夜里,百荷见到了祖父。

祖父笑容满面,慈祥地凝视着百荷。祖父的复活悄无声息。百荷不断地追问,爷爷,那头发交给谁呀?爷爷,红狐狸和你在一起吗?祖父不回答,只是笑眯眯地看着她,祖父的目光仿佛看穿了一切,但祖父没有透露狐狸的下落,也没有索回那缕头发。梦里复活的祖父看穿了一切,一切就都是没有核心的空囊。

百荷眼睁睁地望着祖父在一片油菜花地里穿行,越走越远。百荷喊不出声音,急出了一身汗,随后便惊醒了。祖父的复活只在百荷的梦境之中。

百荷不愿意睁开眼睛,不愿惊醒自己的梦。直到她被哭泣不断地击打,不得不睁开了眼睛。百荷一睁开眼睛,便迎接了祖母焦灼的目光。祖母长出了一口气,谢天谢地,你醒了,百荷,你发烧了,昏睡了一天一夜。百荷掀开被子,一骨碌爬起身,她清纯稚嫩的目光到处乱撞。奶奶,我要找爷爷,我要找妈妈。祖母咬牙切齿,韩美枝,这个狐狸精丢下你走了,她不配做你的亲妈。她还勾走了你爸爸。

母亲还是离开了,百荷没有留住梦,百荷没有留住母亲,消失的一场梦,仿佛带走了全部,百荷世界里的一切都没有留住母亲。那个城市如此巨大,充满魅力,远远胜过百荷。百荷无须追问,立刻明白了,母亲丢下她独自去了城市,不是城市掠夺了母亲,而是城市吸引了母亲。

母亲的骤然出走,令祖母愤懑不已,她对百荷数落儿媳,这个韩美枝从一开始就要攀高枝,一心想嫁给城里人啊。

百荷的生活里脱离了母亲,却走进了韩美枝,一个听得到却看不见的韩美枝。

百荷未来到这个世界之前,韩美枝与百荷从未预想过她们的相遇,但生活却给母女俩预留了重逢,她们在各自的世界期待着相逢。

那是一个陌生的韩美枝，这个韩美枝还不是百荷的母亲或者说韩美枝没有做好成为母亲的准备，她也没有料到百荷正等待着她的爱，韩美枝最初的爱完全给了一个男人。

起初韩美枝并不知道那就是爱。她刚刚萌芽的爱，稚嫩而新鲜，像一切初绽的花蕾和新鲜的叶子。

19 岁那年，韩美枝第一次到城市去。她代替母亲去城市走亲戚。说是亲戚，是超越了血缘关系的。用亲戚的原话来说，不是亲戚胜过亲戚。

亲戚最初是来与韩美枝的母亲相认的。他由村主任带着路，将眼里尽收的景色和脑海中的记忆景象，一路做着对比，嘴里连连感慨，还是老样子，还是老样子。

村道、村舍、草垛，不过见不到茅草房了，都是砖瓦房啊。来到韩美枝家里，亲戚一眼认出了韩美枝，目光抚摸着韩美枝。韩美枝长相酷似母亲于秀莲，这让亲戚产生了错觉，他说，我以为又回到了十年前。

他说的十年前，韩美枝依稀留有印象。10 年前，韩美枝 9 岁，那年，母亲于秀莲救过亲戚的命。

是在秋末，接连数日，大河圩都淹没在淅淅沥沥的冷雨中。

白天，于秀莲在生产队挣工分，下工后借着傍晚的亮光，挎着竹篮去河边为自家采野藕充饥，韩美枝在灶膛里起火就等着野藕下锅。空气中充满了潮湿之气。

于秀莲回屋时浑身湿透，脸色煞白，胳膊上不见竹篮，双手却拖拽着一个人。这人一张惨白的脸立在沉闷的身体上，像是一块郁闷的石头，跌跌撞撞跨进门槛，整个人便瘫坐在堂屋的泥地上。地面立刻被潮湿和压抑占据了。潮湿的墙面，潮湿的脚下的泥土地面，似乎整个空间都在流泪。屋子的茅草顶不堪多日雨水的入侵，有几处漏着雨，滴滴答答打在接雨水的木盆里,像是敲开了一些生活的漏洞。

于秀莲操起木盆哗地将雨水泼到门外。敲击着木盆,于秀莲说,你说这里没活头,我们不活得好好的?你都不如这木盆金贵,木盆在水里还有命,你泡水里就没命了。

于秀莲将亲戚拖拽到炉灶边,找不出替换衣服,只好让亲戚对着灶膛取暖,取来干松金贵的柴火替他烘衣服。他坐在灶边,耷拉着脑袋,脸上渐渐有了血色,于秀莲一边烘烤衣服一边惋惜那些干柴。亲戚的脸上渐渐有了血色,也有了愧疚之色。韩美枝坐在屋角,当时,她看到亲戚瘦削的脸庞,眉角边一颗醒目的黑痣。

亲戚是在这个雨天,被雨声敲击着走出知青点,手里拎着小提琴,咿咿呜呜的声调缠绵在雨声里。他是打算抛弃所有的日子,就这样爱着音乐,无所恐惧,沉在清溪河底永远倾听。

衣服经过烘烤开始冒热气,一点点干着。于秀莲说,好好的就不想活了,有本事去死,没本事去活?你说没有机会拉琴,那我们还不会拉琴呢,不会拉琴的都去死吗?

于秀莲朴素的逻辑演变成对亲戚必要的人生教诲。亲戚听了于秀莲的教诲,错过了一次丢命的约会,却迎来了命运的转折,仅仅一年后,高考恢复,他回到了城市。

韩美枝在城里亲戚家,第一次见识了煤气灶,干净整齐的厨房,客厅里还有一台彩色电视机,尽管韩美枝见识过镇政府礼堂里的黑白电视机,但她彻底被彩色电视机征服了,大衣橱,五斗橱,门厅侧停着一辆自行车,还有沙发。不过,沙发没有征服她,她想,城市人太会浪费了。

亲戚亲自下厨,啪地一下扭开了煤气灶。韩美枝第一次接近了蓝色的火苗，而那火苗闪动着，像是眼睛注视着她。亲戚一边炒菜一边叮嘱韩美枝，当年你们孤儿寡母救了我，你妈妈如今不在了，你就当我是你的亲哥哥。液化气罐里的气体，燃烧的火苗像是蓝色的牙齿，它吐出的热情一波波涌上来，最后停留在韩美枝的身体里。

吃过饭，亲戚还准备了水果。韩美枝有生以来首次品尝香蕉，拿着香蕉她正琢磨如何下嘴。她想表现得体，但还是被亲戚看出了破绽，他说，别愣着，像我这样剥了皮吃。他做着示范，在灯光下，笑容亲近，露出了白牙。韩美枝看到，亲戚的一口白牙毫无瑕疵，像他的生活。

韩美枝的目光便跳开了，跃出了窗外，她的目光在窗外又一次被震慑了。

城市的夜晚，窗外竟然没有夜色，大街上一排排的路灯，橘黄色的灯光散发着暖意。有灯光亮在半空中，她猜想那就是市区最高的十六层建筑，上下楼无须爬楼梯可以乘坐电梯。韩美枝想到乡下的夜晚，每一扇窗都挤满了无尽的黑夜，黑到伸手不见五指。

这是她想要的生活，这样的生活才是生活。

两天后，韩美枝离开城市，返回乡下。

回到乡下，韩美枝才发现，一次城市之行让她带回来了一些想念。她想念那个客厅里的彩色电视机，那对沙发，液化气燃烧的蓝色火苗，路灯的橘黄色灯光。

她想念她没有触摸过的生活。

以及生活里的人物。

她还带回来了一些回味。

那个人。那个笑起来露出一口白牙，会用水果刀转圈削果皮的影子已经尾随着她回到了乡下。家里的房子是砖瓦房，屋顶有草，寒酸得与他的身影完全不相匹配。韩美枝的脑海里都是他的人影。韩美枝想,我要的是他过的生活。

在车站,他为她购买返程的车票时曾嘱咐说,记得你还有个哥哥在城里,我们要常联系,常通信。他郑重地写下了他的通信地址,一张薄薄的纸片收在韩美枝贴身的衣袋里。

韩美枝认定她的脑海里是他的生活的影子,她想念他拥有的生活。

她在信纸上长长地排列了她的想念。写好信之后,她由村庄出发,带着她的这封信,穿过田野,以及遍布田野间的池塘,直到那条田间小路将她送到镇邮政所。绿色的柜台,绿色的邮箱,镇邮政所抓住了她的希望。

信寄出去之后,韩美枝时刻留意着那辆绿色的自行车,镇邮政所送信的自行车,每天都会准时送达村委会的报纸、杂志以及信件。送到村民家的信件,却没有一封是属于韩美枝的。来自亲戚的回信!韩美枝不明白为什么会收不到回信,后来她想,一定是自己的想念让这位没有血缘的亲戚受到了惊吓。这些想念从一些期待渐渐地变成了一些灰尘。

这一切与百荷无关。但百荷毫无选择地成了韩美枝的女儿。

百荷出生的第二年,那亲戚突然亲自来到了乡下。找到初为人母的韩美枝,留下了一封信。他专为送信而来。百荷母亲收到的这一封信,几经辗转,信的内容也让百荷的母亲如梦初醒,她读着来信,揭穿了一个真相,田得福,当年有人截留了亲戚给我的回信,这个人会是谁?田得福,会不会是你?那时我们刚定亲,你为了让我嫁给你,是不是用尽了手段?田得福,我一定要过上城市人的生活,我要去城里。

田得福的阴谋是带有羽翼的,一旦折断,他的婚姻便落入了低谷,无法飞翔。

百荷是那翅膀上脆弱的纹路。

5

百荷退烧后，那个梦却没有离开百荷。留下的梦脱离了夜的庇护，成长在白昼之中，它是百荷的梦，与百荷寸步不离。

祖母与百荷隔着一个梦的距离。祖母坚称百荷那次发烧烧糊涂了，不愿承认百荷是个傻孩子，祖母情愿说她是个糊涂孩子。

村上人说百荷是个傻孩子，都是有根据的。痊愈后的百荷总是到村外的油菜地里去，沿途遇到的村民就会阻拦她，百荷，你一个人不要到处跑。百荷回答说，我没有跑啊，我去油菜地里找我爷爷。掩藏了自己真实的想法，只有梦理解百荷，梦和她沿着村道一路走，除了祖父，母亲悄悄丢下了她，母亲辜负了她的心，梦最理解她，梦牵着她的手，他们并肩而行，他们加快了脚步。百荷与梦并肩而行，自然在他人的眼里是怪异的。百荷与梦的身后是一连串惋惜的目光，这孩子，被吓坏了。

油菜花，油菜花，百荷梦里的油菜花留在了梦里。

田野里，油菜已经过了收割的季节，销声匿迹了。百荷茫然四顾，梦却缄默不语。梦有自己的原则，它只在梦的空间里对话。百荷对着田野喊，爷爷，你快回来呀。梦默默地陪伴着百荷，它理解百荷，百荷拒绝呼唤母亲，她的母亲在同一个世界里，不需要复活，母亲是否归来，全在于母亲的心，这是朴素的道理，百荷无师自通。

百荷的呼唤没有喊来祖父，却喊来了祖母。祖母一出现，梦就躲到了暗处。它掩面而过，绕过围观的村民。

祖母听了村上人的报信，快去啊，你家的孙子又发痴了，在田里喊魂呢。祖母慌里慌张从村口跑过来，一路跌跌撞撞，她花白的头发迎风摇摆仿佛风中之草。百荷,你莫要犯傻,莫跑啊。百荷回答说,我没有跑啊,奶奶,油菜花怎么都没有了。我找不到油菜花,找不到爷爷。

祖母跑近百荷,紧紧攥着她的手安慰说,油菜花,明年还会来的。祖母的回答让百荷展开了笑脸,祖母的回答分明是她苦苦寻找的答案,她终于有了答案,明年油菜花开的季节,就是爷爷复活的时候。

百荷跟了祖母回家,在村口,遇见玉莲和晓晓正在村头的打麦场跳格子。

祖母交代百荷,你就在村里和她们玩啊,千万不能到处跑。这两个玩伴,见了百荷,捂嘴嘻嘻地笑。她们的笑声里掉出来的嘲讽像碎石子,有棱有角。百荷闭紧了嘴巴,拒绝品味她们的笑声里对自己的奚落。她们的父亲这阵子也蜂拥去了城里,但是她们有妈妈在身边。百荷只有梦,梦只属于她。

刘冠军站在自家的小楼前张望,他是刘家老大的儿子,长百荷两岁,村上很多人不叫他名字,称他少爷。少爷见祖孙二人回来,急忙跑出院子,加入玉莲和晓晓阵营,挑逗百荷:傻百荷,你说看到了狐狸,就是看到了你自己,你就是一只狐狸。

遭到了围攻,百荷勇于自卫。她说,我真的看到了,是你们眼睛瞎了。刘少爷受到了语言的攻击,首先武力回击,他逼近百荷,双手扳住百荷的肩膀摇晃着,你才是瞎子,你才是瞎子。百荷虽身单力薄却毫不退缩,身高不占优势,她扬长避短,蹲下身子,双手用力扳住刘少爷的双腿,百荷使出全身的力气将刘冠军推倒在地。

孩子们的吵闹引来了家长解围,刘冠军的小姨郑倩倩第一个冲出了家门。祖母挺身护住了百荷 ,却在她屁股上补了一巴掌,祖母一边拍打着百荷,一边向刘少爷赔不是,少爷,奶奶替你打她了。

郑倩倩也在训斥刘冠军，你高出百荷一个头了，还欺负人。祖母恰恰相反，她严厉地告诫百荷：人家是哥哥，要听哥哥的。百荷噙住眼泪要据理力争，祖母已拉着百荷，走到僻静处，换了无奈的语气宽慰百荷委屈的心：没办法啊，人家财大气粗，咱还欠了人家钱啊。百荷嘟着嘴告状说，奶奶，刘冠军还想抢走我的香囊。

祖母不仅没有阻挠，还有巴结的倾向，祖母拽过香囊，老远喊道，少爷，你要是喜欢百荷这个，先给你拿去玩，要是不喜欢这个，我给你重新做一个吧。得到了祖母的纵容，站在家门前高高的台阶上，刘冠军更是趾高气扬，他说，我才不稀罕呢，我有溜溜球。我就是不想让傻子挡我的路。

奶奶，他骂我是傻子，他凭什么这样骂我？有钱就了不起啊。百荷的话语里充满了委屈，眼泪弄湿了她的上衣前襟，那前襟上，悲伤迅速描绘出一块湿漉漉的图案，毫无规则地延伸着。百荷抽泣着，抹了一把眼泪：我明明看见狐狸，你们偏不信。我去找爷爷，奶奶你偏要阻拦我。百荷的憋屈在寻找对抗，她用力甩脱祖母的手。遭到了蔑视，百荷不肯示弱，她抢白刘冠军，你不是好人，你是坏蛋。她指着刘冠军高声喊道，我就是看到了红狐狸，你看不到，是因为红狐狸讨厌你，红狐狸讨厌坏蛋。

刘家总有人来解围。解围的那个人仍是刘冠军的小姨。刘冠军的小姨，常年在姐姐家帮忙打理家务，却似乎更乐于帮忙照顾百荷，对百荷很亲切，她走过来将百荷搂在怀里，自然地做出疏离了刘冠军的姿态，她说，军军，百荷是妹妹，你要让着她。郑倩倩的身上有一股香味，百荷一瞬间误以为这是母亲的味道。她倚在这个温暖的怀抱里，一些委屈，一些失落，还有一些母亲离去的悲伤被驱逐了。

刘冠军的眼里收集了足够的愤怒，他冲过来抢夺他的小姨，用力拱开百荷，嘴里威胁着，这是我的小姨，不许你抢我的小姨。他脸色通红，挥着拳头，你欺负我，我不会放过你的。

很快，刘冠军的报复让百荷错失了机会，她与母亲的味道擦肩而过。

端午节。祖母凑备五红、苋菜、虾子、黄鳝、咸鸭蛋，上了桌，祖母不免伤感，她说，都是上好的自家菜，可惜你爷爷不在了，这个家总是凑不齐了。祖母倒了一杯黄酒，对着饭桌上特意摆放的碗筷：田中贵，你和我们一起过端午吧。祖母夹起了一块咸鸭蛋，满是炫耀：田中贵，这是自家的鸭蛋，吃的是鱼虾稻稗，蛋质细，黄油多，个头大，你尝尝。你记着保佑今年五谷丰登。

祖母话音刚落，刘家大儿媳的喊声传过来，快来接电话，百荷的妈妈打来了电话。祖母手里的筷子凝滞住，眼神流出了狐疑，不会吧？一定是你五叔。祖母嘀咕着，提高了嗓门，是我家五儿吧？刘家大媳妇急躁地回道，是你家韩美枝，叫百荷快来。祖母略一迟疑，瞥了一眼百荷，百荷早已从一时的恍惚中回过神来，撂下饭碗奔到门外。

刘冠军守在他家院门外的台阶上，双臂抱在胸前，双眼紧逼百荷的双腿，百荷抬腿迈向左，他就拦向左，百荷脚步迈向右，他就拦向右。嘴里奚落着，有本事别到我家接电话。他蛮横的姿势顽强地生长着，像是一棵树旁逸斜出。祖母赶到时，郑倩倩已适时解了围，却被刘冠军抢先一步，他蹿过祖孙俩人，抢先挂断了电话，脸上挂着得意的、挑衅的表情，还有一丝顽皮，他等待着，百荷成为他的对手。

百荷早已溃败了，哭嚷着央求祖母打过去，祖母闪烁其词：韩美枝倒是留了传呼机号码，我年龄大了，忘记了号码哦。百荷责怪祖母，为什么我们家没有电话，祖母尴尬地笑着向刘家致谢，笑容僵硬。百荷的泪水迸涌而出，脸涨得通红，她捏紧了拳头，回到家，绝望地扑倒在床上，放声大哭。

她的每个问题也许在大人的眼前都是简单的，大人却吝啬答案。大人们没有疑问，也许他们都已一清二楚，也许他们认为无须追问。所以，他们不需要答案。

百荷没办法放下这些疑问

后来，百荷停止了哭泣，她咬着嘴唇沉默着。

百荷渴望答案，同时渴望逃离。

伙伴们的几场战争，打破了百荷与小伙伴们的亲昵。百荷孤单了。百荷虽然孤单，但她并不寂寞，也许是为了排遣孤独，也许是天性使然，百荷很快找到了新玩伴——蚂蚁及泥土。蚂蚁与泥土的沟通悄无声息，蚂蚁的沉默打动了百荷，百荷受到启发，也渐渐学会了沉默，百荷与沉默结伴成长，百荷越来越沉默。

端午过后，一连多天阴雨，太平洋的暖湿气流和北方的冷空气相遇，气韵天成，使整个大河圩走进了一幅水墨画之中。

祖母虽是画中人却不当自己是美景，或者说祖母是最识人间烟火的画中人。

入梅那天，祖母精心挑选自家饲养的小仔鸡，本地人认为在一年中很特殊的梅雨季节，小仔鸡对人有大补的功效，特别是对发育的青少年效果更佳。祖母在灶间炖鸡，叮嘱百荷说，这是我给刘冠军炖的。百荷问祖母，这有什么故事吗？祖母却答非所问。为了给你爷爷治病，人家借了钱给我们解难，该谢谢人家。

百荷沉默着，一只任人宰杀的仔鸡，一个期盼中的母亲的来电，和她一同被屋外的雨声包围着，雨声是天际传来的语言，百荷无法破解，母亲从城市传来的电话她却失去了接听的机会，任何百荷遇见的事情都无法解释，仔鸡的香味从灶间飘出来，飘在雨声里，驻留在墙壁上，与墙壁上的雨水混合在一起，模模糊糊的。

百荷在滴滴答答的雨声里获得了一条通道。她绕过了躲在屋檐下嬉戏的晓晓和玉莲，绕过在稻草跺下避雨的小狗，绕过了仔鸡飘散的香味，绕不过村道上黏稠的泥巴，百荷索性脱了鞋，赤脚绕过了所有的障碍，百荷无所羁绊。

百荷的世界并不简单，但是，大人们都说她头脑简单。百荷最后认定，那些答案都在雨水中渐渐饱满的河水里。既然很久很久以前的女孩都去河水里寻找答案，这么多年了，这些答案也应该在河水里，河流里满是答案，红狐狸，爷爷，以及蚂蚁的去向，甚至河水里都有一条路通往大鹏山。百荷向往河流，这让她感到兴奋。

百荷避开了所有的眼睛，天空的眼睛，大地的眼睛，也逃避了雨水的眼睛，百荷无畏向前，奔向清溪河边。

村里的池塘像是一面面镜子，百荷认为它们盛不下多少内容，一些小鱼小虾或者岸上的青草，即便收留了天上的白云，也是有限的几朵，白云的秘密太浮夸。池塘是没办法与河流相比的。

河水流啊流，它什么不知道？河流一定清楚祖父藏匿的世界，河流也一定知晓母亲出走的方向，河流还晓得红狐狸的下落，以及那缕头发的主人。

堤岸迎来百荷的脚步，河滩迎来百荷的脚步，百荷的脚步很快，像是急流的速度。

为了尽快与河水对话，她来不及多想

河水热情地拥抱了百荷，有点清凉，但很舒服。

百荷在河水里看见了一个明晃晃的世界，一个她从未面对的世界，一个没有任何界限的世界。但是她无法移动目光，也许都是路，也许没有一条路。百荷不知该如何应付，也许有的路通向祖父的去处，也许那座山会有红狐狸。由水带动着，百荷漂浮在河流之上，接着又沉入河流里。河水进入她的耳朵、鼻腔、嘴巴，既快捷又利落。只片刻工夫，百荷的疑问颤抖着，被河水淹没了。或者说，河水本身便疑惑重重。

鱼儿向百荷游来，与鱼儿的邂逅像是践行了密约。鱼儿冲向她，河水冲向她。百荷失去了决定的权利，百荷失去了脱离河水的能力。

6

整个黄梅雨季，百荷被祖母锁在房间里。她一再重诉河水里的经历，祖母总是打断她。祖母异常烦躁，一再警告百荷，河水会淹死人的，幸好你运气好被渔船救起。你不会游泳，你可不能去招惹河水。这一点，百荷认同了祖母的说法，她说，在河里走路是要会游泳的，幸亏那条鱼托起了我。祖母注视着百荷，满目狐疑，一边不可思议地摇着头，一边痛惜地说，你这个伢啊，怎么搞，今后怎么搞。祖母的疑问百荷其实有了答案，她说，还用怎么搞，学会游泳，我就会在水里跑得很快。百荷抓住了一个关键问题，她说，奶奶你说人死不能复生，是说爷爷不能复活吗？可是河水里能藏下很多秘密。

人死了都能复活还得了啊？也没有什么红狐狸，你这个孩子到底在想什么？祖母果断地打断百荷，既给出了答案又否定了百荷。百荷被这些答案拽住了内心。

被祖母关在家里，百荷脱离了河水，脱离了田野，狭窄的空间只有安静与百荷共处，安静纠缠着百荷，露出真诚的笑容，进入百荷的内心。百荷不得不接受安静。百荷安静下来。与安静一同生长的沉默的枝干上嫩芽萌动。

整个黄梅雨季祖母都忧心忡忡,村委会里来了许多城里的干部,干部们分别到堤埂上驻点,村主任每天都在通知家家户户派出人员编成抢险队,汛情广播像是对雨声节奏的另一种解说词。清溪河水位上涨,青山河水位上涨,长江水位上涨,一厘米,两厘米,三厘米……雨季的洪水,对大河圩情有独钟,它在这里找到了自己的位置,关于记忆,关于来路,关于归属以及归宿。年年如此。

最初是雨声消失了,接着是水位降低了,黄梅雨季的离去悄无声息,日子就是这样过下来的。

天气放晴之后,太阳渐渐生出了威力,它的每一道阳光都像是利刃的锋芒。祖母忙于晒霉,她允许百荷守在院子里,守在全部晾晒的那些日子边上。

百荷守着她能看到的所有衣物、棉被、床垫。而和这些物体有关的事物及人物都不曾一一陈列在阳光下。百荷蹲在阳光下,蹲在那些衣物之间,蹲在那些日子里,将目光四处移动,她很好奇,一些纤维的缝隙里如何掩藏了生活的细节,比如,母亲,她的味道是如何在那床大红色的被单里藏匿的?

百荷有一颗探索的心,那时候她还不会想到探索这个词,它是百荷上学后学到的。百荷学会这个词时,百荷依然无法摆脱一颗探索的心,就像无法摆脱自己。

百荷对无奈又无力的一切只能沉默着。沉默似乎给予她足够的力量承受,比如对母亲的思念,对母亲的爱。

百荷沉默着,她的嘴巴最有优势,但是她的嘴巴最先沉默,接着是眼睛,然后是耳朵。她的心灵没有沉默,但祖母并不理解。家里的农活压弯了祖母的腰,祖母只能埋怨这些农活,她说,我是个农民,我的活路里就是农活。祖母的感慨无人共鸣,她依然絮絮叨叨,百荷,你整天不说话,你莫怪我没空陪着你,也莫怪我把你锁在家里,只要你不哑就好了。上了学,你就有人说话了。

祖母的心愿仍然落了空,百荷转眼上了小学,但她依然是沉默的。而且她身上的沉默生长得很快,简直是疯长。甚至,远远超过了百荷心灵的成长。

第三章　推波助澜

1

沉默与安静是一对孪生姐妹。沉默一旦在百荷身上生根发芽，安静便如影随形。学校里的学生叽叽喳喳，但百荷是安静的。她安静的眼神覆盖了闯入视线的一切，一切都是安静的。

百荷安静地听讲，她的安静在老师眼里是文静，起初老师总是表扬她守纪律，又鼓励她要团结同学，后来便失去了耐心，老师们都察觉百荷的沉默不容侵犯，百荷的沉默不容分享。沉默驻扎在百荷的内心成了习惯，便不需要理由了，久之，沉默是百荷的特性，熟识的人，评价她的性格都说她是沉默寡言的。

百荷甘于沉默，不甘寂静的祖母只好对生活里的所有细节自言自语。

早晨，总是这样开始的，祖母睁开眼睛便开口道，起床了。室内静悄悄的，百荷安静地睁开眼睛，祖母边穿衣服边吩咐百荷，你先躺着，天大亮了再起。

到了春天，布谷鸟在窗外的枣树上呼朋引伴的，祖母一边在院子里喂鸡，一边和树上的布谷鸟拉呱，祖母说，你个汤泡子，你叫就是想抢鸡食吃，休想。我在这望着。布谷鸟的声音低了下去似乎在致歉，祖母见警告已经奏效又大度地说，要吃就下来吃吧，不要躲躲闪闪。祖母丢下鸡食进了房间，像是给鸟儿留了台阶。布谷鸟是不需要台阶的，百荷在床上听见它振翅飞离的响声。她悄无声息地起床，无声地打量新的一天。在百荷眼里这一天是挂在眼前的，缓缓地、幽静地流淌下去。百荷的脑海里试着联想不同内容的景色，那个吸引人的城市，都是冰凉的，因为都来自电视，隔着冰凉的屏幕。

早晨总是这样的，一个煮鸡蛋，一碗稀饭，一碟下饭小菜，有时是腌豇豆，有时是雪里蕻。祖母将早饭摆在饭桌上，百荷已经穿戴整齐下了床。百荷沉默着，祖母与纳入视线的一切对话。祖母注视着百荷，不由得连声夸赞，百荷就是懂事啊，自己都穿了衣服，粉红色的外套，下摆像是裙子一样张开，底下是一条牛仔裤，裤缝上开满了粉红色的花朵，母亲当初离开时买的衣服已经嫌小了，这件是郑倩倩赠送给百荷的新年礼物，已经是第四套了，为了这些衣服，祖母感激得抹了几次眼泪。

细一打量，祖母见百荷的辫子也梳理过了，前面整整齐齐，后面逃出了一绺，祖母伸出手要来帮百荷梳理这绺头发，百荷一闪身无声地躲过了。自己晓得梳头发了，我百荷就是聪明。百荷躲避了祖母的目光，祖母一边夸赞百荷，一边将目光移向屋外，她听到猪圈里的两头猪撞得猪圈门哐当作响，便转移了话题，你们这两头猪真是一身蛮力气。

鸡蛋握在手里滚热的，像是刚从鸡窝里移师饭桌，蛋皮泛着微红的光泽，百荷扫一眼便知这是老黄下的。家里一共有两只老母鸡下蛋，老黄下的蛋蛋皮泛红色，小黄下的蛋，蛋壳是微微的白色。百荷小心地剥了蛋壳，迅速挖出了蛋黄埋在祖母的饭碗里，蛋皮吞到嘴里，还没有下肚，她紧接着端起稀饭喝了精光。

百荷背了书包走出院子时，祖母正边舀猪食边训斥着家里养的那两头猪，吃就好好吃，不要抢，抢到哪边都是一样味道。两头猪哼哼唧唧的不像是思过倒像是撒娇。百荷很羡慕它们的娇情。

村小学就设在村子东头，百荷家住在村西。虽是在一个村子，但村子范围不小，从村东到村西，太阳也到了西，这句顺口溜，就是说的村子范围很大，当然有些夸张。村庄一天比一天冷清，一大早，村道上不见人影，百荷默默数着脚下的步数，她心里的孤单陪伴着她。路过玉莲家，大门上的一把锁虎视眈眈地与她对视片刻。两年前，玉莲转学了，她跟着母亲去了北京，她母亲在北京帮人家带宝宝，一个月能挣几千元。玉莲过年回来说，她到城市里上的是打工子弟学校，不管怎样，百荷很羡慕她，有一个把她带在身边的妈妈。不只是玉莲，刘冠军也去了城市。

这几年，村子里变化很大，很多人家都翻盖了楼房，但楼房就像是空架子，面子很光鲜，主人却多数常年在外。

村道也都铺成了水泥路，下雨天再也没有纠缠不清的泥巴粘住鞋底。从前那些重重叠叠的脚印被浇筑的水泥掩盖了，再也不得翻身。

上学识字后，百荷曾给母亲写过信，无处可寄，她把那封信埋在院子里枣树下，枣树收留了她的那封信，枣树每天舒舒坦坦地呼吸着她和母亲的轻声细语。

有一年，五叔回来过年，曾经留下了一个电话号码。五叔说，城里人早就不用传呼机了，城里连马路边都随处可见电话亭。五叔留下的电话号码可以直接打到城市，五叔说，打这个号码就可以找到他。百荷顺着这个思路认为，找到五叔就可以找到妈妈。尽管五叔和父亲每年回家过年都告诉百荷，你妈妈太忙了，没时间回来看你。百荷却换位思考，母亲的时间虽被预订了，但她有时间，她可以去看望妈妈，只要能见到妈妈，她的时间都会被她积攒着，留着与母亲分享。

2

祖母耐不过百荷的纠缠，曾借了刘家的电话打了过去，五叔留下的号码却总是打不通。为什么会打不通呢？百荷和祖母好生奇怪。最后，还是刘冠军的小姨有见识，她说，可能记错了号码，号码就像是一个人的指纹，错不得的。自从刘冠军擅自挂断了母亲的来电，百荷已经对电话有一种复杂的情感。仿佛她的妈妈就躲在电话里。电话打不通，成了一个悬念。

当时，郑倩倩正在收拾行李，过了年，刘冠军去了城市，她也要离开大河圩了。郑倩倩这样说着，满面惆怅，她看上去满腹心事。祖母说，多亏了你姐夫，我们家老五，才在城市有落脚的地方。郑倩倩却摇摇头，苦笑道，老五早不跟着我姐夫了。祖母慌了神，再想追问，郑倩倩一脸惆怅，张张嘴，又留下了嘴边的话，对祖孙二人只留下了背影，留下了静静的电话机旁的空气招待她们。这个老姑娘，人也是怪啊！回家的路上，祖母一路嘀嘀咕咕。

百荷的心里却是沉甸甸的，失去了联系母亲的线索，一些失落、一些遗憾、一些疑虑团团地抱在她的内心。祖母倒是没有当回事毫不介意，她说，你五叔说了，他们都很好。她对祖母的懈怠态度心生不满，百荷满腹委屈，她心里酸酸的。父亲过年时回来，为什么母亲没回来？百荷不相信祖母的理由，她担心的是，这些年了，母亲从未现身，是不是永远不会出现在她的生活里，永远不回来了？百荷需要一个让她信服的理由。

百荷渴望的不是电话，她渴望的是她无法忘记的母亲。母亲不牵挂百荷，但百荷想念母亲。她的想念缠绕在生活里。

她有时候又会担心，万一母亲的电话来了，该说些什么，她沉默的时候多了，常常会看着远处的大鹏山以及那些像田野的眼睛一样的池塘，真的接到电话，她要开口说话，她要对母亲说些什么呢？就好像村庄要是开口说话要说些什么？而母亲在城市里又会说些什么呢？城市会和母亲说些什么？这些只是想象而已，一直也没有发生。

百荷到学校时，教室里已有了十几个同学，她刚进教室，上课铃便响了。讲课之前，班主任清点了一下人数，班上同学都到齐了，刚好十六个，这个数字是百荷上一年级时班级人数的四分之一。与此同时，百荷的祖母刚腾出时间吃早饭，她端起饭碗，一伸筷子便捞到了那只鸡蛋黄。祖母眼圈一红，小心翼翼地将那只蛋黄安置在一只空碗里，只顾大口地喝粥。

学生少了，教室便显得有些空旷，教室里也不再是闹哄哄的，老师的目光零零乱乱的。

在学校上课，常常需要大声朗读。百荷仍然不愿发声，她在心里默读。最初老师不肯迁就，鼓励她大声朗读。百荷勉强张开嘴，发出的声音是暗哑的，像是借来的嗓音，而她自身依然是沉默的。渐渐地，她的固执占了上风，老师也就听之任之。

现在，放学回来的百荷一人在堂屋里写作业，作业很快写完了，依然不见祖母的身影，百荷无法与安静对视，渐渐地这安静的目光演变成对她的逼视，它的目光凛然不可侵犯。

百荷跑到院门口张望，远处的稻田里不见人影，村道上空荡荡的。根联家的狗，在田埂上游荡。退回院子里，百荷抱起了跟在她脚边的一只老母鸡，抚摸着鸡毛，百荷下了决心。松手放了母鸡，她跳进房间，从书包里拿出课本，翻到刚学的新课文，百荷清了下嗓子，接着，她放出了她的嗓音。

百荷大声朗读上午刚学的那篇古诗文:爱此溪水闲,乘流兴无极。漾楫怕鸥惊,垂竿待鱼食。百荷停下来想了想,老师介绍说,这首古诗中描写的风景就在大河圩,她每读一遍,大河圩就像是一幅画在她的心里不断地闪现着美景。安静被她的朗读击打着,蹲在墙角,蹲在空间的任何角落。只要她稍有停顿,安静便席卷而来。几个回合下来,百荷与安静的较量,明显占了上风,她对着房间里的安静示威,接着朗读:波翻晓霞影,岸叠春山色。何处浣纱人?红颜未相识。百荷丢下课本,我不是害怕,我要去接我奶奶了。

诗歌伴随着百荷,百荷走进了诗歌中的景致,百荷亮开了嗓门,一路呼喊着,奶奶,奶奶。她走得急,根联家的狗见她过来,忙躲到路边,竖着耳朵张望。村里的这些狗啊,鸡啊,都与百荷相熟,百荷却从不与它们搭腔,它们与百荷的安静与沉默总是格格不入。

这一次它们又被百荷的嗓音震惊了,纷纷噤了声。

暮色笼罩着田野,夕阳和树木的倒影留在池塘的水面上,水里的夕阳是潮湿的,水里的树木是潮湿的,同时又是流动的。百荷羡慕任何流动的水,尤其是清溪河里的流水,流出了村外,流到远方去,流到人的心里去。

水塘里几只迟归的鸭子见了百荷又竞相扑向水面。百荷走过去,水塘溅起的浪花在她的身后格外响亮。浪花的响声吸引了百荷,百荷羡慕那些跳跃的浪花,她喜欢清脆的声音。

祖母正在塘边打猪草。百荷,你来接奶奶了?奶奶正想百荷呢。祖母边说边闷头割草。四周暗了下来,像是掩藏着阴谋。见到祖母,百荷闭紧了嘴巴。她不说话,祖母替她把话都说了,祖母说,谁说百荷傻?百荷你就是聪明,作业这么快就写完了,一个人在家害怕了,怕么事?百荷的眼泪忍不住落了下来，她也说不清她怕什么，尽管她以朗读战胜了安静，就是心里慌慌的有些担心。祖母识破了她的胆怯，她有些不甘心，她说，我不怕，我担心你。祖母抬起头停止了割草，长长地舒了一口气，她说，开口了，又是一连三天，你终于肯说话了。

青草散发着清香，那清香从篮子里飘出来在百荷的四周舞蹈，百荷依稀能辨别出它们的舞步，时上时下，时前时后。祖母的手里提了渔网，网了两条鱼，有一条鱼还活着，试图跳出，百荷开口央求祖母，奶奶，我们放了它。祖母自顾闷头走路，她习惯了孙女莫名其妙的请求，百荷要么不说话，要么语出惊人，百荷踩着祖母的脚步，对着祖母的背影嚷道，奶奶，鱼也是一条生命，鱼也会悲伤，鱼也不能离开妈妈。

祖母未曾理会百荷，却在谴责自己，她说，我老了，活着也没用了，打不通你妈妈的电话。祖母自责，百荷又于心不忍，她接着说，奶奶你不能这样说，我祝你身体健康，长寿。

回到家，祖母又去喂猪喂鸡，百荷便主动做晚饭。坐到灶口，先抓了一把枯草碎叶，点燃了灶膛的火，接着塞了一把麦秸秆。她个子不高，脚下垫了个小板凳，将早晨的剩饭剩菜倒进了锅里。她将那两条鱼悄悄沉入蓄水的水缸里。祖母在院子里轰鸡入窝，有只鸡很狡猾，绕着院子兜圈，最后自己钻进了鸡窝。进去后还高声鸣叫几声，不知是对自己的行为满意还是感动。

最终，祖母亲自烹煮了那两条鱼。

两条鱼躺在盘子里，无声无息，身上盖了卤汁，色泽诱人。鱼儿的眼珠脱落在汤汁里，空洞的眼窝，散发着悼念的气味。百荷的脑海里翻腾着它们塘边一跃的倩影，认为那是它们在发出求救的信号，不忍心再看鱼一眼，闷头吃着白米饭。祖母说，吃鱼啊，你是省给奶奶吃，奶奶有的吃，你

快吃鱼啊。说罢便动手要夹那鱼。百荷忽然惊叫起来,别动它。百荷的眼里噙满了泪水

祖母的好意却换来百荷的满眼泪水,祖母丢下筷子诧异地问道,你这个孩子,真是怪啊,让人搞不懂,把鱼藏在水缸里,自己不吃,别人也不能吃吗?百荷一个劲摇头又不做解释,她眼里的泪水却像断线的珍珠一滴一滴涌出。祖母皱了眉头,显然不愿意与孙女僵持,丢下手中的筷子,捶着自己的后背,疲惫地说,奶奶管不了你许多了。祖母的话没有起到震慑作用,相反,百荷的眼泪流得更加畅快。

3

电视里正在播放一条新闻,其实是旧闻回放,迎接新千年,回顾1997年香港回归。香港人庆祝回归了祖国的怀抱。整个中国都在庆贺即将到来的新年,电视画面里到处都是喜气洋洋的。

家里的这台电视机年初时,伴着五叔,落户家门,最初几日打破了百荷的沉默。

今天,隔着这层热闹,祖孙二人并未受到感染,电视里的画面,仿佛远在天际遥不可及。百荷注视着电视画面,默默地想,我什么时候能够回到母亲的怀抱?努力回味母亲怀抱的滋味,却是寡淡的,她看见窗外枣树上一片叶子在风中颤抖着,随时都会随风飘落。

这边放弃了闹别扭的孙女,祖母和自己的身体斗气,她边指挥自己的拳头敲打自己的后背,边数落身体的背叛,这把老骨头跟了我几十年,还是要折磨我,痛死我了。

百荷咬紧了嘴唇瞄了一眼祖母,祖母的脸上果真遍布痛苦。百荷胡乱揉了两下眼睛,泪珠便望而却步,脸上挂着泪痕,她挪到祖母身边,伸出

双手,对着祖母的腰部先是捏揉,接着用力捶打。她的这双手是缓解祖母疲劳的灵丹妙药,果然,手到痛除,祖母的脸上露出了微笑,祖母慈爱地说,奶奶知道百荷心善,不忍心杀生,奶奶错怪了我百荷。有了祖母的善解人意,百荷才肯倒出内心的顾虑,她说,奶奶,清溪河里的浣纱女一定没有死,她说不定变成了一条鱼,不知哪一条会是它。对于孙女的奇妙联想,祖母用鼾声回答。她耷拉着头,花白的头发伴着鼾声也无精打采。

百荷很想走到黑夜里去,到远方去寻找母亲,寻找一些真相,却没有足够的勇气。母亲为什么不回来了?这样的夜晚是个忧伤的夜晚。

河水里汇聚了多少水滴,这是个不解的难题,对于百荷来说,河水里的秘密不只是水滴,它的每一次欢呼,每一次浅吟都在昭示一个秘密,这些秘密都有令人费解的答案,答案或许在水草里,或许在鱼鳞里,或者在虾蟹的脚掌里。这些水族的语言谁能听得懂呢?岸上的人类听不懂,自然就埋藏了无数的秘密。

百荷沉默着,但并不寂寞。即使在梦里。这些秘密夜夜伴在耳边,它们不喧哗,只是守在枕边。百荷的梦里是有水声的,她在水声里畅游,鱼儿围住她,水草在眼前舞蹈,她总是会在一座水珠凝结的房屋前停留,那房子光彩四射,房门打开,一位姐姐翩然而出,对着她莞尔一笑,那笑是有形的,水珠的形状,晶莹,透彻,打动人的内心。百荷喜欢这样的笑容,水灵灵的却很温暖。

一伸手,百荷醒了,她的手心湿漉漉的。祖母正在给她掀被子,手掌又粗又大,掌面上结了老茧,祖母说,乖乖,把汗衫脱掉,天气暖和了。百荷执拗地翻了一个身,我不要脱。百荷的枕边只有祖母的催促,水声没有了,这令她很沮丧。

没有人懂得百荷的沉默,也没有人听见百荷耳边的喧哗。

百荷沉默着，但并不孤单。一些人们忽略的细节陪伴着百荷悄悄地成长着，它们使百荷成为一个富有的人。

这天放学后，百荷没有马上赶回家，出了校门她拐上了一条公路，她刚上小学时公路路面坑坑洼洼，她想到父亲和母亲就是踩着这条路离开她的，他们离开了家乡，远离了那些田野、池塘、河流，还有家里那带着院子的三间大瓦房，她只清楚地记得他们离开了她。

父母离开的这几年，这条通向村外的村路重新修筑，路面加宽了，整条路很宽阔，石子路面已铺上了水泥，笔直，平坦。从前的路面上驶过的三轮车、自行车总是颠颠簸簸的，那些车轮饱受折磨无奈地看着沉寂的天空。现在的路面上常常行驶着小轿车，那些小轿车神气活现地走在这路上，它们的身上都带着城市的气息，它们驶到乡村里来。百荷常常想问一下有没有母亲的消息，但这些车子都开得飞快，偶有车速慢的，百荷又犹豫着，从不主动上前，往往等她舒缓了紧张时，那车子又加速远去了。

家在相反的方向，那个方向离她越来越远，她听见那个方向在不断地提醒她，这边，这边，你错了。我才没错呢，我要去河边，我要去和河水说说话，百荷对昨夜河水的拜访心存感激，她今天要去回访。百荷沉默着，但她并不缺少语言。

水其实在百荷的生活里无所不在。她生活在水乡，总是和水对话，生活里妙语连珠。家门外的那条小溪总是絮絮叨叨，没有一点波浪，有时候像个任性的孩子突然就不声不响，裸露着河床。

房前屋后还有一些水塘，水塘的语言倒是不絮叨，它伶牙俐齿，但它的内容太过单调、沉闷，其实云朵是流动的，微风也是不断地翻花样，但是水塘对这些总是爱答不理，它对百荷也是这样的，沉闷地与之对视，每次水塘都是赢家，它还不依不饶，像是在示威，你过来，你过来。

只有河流让百荷心满意足，她宽广而深远，她的语言滔滔不绝，有时低声细语，有时豪言壮语。这些河流在百荷的生活里交错。让她眼花缭乱，她最后断定清溪河最能吸引她，她的秘密美丽空前。

河流就在眼前，清溪河就在眼前，坦诚迎接百荷的到来，阳光下，河面波光粼粼，每一束波光都注视着百荷，含情脉脉，百荷见过这样的目光，在那个有着碎金般阳光的早晨，母亲就是这样凝视着她，什么都不存在，只要拥有如此目光，世界就是满的。

走下堤岸，渐渐抵达河水，聆听着水的窃窃私语，它们像是表示欢迎又像是表达情义，扑通，扑通，不懂，不懂，河水相拥着拍打着堤岸，不待百荷解释又相拥着离去。后浪拍击着前浪，后一波的话语又追上来了，哗啦，哗啦，好了，好了，好了。这些河水的娓娓道来，滋润着百荷的内心。百荷开口说话。百荷说，你们当然不懂，你们不知道，我多想我妈妈。抹了一把眼角的泪水，撇撇嘴，我就是想哭，你们别劝我，我还没哭好。河水接纳了百荷，河水马上回答，快了，快了，一滴水的回答微不足道，满河水的回答让百荷信服。百荷破涕为笑。百荷一微笑，河水就报以掌声，哗啦啦，哗啦啦。掌声越大，百荷的笑声也就越大，百荷的笑声经过了河水的洗礼，晶莹剔透。百荷说，你们最懂我，我其实不傻。

远处的河滩上有一群鸭子，饱食之后正三五成群地休息，有的望着水面发呆，有的若有所思。鸭子的主人是村上的宝旺爷。宝旺爷前两年在外地打工，赚了些钱，也磨损了筋骨，近两年做不了体力活才回来闲养了一群鸭子，他原本在数河面上流动的船舶，数着数着，他就乱了，是百荷的笑声打断了他。循声望去，见百荷正对着河水咧着嘴，浑身笑得发颤。

一个小女孩的笑声无所顾忌很感染宝旺爷,他也就笑着喊道,百荷,你在笑什么? 还不回家去。从河水里得到消息的喜悦顷刻被宝旺爷打断,百荷噘着嘴回击道,要你管。

好心遭到抢白,宝旺爷心有不悦,脸上的表情还是宽容的,他说,还不快回家,你奶奶可要寻你了。无理得到谅解,百荷心生愧疚,她慷慨地让宝旺爷分享自己的秘密。百荷说,爷 ,你可听到河水告诉你秘密? 宝旺爷闻言,心生诧异,狐疑地打量着她,几步走近,伸手摸了摸她的额头,自言自语说,正常得很啊? 百荷无疑是聪敏的,立刻领会了宝旺爷的意图,她恼羞成怒地跳到一边,尖声叫道,我好好的,你才发烧呢,你才说胡话。

鸭子跟随着主人,原本正耐心地等待打道回府,忽然被百荷的举动惊吓,纷纷寻找出路,有的原地打转,有的引颈长鸣,有的反应敏捷,伸长了脖子去追逐百荷。

百荷对河水的拜访不得不仓皇中断。背着书包逃离了鸭群的追逐,跑上岸堤,她回首喧哗的河水,河水波光暗淡,对不起,再见。百荷对着河水仓促告别。

宝旺爷带着鸭子渐渐逼近:百荷,你一个丫头到处跑什么,当心我去告诉你奶奶。宝旺爷对百荷的不敬念念不忘,他一边指挥着鸭子向前,一边警告百荷。他的警告再次激怒了百荷。她的嘴角划过一丝冷笑,一个孩子的冷笑多少带点稚嫩,饱经生活磨难的宝旺爷立刻察觉了,他说,这孩子,好坏不分呢,我看你也是不学好。鸭群渐渐接近,百荷无心辩驳,却有心回击,她低下头目光四处逡巡,很快锁定了一块石头。只在刹那间,宝旺爷眼睛还没有来得及眨动,他的鸭群便因为这块石头的突然袭击炸开了锅。

那天傍晚,河堤上一群鸭子四处乱窜的震撼场面吸引了堤岸上过往行人的目光，吸引了青山与蓝天以及土壤所有的目光，一些目光理解百荷，目光里都是赞许和悲悯。一些目光却很尖刻，人们纷纷打探，那个迅速逃离的小女孩是谁。有的人眼尖，立刻认出了百荷，认出了也要纷纷征询其他人的目光求证，是百荷吧？这个怪伢，越发痴了。

清溪河目送百荷，它依然娓娓而谈。河面上时时涌起水波，一层推一层的水波，一层追一层的水波。

鸭子，嘴巴长长的鸭子。到处都是鸭子。逃离了一群鸭子。一路狂奔，推开家里的院门，出人意料，迎接百荷的还是一群鸭子。

这是群鸭仔，憨态可掬，个个浑身毛茸茸的，眼珠黑黑地凝视着她。百荷喘着气渐渐平静下来，她伸出手抚摸着鸭仔，鸭仔对她的抚摸毫不惧怕，争先恐后拥上来，嘴里还发出了欢呼。有一只奋不顾身地跳到了她的手掌上。

百荷，这些鸭仔是奶奶今天买的，今后，由你来养，可好？祖母正在埋头剁猪草。年初，五叔做主，家里的农田转租了，脱离了农耕生活，祖母无所适从，除了养了两头猪，还嫌留下了多余的力气。祖母盯着猪食槽，未留意到百荷满头汗水，接着问，今天放学怎么这么晚？不习惯撒谎，放学后的经历又不便说出口，祖母一直就禁止她去水边玩耍。更何况，她袭击了宝旺爷的鸭子，纵然是宝旺爷先激怒了她，可是，她也无须迁怒鸭子。鸭子，鸭子，多么可爱的鸭子。百荷习惯于以沉默回答祖母，祖母也不关心她的答案，吩咐说，别再玩了，去把灶台上的青菜洗了，洗好后我来烧晚饭。祖母去塘边唤鸭回家，脚步蹒跚，一边走一边看天，天空晴好，这么好的天也不要忙了，机器几天就收了菜籽，像是做梦，无人搭腔，祖母自言自语。

4

这顿晚饭，祖孙二人并未吃青菜，用祖母的话说，气都气饱了，还吃什么？

院子里扔着两只死于非命的鸭子，一只脖子上流着长长的血迹，一只身子上遍布伤痕，两只鸭子都双目怒睁，它们捍卫主人却死不瞑目。宝旺爷临走时，虽悉心传授烹制鸭子的厨艺，仍然未能缓解祖母的怨愤：两只鸭子要我赔五十元，黑了心。祖母咬牙切齿，狠狠地踢一脚鸭子转过身接着训斥百荷，你怎么不作声，现在夙掉了。五十元，你可晓得你爸爸要怎样吃苦才挣到五十元。

百荷沉默着。她蹲在那两只无辜的鸭子身边，注视着它们身上的伤痕，她看到鸭子的疼痛已经消失了，而那无声的控诉却幽幽不绝。

祖母最终烧好了晚饭，还特意蒸了年时的腌肉，她很快原谅了孙女，暗地里指斥宝旺爷这行为纯属报复。前一年，家里的田地还未曾转租，宝旺爷从城里回来，养了一只羊，那羊却不惯被圈养，逃脱了主人的监管，擅自闯入百荷家的稻田里毁坏秧苗，祖母曾毫不客气地追讨了五十元青苗赔偿款。百荷躺在床上，紧紧闭着眼睛，佯装熟睡，祖母带着爱莫能助的歉意，停止了喋喋不休，她说，我知道你没睡着，半夜里肚子饿，就自己爬起来吃，我也睡了，活计做得少，我的腰更疼了。

熄了灯，四周漆黑一片，一个人睡在床上，百荷很后悔赌气独自来到西厢房，身边缺少祖母的陪伴。她把头埋在被子里，内心还是装满了莫名的恐惧，有心去找祖母却没有下床的勇气。

有一丝声响由远及近，带给百荷光亮，不怕，不怕，是河水的声音。河水带着热情循迹而来，它守在百荷的枕边，窃窃私语，百荷听不懂，一滴水有一滴水的语言，它晶莹，透明，它在黑夜里闪光，听不懂没有关系，听得见就够了，百荷明白了河水愿意和她做朋友，交朋友的喜悦很快战胜了内心的恐惧，她大胆地睁开眼睛。她看见，满屋子都是温暖的微笑，河水的微笑真好，它的笑容亮闪闪的。

早晨，两个金灿灿的油煎包子摆在桌子上。早餐有改变多半出于奖励，或者考了好成绩，或者多割了猪草，这些事情百荷都没有去做，况且昨天惹了祸，祖母平白加以犒赏，这两个包子有些来历不明，不解其意，她注视着两个包子，用目光寻找答案。

祖母正在院子里喂鸭仔，举止慈祥又轻柔，百荷不由得有些妒忌，她不想争宠，却不甘心受冷落，奶奶，鸭子会拉屎在手上，脏死了。百荷的小心眼，祖母心知肚明，她起身来到百荷身边，手指轻轻点点孙女的脑门，你个小赤佬，一夜没吃饭，今早起床肯开口说话了，包子是奖励你的，奖励你绝食。

百荷打死了宝旺爷的两只鸭子没有成为特大新闻，成为新闻的是百荷对着河水痴笑。

事情的经过最初只是宝旺爷的描述，但听众全凭着自己的想象捏造了好几个版本。村子里大多是留守的老人外加饶舌的女人。女人爱饶舌天经地义，孩子秉承母亲的秉性无可厚非。

晓晓和玉莲前些日子为了顺利升入初中又回到了村小学，知识掌握多少不论，见识却大有增长。见过世面的玉莲，更有轻视百荷的资本。平素里她最看不惯小米老师对百荷的偏爱，她跟几个女同学形容百荷在河边傻笑的情景，一再强调她是傻笑。只有晓晓维护百荷的尊严，她说，百荷一定是想妈妈了。晓晓自母亲也去了父亲的工地做小工，一直寄宿在外婆家，最近也是为了升入初中，又转回了村小学。玉莲反应机敏当下反驳说，她妈妈是河水吗？你想妈妈会对着河水傻笑吗？晓晓一时想不起合适的词语辩驳，只好搬出了小米老师说，米老师说过百荷比较有思想。玉莲一脸的鄙夷冷笑道，对河水有思想，不如说有想法。玉莲所说的想法，外人不懂，学校的孩子却都心领神会，意思就是男生和女生之间产生了不纯洁的友谊，不纯洁有何界定，谁也说不清，多数女孩子都避之不及。玉莲的话音刚落，冷不防，横空里闪过了一个巴掌结结实实拍在了她的脸颊上。

百荷的巴掌愤怒地袭击了玉莲的脸颊。百荷满脸涨得通红，她不说话，由她的巴掌代劳发泄自己的怒气。

女孩间的这场冲突最终以百荷道歉解决，表面上看百荷态度诚恳，玉莲虚心接受。小米老师了解了事情的原委，特意在班上又一次赞扬百荷的想象力，她说，很多著名的作家、诗人都把河流比作母亲。但暗地里玉莲从此称呼百荷是痴女，她耳朵上当时被百荷抓破的表皮直到一星期后才结了痂，此后留下了浅浅的疤痕。几个要好的女生凑在一起，玉莲就会将疤痕展示给她们，恨恨地说，看看，痴疯子抓的。玉莲压低了声音一如既往取笑百荷：她从小就傻，从小说自己看见过红狐狸，她从小就爱胡说八道。

在祖母那里，这场冲突起初只是个秘密，百荷的沉默将她的秘密包裹得严严实实。

她回到家默默帮助祖母烧晚饭，写作业，每天主动为祖母捏腰捶背。有时在电视机前，她会凝视着一些画面出神。百荷虽未身临城市，但电视里的城市她早已见识多次，在电视机前，城市往往近在眼前。偶尔，她的一些想法,会似那窗外的枣树落下的一枚树叶,默默地带着些伤感。

玉莲吃了亏,吃的还是百荷的亏。玉莲的母亲多彩得知后自然要如实禀告祖母。多彩自从在城里找了保姆的职业,很快立下雄心大志,要成立家政公司,公司还没有眉目,眉宇间却有了老板的气派。在村子里,多彩平素与刘家最要好,往来频繁几乎要踏平其门槛。与田家素来疏于交往。为替女儿讨回公道,主动登门又太过隆重。心里思忖一番,多彩最终在塘边巧遇百荷的祖母。

祖母正在塘边淘洗衣服,村里前两年已铺设了自来水,祖母却固执地沿袭原始落后的生活方式,祖母的行为遭到了多彩的鄙弃,她皱了下眉头,脸面上还是堆满了笑,老远打招呼。多彩一张嘴气派便上来了,简述了事情的经过,她直奔中心:百荷奶奶,这虽是件小事情,玉莲被百荷扇了一巴掌,我们也不要计较,我是好心提醒你,百荷从小与其他孩子有些不一样。妈不在身边,难调养,也是难为了你,百荷大了,心要拴得住。

祖母站在塘边,手里攥着湿淋淋的衣服,多彩的每句话直接钉在祖母的心上,像是岸边的系船柱。

祖孙二人在灶间烧饭。百荷坐在灶下烧火,祖母在灶前炒菜,和着锅铲的节奏,祖母的嘴里流出了调子"清水河长又长咪,两岸人还又人山啰"祖母的歌声将她变成了王淑贞。祖母放开嗓子接着唱道:"老年人咪拄着龙头杖咪,姑娘们穿起花衣裳啰。"百荷听到了王淑贞的歌声,百荷怔怔地注视着祖母,咧嘴一笑,接着便将目光凝聚在灶口,祖母试图用歌声打破百荷的沉默,并未奏效,百荷对王淑贞是陌生的。

5

祖母坚持驱除百荷的沉默。

放学时，祖母守在校门口。百荷说，奶奶，河水在说话，河水喊我了，你带我去河边吧，你来接我，河水也会高兴的。祖母瞪大了眼睛，百荷，我的伢啊，你这么痴傻，今后怎么搞？最命苦的是你爸爸，没有个男伢。百荷闭紧了嘴巴，以沉默抗议痴傻，以行动缓解委屈。她挣脱祖母一只手掌，祖母的另一只手掌早已严阵以待。最终，百荷拗不过祖母，这天放学，祖孙二人是拉拉扯扯进的家门。

踏入家门，祖母一手钳制着百荷，一手拨弄着针线篮，最后举起了一把明晃晃的剪刀。祖母松开双手，摩擦剪刀，百荷立刻借机跳到了门边，嘴里发出了抗议，奶奶，你不要用剪刀吓唬我。

咔嚓，祖母摆动了一下剪刀说，唉，百荷，你整天不说话，我不知道你心里想什么，你用剪刀说话吧，这把剪刀可以和你爷爷说话的。

祖母最后的一句话喊住了百荷的脚步，祖父沉睡在她幼小的内心，早已不堪重负，关于复活，关于黑发，关于红狐狸，一切能让祖父开口的元素，在百荷这里都是惊天动地的。百荷的双腿僵跨在门槛上，迟迟疑疑回转身。

祖母扬了扬剪刀，眨眨眼睛。剪刀的光泽像是劈开了一个新的世界。咔嚓，咔嚓。剪刀的声音，清脆利落，剪刀果然开口说话了。剪刀吐出的语言响亮悦耳，百荷像是听懂了。她说，奶奶，你快说说，爷爷怎么说话了。这一次，百荷听到自己的嗓音完美无缺，有如天籁。

你不到处跑，我就都告诉你。祖母卖着关子，见百荷向她移动脚步，祖母接着说，你爷爷喜欢磨剪刀呀，你爷爷磨剪刀走遍了咱们大河圩，还走出了咱们大河圩啊。

祖母循循善诱。渐渐吸引了百荷，她打断祖母，是不是剪了一缕头发？祖母摇摇头，不是一缕。答案虽令人扫兴，但她走近了祖母，双眼凝视着剪刀,目光炯炯。

当年那些剃头匠都用了你爷爷磨过的剪刀,不知道剪过有多少人的头发,祖母略一停顿,自己给出了答案,多得数不清啊。

祖母打开百荷的书包,挑挑拣拣,最后挑出一本空白习字簿。百荷领会了祖母的意图,爽快地撕下一张,递给祖母。

咔嚓,咔嚓,剪刀开口说话,祖母左手拿着那张纸,右手操纵着剪刀。刀尖一切入,刀刃便紧随其后,刀轴不偏不倚,刀背的光泽正是剪刀语言的光泽。祖母控制的刀把,力道恰到好处,剪刀在游走,一张薄纸之上的乾坤,取决于剪刀还是取决于祖母?实际上,百荷无法回答这个问题。薄纸与剪刀紧密相连,一个甘愿受缚,一个情愿屈服。剪刀在游走,剪刀在说话。

祖母手中的薄纸渐渐勾勒出一个男人的剪影,高挺的鼻梁,瘦削凸起的颧骨,凸显严峻的嘴角。剪刀塑造了一个复活的祖父,复活了百荷幼年时的愿望。

一张纸,一把剪刀,祖母刻画了一个祖父,王淑贞刻画了一个田中贵。千张纸,祖母能刻画一千个祖父,王淑贞能刻画一千个田中贵。

一张单薄的纸张让祖父栩栩如生地来到了眼前,祖父的这一种复活,让百荷心惊肉跳。她将剪纸小心翼翼地捧在掌心里,掌心传递的温度渐渐温暖了祖父,一个有体温的祖父从此搅动了百荷的沉默。祖母让剪纸伫立于她的掌心之上,大度地说,好吧,你这个傻孩子,你不是总是惦记着爷爷复活吗,你说他复活就算复活吧。

百荷凝视着祖母掌心上的剪纸,百荷被一个手掌托起的人生打动了。

祖母又拿出了一排剪刀,这是一个剪刀的家族,由大到小,闪闪发亮。

祖母说,这些都是你爷爷收藏的,这都是他的宝贝,都是经过他的修磨,变废为宝。百荷的脑海里依稀出现了祖父病倒之前的身影。农忙已过,祖父肩负条凳,腰杆挺直了,脸上的表情比磨刀石还要坚硬,而磨刀石盘踞在条凳之上,躲在祖父坚硬的阴影里。祖母追到门外规劝道,如今还有几个人磨剪刀?你就不要到处走了。祖父坚持迈开脚步,你不懂的,我舍不得当年走过的地方,我要去看看。

祖母又撕下一张纸,咔嚓咔嚓,祖母重新挑选了一把剪刀,像是遇见了心仪的伙伴,祖母脸上露出了心满意足的表情。

咔嚓咔嚓,随着剪动的游走,剪刀又开始发言了。这一次,祖母接上了剪刀的语言,祖母说,田中贵,剪刀在,你就在啊。你当年拿着这把剪刀救了一村的人啊,稍一停顿,祖母又否定了自己,她说,不是一村人啊,是一村的粮食。

从祖母讲述中走出的田中贵,那几日愁眉不展。你现在可要佑护百荷。祖母望望百荷,像是百荷也是一株粮食,祖母说,树苗再壮实,也不能缺水啊。祖父不在身边,祖母依然叮嘱他。百荷又一次惊异地发现祖父复活于祖母的语言之中。

后来,百荷掌握了总结的能力,得出结论:有一种复活在记忆中。祖母叙述的祖父里从来就没有自己,事实上,祖父的生活里少不了祖母,祖父的复活是祖母给予的。祖母活在祖父的生命之中。

田中贵在王淑贞的语言里复活了。田中贵在王淑贞的剪纸里复活了。

田中贵和一头牛,祖父和一头牛。

田中贵和他的铁锹,祖父和他的铁锹。

田中贵和一群鸭子,祖父和一群鸭子。

祖母让祖父和一头牛伫立在她的掌心之上。祖母的眼神里出现了大旱年,祖母说,那年,几千亩双晚稻秧苗无法栽插,眼看着要抛荒,是你祖父凭着平日里磨剪刀认下的门路,找来了抗排队啊。

祖母将祖父和一把铁锹站立在手心上,祖母的目光里延伸出一条路,祖母说,早些年,村子里一直是泥土路,村子里土特产运不出,外面的日用品运不进,你爷爷一有空就会去修路,直到石子路浇筑成了水泥路。

祖母把祖父和一群鸭子捧在手心里,鸭子浮游在水面之上,祖母说,有一年大雪,你祖父把自己的稻子拿出去营救被大雪困在雪湖中的鸭子。

百荷在这些复活的祖父中,拿起了剪刀,剪着剪着却剪出了一个祖母的形象,她惊异地发现剪刀在知会自己,每一个祖父的影子里都有一个祖母。

一把剪刀,一张纸,有了祖母的带动,百荷要让眼中的景色活脱脱地跃然纸上。最初只是剪些小动物,百荷便开发自己的聪明才智,她眼前的景色都要用纸剪出来,剪出来的景色虽然是静止的,却是可以想象的。

百荷剪出了河流,她剪了一条在浪花上跳跃的鱼,那条鱼一直摆出跳跃的姿势,嘴里还冒出水珠。祖母将这张剪纸捧在手心里,她说,百荷,奶奶看见了一条河啊。这要是搁在早些年你剪纸都会有饭吃。祖母说,我当年,最羡慕镇上的小姐做活,我最不欢喜打猪草,做农活,可是我劳碌了一辈子,祖母摊开手掌,像是打开劳碌的时光,那手掌上遍布粗糙的皲裂痕迹。祖母凝视着百荷,像是邂逅当年自己内心的影子,不禁湿了眼角:百荷,你是多么有福气。祖母的感慨,百荷并不能领会,她手中的剪刀,在一张薄纸上剪切出了一个新的天地,吸引了祖母的目光。

祖母说,你学了这个,你想要什么,你就剪什么。祖母的这句话打动了百荷。她的脑海里呈现了一片蓝,而那蓝的核心依然是蓝。一片前所未有的蓝。在蓝色之下是一座城堡,城堡的大门最接近城内的真相,城市就在那里守着。百荷有些恍惚,她脑海里所有的人与往事像是接近了玄妙的门口,拥挤着。以这种思路剪纸,百荷犹疑不决,在那城堡的门边也许早有安排,她的尝试不是创新,只是在接近一些真相,后来,百荷成了母亲,她认定那是命运的真相。

祖父曾磨砺过的剪刀,凝聚了着祖父的气息,剪刀的温热散发出来,祖父残留在人间的温度苏醒过来,与百荷不期而遇。百荷与那个期待祖父复活的春天重逢了。那个春天的容颜依旧,仿佛一处人间的独语,渐渐覆盖了百荷的内心。

咔嚓,咔嚓。百荷独自面对剪刀,祖父和红狐狸,祖父和黑发。

剪刀不断发声。一切迷惑都掩藏在日常景象之中,掩藏在剪刀未曾涉及之处。

6

百荷守着安安静静的剪纸,祖母也终于可以松一口气。外面的阳光很好,春天的暖阳无处不在,祖母到塘边去洗衣服,她挎着一篮子衣物,拿了棒槌,到了塘边的踏板上,那些衣物像是塘里盛开的花朵,经过清水的洗涤,簇新,喜气。洗涤带来的愉悦远远胜过了劳累,祖母望一眼远处的家门,恍惚间像是看见少女时代的自己。只是那时的自己是一朵打苞的栀子花,现在的百荷已经盛开了,她的芬芳无意掩藏。

花事盛开的季节,百荷用剪刀让花朵在纸上又一次升华了芬芳。矜持是有的,但是芬芳无法掩藏。

学校里通知每班要准备礼物,过两天会有一个慰问团来慰问同学们。准备什么礼物呢?小米老师左思右想,乡里不缺鸡鸭河蟹但是这些太过贵重,人家是拒收的,有的班已经发动同学们去田间采了野花,有的班动手做了鲜艳的纸花和贺卡。

百荷手中的剪刀,代替自己发言。百荷按捺不住,她打破了自身的沉默,举手报告说,老师,我不画图画,我用剪刀剪纸剪花。

剪纸这份礼物带来的效应是惊喜的,每一位来宾都啧啧称奇,那些剪纸被小米老师细心地装裱在图册里、玻璃窗里,它们在阳光下熠熠生辉,它们在阳光下映射了孩子美好的生活。

老师隆重推出百荷。百荷起初还略带矜持,稍显扭捏,直至赞扬听得多了,她便大胆地说出了内心的感受:这个很简单的,我奶奶一教我就会了。有人提议百荷当场表演,来宾中为首的别出心裁,她从带来的一堆礼物中挑出孩子们最向往的学习机,送到百荷手中,百荷却将两只手背到身后,她说,剪个剪纸也不难,我不能交换。

百荷在大家的注视下咔嚓咔嚓动起了剪刀,有人在现场拍照,百荷也很配合,她甚至别出心裁做了一个造型。来宾们接受了孩子们的礼物,便回馈孩子们礼物,那台学习机被玉莲捧在手上,百荷最后只领到了一支自动铅笔,那铅笔上面有个海绵宝宝造型,百荷也很喜欢。欢送来宾时校长做了总结,他说感谢各界人士对留守儿童的关爱。

学校里热火朝天,村民们自然要来围观。围观免不了要有议论,议论便分出了轻重,眼馋的几个便去百荷祖母那里打抱不平。祖母丢下手头的活赶到学校,孩子们陆陆续续出了校门,有的得意,有的落寞,只有百荷举着手里的剪纸和哓哓嘻嘻哈哈。见到祖母,百荷马上报喜,她不知该如何形容今天太多的荣耀,千言万语汇成了一句成语:掌声雷动。奶奶我的剪纸获得了很多掌声。

祖母毕竟年岁大了,又要顾及学校老师的脸面,她说,还有的奖品你怎么没有,百荷却不以为然地说,学习机可以大家都用的,我有掌声就够了，小米老师送给我很多彩纸啊。傻瓜，真是个傻瓜。奶奶心里说，脸上也没有喜色。

老师送给百荷的彩纸五颜六色，百荷尤其心仪其中的红色，那是红狐狸的红。除此之外，百荷最喜欢蓝色，那是神秘莫测的蓝。

祖孙二人欣赏这些意外得来的彩纸。祖母凝视着那蓝色彩纸，声音发颤，她说，百荷，奶奶一直喜欢这蓝色，一直想用一块蓝布裁剪一件褂子。为了这，奶奶还收集过蓝草。百荷及时打断了祖母，她说，奶奶，蓝草和蓝褂子有什么关系？

蓝草里面的蓝色可以染色啊。祖母的回答拖出了长长的回味。

奶奶，那蓝色是怎么取出来的？是怎样染色的？百荷的追问带着探究真相的神情。祖母停下了剪刀，目光显露出向往，祖母说，那时候，我就想沿着清溪河去一次县城。祖母的语言里走出了自己，那个王淑贞，一直生活在祖母自己的内心里。

王淑贞想去一次县城。她剪了齐耳短发，换了一件干净的列宁装。当时，她在扫盲班夜校里教大家识字，这身打扮让她看上去像个女干部。

你去县城干什么？农闲了，田中贵杠上了他磨剪刀的家什，一头挂了他打的草鞋，顺路售卖。他仔细数了一遍草鞋的数目。

你去县城干什么？田中贵又问了一遍。算了，我不去了。王淑贞将两只手绞在胸前，望望远处的清溪河又改变了主意。

我那时候就想去买一袋染料啊，就要蓝色的。祖母告诉百荷，这个你爷爷一辈子都猜不透啊，我也不想告诉他。百荷对田中贵和王淑贞是陌生的。但她熟悉祖父和祖母。百荷对染料是好奇的。奶奶你为什么要亲自去买染料？为什么要蓝色的？

祖母端详着手中蓝色的纸。她不回答百荷。她是王淑贞，解放前的王淑贞只有她的老大、老二和老三。新中国成立后的王淑贞有了老四和老五。

无法亲自去县城购买蓝色染料。王淑贞后来就地取材，她去田间采摘蓝草。她将采摘的蓝草带回家。

王淑贞渴望浸染一块棉布，她迷恋那个过程。她脑海里的场景直到百荷的父亲出生才得以实现。那时已解放了 20 年。百荷无法走进田中贵和王淑贞的世界，她更没有见过染料。她央求祖母，奶奶，你给我看看染料？祖母无法演示那个过程，她说，百荷，现在哪有什么染料，染料早就过时了，祖母在百荷眼前永远是祖母。她说，时候不早了，早点睡觉。

剪刀虽然在纸上行走，新的安静同时降临在百荷的内心。那是剪刀带来的不为人知的安静。

百荷不停地挥动剪刀，希望剪出一只红狐狸，以及母亲，尤其那瞬间相见的红狐狸，百荷无法抓住它的神韵，剪刀与狐狸，像是都将百荷拒之门外，又像是处于千里之外。

后来，百荷请教了祖母，祖母说，你没见过红狐狸，不要难为剪刀了，就是见过，也肯定是你剪错了，错的是人，剪刀不会将错就错。祖母的这句话其实蕴含了深奥的道理，百荷长大后终于明白，其实，剪刀不会辜负这些剪纸的灵魂，而她只有领略了灵魂，才能剪出剪纸的灵魂。纸都有秘密，它们守着这些秘密。

然而当年的百荷对祖母的这些话半信半疑，升到了高二，她几乎完全否定了祖母的说法，百荷认为那些纸没有能力掩藏更多的秘密，一些秘密只有布匹与剪刀才能咬合出。高二暑假的一个下午。百荷面对着剪刀默默无语,一阵风仿佛是一阵暗喻,沉默的百荷得到了喧哗的风的启示。

百荷动用了祖母收留的一块蓝色棉布

剪刀成全了百荷,剪刀却击伤了祖母。

第四章　一波三折

1

百荷动用了祖母那块蓝色的棉布。

这块蓝色的棉布深入百荷的内心。梅雨季后，祖母每次晒霉都会特别关照这块蓝布，百荷，你看这块蓝布。阳光下，祖母哗地抖出了一片蓝色，天空降落下来，蓝色将一切拉到眼前。

天气燠热，整个村庄都是安静的。那天，祖母一早去看了根联家新近承租的桃园，又顺便参观了王奶奶家的葡萄园，回来后羡慕不已。祖母哀叹生不逢时，又喟叹她的两个儿子没有高瞻远瞩的眼光。祖母驻守着自己的老年，怀想她奔逃的青年和中年。一边做着决定，一边展开设想：我要让你爸爸回来，也承包鱼塘加入合作社。农村里到处是挣钱的出路，我要喊你爸爸回家来。

祖母的衰老抵不过夏季中午的困意，她渐渐进入梦境。

大河圩每年夏季的细节都是类似的。梅雨过后，大河圩总会有难耐的酷暑如期而至。

风被炎热折磨得无精打采，田野张开了毛孔，不断地呼出热气，无处不在的水比任何一个季节都热切地波光粼粼，树木也想躲在树荫下，但它们又无处躲藏，除非乌云遮蔽了烈阳。

沉默是百荷的阴凉。她躲在自己的安静里。有了剪纸的陪伴，她的躲避理所当然。

在祖母午睡的轻微鼾声里，她动用了那块蓝色的棉布，祖母珍藏的蓝棉布。

那些打在地面上的蓝，纯粹的蓝，从她看到的第一眼起就深入了她的内心。

百荷是被蓝色牵引着义无反顾地打开那些蓝色的。她为自己的自作主张沾沾自喜。最后，也为自己的沾沾自喜懊悔不迭。

蓝棉布是沉默的。百荷认为她与蓝布的沉默心心相印。她正在贴近一个灵魂。

百荷忽略了祖母对这些蓝棉布倾注的时光。那些时光的痕迹涉及当时的一些阳光，一个记忆，一个微笑，一个内心的波澜，那些蓝布上留着王淑贞一连串的无法遗忘的细节。那些蓝布纯粹是一次次的告白，起初是直接的，后来便成了一丝缅怀，百荷当时还不理解，有些事情需要纯粹而完整地保存下来，它等待的，唯有经历时光打磨的心灵。恰如有些事情不能被遗忘，包括这些事物曾享有的时光。

阳光陪伴着百荷的剪刀，切入那块展现在眼前的蓝色。那蓝，让百荷充满了遐想，世界被拉到了她的眼前，包括蓝色的天空和蓝色的海洋，一种格局由一把剪刀开创着。咔嚓，剪刀开口对蓝说话了，百荷按捺着狂跳的心脏，蓝棉布的柔软很快就会让百荷如愿了。

棉布的柔软立即取代了纸张的单薄。剪刀与棉布配合默契。一些枯萎的联想同时在百荷脑海里复活。她手中的剪刀欢畅前行。她期待着母亲诞生在蓝色之上。

祖母就是在此时踏进房门的，像是睡梦中被蓝色唤醒，被蓝棉布唤醒。

祖母猛然闯进了西厢房。她的身影很快遮挡了阳光，百荷在她开辟的蓝色的，渐渐接近的事实真相上求索。母亲在棉布上舒展，她身后的背景由着剪刀游走，百荷获得了奇异的感受。

铺张在百荷眼前的蓝，显然让祖母受到了惊吓。祖母惊叫的瞬间，阳光逃到了门外。祖母未能上前夺下百荷的剪刀，她抬手阻拦的动作和她的惊呼同时凝滞在空气中，祖母突然无法挪动脚步，直挺挺地栽倒在地面上，栽倒在泥土之上。

2

开学后，百荷办理了住校就读。这所镇中学，招收镇辖区的适龄学生。学校的高考升学率既比不上县重点，又逊于示范高中。任课老师引以为傲的是学校的硬件设施，尽管是一所乡村中学，每个学生都配有住宿床位，高一入学时，百荷选择了走读。这不是百荷的意愿，完全是祖母的主意。开学报到的那日，祖母顶着烈日，一路上汗水涔涔，找到班主任，神情窘迫，我孙女百荷，人痴傻些，还是不要住校，放学回家放心些。

升入中学，百荷在学校里仍然是个安静的学生，成绩不突出，长相也一般，她的安静让大家忽略她的存在，她只存在于她自己的世界里。但她的世界是对外封闭的，打开她世界的钥匙在她自己的手心里。

老师了解到，她村上的玉莲和晓晓同她一起长大。即便如此，她俩人进入她的世界的钥匙也是钝锈的。临时安排百荷寝室，晓晓比较主动，她说，百荷就是内向些，让她到我和玉莲所在的寝室吧，玉莲却不表态，冷眼旁观。她小时就与百荷生疏，虽然共度中学时光，同学多年，由于百荷的安静，她险些遗忘了百荷。在玉莲看来，在这个世界上吸引人的新鲜事物层出不穷，关注百荷与关注尘土无异。

五叔送百荷来入住，搬上了行李，四处打量一番，见寝室里整整齐齐，教学楼、住宿楼窗明几净，窗外是一棵依偎楼房的大树。五叔俯瞰楼下，见绿树环绕操场，连连称赞说，挺好，挺好。一间寝室八名学生，除了晓晓，其余几位女生都表情平淡，百荷太过平常，她的到来激不起大家的兴趣，五叔离开后，百荷动手整理床铺。

有好几天，她守着那些剪刀，以及那些凌乱的棉布，她最后还是选择了剪纸，她和它们相依相偎，五叔安排她去学校，她只好违心同意。五叔不容置疑，你也不要去看望祖母，免得她再受刺激。我没有刺激祖母。百荷抛开她的沉默辩解说，紧接着她嗫嚅着，我也没想到，我也不知道祖母是怎么了。五叔打量着她，目光复杂莫测。

百荷湮没在五叔的目光下，似乎她动用的剪刀不是剪开了布匹，而是剪在祖母的血肉之躯，剪出了疼痛，悔意无处输送。百荷希望陪伴在祖母的身边，带着满腔的内疚。就在一瞬间，她忽然明白祖母其实是祖父的一部分，祖母是祖父留在世间的一部分，祖母是复活的祖父，或者说，祖父还活在世间，与祖母合二为一。而她却亲手剪断了其中一些片断，也许是粉碎了一串情缘，也许是打破了一些思绪。

微风从窗外走过，流云在天空飘荡。她不得不接受这些现实，红狐狸不再出现，世间也再无祖父起死回生的瞬间，她背负痴傻的包袱已成了惯性，这是个沉重的包袱，她已无意摆脱，她只渴望守住祖母。

百荷在那条通往城市的道路上徘徊,直至夜幕降临。她希望暮色将她席卷而去,远离已经发生的一切,去一个崭新的去处,去城市一切重新开始。

五叔,你带我去城里吧。五叔,你告诉我,为什么不是我爸爸和我妈妈回来接走祖母。五叔在电话里沉默着,他像是城市的卫士,手里紧握保护城市的盾牌,上面写着谢绝入内。五叔最后开了腔,给了百荷忠告,奶奶由我照顾,城市水太深,你还是好好在乡下念书吧,你爸爸和你妈妈没空回来。只是一瞬间,五叔便成了城市的一条鱼,游于生活之网,而百荷的父亲和母亲又何尝不是一条鱼,而百荷自己早就成了一条鱼,只为她从小内心里便怀揣河流的秘密。

镇上有了音乐厅还有网吧,早先母亲带百荷吃早点的小吃店早已旧貌换新颜,门面扩张了,台阶上砌了瓷砖。店名也由服装店改成了精品时装店,从前窄小的窗户换成了创意橱窗,橱窗里站了模特,露出长长的脖子和长长的腿,全身仅有的上衣却又短到齐腰。镇上的老药店挤在角落里,人去屋空,空留一个苍老的门匾,像是守节的忠士。路灯微弱的光芒陪伴着百荷,这是她住校的头一夜,还未到就寝时间,她溜出校门,其实毫无意图。童年时,她和母亲曾光顾的小吃店和百货商店的情景,已在她内心回味了无数遍,既留有余味又索然无味。直到走到镇外,百荷才不得不承认她明知故犯,她逃离了寝室,其实是要逃回家。

寝室里,玉莲正在整理床铺,也许是无意也许是故意,玉莲扯掉了百荷的床单。床单下收藏着百荷的一些剪纸。

哗啦,像是拉开了舞台表演的序幕。满室的剪纸像是被注入了活力舒展筋骨。寝室里的同学们目睹了一批剪纸复活的过程,有的图案是蹒跚的老人,有的图案是年轻的女人,还有一些图案是动物和植物。剪纸将整个世界浓缩在寝室里,却并不生动。一个沉默寡言的毫不出众的同学的癖好同样未受推崇。百荷的剪纸随意散落在寝室的角落里。晓晓动了恻隐之心,将这些剪纸收拢了搁到百荷的床上。

玉莲对晓晓说,你看看,你还冤枉我,这是她的作品,也不保管好。玉莲端详着手中遗落的一张剪纸,分辨出这是一个女人的头像的轮廓。她对晓晓说,百荷从小就傻,看来要将傻气进行到底,她整天剪啊剪,把自己剪成了老太太。

这些剪纸作品很快夭折了。熄灯前,学校组织了出其不意的大检查,老师检查寝室注重清洁卫生,对这些花花绿绿的剪纸一律赶尽杀绝,而对百荷的去向却疏于关注。这些剪纸的曲折命运,百荷毫不知情,她在她的沉默里忏悔,忏悔用剪刀剪开了祖母的蓝色棉布。

同学们见证了百荷的剪纸,也就验证了玉莲的传言,百荷沉默寡言,百荷只对剪纸倾诉。女生传开了,男生也不甘落后。奚落女同学,男生带着与生俱来的热情。

刘冠军坐在百荷的座位后面,他的同班同学都已中学毕业,有的走向社会,有的升入高校。他属于前者,却并未流落社会,他父母望子成龙又千方百计将他以复读之名再次遣送校园。年龄和身高超出了同学,他并不觉得羞愧,反而认为是自己的优势。

课堂上,他的目光一次次掠过百荷的头发,百荷的头发和其他女同学别无二致,但因为是百荷的头发必须要与众不同。刘冠军在百荷的发梢上悄悄系了一朵粉色的剪纸花朵,那朵花鲜艳欲滴。百荷戴着纸花,安静地坐在座位上,一个座位占据了教室的一个角落,她的世界只有角落这么大，这是世界给予她的全部。她安静地想着她的心事，安静得像是一滴脱离河流的水滴。那朵纸花却是躁动的，同学们暗自窃笑，直至晓晓察觉后摘掉了纸花递给百荷。

百荷将那朵花拿在手上，仔细端详着，她其实不舍得碾碎这朵花，况且和男生较量，她还没有准备。四周的目光都掩饰着兴奋，这些兴奋呼之欲出。百荷托着这朵花郑重地放到刘冠军的课桌上，然后，她的目光牢牢地凝视着刘冠军，她沉默着，但她的沉默并不软弱。

祖母突然倒地是刘冠军的小姨及时联系了五叔。当时，幸亏刘冠军回乡读书，郑倩倩陪读在家，及时拨打了电话联系了五叔，祖母的生命又诡异地和那电话连接在一起。紧接着，郑倩倩掐住祖母的人中，又拨打了120急救。

祖母突然倒地，百荷先是尖声叫喊着，她的喊声被她的恐惧挤压着，变了形，尖锐而锋利。听到喊叫声，郑倩倩第一个循声而至，尖叫之后，百荷突然安静了。郑倩倩忙碌的整个过程百荷都是安静的，她以安静抵御一切，从红狐狸，从祖父复活，她以沉默抵御外人的质疑。

她除了进入沉默，不知所措，直到五叔赶回来之后，祖母被抬上了急救车，郑倩倩将她搂在怀里，安慰说，孩子，不关你的事，你别怕，她依偎在温暖之中，她想起了哭泣。

现在，百荷怔怔地注视着刘冠军，她从他的面颊上看到了郑倩倩的暖意，那暖意让她心存感激。百荷的眼神不由得恍惚，刘冠军对她的眼神嘲弄着，他说，你们看，她是不是对我动情了。

教室里爆发了河水般的汹涌的哄笑声。男生开始起哄，一浪掀过一浪。晓晓站起来拉住百荷，百荷却纹丝不动，她沉默着，脸色通红。她的沉默并没有压倒刘冠军的狂妄，他得意地和大家一起笑得前仰后合，止住笑，他两只手拍着桌子，双脚跺地：田百荷，你除了会装哑巴想着红狐狸，原来还是花痴。话音刚落，百荷便带着她的沉默扑上来，抓住他的手腕，狠狠地咬了下去，随着刘冠军的嚎叫，百荷已经一溜烟跑到了老师办公室。

老师平息了事端，随口奚落刘冠军，老师说，你一个男孩子怎么好意思跟女生争斗，你要是闲不住，就离开学校，要么去爬树，要么去掏马蜂窝。

刘冠军满脸通红，他无意与老师抗争，却敢于与百荷对视，虽然老师也批评了百荷不该动用武力挑起冲突，但他语气平缓用词轻描淡写，明显偏袒。老师离去后，两个当事人，目光与目光针锋相对，刘冠军用的明抢，百荷投的却是暗炮。她沉默着，眼睛里火星四溅。

走着瞧。刘冠军恶狠狠地说。我等着。百荷毫不示弱。她抛开了她的沉默回击道。

回到教室，刘冠军扶起课桌，拉过长条板凳坐下，把课本摔在桌面上，借此泄愤。经历这番混乱的场面，挑起事端的那朵剪纸花却安然无恙，它悄然置于墙角，依然鲜艳欲滴，傲然绽放。百荷走到墙角，把剪纸捧在手心里，她的这个举动无疑让同学们惊奇，自始至终旁观的玉莲按捺不住激动，将手指置于唇边做了一个示意安静的动作，像是宣告精彩演出的序幕。原本吵吵闹闹的教室里顿时鸦雀无声，有的同学故作紧张，做出了逃跑的架势，半起半坐，又恋恋不舍。毕竟是成长阶段，大家对任何惊人的事情都好奇，都勇于探求。刘冠军原本闷着头，觉察出了异样，他盯着手捧剪纸的百荷，张着嘴，表情讶异。

晓晓喊了一声，百荷。百荷粲然一笑，她嘴上不出声，手上却发出了声。啪的一声，百荷的一只巴掌重重地拍在玉莲的课桌上。另一只手将剪纸伸到玉莲的眼前，一字一顿地说道，我知道是你指使刘冠军干的，我知道这剪纸是你拿来的。我还知道是你伤害了我的剪纸。说到这里，百荷闭上了嘴巴。玉莲脸色通红，神态惊慌，她说，你要干什么，我去告诉老师，你别以为你神经我怕你。有的男生起哄，你知道什么，快说。百荷进入了沉默，她把花朵摆在玉莲的课桌上，从容地回到自己的座位上。

3

学校里住寝室的女同学有一天表情紧张，她们时不时查看自己的皮肤，两三个聚在一起，有的交头接耳，有的强烈要求报告老师。抛头露面的事情一般都是有核心地位的同学去做，要么天性如此，要么被同学信任，或者说团结同学。玉莲属于几种兼具。同学们都在靶盘上，她是最醒目的靶心。这一次，靶心被冷落射中。没有人会推举她。她是大家要远离的靶心。最初是玉莲暴露了自己，她伸出胳膊给同学看，她的胳膊上布满了细密的红疹子，起初大家都好奇，凑在一起研究。要好的刘嘉还替她挠痒、真痒 啊，很痒，玉莲哈着气说。很快，这种感觉便传给了刘嘉。

刘嘉被玉莲传染了。两个要好的女生站在操场边上的大槐树下进行了异常严肃的谈话。这场谈话是刘嘉发起的。刘嘉绷着脸指责玉莲，你知道传染，为什么不说。玉莲委屈地说，我也不知道，我痒死了。父母都不在身边，只是身上痒，要给父母打电话吗？玉莲说，既然你也得了，就不是我的事。谁去报告老师呢？

谈话不欢而散。两个女孩子背道而驰。

玉莲嘴里嘟囔着，回头看刘嘉的背影，每一次回首，刘嘉的背影都缩小了一圈，直至渐行渐远。刘嘉跑得很快，玉莲也不甘示弱，她不想回寝室，绕着操场跑了一圈，身上出了汗，更痒了。玉莲满含委屈，眼泪也不知不觉流了下来。最后，她跑回了寝室。她一进来，寝室里其他同学便陆陆续续离开了寝室，几个同学故作镇静，但她看出来大家的笑容都不大自然。老师正在等着她。

检查结果出来后，学校也松了一口气，虽然只是风疹，但是会传染，出于对全局的考虑，校方建议玉莲暂时离校。

玉莲回到家，回到冷冷清清之中。玉莲家正准备盖楼房，院子里备置着一些建筑材料，房基已打好，余下的工程还在勾画中，父母在城市里继续出力积攒着建筑新房的费用。

玉莲从屋里跑到屋外，整个房间都在倾听她的脚步声，脚步声不大，但房间太空旷，脚步的回音很绵长，那些回音逐渐浓缩成生活的剪影，玉莲和爸爸、妈妈在家里生活的情景历历在目。

白天的冷清是在日光里的，玉莲担心到了夜晚，玉莲觉得黑暗会把自己挤压在角落里，而房间的每个角落似乎都在演绎着一些传说，玉莲平日里最喜欢听鬼故事，现在故事里的情景都躲在角落里期待黑暗来临，它们在黑暗里的演绎精彩纷呈，同时让玉莲心生恐惧。

傍晚很快来临了，先来的是风，从每个缝隙里倾巢而出，很快开始在房间里布置夜晚的舞台。那些静默无声的家具似乎也成了道具，玉莲感觉自己身下的床板微微颤动，她跳下床赤脚站在地板上，双眼一眨不眨地审视床板，此刻，床板纹丝不动，玉莲小心翼翼刚挪动脚步，她一动，似乎床板动了。

床板的诡异使玉莲的脸色煞白，她顾不得穿鞋子，打着赤脚穿过堂屋，拉开院门，玉莲站在村道上，瑟瑟发抖，家就在眼前，玉莲却无处可归。玉莲眼睛里噙满了泪水，我害怕，妈妈，我害怕呀。

后来，玉莲还是在院子里找到了一双拖鞋，拖鞋小了，紧紧地咬着她的脚掌，但至少免去了狼狈。它被遗弃在院子的角落，现在却成全了玉莲，如果为了穿鞋进屋，玉莲宁愿打赤脚。

在自家的台阶上坐了片刻，也未见村道上有人路过，见村东刘冠军家院门开着，屋里的灯光倾泻而出，他家的那只金毛狗跳来跳去，捕捉灯光玩耍。

平日玉莲妈回乡素来乐于与刘家走动，玉莲也对那里熟门熟路，此刻，她顾及身上的红疹遭人嫌弃，去刘家也是自讨没趣。过了宝旺爷家就是守春家，亮着灯光，守春承包了水面在家养蟹，守春老婆开了杂货店，与时俱进改称百货超市。早先那是村上的中心，最近也冷清了，门口只蹲了一只狗。玉莲很喜欢吃火腿肠，她口袋里有五十元，这五十元是妈妈临走时给她的零花钱，杂货店的灯光很亮，或许是生意人的敏锐，守春媳妇隔空问道，是玉莲吗？你买么子？今天家来了？玉莲不知该怎么解释自己得了风疹。玉莲转过身便回家了，她走得很快，那双小拖鞋愈加不堪重负，很快松了一边，勉强走到家门口，玉莲气急败坏地脱掉了鞋子，一屁股坐在自家台阶上呜呜哭了起来。

毕竟是女孩子，玉莲平时也很矜持的，她也担心自己的哭声会引来围观或者非议，但相比之下，她更需要哭声传达她的委屈和无助，还有独守空房的恐惧，确切地说，是一个人面对夜晚的恐惧。起初，她压抑着自己，哭声稍有节制，但乡村的风声一向强劲，与玉莲哭声的较量中风声明显占了上风。没有人过问这次较量。玉莲从一次风疹中遭受到的冷落里感到她出生长大的村庄在发生着变化。这个时间在学校里，应该是放学吃晚饭了，大家叽叽喳喳，最热闹的时候。玉莲更加悲从中来，她的哭声越来越大，她的内心也越来越无所顾忌。

百荷又一次由学校溜回了家。自己的一次唐突之举，将祖母送往了城市，祖母去了城市，走的时候还在恍惚之中。幸好抢救及时，祖母中风处于恢复期，五叔将祖母留在城市。

五叔处理了那两头猪，出售了祖母饲养的鸡鸭，剩下的鸭子是百荷极力要维持家的原状强留下来的。五叔最后做出了妥协，他说，留下几只鸭，你也养不大的，过段时间我要回来翻盖房子的。

一旦拆了房子，房梁便不存在了，房梁是红狐狸的见证者，尽管它无法开口证实，但它在向百荷证实。

暮色笼罩了田野，远远望去，村庄只是一个轮廓。一切又都沉浸在百荷隐隐的期待中，她希望遇见一个影子。她小时候内心存在的影子，一直存在着，百荷希望它伫立在那里，甚至成为雕塑。在那一刻，她情愿忘记呼吸，时空是凝固的，她无法忘记的只能是留在她脑海里的那瞬间的情景，渐渐地，随着时间的流逝，情景成了影子。

自从得知五叔要拆除老屋，这个影子随时会跳出来。因此，百荷频繁地由学校走夜路回家。她深知，夜色是一帘帷幕，为红狐避免伤害，她希望在夜色里遇见红狐，祖父说的，以及自己的推想，不断地增加玄幻感和悬念，祖母的意外离开，让百荷的寻觅越来越深入，越来越大胆，她沉浸其间，早已遗忘了恐惧。

途经玉莲家时，百荷起初听见隐约的哭声，循着声音走近玉莲家的大门，不觉吃了一惊，只见玉莲赤了双脚头埋在双膝间，两只手捂着脸，泪水顺着指缝肆意流淌。玉莲，你怎么了？紧接着百荷惊叫道，你怎么不穿鞋子，你怎么不进家呢？百荷向院子里张望，并没有发现异常，就蹲下来掰开玉莲的手。玉莲这两天招人冷落，已经不习惯体贴的关心，百荷的毫无顾忌让她感动。怎奈她习惯对百荷冷言冷语，意外出风疹让她饱经冷眼，从而更深地领会冷言冷语的杀伤力，她现在渴望温暖，无力伤人，因此她抬起头看了一眼百荷，百荷满眼焦灼，正狐疑地打量她，短暂的四目相对，玉莲执拗地将头偏向了一侧。百荷的沉默是友好的，这友好化解一切。

你离我远一点，我会传染的。玉莲挥着手，眼睛里却是无尽的挽留。百荷后退了一步，心里也是在做抉择，很快她走上前，拍了拍玉莲的肩膀。百荷的热情倒是让玉莲受宠若惊，玉莲半信半疑，她站起来，赤脚叠加在一起，双腿打着战，百荷，我一个人在家，我好害怕。百荷捂着嘴，笑出了声。玉莲猜不透百荷笑声的含意，只是隐隐觉得百荷的笑没有恶意。百荷松开手，她略带羞涩道，我猜到你是害怕，和当初祖母离开，我一个人在家一样啊。

住校头一晚，百荷独自进家门后，审视每件家具，每个角落。每个黑暗里都是浮想联翩，她偏要每个角落去看一看，她拿了一根桃树枝，左挑挑右打打，然后，她在自己的床上想象河水。河水蹲守在她的枕边。她依稀想起小时候的传说，长大之后，传说都是传说了，红狐狸曾经现身的房梁，始终空荡荡的。房梁也正在老去，房梁从未与百荷有任何交流，百荷从它那里学会了沉默。她坐在黑暗里期待过那个影子，影子没有出现，驱逐了她对安静和黑暗的恐惧。此刻，她最理解玉莲，不是惧怕安静，而是无法摆脱孤单。

百荷走进玉莲家院子，折下一枝桃树枝，她把桃树枝当作开道的利器，既时髦又古典，毫不避嫌挽住愣愣的玉莲，两名少女走进了玉莲的家门。进了堂屋，百荷一手挽着玉莲，一手依次打开室内所有的电灯，灯光刹那间点亮了玉莲家的全部家具、电器，一切静默无声，一切明明白白。

玉莲在自己的房间里穿上了鞋子，脚底有了暖意，她的头脑也渐渐冷静,她说,百荷,谢谢你陪我进来。百荷第一次走进玉莲的房间,她摸了摸床垫,床垫绵软富有弹力,你的床垫和我的一样。玉莲也摸摸床垫,她想,如果百荷现在离开,她应该还是害怕,她不知道怎么克服恐惧,明明知道是自己吓唬自己,她偏偏要折磨自己。玉莲房间的格局与百荷房间类似,百荷不免有些失望。她说,怎么我们的房间一模一样,就像我们是亲姐妹。玉莲脱口而出,我们就是亲姐妹啊。这么亲热的一句话让百荷感到吃惊,她咧嘴一笑,以笑声打破了沉默。

4

最终,玉莲去了百荷家里。

晓晓知道后难免责怪百荷大意。她仔仔细细检查百荷身上的皮肤,皮肤光滑细腻,微微泛着光泽。算是好心有好报,百荷并没有被传染。你跟她有什么好说的？晓晓见玉莲远远地走过来,撇撇嘴低声说。百荷忽然双颊绯红,她说,晓晓,你知道吗？玉莲她和我们不一样。我们以后会和她一样。晓晓听得莫名其妙。恰巧玉莲走近了。她说,你们说什么悄悄话呢？玉莲突如其来的礼貌让晓晓无法承受,晓晓对着头顶的空气翻翻眼睛。玉莲像是一番彻悟,她说,百荷,我们成为朋友,就有知心话了。

她们的友情更多源于彼此秘密的交换,交换了秘密就像是交过心了。

相比于同龄的年轻人,玉莲掌握了身体的很多秘密,那天,她跟着百荷进了家门。

出于对风疹的好奇,两个人查看彼此身体。玉莲的风疹已消了大半,剩下的也萎靡不振,在做无谓挣扎。

安定之后,玉莲摆脱了恐惧,自负的本性又一点点露头了,她挺了挺自己的胸脯,算是彰显自己的优势,她说,你太小了,还不懂事呢！百荷掩饰不了好奇，她只是抿嘴一笑。玉莲意识到自己还是要谦让，因此她说，其实，我是说，我懂我的身体。我的身体也会和我说话，这是我的秘密。

玉莲不经意间吐露了自己的秘密，将心比心，算是对百荷表达感激，算是与百荷交过心了。交了心，玉莲也是要占上风的，有心卖弄下一个秘密，玉莲却欲言又止。玉莲说，百荷，我其实很羡慕你会剪纸啊，可以让剪纸说出自己的秘密。剪纸命运多舛，剪刀又闯下祸端，百荷牵挂祖母，对祖母心存歉疚，对剪纸心存芥蒂，又不愿玉莲扫兴，她说，玉莲，星期天我们去清溪河边吧，我也告诉你一个秘密。

玉莲得知百荷拥有秘密，又都是探秘的年龄，到了星期天，一大早便迫不及待从学校到了村上，找到百荷要揭晓秘密。百荷正在放鸭子，五叔手下留情，留下的几只鸭子围在百荷的身边，伸长了脖子似乎在和百荷对话，百荷回答的就是那几句，你们今天去河滩，别去招惹宝旺爷。玉莲踮着脚尖走路，她担心院子里的鸭屎脏了她的鞋子。

百荷，你养鸭子干什么呀？一转身，还有一个鸡窝，百荷你还要喂鸡啊？百荷看着玉莲一惊一乍的不禁笑了，炫耀说，我还计划要养一头猪呢！我五叔说奶奶抢救及时，我相信奶奶很快会从城里回来了，我接着养，过年的时候，我妈妈回来，我们家什么都不用花钱买了。百荷的雄心壮志让玉莲一脸困惑，百荷的母亲极少与百荷相聚，这是个冰冷的现实。但玉莲现在与百荷言归于好，不忍戳穿实情。玉莲动用言外之意，便说，现在还有谁家养猪啊。这是实事求是的定论，百荷又一次以沉默回答。

关于河水的秘密，玉莲充满了好奇。但因为这是百荷的秘密，玉莲将信将疑。

鸭子们今天待遇提高，可以奔赴久违的河滩，它们摇摇摆摆已经先期到达，它们在河滩上享受大自然的馈赠，它们的主人紧随其后，边走边倾诉对河流的思念。我想念你们了，我真的很想。百荷面向河水倾诉。眼睛里流淌着河流。阳光下的河水缓缓地向前，像是和百荷的情愫擦肩而过。没有一丝喧哗。

百荷对着远处挥挥手。像是回应，河水拍打着堤岸。水声并没有给玉莲带来惊喜，她注视着眼前的河水，狐疑地说，河水怎么不和你说话，怕我偷听吗？一阵风过来，河水拍打着堤岸，那声音低沉而威严。

百荷说，你听，这就是河水的声音，它在说话。玉莲摇摇头，说什么？这就是水声，河里又没有人，河水怎么会说话？百荷没有反驳玉莲，她坚持赋予河流尊严，她说，河水还会欢笑，它还会流泪。

玉莲很失望，她说，百荷，你没有秘密，你不该骗我。这都是你的想象。玉莲接着讥笑道，百荷，你还说河水让你勇敢，河水会到你枕边来陪你，我看你是在做白日梦。河流又没有长腿，它不会到你的梦里，是你做梦呀。我什么也没听到，我只听到水声，这个水声到处都有的，我们家门口的塘里有，村后的小河里有，连大河圩上的水稻田里都听得到。

不一样的，这条河的水声是在说话呀。百荷争辩，脸涨得通红。她认为玉莲刚才的比较亵渎了河水的语言。玉莲不懂河的心思，也不懂她的心思。她说，传说中，这条河里一直活着一个人啊。

玉莲四下里望望，河面上的几条船，不紧不慢，远处只有宝旺爷在河滩放鸭子，他的一只鸭子快要游到河道里了，他却浑然不觉，双眼向这边张望着，玉莲的目光只是匆匆掠过，他便诡秘地眨了眨眼睛，玉莲虽然没有响应，但她心里怦怦跳，她小心翼翼地说，百荷，那个故事几千年了，你这么大了，还当真啊？百荷认真点点头，像是在语文课上分析课文一般沉思着说，有故事在，就有主题思想。

玉莲忽然急躁起来，她跺着脚说，百荷，你小时候就撒谎说你看到了红狐狸，现在我们是好朋友了，你不要吓唬我，好不好？你听得到你也不要听啊！百荷其实也很苦恼，她不明白玉莲为什么听不到河水的声音，这个语言是透明的，简单的，真实的。她抓住玉莲的胳膊，神情专注地说，你听，你仔细听，她一直在说话，可惜，我不能破解得更多。玉莲挣脱百荷的手，百荷，算你有秘密好吧，你这个秘密你自己留在心里，别透露给别人啊。我全当不知道啊。

百荷见自己的秘密被玉莲如此草率地奉还，脸上的表情有些无奈和失望，还有一些懊恼。她松开玉莲的胳膊，抱紧了自己的肩膀蹲了下来，身子越收越紧，她说，我从来没撒谎，小时候更没有撒谎。玉莲有些不忍，咬着嘴唇，帮自己下定决心，她说，好吧，我再告诉你一个我的秘密，我们扯平了。

自己的身体会说话，自己和身体说话，更奇妙的秘密是身体和身体之间也会说话。玉莲蹲下身子靠近百荷，对着她的耳朵说了几句悄悄话，也许是直奔主题，也许是秘密惊人，两人刚耳语两句，百荷便陡然站起了身，愕然地瞪大了眼睛。

玉莲认为刘冠军的身体在对自己说话，是从眼睛开始的。

一次体育课。玉莲在和几个女同学在跳绳，起初玉莲跳得很轻松，她从小到大都是这样轻松地跳绳的，她身轻如燕，她的身体也在舒展她的热情奔放，她隐约听见身体在歌唱，歌声流畅嘹亮。一只足球滚了过来，刘冠军跟在后面穷追不舍，他一直盯着球，忽然，他脚步迟疑了，只有几秒钟的对视，刘冠军猎猎地站成了一面旗，表情肃穆，顷刻间，玉莲变成了拂过旗面的清风，一往情深。玉莲听见自己的身体发出了颤音，她还听见自己的心跳跟上了他的脚步，那脚步声一下一下响在她的心上，她听见自己的身体说，刘冠军的身体在说话。刘冠军的身体在说什么呢？玉莲忽然停顿了，她的心往下一沉，她说，百荷，这个秘密我不能告诉你。

5

下课铃一响，刘冠军便蹿出了教室。他的动作很快，顺着窗户望去，眨眼间他便到了操场，他在双杠那做了几个动作，然后，同几位同学在操场上跑步，即使是跑步，刘冠军的步伐也透着快捷。百荷暗自观察，刘冠军像是脱胎换骨了，长成了一个高个子。他们之间几乎没有对话。百荷想，除了高，什么也没有啊，他的身体怎么会说话，我听不出来，玉莲的秘密也是一个谎言，她将目光斜着投向玉莲，玉莲正聚精会神注视着窗外，对她的目光毫不理会。

因为玉莲与百荷意外的友情，晓晓和百荷有些疏远了。这个疏远是晓晓主动发起的。下课时，她不再去找百荷聊天，也不再替百荷保管作业本，一丝缅怀和一丝失望的气息在晓晓的心头萦绕。下了课，她一个人走在操场上，先向远处张望，又埋头研究自己的脚尖。她脚上的鞋子是母亲寄给她的新年礼物，母亲和父亲住在城市里的建筑工地，父亲说赚够了钱还是回家，每天做豆腐，为了早日实现回家的团圆，他们一家只有过年一起团聚。她想回家去看看的，想了一下，她还是选择在操场上转悠。

身体的语言是用什么书写的呢？是目光，是呼吸，是脉动，是心跳。这些语言在每个人的身体上都在尽情演绎，你了解他，你就会读懂语言，否则便一无所知。对一个陌生人来说，他的身体语言是陌生的，难解的。

百荷这样一想，恍然大悟，她不知自己的推论是否正确，但她为玉莲找到了开脱谎言的理由。她和晓晓最亲密,她一定能读懂晓晓的身体语言。百荷心里涌起了热切的冲动。待她四处寻找晓晓,才发现,为时已晚,晓晓已经改变了对自己的态度。晓晓的心思都聚焦在学习上了。她对百荷说,你说什么呀,我的身体是血肉之躯,血肉都没有嘴巴的,身体上倒是有一张嘴巴,但每个人都有的,并不是为身体说话的,是为内心说话的呀。说着,晓晓拿起课本开始背诵英语单词,她嘴里念念有词,目光虽然还不时停留在百荷的脸上,但是那目光空洞又饱含茫然的质疑。晓晓的身体随着背诵的节奏来回摇晃着,除了眼花,百荷确实没有读出任何语言,晓晓的嘴巴在背单词,晓晓的身体不会说话。就是说话,晓晓也只和学习对话。好朋友的态度如此鲜明,百荷也就放弃了实践。

主动讲和,百荷别出心裁,要去河边洗衣服。祖母不在家,缺少了监视的眼睛,她心里正在复苏着河流,她告诉晓晓,她们明天可以把床单洗一洗。去河边洗衣服,河水里漂洗的衣服很快就漂洗干净了,如果运气好,阳光强烈,她们还可以把衣服在河边晒干。晓晓似乎不感兴趣,她说,星期天我要写作业啊,你不写作业吗?遭到拒绝,百荷便默不作声。

原本以为读懂身体的语言会更加亲密,出乎意料的是晓晓莫名疏远了自己。放了学,百荷破例没有和晓晓告别,她未去寝室,一个人出了校门,许多同学走在她的身边,叽叽喳喳的,他们说的话的内容无非是某道题容易,某个人讨厌。即使沉默的同学身体也没有语言,身体怎么会说话?身体会和谁对话?玉莲,你真是会骗人啊。

百荷心里揣着心事,不知不觉走到了河边,这不是她的本意,这来自河流的善意。河水聆听了她的心事,河流静待她的倾诉,祖母在城市里,百荷可以任意面对河流,河流成了她内心的城。

河流流淌在原野上,河流流淌在百荷的眼前。

河面上零星流动着船舶，河岸上没有人影，只有远处的夕阳在做着告别，夕阳的告别丰富动情，在树梢，在村庄，在流云都留下了身影，对河流更是含情脉脉，河面上波光粼粼，每一滴水都目睹夕阳的深情。百荷的心里流淌着河流，尽管她破解不了河流的语言，但是，河流当她是朋友。是她的知心朋友。她心里的茫然，看到河水便化解了，河水给她一个经过洗涤的世界，向前行走的世界。

天色渐渐暗下来，河面上起风了。风很冷，裹携着潮气，河水目送百荷离去，乡间的夜总是这样纯粹，后来百荷在城市里意识到只有乡间是有夜色的。没有路灯，百荷眼前的路是灰白色的带着隐约的绿色，路向前方延伸，类似于河流。

池塘边没有鸭子，想必鸭子已经自行回家了。百荷早晨把鸭子赶到塘边时，曾经叮嘱过，天黑了记得回家，鸭子每次回应她，虽都是欢快落水的声音，但它们从未食言。

鸭子果然都回家了，聚在院门口，有两只伸长了脖颈，向远处张望。鸭子，鸭子，可爱的鸭子，你们回来了。百荷一走近，鸭子便叫唤起来，有几只张开了翅膀。对这特殊的问候，百荷报以躲避，她跳开鸭子的围绕打开院门，鸭子争先恐后进了院子，百荷尾随其后，转身关院门时，一簇隐约的亮光引起了她的警觉，她揉了揉眼睛再定睛细看，那丝亮光只剩下一道余光，倏忽消失了。是玉莲的家。

百荷心生蹊跷，玉莲家里没有人，怎会有亮光？狐疑之计，那窗口又一次亮起了灯光，玻璃上映出了影子，接着灯光消失了，也许是玉莲，也许是多彩阿姨，百荷心里揣测着，却无法说服自己，那灯光愈加可疑。百荷亮起自家的灯，站在自家的堂屋里观察玉莲家的动静，玉莲家在越来越深的夜幕下，越来越肃穆，而她家新楼房的房基在灯光的暗影之下表情晦暗。也许红狐狸误入玉莲的家门？但这个想法很快被百荷否定了，红狐狸怎么会开灯呢，红狐狸又怎么会错入家门？

百荷在房间里四处寻找，先是紧握了一根扁担，扁担太长，她无法施展，接着她丢掉扁担物色了一根棒槌，担心棒槌太过单薄，百荷又选择了一把剪刀。她把剪刀别在腰里，棒槌打在院门上，院门是铁质的，对敲打反应灵敏，棒槌刚落下，铁皮便铿锵有声，百荷一下一下击打院门，动静越来越大，吸引了宝旺爷，还有王奶奶，独独不见玉莲家有动静。宝旺爷手里端着饭碗，他正在吃饭，一边吃一边听戏曲，耳朵里传进了击打声，起初他认为是错觉，侧耳辨别方找到现实中的声源，他端着饭碗训斥百荷，你，神经了。围观的人点头附和，有的人好奇，却用关心的口吻，百荷，遇到难处了？快说，我们帮你。击打自家的院门，出于临时的灵感，百荷认定玉莲家闯入了不速之客，或许是熟人，或许是生人，对手在黑暗里，她没有胆量较量，危险近在咫尺，她却寸步难移，她要锁定目标，不放过一丝时机。她的灵感顿时让她有了方向。

围观的多数是女人和老人，还有几个娃娃，在人群中穿梭跳跃，难得聚众的场景，让他们无比兴奋。百荷心里有些发慌，不知如何表达她发现的异常，她指了指玉莲家的窗户，目光焦躁不安，众人先是注视玉莲家，见玉莲家毫无动静，接着向四处张望。四处同样是浓重的黑夜。这么大的动静，玉莲家却没有一丝惊动，百荷混乱的头脑忽然一亮，她扔下棒槌，喊了声，玉莲家进贼了。手一挥，百荷率先守住玉莲家的院门。宝旺爷丢下饭碗守在大门的右侧，他清了清嗓子代表正义对着屋内喊话，他说，你跑不掉的，我们这里多少年贼都绝迹了，你还来做贼。房间里没有动静，宝旺爷接着喊，坦白从宽，你出来，有难处我们一起来帮助你。宝旺爷这回走的温情路线,喊话触动人心。他说,孩子,我知道你躲在里面羞于见人,你不见我们,你见见你的亲生父母。宝旺爷喊过话,便示意找村主任,无奈村主任在邻村喝酒。宝旺爷压低声音吩咐百荷,他说,孩子,我们守在这先困住他,不然就报警。

这时,玉莲家的堂屋里忽然亮起了灯。房间里走出了玉莲。她一出来,围观的人群便七嘴八舌地盘问玉莲,王奶奶平素与玉莲最为亲昵,她挤上前一把抓住玉莲的手,玉莲你家里多久没有灯光了,你怎么不出声就回来了？自己回一次自己的家,居然惊动了众人,玉莲也有些受宠若惊,她疑惑地问,我回自己家,为什么要跟大家汇报？出现这样的局面,百荷面露窘迫,她捂着胸口,脸色也渐渐有了红润:玉莲,你这次胆子变大了,一个人回家,为什么不亮灯啊？玉莲已经了解了事情的来龙去脉,她并没有向百荷表示感谢,相反,脸上的表情有些讪讪的,她回敬百荷,我在睡觉,不行吗？睡觉关灯不行吗？

大家陆续散去,虚惊一场的无趣让很多人记起桌上的晚饭。宝旺爷回到家才记起丢在百荷家门外的饭碗,忙折回身去取,饭碗还在,碗里的米饭却不知去向,大黄守在碗边上,摇晃着尾巴,见宝旺爷赶来,大黄不紧不慢地起身走开,宝旺爷心疼粮食,拿着空碗不免埋怨百荷,这丫头,真是少根筋。环顾四周,见百荷和玉莲还站在原处,宝旺爷抑制不住好奇心,他拿着空碗,蹑手蹑脚走过去。只听玉莲正在催促百荷,快回去,快回去,我不去你家,也不要你陪。百荷仍在坚持,听上去她说的话重复了多遍。玉莲烦躁地说,说过好几遍了,你快走吧。

你一个人害怕,我过来陪你,你上次不是去我家的吗？不然,还是去我家。百荷的执意让玉莲忍无可忍了,玉莲焦躁地跺着脚,又来了,又来了,我不想重复了,你快走啊！宝旺爷这时候用力咳了一声,两个女孩便将目光转向了他,宝旺爷心里残存着丢失粮食的怨气,这怨气坚定了他的立场,他说,百荷,你这个孩子,怎么爱管别人的闲事,人家玉莲这么聪明伶俐,差啥要你陪。热情遭遇嫌弃,百荷像是想起了沉默,她默默转身离开。

一个小时过去了,玉莲家无声无息。堂屋的灯依然亮着,却不见玉莲进出,百荷心生蹊跷,她其实关心玉莲的身体,关心玉莲的秘密。玉莲受到伤害,就是秘密受到伤害,这世上许多东西都是有生命的,不容伤害。

百荷又一次来到玉莲家门外,试探地喊了两声玉莲,声音很低,这次,百荷避免惊动他人。院门虚掩着,堂屋的灯光泄过来,像是开启另一片光明,百荷一只腿迈过门槛,一只腿留在门外,扶着半掩的院门,百荷僵立住。

堂屋里空无一人,东厢房里却传出隐约的声响,像是搏斗又像是游戏,其中还夹杂着玉莲的笑声,玉莲的笑声听上去很奇怪,像是被压迫的又像是挣扎的笑声,这种冲破障碍的笑声代表主人不是在传递快乐,她在传递什么样的压迫,百荷心生疑窦,也许这笑声是一种信号,某种不祥的危险正在逼近玉莲,百荷不再迟疑,她掠过堂屋,直奔东厢房,边喊叫边搜寻玉莲。

可以确定玉莲在房间里,只是房门被玉莲死死地锁上了。隔了一扇门,玉莲的声音充满了恼怒,百荷,我让你走开,别管我的事。房间里传出粗重的喘息声,百荷的心一下子提到了嗓子眼,她扶着墙,双腿打战,声音却无比坚定,她也隔着墙安慰玉莲,玉莲,我知道有人胁迫你,我这就喊人救你。

不要！玉莲的阻止撕心裂肺。百荷同样肝胆俱裂。她说,是不是强盗胁迫你？你们不要伤害她,冲我来吧。房间里又传出了笑声,先是小声的，接着笑声越来越大，几乎要冲破屋顶。百荷有些莫名其妙，她说，玉莲，你被吓傻了？门哗地一下打开了，玉莲出现了，她的头发有些凌乱，脸上汗津津的像是经历过一场搏斗，脸上有微微的印痕，她脸上的表情却毫无惊惧，看上去有一点惬意又有一些满意，还有一些残留的情义，她斜靠在门框上，一条腿横挡在百荷的眼前，正好挡住百荷的视线。她说，百荷，你是真痴还是假呆？我是被人抢劫了，这跟你有什么关系。百荷闻言，讶异地瞪大了眼睛，她说，那你为什么不报警，屋里是谁？他用刀子顶着你吗？百荷试图闯进去。玉莲整个身子横在门框里，她脸上略显愠色，她说，百荷，你这么大的人了，真是傻得可爱，你别添乱了，人家抢了我的心，行了吧？你快走吧！

6

鸭子赶到塘里，鸡在院子里喂了食，百荷匆忙吃了早饭去上学，途经玉莲家，一把大锁冷漠地注视着她。百荷敏感地皱起了眉头，昨晚的一切诡秘地向她告别，越来越远的背影，越来越扑朔的远去的脚步。谁抢了玉莲的心？百荷心里无法平静。刚进教室，玉莲便走到她身边悄悄说，不许多嘴！玉莲口腔里的热气吹得百荷耳根痒痒的，她的身上有一股沁人的气息，是开放的新鲜的气息，玉莲的身上有香气，以前怎么没有闻到，她被人抢了心，其实就是玉莲心里有人了。她没有失去相反得到了？百荷心里莫名地悸动，仿佛被抢的是她，她感到羞怯，忙点点头，希望玉莲离她远点。

你紧张什么？也许是表情，也许是身体动作，玉莲见百荷呼吸急促起来，莫名其妙问道。没什么，我有点冷。百荷有气无力地说。冷？不是吧，你真的好奇怪。你又没做亏心事，你抖什么？玉莲斜睨着百荷的脸庞，她啪地拍了一下百荷的肩膀，笑嘻嘻说道，百荷，你真是发育迟缓，头脑单纯，以后你就懂了，你别这样看着我。

秋天，草木归于平静，河流瑟缩了身子。

玉莲脸上的表情却是春风荡漾的，百荷更是琢磨不透，越琢磨越糊涂，玉莲的表情里没有谎言，只有秘密。玉莲的秘密显然和秋天无关。玉莲的秘密和她的身体有关，她的身体站着、坐下或者躺着，都拥有各自的私语。她的双手以及双腿每一个姿势都是成熟的，它们配合着玉莲的身体不泄露任何私密。

百荷沉默着，但她的内心在不断地发出感叹，尽管她不知玉莲身体私语的内容，但她被私语的存在打动了。

晓晓更是对读书聚精会神地投入，前两天测试，晓晓考了全班第一。晓晓考了第一，依然钟情于图书，表情淡定。百荷趁着下课时间坐到晓晓身边。两个人面对面，彼此坐在对方的视线里，晓晓习惯于百荷的沉默，但这一次，百荷像是被沉默纠缠着。晓晓放下手中的习题叮嘱百荷，她说，你不要分神啊，好好学习，就能到城里去了。

这天夜里，百荷躺在床上久久不能入眠，剪刀也入眠了，是自己的莽撞连累了祖母，她还没有赋予剪纸灵魂，却让剪刀哑口无言了。

只有河流才能让百荷安静。她让自己静下来成为一滴安静的水，进入河流，她听见河流骚动不安的节奏，它一路向前，发出尖厉的声音，那声音刺破了夜的宁静，另一种世界的清亮和深邃正在徐徐打开，很快覆盖了百荷的人生，绵长，深邃，河水骚动的夜晚注定是失眠的夜晚，直到黎明时分，河水或许感到疲惫，或许动了恻隐之心，它放慢了脚步，河面上的每一朵浪花都踮起了脚尖，百荷才蒙眬睡去。

7

上课时，百荷走神了。

玉莲不在教室里，今天下午她请假了。她请假的理由是肚子疼。她走出校园时，步伐缓慢，手捂着肚子。生活老师问，要不要百荷送你，百荷也主动说，我来扶你吧。看起来玉莲是浑身无力，出了校门，她却甩掉百荷的手，直起了腰，脸上是一副得逞的表情，她飞快地跑起来，不是因为摆脱了病痛，倒像是摆脱了束缚。百荷明白，玉莲对自由的渴望，是她身体对自由的渴望。她身体里掩藏的秘密像葡萄园里的葡萄熟透了，又像田里金黄的稻子到了收割的季节，无法阻挡。一只蝴蝶落在校门口的香樟树上，它落在树叶上，未曾面对花朵，但它的翅膀却不停地震动着，仅仅是无意的一瞥，百荷便目睹了蝴蝶与树叶偶遇的欣喜。玉莲的身影也像是蝴蝶一样，扑进了秋天的田野。

生活老师问百荷，玉莲到家了，这么快？百荷点点头。她在替玉莲做掩护，她不敢直视老师的眼睛，她的眼睛盯着自己的脚尖。直到老师走开，百荷仍站在原地。像是占据了一件事情的核心，她隐隐觉得被某种神秘的力量挤压着，有一种东西在自己的身体里降临，不是沉默，一股不可遏制的力量，一个锐不可当的生长，在渺小的百荷身上正发生着惊天动地的事情。很奇怪，玉莲的肚痛是个谎言，她自己的肚子却真切地传来一丝疼痛。这丝疼痛兵分两路，一路疼痛像是由脚底慢慢升上来的，一路由头顶向下扩散，它们在百荷的腹部汇合，像是河流汇合。这种来自身体的异样的感觉很快俘虏了百荷。

这个暮秋的下午，百荷怔怔地站在校园的阳光下。外表看上去没有异常，内心里却像河流一样波涛汹涌，起起伏伏。阳光灿烂，偶尔有鸟鸣，远处的河水却走进了百荷的身体，在阳光下熠熠闪光，这是个普通的下午，这是个特别的下午。

百荷身体里流淌着无数的河流，在她的腹部汇合，这种疼痛其实是一种温暖，其实是一种爱意，它像河水一样深不可测。它在百荷的腹部激荡起一股灼热的气流，像是花朵绽放的气息。有些慌乱，她下意识地捂住自己的腹部走进教室。

同学们都在做着课前准备，没有人留意百荷的举动，百荷向晓晓投去一瞥，眼神里都是需要倾诉的秘密，晓晓毫无察觉，她茫然地盯着百荷，催促道，快到座位上来，要上课了。百荷手抚腹部，她身体里那股神秘的气流穿透了她的身体，碎裂声在她的身体里回荡，花朵开放了。额头上出了许多汗，汗水渐渐渗透了她的衣衫，这个暮秋的下午，百荷感到燥热难耐，她意外地闻到来自身体的花香，她伸出手擦了一把额头的汗水，她的指尖上留有花香，来自身体的花香。

8

寝室的床位空置在那里，老师也未加阻挠，度过最初的孤单，百荷习惯了放学后独自回家。安顿了鸭，大黄也回到了自己的窝里，百荷总是心惊肉跳，心里慌慌的，玉莲家堂屋里灯火通明，却不见她的人影，百荷只是投去一瞥，便莫名地满脸通红。她在灯下写作业，那些字渐渐变成玉莲的笑脸，浮在纸面上，一会儿清晰，一会儿模糊。

一丝疲惫，一些怅然缠绕着她。她在堂屋里坐了一会，又来到祖母的房间，床上凌乱地扔满了衣物，一切都保留着祖母生活的痕迹，四个月了，原封未动。

变化的是季节，以及随着季节生活的人。

村上的变化，家里的变化，镇上的变化都无法超越她身体的变化。

这个夜晚，百荷的夜里，除了河流还有身体的香气。她进入了河流，河流一直絮絮叨叨，百荷听不懂河流的语言，但是她觉得她的身体懂，河流也读懂了她的身体。她身体的花朵盛开在河流上，红色，红色，一朵一朵。这些花朵是她的灵魂，她的灵魂破解了河流的密语，这些密语她不懂，但是她的灵魂懂。

河流上有月亮，还有繁星以及云朵、树叶。河流深处更是包罗万象。百荷进入了河流，起初她在河面上漂浮，她身体的香气四处扩散，她身体里的花朵也在河流上又一次绽放，红色的花朵像是解开河流密语的钥匙。花朵是百荷的灵魂，她的灵魂解开了河流的密码，河流的密语倾泻而出，月亮读懂了，繁星读懂了，随波逐流的树叶也读懂了，百荷追问花朵，那些来自身体的花朵密而不语，百荷明白了，她的灵魂最懂河流，河流最懂她的灵魂。

早晨，百荷经历了梦境，像是身体里萌生了新的生命，带着勇气。她带着勇气再度审视那些剪刀和彩纸，以及凌乱的蓝色棉布。这是自祖母离开，她首次面对剪刀。她无法忘记剪刀传递的复活，此刻，她的生命里正贯穿着新的生长。剪刀咔嚓，咔嚓，它在空气中产生语言，未曾面对剪纸，但剪刀的语言是欢快的，剪刀识破了她的秘密。

百荷将这个身体的秘密揣在身体里来到学校，走路都小心翼翼的，她说不清这个秘密是否会被他人识破，这是她的秘密。

玉莲很快捕捉到了百荷的秘密。洗手间里，玉莲守在水池边上，专等百荷。玉莲拉住百荷的手，也不多说话，任凭百荷不断追问，去哪里？

穿过操场，两人来到校园的小超市，玉莲在一排五颜六色的货架前挑拣了一包卫生巾。百荷脸色通红。玉莲说，要用这个，草纸不行的，我看你都不敢坐板凳了。玉莲附在百荷的耳边悄悄说，我比你大两岁，我有经验的。我还有一个秘密告诉你。听到秘密，百荷便有些莫名其妙地恐慌，仿佛玉莲的秘密破土而出，这个世界就会被秘密征服。

秘密道破之前，玉莲要求百荷保密。百荷连连点头，她说，你这个秘密怎么说得出口。我不想知道你的秘密。

但是这个秘密很快就被玉莲远在百里之外的母亲获悉。

后来，百荷常常想，各自保留的秘密，却忽略了秘密本身，秘密也会出卖自己。玉莲的秘密向玉莲的母亲多彩告了密。

玉莲出风疹，学校第一时间通知了多彩。多彩第一时间反问学校，孩子种了疫苗，怎么还会出风疹？老师虽不是专业医生，仍然及时普及了常识。多彩得知女儿身上的风疹，除了有传染性并无大碍，便放下心。

多彩很忙碌。玉莲吃住在学校，她在城市创立的家政公司，虽然如愿开张，却并未如期带来滚滚财源。雇主要求越来越高，要培训，要敬业，要专业还要创品牌。脱离了农忙，她加入了终日忙碌。她接到学校电话时，正巧一位员工误伤了雇主家的孩子，是她的员工，她就要负责。她终日忙着推卸责任，最后，法院判定了赔偿。赔偿款是生活里出现的漏洞，不去填平，日子没法舒坦，她心里总是不舒服。

归乡的路上，多彩望着车窗外的田野，想起家里已经转租的农田，心里莫名有些伤感，她如愿当上了老板，却幻想起农忙的日子能够回头。到了家门口，她又想那农忙的日子倘若回过头，也只是一笑了之，她不可能跟着回头的日子向回走了。

多彩心里就像有一件事放不下，后来她想明白了，田虽然转租了，但是她的家还在村庄。村庄里永远有着家的根。

玉莲的母亲踏进家门时，却意外地遇见了刘冠军。

刘冠军坐在玉莲的床边上，晃荡着双腿，他腿上的汗毛很粗。

猝然相见，刘冠军喘气也很粗，那母女俩像是很陌生，而刘冠军更像是个局外人。天气有点热，刘冠军穿了大短裤，打了赤膊在邻家玩耍，也不是没有道理，但他急于掩饰。抓了T恤胡乱地套在身上，越是性急，T恤越是作对，绞在身上不肯服帖就犯，T恤缠在身上，他就急于告辞。多彩却一把拽住了他的胳膊，多彩和刘家亲密，向来对刘冠军态度和善。多彩率先打破了尴尬，少爷啊，你急着走什么？多彩的眼睛又一次刀子一样剜向女儿，玉莲脸色绯红，上衣慌慌张张扯平了，胸前的纽扣却错系着，她的身体也像是误入了歧途，一部分被耷拉着的衣服掩盖着，一部分鼓鼓地汇聚在胸前。刘冠军像小时候一样骄横道，我不要你管。冲撞了多彩，他用力挣脱她的手。但多彩比他还用力。

这一次，多彩毫不客气，却一针见血地揭穿了他的把戏。

别跟我耍滑头，你两个也不小了，你一定占了玉莲的便宜，这事让你妈妈出面说。

刘冠军看看玉莲，玉莲的眼睛里都是茫然。这让他恼羞成怒，他心里立刻断定玉莲的誓言都是谎言，自认为识破了这母女俩的诡计，觉得自己被这母女俩算计了。父母告诫过他，庄上人贪图他家的钱，围着他家转的人，其实是围着他家的金钱转悠。

他落入了圈套。怎么这么巧，他还没有看完玉莲脱衣服，她妈妈就闯进来了，但是他跨进了她家的门槛，进入了圈套，他也可以解套。

他胡乱推搡着多彩，见她跌坐在门槛上，看也不看这母女俩，没头没尾丢下两个字，随便。

出了院门，他一路狂奔，像是急于摆脱那个尾随而至的圈套，他想跑得远远的，他讨厌父母的唠叨，他也讨厌玉莲出卖了他们的感情。感情这个词，他有些生疏，但他确实喜欢玉莲的裸体，他也是被裸体吸引的。

秋天，水稻在田里等待收割，成片成片的金灿灿的黄色迎面向他扑来。葡萄园里的果香尾随着他，掠过稻田的微风尾随着他。他对这一切都无动于衷，玉莲的身体在他的眼前晃动着，明亮而炽热。他开始奔跑。

他的脚步惊动了田野以及河水，河水里的水族，螃蟹即将上市，在水网中惴惴不安，横行夺路，它像是洞悉了刘冠军奔跑的脚步与自己命运的隐含关系，这是一笔交易，不得已的一笔交易。

学校里，刘冠军再未现身。玉莲表面上若无其事，却难免露出沮丧。自己的母亲突然回家，她怀疑百荷泄露了她的秘密，有意无意地追问两句，逼到百荷发誓，她便敷衍着转移话题，算了，算了，我妈也没有怪你，她也没有怪我。玉莲还向百荷展示了她的新手机，这阵子，手机流行，很多同学将拥有手机列为自己的心愿。玉莲如了愿，自然四处炫耀，除了新手机，玉莲还透露，母亲还为她购置了新衣服。

百荷羡慕手机可以向无法企及的世界通话。尽管倾心沉默，面对手机，百荷希望自己的声音到达任何角落，母亲，城市，祖母，甚至未来以及过往，手机通向的世界与她的剪纸世界同样生动。

不久，玉莲突然离开了学校。带着她的秘密以及更多的秘密。

教室里，玉莲的座位空在那里，像是盘踞着无数个未解之谜。百荷不甘这谜底悬在空中，放学后先去玉莲家。迎接她的是一把门锁。掌灯时分，百荷注视着玉莲家的窗口，希望看到灯光。玉莲家的房子像是被吞没了，被寂静以及密语。

玉莲就这样走了，她的秘而不宣，却给百荷留下了黯然神伤。

玉莲的秘密隐约在百荷身上降临，她刚刚觉察到一点眉目，自己身体的秘密，只有自己知晓，而谁是身体的解密人？这个秘密让她的心跳和脉动以及呼吸都有全新的感受，迎接这种感受，她的内心无助而凄惘，玉莲是她生活的老师，现在没有老师的学生又必须接受考试，这是生活的检验。

她身体隐藏的秘密令她焦灼不安。类似于红狐的秘密，类似于蓝的秘密，类似于剪纸的秘密，类似于城市的秘密。

第五章　镜花水月

1

百荷站在清溪河边，向河水倾诉。听上去是在思念玉莲，却在不断地向河流发问。玉莲去了城市？玉莲会去哪里？我又会去哪里？玉莲幸福吗？我会幸福吗？会的，会的，河水的回答无疑是乐观的，但百荷的内心依然有些悲观。

河岸浅滩处时时有一些残碎的瓷片、瓦片，历史的痕迹在夕阳下闪着光泽，幽幽不绝。百荷对这些碎裂的痕迹心生敬畏，那些惊艳的色彩看得见河流的内心。这是一些残留的笑容，一些泪痕，一些消逝的清晨及夜晚，拂晓与暮色。

凭着想象，河流在她的眼前直立起来。她既未见识过清溪河的源头，也未瞻仰过清溪河的末流，这导致她仍然看不明白它的归途。站起来的河流，脱离了河岸的呵护，在百荷的脑海里反而有些拖泥带水，颤颤巍巍。百荷放弃了夸张的想象，面对脚下的河水，晚风掠过，一层层的水波涌上来，一层层的呼喊游上来，河流来找回河水里残瓷碎片，那上面遗留着岁月的遗痕，也是岁月留给河流的信物。

那水中的山留有痕迹，它踞守在岸上。

那山中灵活的狐狸留有痕迹，它盘踞在百荷的念想中。

百荷梦里的一切都留有痕迹。

世上有一种痕迹像水一样。世上有一种痕迹唯有碎裂方能救赎。

河水宽容地收留了百荷时断时续的心绪

祖母去了城市，祖母依然没有回家。母亲去了城市，父亲去了城市，他们何时会回家？河水静静地流淌，像是也在思索，百荷越来越大了，思考的问题渐趋深奥，河水不断地洗刷，她给百荷的回答却越来越模糊。

百荷沿着河岸向前走，河水一路陪伴着她。一些风景留在她的身后，一些景致在她眼前渐次展开。

2

天色渐暗，百荷站住脚。她对河水告别，我不能走了，你们离不开河床，我也离不开家。鸭子要回窝了，我还要回去亮灯呢。也许我爸爸回来了，也许我奶奶家来了，也许我妈妈也会回来了，百荷内心的奢望源源不断。

奶奶，你快点好起来吧，我再也不做傻事，我不是傻啊。百荷蹲下身子，接近河水，拜访河水，她带来了礼物，她的双手最了解她的心思，她这次终于剪出了活灵活现的祖母，剪纸遇到了河水立刻就生动了，祖母的生活也鲜活起来。祖母挎着篮子，她头上的头巾一起一伏，祖母在河水里拥抱了百荷。夕阳见证了祖孙二人的拥抱，它面带笑容，金色的，笑容的颜色是金色的。

百荷挥挥手，与夕阳告别。

她身后响起一阵爽朗的笑声，真切的笑声，放弃了忧愁与烦恼的笑声，发自内心的笑声。不是百荷的笑声，不是河水的笑声，是埋藏在心里深处的善意,被土壤掩埋,被田野收藏,被河水收留的笑声,感染,继而打动,与笑声相遇,百荷毫不惊惧,这仿佛是她体内的笑声。

百荷这才留意到,河堤上还有一个人,是他带着笑声来到百荷的身边,收敛了笑容,笑声却留下了,落在河岸上,落在河水里,落在不会被遗忘的空气中,他说,你很有意思,你在跟河水告别吗?

百荷不回答,她在品味他的笑声。陌生的,动人的笑声。她要捕捉笑声的心律,她要和笑声共鸣。这是世间的一处独语,渐渐覆盖百荷的心灵。

下一秒钟,她慌里慌张地以目光触摸他的目光。猝然相见,他目光的表情是亲切、友好的,他的目光是携带着礼物的,真诚,简洁。那目光像是落到了平静的水面,安详,澄净。百荷的目光心甘情愿被这目光征服了。除了他的笑声,她对这目光心存感激,为了感激这相遇的瞬间,百荷对着突然出现在身边的陌生人,莞尔一笑。笑容当然比怒容让人亲近,那陌生人说,你一定是个善良的女孩子,我刚才观察你很久了,你还好吧?

百荷的表情有些慌乱,但她的表情无法表达她的内心,她点点头又摇摇头,然后向岸上飞跑。一边跑,她一边对河水说,这是个好人啊,他问我好不好,是问我心情好不好,他关心我的心情呢,可是我不认识他,我是多么想留下来对他说出我的心情啊。

就在刹那间,百荷惊异地感受到来自心底的战栗,她正在被一种前所未有的渴求征服着。他不是身体的解密者,却无私地馈赠了感人的笑声以及目光。让她有幸成为世上一种目光及笑声的解密者,不仅仅是身体的解密者。

你跑什么?我又不是坏人。百荷的身后传来那人的声音,他的喊声越过耳畔的清风,像是河水的声音流了过来。百荷一路跑,一路对他尾随的目光致谢，谢谢你，谢谢你给了我这个闪亮的黄昏。

后来，百荷不得不承认，他的目光像是一把钥匙，只是瞬间便打开了她内心的秘密，秘密被无意打开，同时被打开的还有她内心的慌张。百荷长这么大，第一次因为来自异性的目光心动。这种心动令百荷羞涩，她回到家里，偶尔想到那目光，只是一个陌生人呢，却像是与他的目光相识了很多年，他的目光是和她一起来到世间的。百荷一直在想，后来竟然变成留恋那束目光了。

她一遍遍追问那盘踞在她心头的目光。你的主人是谁？谁是你的主人？这束征服百荷的目光或许忠于主人，或许目光就是自己的主人。它比百荷更精于沉默，始终沉默不语。

它沉默着陪伴百荷坐在灯下苦思冥想，它沉默着相伴那些课本。

这天夜里，它厮守着百荷一直在床上辗转难眠，百荷一遍又一遍追问河水，那个人是谁？他从哪里来？他的目光为什么如此温暖？河流陪伴在百荷的梦里，对百荷的问题含含糊糊，睡吧，睡吧，河水避重就轻，喋喋不休，陪伴百荷直到天明。天亮了，百荷反而有了睡意，她朦朦胧胧地进入梦乡。一入梦，那束目光也入梦了，安详，温暖。

百荷的梦里第一次出现了一座城。在稻田之上，在青山之侧，在天空之下，河流穿城而过，它是城市的血液，人是城市的筋肉。所有的窗口都展现了真实生活的细节。有一些孤单，有一些忧愁的色调不断地充斥其间，这些都不重要，重要的是他在城市里。他居然与红狐狸结伴而来。一个真实的世界，清晰明朗。

笃笃，笃笃。这坚硬的声音打破了安详，也惊醒了百荷的梦，是鸭子在院子里啄门。一骨碌爬起床，那束目光也跳了起来，它影影绰绰地跳到房梁上，一个梦，仿佛让百荷破解了红狐狸诡异的灵魂，它存在于梦中。

未及洗漱，先去放了鸭子。百荷赶到学校。校门已经锁上，只留了一道小门，由小门进去就意味着要接受迟到的处罚。百荷不畏处罚，却不愿因此连累班主任，班上有学生迟到，学校要考核老师的。上课铃刚刚响过，操场上还有零星的同学步入教室。百荷央求门卫，大爷，放我进去吧，只迟到一分钟啦。大伯秉公执法坚持问道，姓名，班级。你再啰唆，现在已迟到五分钟了。

我家里没有人。百荷还想解释，门卫厌嫌地说，你这个丫头，这也是理由，这里面有几个孩子父母不在外打工？你一个丫头不住在学校里，偏偏要跑回家。门卫的目光意味深长。百荷无法忍受那眼光，索性一气之下转身离开。门卫立刻猜到了百荷的意图，他惊讶地问道，你要请假，不上课了，请假倒是不考核老师，耽误课程的是你呀。百荷不再开口说话，她心里有委屈还有一些无奈，包括一些来历不明的快意，这快意暗含期待。

风一路陪伴百荷，像是在追赶自己的前途。百荷离开了校门，经过家门口，并没有停下来，她一直向前走。路遇宝旺爷，百荷，你不上学了？宝旺爷出于好心，嗓门也高些，他追着百荷的背影喊道，你家的鸭子不在河滩，那里鸭子太多了，你不要凑热闹。

百荷默默数着自己的脚步，河水和百荷并肩而行。河边没有人，空荡荡的，河南，河北都是空荡荡的。

面对河水，百荷羞于提问，像是移情别恋，她对河流心生愧疚，第一次，她不是来单单看望河流，她是看望什么呢？百荷说不清楚，也无法诉说。到了河边，她才承认自己最清楚自己的心。她的内心渴望着再一次与他相遇。

回到家，百荷也没有心思看书，她把课本摊在桌子上，那书本上便有一束束目光扫来扫去，自己的目光以及他的目光，它们一见钟情，它们难舍难分。啪地合上课本，百荷来到了院子里。寻摸走出家门的理由，抽出五叔临走留下的生活费，百荷要去镇上买点菜，买点油，然后再买点米，也许会有一个相遇的收获。

3

镇上热热闹闹的，百荷留意，学校里正在上课，校门紧锁着，早晨拦截她的那门卫正在打瞌睡，他打瞌睡的神态很奇特，人端坐着，眼睛半睁半闭。乍一看他像是在沉思，细一看他的眼里毫无光芒。百荷原本是要匆匆一瞥的，却伸出手对着窗子击掌，算是对他的报复，虽然笨拙，却添了心头快意。掌声惊醒了门卫，他跳起来冲出门卫室，百荷已经到了街中心。

挑选日常食材，百荷并不内行，她挑包装色彩鲜明的，算是表达自己的内心。她留意街上每一位擦肩而过的面孔，都是眼熟的陌生人。百荷回到家，内心里仍不安宁，她的安静逃离了她的内心，这一点，她最清楚。那束目光虽然一言不发，可是它脉脉含情。她给自己准备午饭，看着亲自采购的猪肉和蔬菜，引不起一丝食欲，最后，索性撂下饭碗，跑到村上小店，买了一袋干吃方便面。小店老板问百荷，你怎么没上课？百荷应付道，在家里复习呢。听说百荷复习，小店老板面露怀疑，她说，你不是逃学吧。百荷又一次归于沉默。

沿着水塘，过了两道田，百荷不知不觉又来到了河边，河水依然静静地流着，百荷喜欢这样和河水静静地待在一起，像是和亲人待在一起，她不孤独，这是她想要的生活。像是了解百荷的心思，没有，没有。河水回答百荷。百荷嘴上说，我谁也不问，心里又不得不承认，忘不了那束目光，也许那目光是点燃的一把火，也许是萤火虫一季的光芒。百荷脸色绯红，她向河水袒露心事，她是在寻找那束目光的主人。

回到家，她心里始终无法平静，那束目光始终盘踞在她的内心。她在堂屋里转来转去，最后她终于拿出了剪刀，是目光给了她勇气，这目光是一笔财富，百荷因此富有。她试着剪出了一张剪影，自己却羞于端详。内心确信无疑就是他，河边邂逅的他。

这个夜晚，百荷的河流上一直流淌着一束目光。

第二天，百荷起了一个大早，她早早地到了学校，门卫注视着她进入校门，对自己昨日的冒犯，百荷心有余悸，仔细盘算没有露出马脚，因而表情淡定。进了教室却感觉气氛有些肃穆，班主任表情严肃。昨日一天，学校出现何种状况，百荷一无所知，早自习，班主任破例坐镇，同学们都埋头课本，眼神显然找不到知音，没有人解答百荷内心的疑惑，眼神落在了自己的课桌上，翻开课本，百荷开始晨读，刚张嘴，便被班主任打断了，他说，大家把学习放一放，我开个纪律整顿会。整顿会的核心内容，老师又强调了一遍，杜绝学生早恋。

听到早恋这个词，有男同学小声起哄，女同学哧哧地笑。接着班主任话锋一转，我们学校实力差，不追求升学率，学风还是要管的，我们班有几对，我不点名了，个人自觉来下个保证，男生女生都要来。

班上出了几对早恋的，这无疑是件新闻。下了课，同学们三三两两谈论、猜测。百荷佯装倾心课本，内心却在左右权衡，她没有早恋，其实她在思念了，思念一束目光。

她找晓晓要来了作业，打算补齐昨天的作业，幸好数学没有教授新的课程，她破解了卷面上的道道难题，将卷子做好，对自己很满意，正在沾沾自喜，见班主任站在她的身边，主动补写昨天的作业，老师并没有褒奖，只是说，你跟我来一下。

教师办公室里也很拥挤，有两个老师在备课。百荷不等老师询问，主动说，我昨天感冒迟到，所以请假了，我亲自到校请假的，门卫可以做证。班主任起身倒了一杯茶，边呷边听着她的陈述，偶尔点下头，算是鼓励，说下去。待百荷住了嘴，他逼视着百荷反问道，说完了？百荷点点头，班主任启发道，没有干别的，没去其他地方？

河边是去了的，但这是百荷生活的一部分，因此她摇摇头。她摇头否认，班主任并不意外，依然是面色平静，他说，有人看到你在河边游荡，穿了学校的校服，正是上课时间，对学校影响很不好。

去河边这是事实，但那不是游荡。河边是百荷心中的圣地，河流是她的圣像。奚落她在河边游荡，不仅击碎她的尊严，还在亵渎她的灵魂。我没有游荡。心中不满，百荷的语气就有些犯冲，她无法容忍玷污河流，更何况她是和河流合而为一的，诋毁她就是诋毁河流。百荷接着说，我只是去河边。她原本要用探望或者亲近这些带有感情的词汇，感觉不妥，只好用不带感情色彩的词语，她说，我去看看鸭子。

你没做什么，也没说什么？老师的话充满了探索的意味，百荷很警觉，她说，我一个人和谁说话？不是自言自语吧？老师的话像是启发，眼神意味深长。这让百荷很反感，她倔强地扭着头，摆出沉默之态。铃声响过，早自习也已结束了，三三两两的学生陆续出现在操场上。班主任喝一口茶，说话也有些语重心长，他说，你下次去河边不要穿校服，我也管不了那么多。

百荷不说话，百荷的河流不容侵犯。这样艰难的对话，无异于沼泽中跋涉，沉默又一次在百荷周身降临。

谈话开始得奇怪，结束得蹊跷。百荷打量身上的校服，已经有些小了，为了节省费用，她一直没舍得购买新校服。老师的一番谈话，让百荷饱受委屈。

这天放了学，百荷出了校门，一路向西途经家门，她没有停留，村子里很冷清，多数人家关门闭户，人在城市的角落里，家乡盖起的楼房呼吸着家乡的空气。

到了河边。百荷脱了校服，恨恨地摔在河滩上，她身上的内褂有些旧，有些小，紧紧绑在身上。但她喜欢这件衣服的浅绿色的领口，翻出来，很别致。

河水静静地流着，面对河水，百荷的眼角流出了泪水，她咬着嘴唇一言不发，河水依旧静静地流着。天色暗下来，百荷不得不回家。走到堤岸上，百荷对着河水告别，她说，下次我要穿得好看点来，不然，会给你丢脸的。

4

你好，你还好吧？这声音很熟，百荷首先想到了那束目光，她反而有些慌乱，她低着头看着自己的脚尖，鞋子很脏，她懊恼地想，我怎么穿了一双这样的鞋子。你是上次那个女孩吧，我们认识的。好听的声音接着问道。你怎么低着头？百荷终于抬起了头，她下了很大的勇气。终于迎向那束目光了，一直在她心里成长的目光，它从心里跳出来了，那目光是灼热的，很快就点燃了百荷。依然是那样的表情，依然带着盛情。

那两天怎么没见你？百荷嗔怪道，声音里带了哭腔。她想我要归还你的目光，它让我如此奢侈。百荷感受到那目光一怔，停住了，驻留在她的脸上，百荷眼里有了委屈的泪水，她抹了一把泪迎向那目光。

哦,你有什么难处吗?他在关心她,声音很轻柔,轻柔得像水声,所以那目光有充足的理由滞留,无须百荷的挽留。注定百荷拥有这束目光,注定百荷成为奢侈的人。百荷没有难处,但百荷满腹困惑。百荷要做出解释,她的解释有些牵强,她说,你信不信我见过一只红狐狸?我到河边没遇见你,我以为你不会来了。你愿意让我仔细说给你听吗?像是担心他变卦,百荷急迫地要用声音抓住他。仅仅因为他是她在河边遇到的陌生人。他显然惊讶于她的急迫,一个小小的身体里该是积淀了多久,才如此迫切?他温和地说,你不要急,遇上什么难处了,慢慢说。什么红狐狸?

一只神奇的红狐狸,救过我爷爷的红狐狸。百荷五岁时清晰的情景,他听得入了迷。

你相信吗,相信红狐狸曾经光临吗?

他的回答到来之前,百荷的脑海里是空白的,他的回答也许会改变一个世界。

他的回答简单,直接,我相信。

一个百荷苦苦寻觅的答案。一个抛弃了百荷的答案。一个真实的答案。

一个打动百荷的答案。百荷眼里的泪水夺眶而出,这是为信任预备的泪水,已经接近枯竭却奇遇甘露。

给出了答案,他接着说,你看上去很喜欢河流。我也喜欢河流。百荷的目光匆匆掠过他的脸庞,内心一阵激动。他喜欢河流,喜欢这个词听上去像河流一样纯洁、干净,他的喜欢打动了百荷,百荷就是河流,百荷代替河流接受表白说,你一定是个好人,你是从城里来吗?他笑了,牙齿很白,除了目光,这一次百荷记住了他的牙齿。

他的笑容坦荡无边,像饱满的庄稼,百荷很想落在他的笑容里生根发芽，落在他的目光里茁壮成长。他的笑容可以像剪影一样留在每一个长大的日子里。她愿意变成一滴水滴落在他身上的任何一个角落，只要不离开他。

他带着笑容称赞百荷，他说，你很可爱。被人称赞可爱，百荷有些意外，她喜欢沉默，但是她的活泼劲像是在身体里打瞌睡。拥有了秘密，她担心被取笑。但是他的称赞还是让百荷感到亲切。因为心里有着亲切感，她说话就透出了率真，她说，你诓我。我很傻的，我不可爱。

傻得可爱。他被百荷的神态逗笑了，笑眯眯地补充说，你一直在这转悠，我还担心你想不开呢。他说他担心她。被人赞同痴傻，百荷心有不服。因此，她开始历数自己的长处，掩饰自己的慌乱，她愿意在他的目光里留下一个好形象，她说，我常常与河流对话的。他饶有兴趣地问道，说什么？百荷见他专注地凝视自己，面露羞涩，她低头沿着河岸向前走，像是要摆脱他的目光，又像是急于发掘她和河流对话的内容，她与河流的对话都交给了河流，河流一向愿意分享，或者他也是一条河。

河滩在眼前袒露胸襟，百荷了解它的每一处深浅，别人形容河滩坑坑洼洼，百荷却认为河滩有它特有的曲径，那是她和河流的秘密，他人无法涉足。他突然又叮嘱说，你要开心啊。这么一句话，直接深入了百荷的内心。

百荷一向在河滩如履平地，偏偏在他的目光下脚下一滑，他那句话坠入了内心，百荷一个趔趄跌坐在河滩上。身体的疼痛没有使百荷脸色发白，倒是内心的羞涩占了上风，脸色涨得通红。百荷赶紧站起来，双脚刚接触到地面，一阵刺痛，百荷不禁咧嘴尖叫起来。

他坚持送她去医院，被她拒绝了。这样的深入人心的时刻只有河流是般配的，只有河岸值得停留。百荷的坚持是在雕琢这个时刻，不用手，用心。

他着急了，摊着两只手无奈地说，不去医院，这怎么可能呢？我亲眼见你受了伤，拂袖而去我做不到。上衣沾满污泥，百荷倍感狼狈，别人的目光她无所谓，却不能容忍自己的狼狈落在他的视线里。两个人僵持了一会儿，看看天色已晚，他做出了让步，我不送你可以，我送你回家吧。百荷依旧摇摇头，她迫切地要掩藏自己的不堪，嘴上却坚持要他离开，自己试着挪了几步，额头上冒出了冷汗。

他尾随着她，又主动挡住她的去路，我来背你吧，背你到路边上，替你拦个人或者替你去喊你的家人。他的善意依然遭到了拒绝，他不解地说，我很像坏人吗？你这小姑娘，真有意思。他认为不可思议，百荷却坚持自己一步一步艰难地向前挪动脚步。这样，我替你打电话。他掏出了手机，又一次拦住了她的去路。

你告诉我你家里电话是多少？挣扎着走了几步，百荷似乎也耗尽了力气，她的脸色也越来越白。额头上冷汗直冒，伴随着冷汗的还有泪水，回头去看河水，河水依旧悠悠流着，丝毫不解风情，电话号码？百荷摇摇头，这是百荷的痛。

疼也在自己身上，何况，她与父母的联系在通讯的时空纤弱到毫无信号。他见自己的一句话，引出了百荷的泪水，不免有些惊慌，他安慰说，没事的，我可以做证，你家里人不会责怪你。百荷依旧摇摇头，她擦掉泪水，再一次谢绝他的好意，尽管挪步很狼狈，但至少表现出坚强，百荷不是软弱的，她的坚强不必掩藏。

天色渐渐暗了，河面上起了一层雾，视线渐渐模糊。远处的船上和近处的岸上有了星星点点的灯光。百荷又勉强走了两步，停下来，喘了口气，最初的剧烈疼痛已被麻木代替，她决定加快速度，第一步很坚定，第二步还没有抬起脚,冷不防他从后面拦腰抱住了她,然后拽着她的两只手把她托上自己的后背。百荷不肯配合,左右晃动着,他死死控制住她的两条腿。别动,你以为我愿意管你,看你可怜,于心不忍。他的声音冷冷的,带着烦躁。

百荷安静下来,乖乖做了他的俘虏,她突然感到自己很满足,如此贴近一个信任她的人,贴近他的体温,这是最好的方式。他的后背传递着体温,这体温令百荷脸庞发烫,她亲昵地不易察觉地将脸庞贴在他的背上,她第一次体察了自己以外的体温,来自他的体温。百荷的眼泪悄悄落了下来。他走得很急,抱怨说,看不出来,你人不大,还挺重的。百荷没有说话,她擅于沉默,关键的时候,她更是一言不发,不是没有情感思想要表达,而是千言万语,毫无头绪,她只好沉默着,内心却像河水般无法平静。最后,百荷歉疚地说,我身上的泥巴弄脏了你的衣服了。

还有两步就到堤坝了,百荷的脸颊依然发烫,这种温暖的感觉,细若游丝,像是久别重逢,还有两步就到了尽头,他的体温温暖而令人陶醉,她贴在这暖意之上,像是贴在幸福里,短短的距离,百荷对这体温竟然有了依赖。心里依赖着,百荷嘴里还是无奈地说,到堤坝了,我下来自己走。到了堤坝上,他并没有停住脚步。坚持走了几步,渐感体力不支,他说,我放你下来可以,但你要答应我先去医院。

最后,他在堤坝上拦了一辆农用车,顺路将百荷带到了镇上的卫生所。检查结果只是脚踝扭伤,并未伤及筋骨。

走出卫生所,他长长舒了一口气,在昏暗的灯光下皱紧了眉头,他疑惑地问道,你家里没人吗?你们村上的人都姓田吗?有个姓刘的很有钱,他人怎么样?

他提的这些问题,突然横亘在他们之间,百荷仙境般的心境出现了豁口,有些灰暗,带着晦涩苦味,显然不合时宜,显然破坏了情境。百荷断然说,你说的我都不知道。他也并未追问。百荷修复着心境,问道,你是谁家的朋友还是亲戚?他摇摇头转移了话题,这里的空气真好。

他坚持送她回家,明明是热心助人却接连遭遇百荷的怨言。她说,我没有那么娇气的,你偏要带我来医院。见他并不回话,百荷又说,检查费我会还你的,这下我又花了冤枉钱。这些都不是百荷的心声,它们从另一个伪装的渠道款款而至,其实百荷心口不一。

他无奈地笑笑,算我助人为乐,我是志愿者,我不要你还钱。他的好意带着戏谑,百荷依然怨嫌说,我没有困难,我不需要志愿者。

暮色渐浓,两个人站在公路边一直没有拦到顺风车,百荷有意去学校留宿,又担心被老师盘问,加上记挂着家里的鸭子。他搀扶着百荷勉强走了几步,见百荷脸色煞白,只好又一次蹲下身子示意百荷趴在他的背上。

这一次,尽管她的身子扭扭捏捏,但百荷的心没有拒绝,她的身体谦让着,她的心早已伏在他的背上,停止了嘴里的抱怨。镇子被抛在了身后,田野的夜色浓烈而深沉。百荷沉默不语,四处张望一番,最后将目光投向了遥远的星空,星星默默凝视着百荷。像是看透了百荷的内心,百荷受到了动心的一击,第一次,她内心成长的沉默,遇见了对手。第一次,占据她身体的沉默发生了动摇。她的眼圈一点点红了。

他的后背温暖而宽阔,是最温暖的角落,是一个世界,是整个世界。

百荷觉得自己像是歇在港湾的小船,百荷长这么大第一次有了庇护和依赖。为了留住一点这温暖,为了这个温暖她愿意她的整个人生都消磨在这段路程。

回家的这段路,百荷单独往返过无数次,从未产生过异样的体会,只有这一次,她对这条路滋生了情愫,她要留住这条路,让它延伸在自己的记忆里。再长的路都有尽头,但心里的路没有尽头,她要将他留在心里。

接近村庄,他的脚步渐渐慢了,却不肯停下来,紧走了几步算是最后的挑战。然后,他站住,略微蹲下身。百荷顺势站在地上,脱离了他的后背,她觉得身上有了寒意,脸上露出了留恋。夜色掩盖了百荷的面部表情,却无法掩盖百荷的声音,百荷的嗓音带着哭腔,她说,你是个好人,我不会忘记你的恩情,我会报答你的。也许粗心大意,也许回避谢意,他说,我得回去了,我也算是做到位了。他看看四周的夜色,又望望远处的村庄,他说,我算是完成任务了,估计你家里人也很着急,这点路,你也能应付。

他像是甩掉了一个包袱,又像是卸掉了内心的一块重负,挥挥手,轻松地向前走去。他的身影很快融入夜色里,融入田野间。快捷到百荷未曾流露心声。

百荷依稀觉得有一些暖流正在悄悄离去,而凉意来得迅猛又突然,两股激流交汇,暖意在百荷的内心渐渐占了上风,百荷竭力挽留暖意,她对着夜色大声喊道,喂,你不要丢下我。回答她的是沉寂的夜色。百荷对夜色充满了怨恨,她继续对着夜色大声喊道,你叫什么?你是谁?没有回音,只有夜色的回答,冷漠而空洞。他离开得如此匆忙,快过了迅疾的夜风。

5

这一夜,陪伴像种子一样栖落在百荷的身上,他的笑声,他的笑容,他的目光,他的体温,都在百荷的生命里生长。

第二天,百荷以脚伤为由请了假,她去了河岸,去表达谢意,以什么致谢她还没有想好。她需要见到他,她一定要见到他。他的信赖、笑声、笑容以及目光、体温都在百荷的身体里有了一席之地。

沉默是有弹性的，被挤在了角落。

一瘸一拐走到了河岸，百荷试探着伸出一只脚，泥土很松软，却让她有一种踏实的感觉。是河滩让她感到踏实。这踏实赋予她莫名的亲切。像是脚伤已经痊愈，疼痛已经消失。百荷像是对泥土说话，又像是对流水说话，这四周都令她感到亲切，她有说话的冲动。疼的时候真是很受罪啊，幸亏你们钻到我的心里啊。百荷在感谢，河水像是有了回应。百荷读得懂，她说，谢谢你们啊，要不然我也许会跌断腿。这下，我记住了，走路要一步一个脚印，不要慌。河水发出了欢愉的歌声，百荷的嘴角露出笑意。我还要感谢一个人。这句话，百荷在心里念叨，但是她坚信河水是听懂了，河水不点破，河水从她的眼前流过，河流的笑容里有一丝戏谑，这让百荷脸红，她感到羞涩。她抬头看看远处的天空，目光又一点点落回河流，河面上有几只船，河岸上有几只鸭子，渔船上有个妇女在甲板上专心地打理渔网。百荷伫立于河滩上，河滩上没有那个身影，他留下了笑声、目光以及笑容。

他的身影不在河岸，但是河岸与河流将他的痕迹收留了下来，留在这个拥有怀念和想念的，让人眷恋的家园。

青山、田野、河流以及像是生活的眼睛一样的水滴，它们存在着，他就存在着。百荷的收藏洁白无瑕。百荷的生活里，他从此无所不在，百荷的生命里他遍布角落。他是纯粹的，他是透明的。

他来过河滩，他探望河流，这是仅有的线索，也是全部的线索。他会是个谜，这让百荷无法容忍。读懂河流的人，听到河流之声的人，百荷不能让他成为谜。他是透明的，纯粹的，干净的。百荷还认为她的梦是真实的，会在现实中上演。

接连数日，每天傍晚，百荷沿着堤岸向前走，她的脚伤基本痊愈，走起路来腿脚也利落了许多，她有时沿着上游，有时沿着下游，慢慢地走。碰见过宝旺爷，宝旺爷很好奇，他说，百荷，你一个女孩子整天这样来回走，你这是干什么？百荷报以沉默，她在破解一个谜团，谜面和谜底都是她的秘密，她不想泄露也无心与他人分享。百荷的默然姿态，宝旺爷早已司空见惯，见百荷闷头走路，并不搭腔，宝旺爷疑窦丛生，同时心生担忧，他连连摇头，田得福家的这个女伢，怎搞？

除了遇过宝旺爷，百荷还与多人相逢却形同陌路，理解百荷的只有山、田野以及泥土，百荷不孤单，却被孤立了。

在河边的人都对百荷抱着好奇的态度，他们好奇百荷的举动，根据她的举动又纷纷做出判断，有人说百荷心事重重，有人说百荷脑筋短路，这些议论都在百荷的身后，百荷装作没听见，只有王大娘主动问百荷，她说，百荷，你天天去河滩，来回地走，你是丢了什么？王大妈的弦外之音百荷听得懂，她说，我锻炼身体，我需要走路。我大妈狐疑地说，那你为什么不走到学校去？学校没有河滩，河滩的土最适合锻炼身体。百荷回答得很自然，她对王大妈笑一笑，沉默着接着向前走。百荷的每一步其实都有方向。

她的梦里有一棵槐树，因此她每次都在寻找一棵槐树。槐树不说话，但槐树有目光，也有记忆。

在梦里，百荷走到槐树根，她发现了脚印。他站在槐树边，面对着河水。顺着脚印，百荷踯躅向前，脚印时深时浅，逐步显出了归宿。百荷看到了一个背影。也许听到了脚步声，背影转过身来面向百荷。百荷没有叙述梦境，但百荷做了一个梦境里的动作。

梦里的秋天,像是举行着一种仪式。田野里成熟的稻子一排排地在太阳底下依偎着泥土,河流经历过汛期的激情澎湃,缩了身子回味着它所经历的,它一定还会把它所经历的抖搂出来。河流从来不让人失望。

在梦里,毫不设防。他们又一次在河滩相遇,他说,你好了,好了我们一起听河流说话。百荷曾回味过那个梦。与他相遇令她惊喜,更惊喜的是,他邀她一起倾听河流,他同样听得懂河流的语言。百荷认为这是他们的共同语言。他们是知音啊!知音让百荷内心激动,她发现她来探望河流多了一项新的使命,她迫切地想知道他的下落。

有了河水的共同话题,两个人和谐有加。百荷觉得他是如此亲切,即便离开了河流,因为他读懂了河流的语言,他的身上有河流的气息。百荷像是农田,遇见他便得到了滋润,她的身上焕发了新的活力。

他像是为此而来,而她像是等待他的到来。

在梦里,百荷放了学就去了河边。远远地看见他在那里提笔作画,百荷的心里涌起了一股溪流。他在,河流,河滩,河岸上的庄稼,飞过河面鸟都成了风景。河滩的表层布满裂痕,像是袒露的心事,每一条都有不同的走向,纵横交错。他的每一笔都很凝重,像是跌入了某些往事,对于百荷的到来,他丝毫没有察觉,百荷站在他的身边,忽然觉得,他在表达河流,其中有某些诉求存在千年,他的表达未必贴切,但他的专注打动了百荷,感染了百荷。她默不作声陷入了沉思。再一抬眼,百荷吃惊地发现,她走进了他的画里。她低着头,目光落在河滩上。你很美,见百荷凝视着画面,他由衷地说。

被人夸赞,百荷曾经都乐于接受,但这一次百荷很谦虚很羞涩,她说,是你的画很美,你画的河滩,其实你在表达河流的诉求。说出这句话,百荷自己也很吃惊,她怀疑不是她在说话,是河流自己在说话。或者,是风在说话，百荷看见画纸在画夹上震颤，语言正四处流动，语言的河流。河流走上前轻抚画纸，她像是触摸到一种温度，一定是他的温度，百荷的脸腾地红了，紧接着她听到他的喘息急切地压迫过来，渐渐逼近了，像是燃烧的火焰发出声响，百荷的整个身子僵立着。

在梦里，河流在眼前无声地流动，百荷闭上了眼睛，微微张开了嘴唇，红润的嘴唇像是轻启的花瓣。百荷不知自己是期待还是紧张，她的身子摆脱了僵硬，颤抖了一下。就是这个轻轻的颤抖，让那气息瞬间消失了。百荷睁开眼，他蹲在两米开外，抱着自己的头，一缕缕揪起自己的头发，像是发泄又像是惩罚。无论何种意图，看上去都很痛苦。他的痛苦令百荷的心里也乱糟糟的，她不知如何安慰或制止他，她娇嗔地看着他，眼神里含着一些迷茫，百荷的身子是在他痛苦的拉扯中缓过来的，她挪动脚步走近他，他蹲在百荷的眼前，双手停止了拉扯，颀长的手指插在乱蓬蓬的头发里，像是迷失的音符落在没有归宿的琴弦上。百荷心头一颤，她伸出双手，忽然用力抱住了他的头，他的手像是受到了惊吓，毫无选择地抱紧了百荷的身子。

河流没有受到惊吓，受到惊吓的是遥远的月亮，此刻娇羞地躲进了云朵了，默默无语。黑暗，掩饰了他们的触摸。

在梦里，他的手一点点触摸，百荷体验着一种从未有过的战栗，只有河流知道，但河流默默无语，百荷觉得河流应该说些什么，但河流没有。只有一刹那，百荷怀疑河流流失了语言，因而，百荷挣脱了出来，跳出了很远。夜色之下，他看上去也很窘迫，他说，对不起，对不起，我太喜欢你了。他的这句话打动了百荷，令百荷娇羞，长这么大，她第一次被人喜欢，这个喜欢来得突然，来得幸福，像是一个火球，滚烫地闯进了百荷的心窝里，百荷的心窝里原本就乱哄哄的，火球一介入，百荷的内心便着火了。

百荷躺在床上，心里的那团火一直在燃烧，时而蹿起来，时而又袅袅地探出头。百荷喝了几口水也压不住，她的手按在自己的胸口，不断地揉搓，百荷终于听到了，她的身体在和她说话。她的手按摩着自己的乳房，乳房像是惊醒的小鸭子，那么软，那么腻滑，小小的乳头像是嘴巴，它不断地震颤着百荷。腹部以下，百荷停了手，回想起他的手曾在那里停留，百荷的身体一阵震颤，酥麻的感觉几乎令她窒息。河水在夜色里目光炯炯，百荷扭动着身子。忽然，她伸出手，拉起被子将自己包在被子里，包括目光，她要用黑暗淹没所有的目光。然后，让自己的手指在自己的身上游走。

她愿意这个信任她的人成为她身体及心灵的解密人。

窗外，风声一阵紧似一阵，院子的门闩发出了声响，这些声音都曾令百荷充满惊惧，河流陪伴着她，此刻，她在黑暗里忘记了河流，她的手指静静地行走在自己的身体上，她使自己流成了河，她忘记了河流。

只有水，无尽的水。他走进她的生命里，她走进他的体温中。他走进百荷的梦里，但百荷的心留了下来。

他如约而至，都是在梦里。早晨，百荷睁开眼，院子里的鸭吵吵闹闹的，还有风声，但百荷睁开眼睛，她倾听自己的身体，身体很安静，内心亦如此，这种状态令百荷很满意，她在床上伸展自己的身体，然后一跃而起。脚伤已经不留痕迹，百荷对自己的恢复也很满意。他留下的，她坚信是个约定，他一定在城市里，她喜欢城市，她会在城市里找到他，不，他是在等待着她，等待着与她相遇。如同他们的初见。

洗漱过后，烧早饭，一个人的早饭百荷不允许自己马虎。然后去侍弄鸭子，百荷做得一丝不苟，打扫完鸭舍到了上学时间。这个早晨，阳光很好，天空蔚蓝，几朵白云排在天空中，这样的早晨像是自然的赏赐。

上学的路上，百荷见时间宽裕便走走停停，脚下的土地有一种温情，这让她不由得亲近。远处的田野，近处的土壤她都感到亲切，她蹲在田埂上抓了一把泥土，泥土有着潮气，泥土让她感到亲切，它承载河流也承载了她的情怀。

路人从百荷身边经过，见识了百荷怪异的举止，有的漠然视之，有的满眼疑惑，村上的根联一早去野塘里下网，见百荷手攥一把泥土若有所思心生疑窦，本想擦肩而过又抵不过好奇，他喊道，百荷，你丢了什么，要找泥土索赔？一声询问让百荷幡然醒悟，将手中的泥土像撒落珠宝一样抛开。泥土回归大地，百荷的眼里满含深情。她的神态让根联更加困惑，小心翼翼地问道，你怎么了？丢的东西贵重吗？百荷摇摇头，说道，我什么也没有丢，根联显然无法信服，接着质疑道，那你找得这么仔细？认定百荷遗失了贵重物品，根联劝百荷再找一找，他说，一定很值钱。百荷不说话，闷头赶路。

百荷在现实的生活中恍恍惚惚。

她坐在课堂里却不知老师在说些什么，眼前总是晃动着他的身影，她回忆他的音容笑貌，回忆他的点点滴滴，回忆她的梦。他在她的上游行走。下课的时候，百荷坐在晓晓的身边，只是看着晓晓的嘴唇在动，晓晓的每句话她却不知道说的是什么。

她离开学校，像是在经历一场慌张的逃逸。回到家，家还是原来的样子，但在百荷的眼里完全变了样，一切都是无声无息的，冷冷清清的。她出了门，到河滩上去，她在奔跑，似乎有无穷的引力吸引着她，河滩上很空旷，远处的船在缓缓地移动。

鸭子都聚集在池塘边，有的在水里扎猛子，有的在池塘畅游，还有几只站在塘边梳理羽毛。百荷走近它们,鸭子对她的到来多数反应平淡,有两只稍显热情,慢吞吞走到她的脚边仰视着她,鸭子的态度让她感到亲切,百荷蹲下身亲昵地搂住鸭子。鸭子身上湿漉漉的,有些凉,但依然让百荷感到温暖。有两只鸭子得到宠幸,其他的鸭子都围拢过来,它们浩浩荡荡簇拥着百荷。

傍晚,天色渐渐暗下来,百荷坐在堂屋里,她在等待时间悄悄地走近,她等待梦的降临,她等待他的出现。这个短暂的等待,百荷渐渐成长了起来。她知道思念的滋味,百荷想,他会在哪里呢?他一定听得到我的呼唤。

百荷不得不接受一个现实,除了梦里,他再未现身,他住进了百荷的内心。他的信任,他的笑容,他的声音,他的体温却留了下来,与日子一同与百荷相处。百荷的日子无法沉默。

6

晓晓突然去了城里。这不是晓晓的决定,而是一个意外决定的。

晓晓的父亲在工地上发生了意外,人躺在医院里。

那天下课后,晓晓仍在教室里做习题。接到这个意外通知的时候,城市像是翻了脸,露出了狰狞的面目,猛然伫立在晓晓的眼前。

晓晓显然被这个意外打蒙了,她无助地看着停在校门外的那辆小轿车。从小轿车上下来的两个人一边安慰她,一边催促她。其中的一个人,是刘家老大,年初他带了一批家乡的兄弟到城里,晓晓父亲是其中之一。

刘家老大望望远处隐现的村庄,那是家的方向,他的奔波都是为了家,而他总是在赶往家的路上。他微蹙着眉头,打量着哭哭啼啼的晓晓,安慰说,有大伯在,你放心跟着。另一位看着眼生,显然是异乡人,衣服穿得整齐，面色焦灼却也很亲切，他见晓晓浑身发抖，就安慰说，接你去看看你父亲，你不要害怕。学校的老师也很重视，验明了来者身份，班主任也督促晓晓即刻动身，关键的时刻晓晓忽然想到了百荷，百荷站在她身边紧紧依偎着她，俨然成了她的依靠。她攥紧百荷的手，她们曾一同向往城市。刘家老大说，是你的父亲，百荷不能跟着去。百荷仍然紧紧攥着晓晓的手，她和晓晓一同长大，生命里有些相同的元素，但是这些有谁能看得透呢？

紧迫的时间，让大家都很紧张，晓晓承受的不止这些，她的脸色渐渐发白，嗓音沙哑着轻轻抽泣，直到汽车启动，她从车窗里眼巴巴地望着围观的老师、同学，无助的目光落在百荷身上，嗓子里未挤出一句话。

晓晓一离开，百荷对长在自己身体里的他的目光、笑容、笑声掩藏得更加隐蔽。她试着用剪刀在纸上剪出他的踪迹，河流在剪刀下流出来了，河面上也再现了几只渔船，甚至河岸以及岸边的堤坝，河滩躺在那里，她却始终无法勾勒出那个踞守在内心的他。后来她专注勾勒他的笑容，由他的笑容开始，他在她心里更活泛了。直到一个月后晓晓回来了，她仍然没有剪出他的笑容。

晓晓的这次城市之行，陡然间让她告别了青涩，成熟了。晓晓的成长，陡峭，直接。晓晓爱学习，她脑海里的方寸之间填满了课本，既丰富又简单。

晓晓带回消息说，她的父亲出了工伤，转危为安了。大家都松了一口气，村子里，多数人家都有去城里打工的亲人，都有了安全保护意识，王奶奶特意让晓晓传话，要注意安全。

这次城市之行，晓晓带回了一部手机。这使晓晓在学校备受瞩目，但晓晓却像是对待一件玩具，她有时抚摸手机，有时又对着手机，面露厌恶。

两个好友彼此面对，都有些心事重重。百荷刚要开口，她原本不提那段往事，她只想说河流，河流能够承载，她想让晓晓也说出痛苦，为什么偏偏是痛苦？她所做的梦几乎占据了她的脑海，但是梦不再转身回来，百荷凭着这样的直觉，断定这是一种煎熬的痛苦，是一些快乐的痛，应该分享给晓晓。

课堂上，同学们都在做功课，晓晓写着写着忽然沮丧地扔掉了手中的水笔，水笔逃离了主人的掌控，任性地滚了几圈，像是为获得新生欢呼。

百荷见状忙递给晓晓一支笔，晓晓却怔怔地，无意接受，她啪地合上了课本，像是被课本无端激怒，而她要负气退场。晓晓的动静很大，惊动了讲台上正在审阅试卷的老师，老师皱了皱眉头，斥责道，请同学们安静。唯有晓晓不安静，不仅弄出了声响，还从座位上站起来吸引了大家的目光，晓晓突兀地站在课桌边，脸上挂着似笑非笑的表情。

晓晓的举动终于惹怒了老师，但老师没有发声，他怒视着晓晓。晓晓坦然迎接老师的目光，对自己的违纪毫不避讳，她说，老师，我扰乱了课堂纪律，我退出课堂。明明违纪在先，却要先发制人。老师怒目圆睁，学生的举动突然、蹊跷，似乎背后另含隐情。出于职业习惯，老师压制了自己的怒火，抚慰晓晓说，你最近压力大，要学会调节自己，控制情绪。

老师息事宁人，晓晓却并不领情，她坚持说，我错了，我真的错了，我请求离开教室。晓晓非但没有控制情绪，她的情绪倒像是泄闸的洪水。她推开椅子径直走到教室门口，拉开门，对满室诧异的目光莞尔一笑。事态出乎意料，老师也乱了阵脚，向同学们求助，你们谁知道她怎么了？同学们都很茫然，老师伸出手试图挽留晓晓，就在迟疑的瞬间，晓晓啪地关上了教室的门，她将自己关在了另一个世界。

晓晓，百荷第一个追了出去。她用声音咬住了晓晓的背影，她说，晓晓,我陪着你。

出了校门,两个人都很茫然。

下午,镇上的店铺里多数没有顾客,几个女人在服装精品店门外搭了一张桌子在打麻将,超市门外也摆了一桌,洒满阳光的街道上只有两只闲逛的狗,偶尔有疾驶而过的轿车穿街而过。

百荷斜睨了晓晓,断定她脑海里没有方向,至于晓晓脑海里的剧目现在只能保持秘密的状态,它是个谜团。百荷认定了晓晓经历着一种打击,不然,晓晓不至于如此失态。

眼前有三个方向可供选择,向左是一条公路,通往县城,向右是一条羊肠小路,可直接进入田野,穿过田野通往坐落在田野中的村庄,她们的家坐落于村庄之中。眼前笔直的路,通往清溪河。只有眼前笔直的路,让百荷感到亲切,她的眼前豁然一亮。她拉着晓晓的手去探望清溪河。

阳光下,河水静静地流着。河滩上空荡荡的,风穿过芦苇丛发出呼啸,时而低缓,时而高扬。百荷极力不去看芦苇,只是听到风声她的心便莫名地悸动。

面对河水,晓晓的脸上露出了笑容,笑容非常空洞,她的目光却很热切,她挣脱了百荷的手,渐渐逼近了河水。晓晓整个身体像是打开了堤坝,百荷的心也像是打开了堤坝,一瞬间,百荷才知道她其实一直在忍受,她早就忍不住了,百荷不管不顾地坐在河滩上,眼泪伴随着哭声,酣畅淋漓。短暂的茫然之后,晓晓回转身,终于忍不住抱住百荷失声痛哭。她们的眼泪只有她们自己懂得。

河水缓缓地流着。

声音渐渐低下来,变成了饮泣。与其说是哭泣,不如说是一次少女泪水之旅,她们的泪水和她们一同生长着。生长在她们的清晨、黎明,以及夜晚。生长在她们的内心。

她们的内心流了一次眼泪,她们的心事便卸下了一层束缚。

终止了哭泣,两个人都沉默着。最后,晓晓打破了沉默,她说,百荷,我也不知道我是不是很傻,但是我愿意相信他不是骗我的。百荷不知道,晓晓的这个他是谁。她怔怔地注视着晓晓。晓晓接着说道,百荷,你的心里能有河呢,你心里装得下事情,我不行啊。百荷默不作声伸出手搂住晓晓。

清溪河水缓缓地流着,它的矜持的脚步落在夕阳下。

晓晓面朝炫目的夕阳做出了一个决定,她说,百荷,我决定了,要去城里,我要成为有钱人。

第六章　显山露水

1

晓晓的这次城市之行，出发得猝不及防，心里面揣着不安，一路上无心见识城市，只顾得专心哭泣。上车的时候已近黄昏，她熟识的街镇，村庄，田野，站在原地目送她渐渐湮没在暮色中。

汽车在拐上通往县城的省道时，她擦了一把脸上的泪水，瞥见窗外根联家的儿媳驾着新买的电瓶车一闪而过，她的内心感到了一些异样的情绪。

刘家老大坐在副驾驶，一上车便调整好座位头仰在靠背上，闭着眼睛。但晓晓看到了他另外的眼睛，非常近，是漠视的目光，在回避她的泪水。

车上另外的同行者一直在专心开车，他的眼睛里只有眼前的路。汽车上了高速公路之后，明显加速。晓晓的泪水还在流着，她觉得自己处于孤立无助之中，只有泪水能慰藉自己，她不能摆脱她的泪水。

车窗外的一切在夜幕下都如幻影一般，她感到那些其实都是真实的存在，它们无奈地被她看成幻影，这些幻影的内心深处便如她的内心一般隐隐作痛。

不知过了多久，在那些疼痛着的幻影间，出现了璀璨的灯光，那些灯光在夜色里像是开辟了一条条空中的正道。那灯光给人带来的是安宁和美好，使夜的黑黯然失色。

驾驶汽车的同行者开口说了一句话，这是他全程唯一说的一句话，他说，进城了，我们到了。

城市坚守在原地，即使晓晓偏执地认为是它伤害了父亲，她也无法从心底嫌弃它。城市是拥有城界与城门的，对所有人。汽车下了高速公路，驶进了城区，晓晓一眼就望见了高高耸立的钟楼，那上面的时针指向半夜了。城市并未入眠，晓晓不再流泪，她望着窗外，莫名咧嘴一笑，她的笑容一半带着惊奇，一半带着悲伤。

路灯一盏盏地开放在路边，高楼间各式的霓虹灯使城市到处都是光明的影子，晓晓的目光掠过这些灯光，她注意到，在那些楼宇之后或者灯光消失的黑暗的角落，那是不能靠近的角落。

这一切给晓晓带来了无以言述的复杂情绪，晓晓曾经向往过城市，它却以漠然的方式迎接晓晓，漠然得近乎冷酷。听着晓晓讲述进城的经过，她越接近城市，百荷内心的颤抖越强烈，几乎要跳出来。

像是听着遥远的神话，百荷走神了。晓晓走向了天际的星星。

一只狗在城市的楼宇间或街道上穿梭，百荷相信那是一只狐狸，狐狸一定是走向了天际的星星。

晓晓对城市的第一印象，匆匆忙忙的，一切都像是飘浮的，毫不真实。她也是张皇的。下了车，她的脚步是随着那两个人移动的，而她整个人是沉到地面上的，像尘埃一般，她几乎失去了自己的呼吸。

首次接触到的城市的气味同样令她无所适从。她就在这种凄惶之中首先见到了母亲刘霞玉。半年未见，一个意外让母女二人的相见毫无喜悦。晓晓本想在母亲身上获得力量镇定下来，母亲的悲恐却远胜于她。母亲牢牢抓住晓晓的手，眼睛里只有泪水，母亲的泪水无依无靠，顺着脸颊缓缓流下来，无法回头、无法停留地流给晓晓，像是专门预备留给晓晓的痛楚，或者，也只有晓晓肯接纳母亲的泪水。

晓晓望着母亲流泪，每一滴无声的泪水都在敲打着她，将她整个人击碎，她整个人也在一点点碎裂着。母亲跟着父亲在工地上做小工，母亲最清楚事情的经过，见到晓晓她不陈述经过，讲述经过她已经说干了嗓子了。见到女儿她只想流泪，她的泪水只有留给亲人。

晓晓的父亲广富躺在病床上，身体被白色的床单掩盖着，针头刺透黝黑的手背，粗糙的皮肤间，针管缓缓地延伸着，吊瓶里的药液晶莹，透明，闪着光，像是请求疾病宽恕的语言。

病床上，广富沉睡着，他向女儿晓晓无声地讲述着瞬间发生的一幕。

三天前，广富结束了工作，正要离开施工现场。这是一栋将要竣工的楼房，外围的脚手架已拆除，广富走到五楼露天平台时，见到平台上孤零零地遗漏了一把工具钳，广富走上露天平台，谁也不会想到落在工友后面的广富一个好心的举动，将自己摔到了楼下新铺就的草坪上。身体完好无损，但是他昏迷不醒。母亲托了村上刘家老大出面去通融，这才接来了晓晓。

接晓晓过来是晓晓母亲的主意，广富最疼爱晓晓，女儿传递的亲情也许会唤醒父亲。广富最在意儿子，把儿子带在身边，掏了高昂的异地就学费用插班在城里念书，儿子年满十岁，在城里念书后缺少了顽劣却异常谨小慎微，目睹了广富在病床上神志不清，他情愿寄宿在老师家，无论如何再也不肯来医院探望广富。

晓晓在城市的第一个夜晚，就趴在父亲的病床边。晓晓握着父亲的手，不断地哼唱歌曲，她的嗓音颤巍巍的，一声声爬到父亲的耳朵里。晓晓的眼里噙着泪，广富看不见。

尽管广富昏迷不醒，施工方仍有理由放弃，广富是下班后在工地受伤的，施工方坚称不属于工伤。已经30天了，施工方与医院协商认为仁至义尽，督促广富离开医院。

晓晓在医院里陪伴父亲，她母亲前往工地讨要医药费，每次算计好时间却总是扑空，施工方已撤离，前往新的施工现场。断了医疗款，医院里催缴费用，下了最后通牒，甚至拒绝病人家属陪床了。晓晓到城市的几个夜晚都是在医院的走廊上度过的，医药费不到位，医院走廊也无力容纳母女。

晓晓陪着母亲寻找施工方新的建筑工地。晓晓母亲虽然在城市里但却并不了解城市，出了医院大门，母女俩站在台阶上，置身于城市，一切都是陌生的。晓晓认识城市是从路牌开始的。她和母亲是这个城市的局外人，因而晓晓看这座城市就有些复杂。街道，车流，鳞次栉比的商铺，这些对于晓晓来说都似有若无，晓晓的眼里只有路牌。

父母所在的施工队新迁工地在城市的中心，四周围上了栅栏，脚手架上写着广告牌。整个工地像是把这座城市都翻了出来，裸露的黄土将这座城市的秘密放在阳光下暴晒，一切都一览无余。

经理在工地的临时办公点。一排简易的活动板房，母亲告诉晓晓，这种活动板房，以轻钢为骨架，以夹心板为围护材料，构件用螺栓连接，晓晓父母住所就在曾经那个工地的临时工棚里，母亲到城市多年，只有提到这随时都可以组装和拆卸的活动板房才有了熟识的口吻，这是父母在城市移动的栖身之所,那里所有的一切都不堪回首,尽管还有生活痕迹遗留在那里。

经理正在办公,从一堆图纸里抬起了头。尽管母亲的义愤填膺换成了和颜悦色,经理的目光还是高高地越过她和母亲,他对着屋外喊道,我说过几遍了,别来找我。傲慢无礼的待遇晓晓的母亲司空见惯,她不管不顾一屁股坐在椅子上,经理见状突然跳了起来,你还要撒泼啊。晓晓的母亲不撒泼,她眼里立刻涌上了泪水,她说,经理,我走了这么远的路,我实在站不住了,医院又在催钱了。经理匆匆忙忙收拾桌面上的图纸,他把图纸收到提包里,轻飘飘丢过一句话,医院找你要钱,你不住不就行了。晓晓的母亲仍然没有撒泼,她说,人还没醒过来,你们不能见死不救吧。经理拉上提包的拉链,又扔过来一句话,要救人到医院去,别来烦我。

无功而返时,晓晓坚持让母亲带着她绕道,前往父亲坠伤的工地。晓晓见识了父母搬砖砌瓦的场所。她父亲坠落的地点,已没有一丝痕迹,脚手架拆除了,工程即将竣工,空地上都铺了草坪,生机盎然的草坪。晓晓父亲坠落的身影留在了草坪下,不见天日,她母亲的尖叫也被埋在了那里。

对于晓晓,这是个让她伤感的城市。她的伤感纯粹,单薄,经不起击打,稍一用力就成了伤痛。

一连数日,晓晓陪着母亲奔波于医院与工地之间。渐渐地,晓晓掌握了经理出行的规律。

在城市里举目无亲,她和母亲曾试图联系刘家老大,但刘家老大将她带到病房就不见踪影,拨打他的手机,居然被告知是空号。

终于,又一次被医院的走廊驱逐后,晓晓独自一人闯进了新近落成的小区,绕过了小区保安的目光,她携带着稀薄的月光静守在父亲坠入伤痛的地点。凌晨时分，她在寂静之中举起了预备的红砖，敲碎了这处新建小区数个单元的玻璃窗。她守着自己的肇事地点，等待着一种彻骨的伤痛降临。她的四周都是碎玻璃，在夜幕下像闪闪的星星，碎玻璃陪伴着她，星星陪伴着她，她就要走向天际的星星。

天上的星星黯淡无光，这是家乡之外的星星，被高楼割裂的天空，星星是零落的。

一位年龄偏大的保安最先赶到肇事地点，他熟知晓晓的境遇，不忍给昔日的工友添伤痛，他说，幸好户主还未入住，孩子，我不报告上头了，我也不报警，被扣工钱，我自认倒霉，我没能力也帮不上你。晓晓却拒绝接受同情和怜悯，她拒绝离开工地，直至黎明来临，直到经理妥协，他让人带话过来，之后，晓晓见到了钱总。

与董事长面对面，晓晓忽然茫然了，接二连三的奔波，她原本就不善言辞，她在课本上的那些知识都不够迎接那些打量的目光。她没有勇气打量对方，故作镇定地暴露了自己的单纯。好在对方不是个盛气凌人的人，钱总和颜悦色，先吩咐秘书安排了晓晓的早餐，接着，他说，我都调查清楚了，钱的事都是小事，你怎么不爱惜自己的生命和前途呢？

秘书带着钱总的吩咐和金钱，亲自光临医院，这是最关键的。有了金钱的及时到位，晓晓父亲的生命又一次在医院里拾起了尊严。过了两天，钱总又吩咐秘书带着晓晓去买了两套衣服，考虑母女二人要照顾病人，钱总又派人征询了母女二人的意见，公司出面为母女俩在城市里安排了住处。

晓晓母亲刘霞玉不知晓晓的举措细节，走投无路之际迎来的转机，让刘霞玉对女儿另眼相看。她们娘俩跟着秘书去看那新住所，虽然是临时的，却是在城市里的堂皇的容身之处，刘霞玉对女儿连发感慨，她说，我到这城里这些年住的都是活动板房，这回，好歹住一次有墙根的房子。

到了目的地，母女俩不由得惊呼，岂止是容身之处，住所很大，富丽堂皇，容得下她们所有的梦想，刘霞玉说，这是做梦吧？这是什么人才能住的？即使是借住的，刘霞玉也被眼前的梦境惊呆了，母亲的忘乎所以暴露了内心的谄媚，晓晓是矜持和谨慎的，她说，一定是走错了路了。负责带路的秘书一路上不声不响，这时候才边掏出钥匙边开口说话，我负责带路，怎么会走错路。

这样不好吧？有了挽救家庭的壮举，晓晓已经有了在母亲面前擅自发言的底气，她自作主张谢绝了好意，她说，这房子我们住不起啊，还是换个小地方。

秘书是个年轻人，一副见怪不怪的神态和老气横秋的腔调，他说，这有什么，老总房子多，这套别墅，你不住，他还要花钱雇人看房子呢。或许有先见之明或许早有所图，秘书又添了注解，他说，我们老总从来不吃亏的。话里有弦外之音，晓晓更加惴惴不安，她说，不久我爸爸醒过来，我还要回去上学，我们不住了。遭到了婉拒，秘书说，说白了吧，你们也不是白住，算是雇用了你们。他交代母女，老总目光长远又是心善之人，看房子不付工钱，但还要照看骑士，照看费每月另付，金额足够你们一家人在城市的生活开销。说着，秘书带着母女来到后花园，轻唤一声，一只鸟在笼子里应答。秘书介绍说，这不是骑士。接着秘书轻唤两声，骑士才姗姗出场。骑士是一条狗。这狗见到陌生人无精打采，秘书解释说，这家伙恋主子，它的主子去了美国。

骑士是一条狗，后来晓晓得知这是一只萨摩耶犬。

秘书蹲下身子，与狗面对面，他亲昵地抚摸狗全身的皮毛。秘书说，照看骑士，你比较合适，它喜欢女孩子，尤其是年轻的女孩。骑士将嘴巴凑近秘书的脸庞，嘴里发出哼哼唧唧的低声犬吠。秘书像是精通犬类的语言，他说，骑士说了，它要定了你。

意外掉下来的工作，刘霞玉深恐女儿拒绝，忙帮腔说，晓晓，你不是也喜欢狗吗，何况还付工钱，这狗看上去满金贵，你可得好好伺候它。

骑士果然很快和晓晓成了好友，难舍难分。

骑士恢复了以往的灵气，这要归功于晓晓的精心待弄。钱总为此奖励晓晓，特意定了饭店包间，点了几样特色菜，款待晓晓。

晓晓被秘书带到酒店时，钱总已经到了。见他淡定地坐在包间里，秘书忙上前解释，我提前了半个小时，怎么能让您久等。钱总挥挥手毫不介意，亲切地说，我愿意把时间留给自己人，晓晓也是自己人。他如此称呼晓晓，顷刻间拉近了彼此的距离，但晓晓依然觉得自己站在悬崖底部。她的低低的心深感不安，坐在椅子边上，半个身子嵌在空中似的，坐姿僵硬，她的半个身子是麻木的，但她始终保持着稳稳的坐姿。

点菜之前钱总征求了晓晓的意见。菜谱上，每样菜晓晓都觉得高贵于她。它们等待她发配，晓晓的内心又悲悯这些菜肴的前途。她久久注视着画册般的菜谱，细心地观赏每道菜的容颜，最后还是抿着嘴一言不发。

她不说话，钱总却像是洞悉了她的内心，他说，你不要拘束，就当在自家吃饭。晓晓点点头，心里的惊惶更是无处安放。菜上桌，服务员周到地伺立于旁，见缝插针地添饮料、上菜、盛汤，钱总放弃了酒水，迎合了晓晓，他说，我逢席必喝酒的，今天为了和你保持一致，免了。

离开酒店的路上，晓晓才有空打量她置身的城市。也许是源于心境，城市这一次在她的眼中完全是另外一番风情，礼貌的，谦恭的，热情的，周到的。父亲和母亲栖身的城市对晓晓来说只有一个轮廓。带她走进其间的是那个钱总。现在,晓晓得知他是父亲的直接领导。他说晓晓是他的救星。他说,幸亏你出现,阻止我犯错误,接你来,本来以为是见你父亲的最后一面,你一来,一切都变了,我很高兴,你父亲已经清醒过來了。临别,钱总送给晓晓一部手机和一台笔记本电脑,晓晓双手背在身后,这份礼物太过贵重,她不肯接受。那手机和电脑闪烁着傲视贫穷的光泽,晓晓无法接近。他说,这是给你的奖励,奖励你对待骑士的爱心,爱心是无价的。钱总嘱咐说,有了手机,你要记得联系我。

2

课本上,作为必修课设有计算机课程,学校机房里的几台电脑,是摆设,学生们鲜有机会操作。百荷从未奢想跻身独自拥有电脑的行列,晓晓的一次城市之行便实现了梦想,不仅拥有了手机,还拥有了一台笔记本电脑。

晓晓带回的笔记本电脑安静地占据了百荷所有的目光,一打开便像是整个世界向百荷亲启红唇,世界的任何角落都向百荷袒露心迹,吸引百荷的却仍是她内心的那个声音,那束目光,那道微笑,那份体温。她寻觅到那个角落,便寻觅到全部。

一打开电脑,城市的气息便扑面而来了,比电视上还要真切。晓晓已经能够熟练地使用这台电脑了。她有了自己独立的空间,百荷是她的访客,接着她为百荷也营造了一个空间,她们在虚拟世界里涉足了更为广阔的世界。

一次城市之行后,晓晓对功课大不如从前认真了,她放弃了一心一意投考大学的决心,语气莫测却又傲慢,有钱一样上好学校。百荷深感不解,但她本来成绩就不如晓晓,这倒成了她懈怠的理由。原本就是要督促的年龄,缺乏自律,还为懈怠找到了理由,即便是两个人下定决心,但决心很快抵不住诱惑。两个人在电脑的 QQ 上都建立了空间,还结识了一部分虚拟世界的好友。百荷莫名地认为她想见到的他隐身在网络里回来了。

你要找的是什么人啊?晓晓微蹙眉头。那个百荷不肯表露的他,明明在她的心里,她却吞吞吐吐,提到了相遇的地点,又点明了那是个好人,接着便是一连串闪闪烁烁的谜语。不是百荷不愿吐露真相,而是那种来自内心深处的感受,百荷无以描述,她所有能用上的词汇都无法描述,他在百荷的内心绽放,百荷的生命因此不同。他在百荷的内心释放了强有力的吸引力,网络的空间里信息却极其微弱。

百荷再三思量,在空间里留下一排文字,排列了自己隐秘的心声,她敲出了一行字:相信红狐狸存在的好心人,请相信我在这里等候你。

城市就在眼前了,甚至晓晓都有了城市里的朋友——网友。尽管晓晓用一种老到的过来人的语气说,有的网友也不一定是城市人。但百荷固执地认为他们都会用电脑了,他们就是城市人。

晓晓在电脑里找到了网友,百荷对网友不感兴趣,她要找到那个人。那个她最惦念的胜过亲人的人。

百荷留下的这句话,虽然让自己得意,却未得到响应。她空间的访客都是几个无所事事的过客。但百荷坚信心有灵犀。过去了一个星期,期待的那个人依然没有出现,百荷便放下了矜持,委婉直接表达了心愿,她再一次留言:清溪河边的好心人,我的脚伤已痊愈。她隐藏了自己的心思,向晓晓传达了理由,她说,我要感谢他。

这一条留言,有时间,有地点,有主题。终于有一个访客直奔主题而来,他在虚拟世界的名字就叫他。他说,好了就好。淡淡的四个字,却在百荷的生活里闪烁发光。

他在电脑里每次传来的文字都是无声的，但那声音却分明一直逗留在百荷的耳边，轻轻一敲便发声了。他不露面，他的笑容就已经固守在百荷的脑海里，他隔着电脑传来的回答很快化解了百荷的思念。

为慎重起见，晓晓抢先对话，主动让对方视频，他却反问道，你难道忘记了我的模样，不如我们还在老地方见一面。

他说的老地方，百荷自然认为是清溪河边，她曾在那里留下想念。现在，有了他的相约，那清溪河变成了一条热情、奔放的河流，一条期待相逢的河流。

百荷很快回答他，你什么时间到达，我在老地方迎接你。

他像是改变了主意，犹豫着输送了另一个想法，他说，我想，我们还是换个地点。

起初地点选在河边，百荷内心是赞成的。河流是另一个自己，她去见面，其实也只是外表去了。不在河边重逢，其实也是隐藏自己。

晓晓显然未读懂百荷的内心，她叮嘱百荷，去了之后，我们也只是见一见，什么也别多说。这次见面包含太多的不确定性，也许会是一次冒险，有危险，但好奇明显占了上风，也许会是一次奇遇，也许会是一次重逢。

他还提出在镇上，立刻被晓晓否决了，镇上人多眼杂，尤其是不能被学校的老师发现，私会网友虽然刺激但不排除险象环生，还有一些虚荣心作祟，晓晓认为，百荷口中的好人，拒绝了视频，长相有待考量。

几经斟酌，见面地点选在县城护城河桥头。他说，这个地点能看见县城的护城河。他还留言说，有河流陪在身边你会觉得内心踏实。

陪同百荷约见网友，晓晓起初是犹豫的，经历过城市之行，她已经有了阅历，而她的这份阅历跨度很大，至今让她无所适从。她始终在内心认为百荷的他，来自百荷的杜撰，这个网友不过是一个顺应口风的过客，否则，为什么除了QQ号都不留下其他联系方式？晓晓尝试索要，他发过来一句话，你是我的眼。晓晓倍感蹊跷，她追问百荷，百荷却为这句留言鼓舞，坚定了见面的决心。百荷的决心助长了晓晓的好奇之心。

光顾县城，需要筹集路费。镇上开通的通往县城的班车，车费来回十元。这笔额外的支出，不在五叔预留的生活费之列。

左思右想，星期日，百荷抓了一只亲手饲养的母鸭去镇上出售。市面上，自家饲养的土鸭越来越少，越来越金贵。刚走到镇东路口，一辆轿车在百荷身旁停了下来，车窗缓缓摇下。车主是个打扮艳丽的女人，捏着鼻子问百荷，你这鸭是去卖的吗？买主找上门，百荷忙不迭地点头。点了头，她又有些后悔，鸭子老老实实待在她的怀里，它把自己的命运交给了主人，而自己却在出卖它。她的本意只想换来钞票，就在这一刻，百荷忽然意识到，母鸭一旦脱离她的怀抱，下一步，鸭子的命运将要发生逆转，百荷就在眨眼之间改变了主意。那位买主见百荷面露犹豫，遂产生了怀疑，她说，你看上去怪怪的，这鸭像是你的命根子又像是你的不义之财。这句话惹恼了百荷，也让百荷下定了决心，她说，我不卖了。

抱着母鸭走在归途，百荷感到心满意足。仿佛她没有失去一只鸭倒是捡了一个便宜。她和鸭交流心得，她说，你的命还真大，我都羡慕你了。母鸭乖乖的，低声咕咕两声，算是回答，它的回答有些勉强，百荷及时谅解，她说，我知道你受了委屈，为了我几乎卖身了，我会加倍善待你，回家奖励你一把米。

最后，晓晓慷慨解囊，百荷和晓晓只带了有限的零花钱上路了。

欢天喜地踏上了通往县城的班车，晓晓的那次出城之旅，像是完成了某种仪式，她总是以过来人的口吻向百荷讲解见闻，一切与城市有关的元素，县城也有路灯，但不如城市多，县城也有楼房，但不如城市高。说着，说着，晓晓的眼里有了恍惚之色。

其实目的地并不重要，重要的是两个人有了一次出行。

3

百荷第一次离开村庄。大河圩通往县城早在三年前就有了班车。班车车站就设在镇上。车站竣工的那天曾举行过竣工典礼。场面设置得很喜庆，彩旗一直延伸到公路上。很长时间，都会带给百荷联想，班车进进出出，百荷总会想到它们将出人意料和自己发生关联。她熟悉了车站，也熟悉了那几辆车，但她料想的种种结局从未发生过。她从未在这个车站找到意外。

现在，她在制造意外的路上。

百荷看见河流在车窗外流淌，是河流在追逐还是她去探访它的流程。这是河流的上游，这是河流的心脏。村庄在远处安静地凝望着她，她是村庄的孩子，村庄那里有她的家。

而她正去寻找一个人，一份爱。

县城就在前方。百荷是第一次走进县城。从古至今，百荷首次身临其境，脑海里依稀留有幼时的想象，百荷以想象跟着祖父的吆喝声走街串巷，祖父像是一幅剪影毫无立身之所，祖父描述的广电大楼，也许还有些痕迹，她却无法求证，她的想象却更多地与电视画面重叠了。整齐的楼房，宽阔的公路，明亮的玻璃窗，泥土被掩埋在沥青和水泥之下。

百荷的内心的想法，羞于说出口，即使面对晓晓，有关县城的印象，她没有看到祖父挂在嘴边的浮桥，她眼中的县城异于祖父眼中的县城。

县城令她们目不暇接，但两个人无心欣赏，沿着主干道，两人急匆匆到达约会地点。县城休闲广场，左首入口，直数第五棵行道树，她们不约而同将目光落在树下，然而，树下空空的，只有几枚零星的落叶和一只空荡荡的双人木椅。

以广场为界，左边是老城区，右边是新城区。这是一个融合和交会之处。古老的建筑诉说沧桑，簇新的建筑彰显繁华。但对于百荷和晓晓来说，一切都充满新奇和期待。现在，她们没有失望，只是相视一笑。她们提前赴约。她们愿意等待。

时间去了哪里？这个晴朗的星期天，百荷和晓晓的时间就在她们的等待中溜走了，有的留在来来往往的人群里，有的留在车流里，还有的留在楼房上的玻璃上、橱窗上，以及此起彼伏的嘈杂声中。

时间走过了他们期待的那个时刻，先是来了一位老人，老人站在树下，目光涣散，两个人断定不会是他，老人与她们对视片刻，和气地问，你们是等人啊？百荷点点头，还好老人并没有搭腔，走开了。又来了一个小伙子，看上去很精干，他在树下转了转，对百荷和晓晓视若无睹，掏出手机，不客气地喊道，你不来我走了。电话打给对方，她们不是对方，两个人就没有吭气。小伙子离开后，晓晓有些泄气了，她抱怨说，我们一定是上当了。

百荷始终坚信，他看见自己了，自己今天特意穿了绿色的褂子，他应该一眼看到自己，他不出现但他的目光早就出现了。百荷到处捕捉他的目光，她羞怯，她期待。她来到了他的城市，她走进了他的生活。

百荷注意到，街道边一处废弃的公用电话亭，小巧精致的有机玻璃亭子，亭檐是橘红色，亭身是透明的，印有醒目的蓝色电话机图案，亭内却是空的，一截绞了三种颜色的电线孤零零贴在亭壁上。百荷望着那电话亭，心里有种莫名的异样之感，对于她来说，这是久违的感觉。晓晓顺着她的目光适时发出感慨，她说，一切都太快了，手机普及了，没有人需要公用电话了。

时间悄悄流逝着，一去不回头，过了约会时间，他始终未曾现身。两个人除了焦躁还有些泄气。晓晓认定对方爽约是蓄谋的，她决定离开了，而且她也像是突然醒悟了，她问百荷，就是他不爽约我们见他干什么？见了面我们去干什么？百荷不回答，她跟着晓晓转身离开，内心却留在原地。属于内心的不甘，以一种疯狂的姿势在生长，像藤蔓一样缠绕在那棵行道树的枝干上，它留下来守望，希望也留了下来。

转身向前走，再转过一个弯，到了公交站台，上了车，俩人就要原路返回了。

俩人走到转弯处，百荷突然站住。前方，指向她们来时的方向，在她们身后，另一个方向渐行渐远。

她想象着，他突然出现了，迎面走来，他和周围的人都相同，又和周围的人明显不同。

他其实一直没有离开自己，他一直在自己的心里，百荷不愿放弃。

晓晓催促百荷，百荷既不挪动脚步也不说话，眼里噙满了泪水。

晓晓劝不住百荷的泪水，又没办法了解百荷的心事，最后，她迁怒于百荷的痴情，她说，不过是一个网友，爽了我们的约，你都为他落泪，你的泪水太廉价。

遭到抢白，百荷依然紧紧地闭着嘴巴一言不发。她像是在吞咽千言万语，又像是从此让千言万语烂在肚里。回程的路费有限，两个人提前下了车。余下的路程成了一场跋涉，或者对两个少女来说是一场心灵的跋涉。

田野间野花盛开着，远处和近处各式的花朵也都盛开着，春天在田野里做着她该做的花事。两人并肩走向家的方向，也可以认为她们其实渴望一次扑朔迷离的逃离。逃离没有结果，最后迷途知返。回到学校，打开晓晓的电脑，百荷联系虚拟空间的他，头像岿然不动，始终没有回应，像是从未闪动过。

百荷不愿留在学校，她像是在回避让她失望的电脑。

进了家门，百荷觉察到家里的异样，她没有看到鸭，跑到院外找了一圈，还是没有。百荷在村子里四处呼喊，她精心饲养的鸭子都有各自的名字，她的喊声只有她和她的鸭听得懂，可惜她的喊声没有回应。百荷的喊声惊动了村上所有的人家，多数人家报以沉默，她徒劳地敲门，只收获有限的回响。听说百荷丢了鸭，街坊也很意外，各自都数了数自己的鸡鸭，有的追到了塘边，还有的干脆打定主意把鸡鸭圈在家里。王大妈劝百荷别喊了，百荷却不死心，她甚至翻墙进入两户空屋庭院，她记得她的鸭子的模样，她记得它们的眼神。似乎鸭丢了，就丢了一个家。

百荷风风火火去镇上报案，到了警局门外，她脚步戛然停下，深吸两口气鼓足了勇气走进去。警察都很忙碌，一个在打电话，对话内容显然激怒了他，他迁怒于椅子，一脚踢过去，余怒未消，又是一脚。

最后，他注意到百荷，皱眉将她打量一番，问百荷，你有什么事？百荷想着鸭子对自己的陪伴，眼泪便落了下来。她鼓起勇气说，我家的鸭不见了。警察注视着百荷的泪眼，皱着眉头说，现在的人有钱了，我们既要抓赌又要抓嫖，没时间帮你抓鸡鸭。他挥挥手打发百荷道，鸭子丢了去找鸭警察，母鸡丢了去找鸡警察，别来添乱。

走出警察局，车站就在近处，百荷踏上了通往县城的班车。

那汽车载着她启程，刚驶离镇心街道，在县道和村路的交界处，汽车突然停了下来。远远看去，这辆满身橘黄的班车，像是短暂停留在田野中的甲壳虫，有着光鲜外表的甲壳虫。车门哐当一声打开，吐出了百荷，她没有车票，她被驱逐了，像是车门吐出的一个不宜收藏的秘密。

百荷站在旷野之中，橘黄色的班车在她的目光中渐渐浓缩成一个点，直至消失。收割后的油菜地里，收割机碾过，留下很深的辙印。泥土的忧伤留在那里，躺在清醒而沉默的土地上。

她在田埂上徘徊，陪伴着那些辙印，远处清溪河醒着，迎接越来越浓的暮色。她曾经设想过如果相遇，他们的目光会说话，她能够读懂他的眼神。她要追回他的眼神，他们之间是有承诺的，因为河流依然在。她站在远处张望，又走到近处徘徊。后来，百荷想明白了，他其实只想在她的心里。

4

班上进行月测验，百荷的成绩有了进步。老师表扬了百荷又借机批评成绩退步的学生，顾及成绩退步学生的自尊，老师采用含蓄鼓励的方式。他站在讲台上，眼睛并不看学生而是平视窗外，语气也不紧不慢，老师说，成绩掉下来是令人痛心的，更令人痛心的是心思不放在学习上。这是老师惯用的套话，毫无针对性，人人避之不及。晓晓却把这句话接了过来，独自玩味又无处消化。晓晓又一次在课桌前兀自站了起来。她咬着嘴唇，双眼露出锋芒，她说，老师，请你不要侮辱我。晓晓偏要自取其辱，老师尴尬地站在讲台上，收回的目光跳过了晓晓，他说，要求你们进步，怎么是对你的侮辱？晓晓绕过了足够走下台阶的这句话，依然固执地顶撞老师，成绩好也没什么了不起。

晓晓的善变毫无缘由，老师显然失去了耐性，借着室外下课的铃声厉声宣布下课，接着他吩咐晓晓，你到我办公室来一趟。晓晓却忽地坐到座位上，做出违抗的姿态。接着，她又突然站起身丢下老师同学，擅自先行走出了教室

晓晓自打从城里回来，像是换了一个人，或者说，像是脱胎换骨成为厌学的晓晓。百荷看不透晓晓的内心，也琢磨不透晓晓变化的起因，她隐约觉得晓晓人脱离了这趟城市之行，心却依然在城市的道路上驰骋。她犹豫着是挽留晓晓，还是追逐她的内心。

老师离开后，百荷对晓晓闪烁其词，你这样不好吧？晓晓无心评判自己的行为也不接受百荷的规劝，她说，百荷，我要到城市去。

去城市，这是她们共同的梦想，百荷借机互勉，她说，我们好好考，考到城里上学去，百荷对自己缺乏信心，却坚信晓晓的优秀已影响着自己。晓晓却破例没有鼓励百荷，她半真半假地说，也未必非要考大学，会把我们考老的。像是句玩笑话，两个人俨然成了烧烤。

大家是不是都讨厌我。晓晓突然问百荷。百荷连忙摇头，晓晓却旁若无人低声喃喃道，我不该成绩下降，我却追不上去，我不能再去丢脸了。

课堂上发生了不快，晓晓不愿留在学校，夜晚留宿百荷家。晚饭没胃口，晓晓蒙头躺在床上，百荷也就没有了胃口，各自守在床头和床尾，百荷背课文，晓晓却不断地摆弄手机，她不断地接发信息，一部手机让晓晓的生活隐含着百荷无法知晓的秘密。这天半夜里，晓晓发起了高烧，嘴里说的都是胡言乱语。百荷抓着晓晓的手机，翻到联系人，只有孤零零一个钱总，她想打电话，迟疑着又放下。最后，只能用毛巾冷敷晓晓的额头。

窗外，夜色很黑，田野在黑暗里像是拥有了起伏的线条。远处的水塘，水波在夜色里闪烁着光芒，衬托着夜色。

直到窗外微现晨光，晓晓的体温正常了，人也从昏睡中醒来，脸上的笑容有气无力，她说，生病真好，我可以不用上课了，我可以换一种活法。

晓晓的话里含意蹊跷，百荷当时并未留意。

高考结束，发榜的日子还没到，晓晓化成了一个谜。

晓晓不声不响离开了大河圩。百荷去晓晓家，趴在院门缝张望，院子里空荡荡的。她们小时候争抢过的秋千，孤零零地晃荡在树杈下，晃荡着她们的童年。百荷特意去村上的小超市拨打晓晓的手机，却被客客气气地告知，您所拨打的号码是空号。这是百荷人生里首次面对的空号。

店老板得知原委，既深明大义也善解人意，她说，晓晓这么聪明，早该到城里去了，现在留在村上的都是些不中用的。店老板见百荷转身就走，慌忙又要收回由衷之言，对着百荷的背影言不由衷，百荷，你是恋家，你要也去城里，一样能挣到大钱。

晓晓离开了大河圩，携带着她的那台笔记本电脑。

镇上虽已开设网吧，但百荷从未涉足。脱离了虚拟世界，网上的那个网友也自此消失了，消失得不留一丝痕迹。

百荷情愿选择自己的方式，他从虚拟之中回到她的生活里，回到现实中，存在于她的想象之中。

第七章　沿流求源

1

丢失了鸭，家里缺少了活力，百荷本人也像是被活力遗弃。

家里的一切都流露出陈旧的，冷清的痕迹。

堂屋中间靠墙横放的中条案几，靠着案几的方桌，四腿长板凳，门边纳凉的春凳。父母房间里的组合家具，衣橱门自行歪斜着，像是要开口说话。祖母房间里的那张花板床缩在角落里，百荷审视着每个角落，凌乱的，寂静的角落。

房梁横在头顶落满了灰尘。

百荷守着家，百荷被家包围着。

剪刀会发出声响。剪刀未曾遗忘百荷，百荷未曾遗弃剪刀。百荷坐在家的角落里，和剪刀一同穿梭在每个亲人的时光里。祖母从剪刀中走出来，清楚的，和蔼的老太太的轮廓。祖父被百荷和剪刀塑造成刚毅的，挺拔的形象。母亲的造型是迷人的，温婉的侧影。剪纸与百荷欢聚，亲人与百荷相聚。

他从内心里走出来，凝视着剪刀。百荷一点点雕琢着，他的眉毛，嘴巴，眼睛，鼻梁。他的目光，声音，气息，体温。他在百荷的手心里。

百荷走出家门。村庄静守着阳光，百荷与他相守着向前走，他在百荷的手心里。

清溪河水依然静静地流淌着，接近时，百荷不禁眼窝一热。

百荷蹲在清溪河边，她抖开手里的剪纸。

百荷手里流出的母亲，侧身眺望远方。她眼里的目光百荷无法琢磨，但百荷又不愿失去母亲的注视，母亲很快跌落在河水里，河水充盈了母亲的眼眶，母亲的眼里都是河流的秘密。

祖父与祖母在河水里抖擞精神，随波摇摆着，他们注视着百荷。

他站在百荷的手心里，眺望远方。百荷的手掌连同他一同浸入河水中，河水亲吻着百荷的掌心，带着他，一股相融的亲切的暖流流入了百荷身体。

百荷站起身。

河流在她的眼前站立起来，脱离河岸。

后面的情景确实只是一种幻想。百荷寻找到一种与亲人交流的方式。果然，祖父，祖母，母亲的剪影在眼前微笑着，他们在河水里对百荷轻声细语，傻孩子，河流怎么会站起来。

百荷站在河边。清溪河缓缓地流着，远处，大鹏山守在原处，它在那里痴守了若干年，还将一直守下去，守着它的心。

他在河水里，他让河水实现了拥抱他的愿望，并且，实现了河水的梦想，这个梦想会一直存在着。

流动的河水，流动的剪纸，流动的剪影，带着百荷的心，流向一个百荷向往的，美好的城。

百荷注视着水面，竟渐渐看出水面上浮动的人影，超出剪影的人影，逼真的人影。

人影开口说话。干涩的，冷漠的，戏谑的腔调，不是来自河流。百荷打了个冷战，回头看，刘冠军竟然不知何时悄悄站在她的身边，站在河岸上。

百荷立刻后退两步，与刘冠军拉开了距离。她的双脚陷在了一处泥坑里。

田百荷，你这回得逞了，玉莲走了，我这就可以找你了。百荷无意纠缠，她对河流的拜访不得不仓促结束。

我也不舍得玉莲走的。百荷说着，单脚跳出了泥坑。

那你就好事做到底，做我的女朋友。刘冠军上前一步扳住百荷的肩膀。他的举动让百荷受到了惊吓，百荷本能地跳开，与刘冠军拉开距离，她的举动侵犯了刘冠军的自尊。

我有那么可怕吗？刘冠军恼羞成怒道。你那次闯到玉莲家，说去抓贼，其实是想破坏我们的好事吧？

我没有。血液一起涌上了脸颊，百荷涨红了脸，辩驳道。

说什么都没用，反正我考试过不了关，这次又没法出国了，估计你也考不上大学，我俩在一起玩玩。说到后面一句，刘冠军陡然提高了声调，紧接着荡笑起来。

百荷咬紧了嘴唇，她不说话，转身紧走几步。这个刘冠军出现得突兀，她也无意探究，她要迅速摆脱刘冠军。

呸，收住了笑，刘冠军吐了一口口水逼近了百荷，不许走，你还没答应我呢，我不嫌弃你傻，你得做我的女朋友。百荷加快了脚步，刘冠军却一个箭步挡在百荷面前，你跑什么，我是真的喜欢你傻里傻气的。

太阳升高了，河岸上吹来的风里挟裹着温热的气息，夏季的炎热渐渐浮现出来。

河流拍打着堤岸，催促着百荷，回家，回家。

百荷脱口而出拒绝道，我不要你喜欢。本是一句拒绝，却激怒了刘冠军，他伸手强行将白尚按在河滩上，刚想俯身，百荷机敏地跳了起来，撒腿便跑。河水一路尾随着百荷，河水发出了欢呼，快跑，快跑。

2

百荷一路奔跑着，她要以最快的速度跑回家。刘冠军的挑衅带来的只是轻微的内伤。百荷习惯了自己疗伤，回到家，关上门一个人清洗内伤。

接近家门，百荷却猛地停住了脚步。家里大门竟然是敞开的，百荷心下凛然一惊，忙掩身门外墙角，探头窥视。

堂屋里，先见到一个男人僵立的背影，不像是擅闯家门的窃贼，倒像有人在面壁思过。百荷的生活里有关联的男性除了祖父，就是父亲，此外就是内心深处的他。他的声音，他的笑容，他的体温，他的背影，却不是眼前的背影。

百荷正思量着，那身影渐渐面朝大门。是父亲回家了！父亲的背影留下了劳累的痕迹，瘦削了，单薄了。

父亲在家，百荷泪流满面。

田得福转身面对百荷时，百荷已迅速擦净了脸上的泪水。百荷笑靥如花，面对父女相见的时刻。田得福这次返乡，像是做了重大决定，不断地下定决心，不走了，哪也不去了。田得福面颊消瘦，脸上分明的棱角，迎合了他内心的坚定。他夸赞百荷，百荷，你又长高了，我女儿越长越漂亮。

自从外出打工，田得福回乡欢度春节也只有寥寥几次。每一次他的春节都是用来补充睡眠。躺在自家的床上，盖着软软的棉被，睡在自己的房屋里，这也是田得福最享受的日子，最在意的春节。

田得福回来过春节总是替韩美枝向女儿百荷转达歉意，你妈太忙了，她也想着你呢。田得福转达的歉意，起初总是引起百荷不满，她不怨恨母亲，她怨恨忙碌。后来，百荷对忙碌心生迷惑，为什么忙碌？有什么需要忙碌？什么忙碌能胜过母女之情？母亲忙碌，百荷却愿意穷尽时间去看望母亲，百荷也愿意去城市里，但父亲一直推托。

从六岁至今，百荷已推翻信任，认定这都是谎言，谎言来自母亲还是父亲，总是有秘密通道，那通道历经岁月的磨砺早已畅通无阻，百荷不会对一条谎言的通道寻寻觅觅，她已经习惯缺少母亲的生活。她以一个青春少女特有的叛逆神态对待谎言，对父亲先发制人。她说，爸爸，我长得可快了，你要是再不回来看我，我就要插翅飞走了。接着，不及田得福接话，百荷话锋一转，句句携枪带刺，别跟我提韩美枝！父亲咧嘴憨笑，露出焦黄的门牙，一个残缺的牙洞出卖了父亲在外磕磕碰碰的生活真相。

去年春节时，父亲挣得的工钱是由五叔发的，五叔已经是父亲的老板了。

祖母在灶间准备年夜饭，米饭蒸得多，直吃到年初三。酒宴的菜肴，祖母张罗了十个，鸡鸭鱼肉都齐了，祖母不由得感慨，田中贵，你可真没口福啊。父亲正在给门扇上张贴春联，门头上已张贴了红笺，家具上贴好了福字。五叔田五福刚好赶到家，五叔身穿簇新的皮大衣，腋下夹着皮包，手上抖着一把黑黑的汽车钥匙。五叔进门开口先提到到他的座驾：虽不是名牌车，咱也有车了。春联张贴完毕，父亲不接五叔的话头，坐在墙角的条凳上，闷头抽出一支香烟。五叔夺过父亲指间的香烟，啪地点燃打火机，抽我的，我的一根价格抵上你一包，在家里你还是我哥。

今年的春节，父亲腊月二十九才匆匆赶回家，祖母留在五叔那里，父女二人度过了一个冷清的春节。

不提韩美芝，父亲面对女儿像是如蒙大赦，说了最基本的家常话，带着让彼此会心的微笑。

一缕短促的斜阳踩过门槛。田得福说，女儿是一家之主，今晚吃什么？父亲回来，百荷悉心准备了晚饭，蒸米饭，凉拌黄瓜，西红柿炒鸡蛋，豇豆烧肉。百荷的厨艺是祖母传授的，家常菜是最亲切的家的味道，父亲到家了，当然要吃家常菜。一切就绪，晚饭摆上桌，桌子用了多年，百荷擦洗如新，她曾经端坐桌前，想象着母亲年轻时的模样。父亲已坐在条凳上打起了瞌睡，头发乱糟糟支棱着，百荷这才发现父亲已白发染顶，百荷对头发心生不满，宽慰自己说，我父亲未老头发先衰，他人一点不老。

吃饭时，父亲宣布了田五福的决定，过了中秋节你五叔要出钱翻盖老房子了。接着，田得福给出了建议，百荷，家里有我在，考试结束你去城里陪陪你奶奶吧，你五叔在城里也买了房，他也愿意你过去。

相比于房子，百荷更关心五叔身边的女人，五叔在城市里已经安家了，却至今未举办婚礼。五叔已脱离了贫穷，他生活的富足百荷无法想象。

父亲田得福却不以为意，你五叔，那么有钱，超过了许多城里人，你五叔不仅还清了刘家的债，现在刘家也不如他了。提到自家的弟弟，父亲脸上终于有了光芒。父亲脸上的光芒，一旦流露出来便有些触目惊心，百荷窥探到五叔的光芒之下，父亲的黯然失色。后来，百荷在五叔那里得知了父亲光华流失所在，用五叔的话说，那个韩美枝可把我哥给害惨了。

百荷主动替父亲归置行李。

简单的编织袋，却带着城市生活的印记，它见识了城市生活的同时囊括了田得福城市生活的踪迹。拉链已经脱了齿，部分勉强咬合，部分齿齿分离，四季的衣服胡乱地塞在里面像是柔软的牙齿，或者曾遭遇过生活锋利牙齿的蹂躏。

几件单衣，几条短裤，外加秋衫和棉袄，棉袄的前襟上遗留着陈年的污渍，几点霉斑点缀其上，像是与棉袄患难与共的弟兄难舍难分。

父亲一年四季的服装掏空了，那编织袋空瘪瘪地蜷缩在屋角，父亲的一年四季沮丧地团卷在角落。父亲的行李简单寒酸，行囊里没有母亲的痕迹。父亲过问百荷的成绩，百荷虽然自认为努力，但内心里没有底气，含糊其词说了几句，父亲竟打起了瞌睡，父亲的疲惫像是源源不断。

父亲的行囊里没有女人的痕迹，父亲的行囊里没有母亲的痕迹。事实上，早在多年前韩美枝与田得福相依相守的岁月已了无痕迹。

3

十二年前，韩美枝田得福匆匆忙忙离开家时，百荷还在沉睡中，祖母迷迷糊糊的，并未察觉。

一个在前，一个在后。母亲在前，父亲在后。韩美枝在前，田得福在后。父亲与母亲如影随形。

选择这样的方式离开自己的骨肉，韩美枝满腹哀怨，她一路健步如飞，水田里的青蛙偶尔传出两声蛙鸣，远处还沉浸在晨光的熹微之中。她抱怨影子一般跟在身后的丈夫，我是出去挣钱养家，又不是去做贼，还要这样偷偷摸摸。田得福只在意结果，他掩饰着兴奋说，你这不是离开了，要不然我妈不同意，孩子也离不开你。

薄薄的晨曦中，村庄、田野间成片的绿油油的麦苗。那些熟悉的景色映入眼帘的同时又被他们抛在了身后。

汽车站广场上的灯光亮过白昼。每个售票窗口都排了长队,像是县城里四邻八乡都会聚而至,每个人都要出远门。多数都是外出务工。多数人都像韩美枝。

韩美枝接过行李,一个挎在前胸,一个背在后背,她背负的这两个包袱像是拱起的两座小山包,又像是包袱滋生出了两条腿。田得福无法靠近韩美枝。韩美枝交代田得福,你留在家里,对百荷要上心。田得福点点头,韩美枝夹在检票口,像是通过一道关口,一张薄薄的纸片,会将韩美枝吞没。就在一瞬间,田得福忽然做了一个决定,老婆,我跟你一道走。

韩美枝很意外,你不是不愿意去城里?田得福说,我现在愿意了。田得福的决定做得突然,既像是游戏,又像是阴谋。

韩美枝嘴角似笑非笑,她卸下身上的行李,先是前胸的背包,后是后背的背包,像是掂量着前程,她说,你选一个拿着,你反正迟早要去城里的。田得福将两个行李都拿在手上,他不由自主汇入身旁挤来挤去的人流。

韩美枝最早提出外出打工,是源于工作找上了门。

意外得到工作,韩美枝欣喜若狂,田得福却不以为然。你一无技能,二无经验,工作凭什么来找你?要出去也得男人出去,况且百荷刚满两岁。

韩美枝反驳他,这不是理由,我的理由是你能挣到钱吗?再这样活法被人看扁了。韩美枝扬着手中一封城市来信,这封信韩美枝早已倒背如流,我家亲戚在城里干了个体户,需要一个女职员。

一个女职员,无疑就是城市人了。这是韩美枝向往的:人家都不写信了,打个电话就行了,可我们村没有电话,这封信曲曲折折走了七天。田得福正在农田里插稻秧，双手沾了泥浆，他扫了一眼韩美枝举到眼前的那张信纸，那上面的每个字都是一颗黑黑的眼睛，既洞穿了过往又照亮了未来。

韩美枝当下就回了信，信虽然回了，地址也烙在心上，出去挣钱，到城市去挣钱，去做一名城里人，蛊惑着她。相隔多年为什么辗转来信？其中的隐情，相隔这么多年，韩美枝依然记忆清晰，亲戚是她的心事，亲戚是她的心结。

缺钱做盘缠，出发去城里那天，韩美枝是带了三只老母鸡一早出门的，到了县城韩美枝先到在菜市场卖了老母鸡。三只老母鸡换来的盘缠将韩美枝送到了城市。

韩美枝的亲戚已告别小提琴演奏生涯，他带着他的音乐梦想，告别市歌舞团，毅然游入商海。亲戚先是经营乐器销售，经过一段摸索，转换思路正欲涉足餐饮领域，他前一段时间为考察食材供应基地绕道故地重游，从村主任那打听到韩美枝的地址。

韩美枝的脚印终于又一次落在城市里。亲戚已购置了新的住所，旧房子留给她落脚。

韩美枝打量着这套普通的二居室，电视机是崭新的，薄薄的挂在墙壁上，家具换成了整套的实木组合家具，水泥地板贴了瓷砖，厨房里已接通了煤气管道，站在阳台上看楼下的风景，人没有当年那么小了。城市拥抱了许多新鲜的事物，就连头顶上的天空的云彩都比乡下炫目。

亲戚置身于此，室内的一切都带着光泽，来自他身上的光芒。韩美枝却面露窘态，觉得自己过于落伍，她身上的外套是结婚前在镇上买的，这是她最好的上衣，穿在身上却无法让她自信。他说，你还是那样啊。她心里慌了，话说得语无伦次，结果，直接就把埋在心里多年的心思和盘托出。

韩美枝说，你幸亏又想起给我写信了。他像是比她还迫切，他说，我前妻去了美国，我现在很孤单。我没想到，你这次接到信就来了，错过了一次，不能再错过第二次。

那一封她多年前错过的信件，已不是简单的信件，一封信负载着她的另一种人生，她不能因此，整整错过一生。

亲戚凝视着韩美枝，目光里灌输着源源爱意。一双手亲切地拍拍美枝单薄的肩膀，美枝眼睛里都是见到亲人的感动，她亲昵地叫了一声哥，顺势挽着哥哥的胳臂。

亲戚离开后，韩美枝躺在床上，城市的第一个夜晚，无法让她安眠。

这年临近春节，她犹犹豫豫，白天在餐厅里忙忙碌碌，夜晚思念女儿无法入眠，直到腊月二十九，她下定了决心，留在城市里度过了第一个城里的春节。

4

田得福跟随着韩美枝到达了城市。下了长途汽车，还要走一段路再搭乘公共汽车，最终到达了一处住宅小区，十几栋六层楼，墙面刷成了绿色，木质的玻璃窗框也是绿色的，绿色院墙，院门处只有水泥门柱，没有门，田得福跟随着韩美枝进入小区，像是进入了绿色的森林，他不明白为什么要搭建院墙，既浪费砖料，又占用土地。

田得福第一次走进一户城里人的住所，楼道的墙面上贴满了广告纸。墙面上的白石灰脱落了，露出了红砖，红砖彰显了年代久远。

韩美枝的住处，屋子里竟然还有另外一个女人。韩美枝介绍说，这是租客小荔枝。小荔枝身材娇小，面容白净，瞟了下田得福，脸颊绯红。见韩美枝带回了男人,主动说,我还是住店里去吧。韩美枝挽留说,你住你的,我收了你的房租,就没打算退,这大的屋子住得下。

韩美枝的决定,田得福不便违背,他四处打量,这套两居室放得下床,放得下桌椅,阳台上举目能看到城市的风景,韩美枝已在这居住了四年,他初次踏入,觉得憋闷,内心也并不踏实。

田得福在韩美枝工作的面馆里见到了亲戚。

这亲戚长相一般,穿着一般,眉眼间却都是霸气的怀疑神色。对田得福只是微微点头,打了照面也不多寒暄,径直走进厨房,厨房和饭厅是用有机玻璃隔开的,为的是最大限度地提高卫生透明度。现在,它清清楚楚地向田得福呈现了另一种真相。

韩美枝随后也走进了厨房。隔着透明玻璃,田得福清楚地看到,亲戚逐一检查营业前的环节,主料,配料,火候,厨具,韩美枝亦步亦趋,俩人配合默契,随着掌勺师傅的操作,厨房里浮起了雾气,田得福的视线模糊了,那两人在他的眼里混为了一体。

田得福独自一人坐在饭厅里,店堂里的食客渐渐增多又渐渐减少,直到稀稀落落,韩美枝才又一次出现在他的面前,她给田得福端来一碗小刀面,那碗里,面是面,水是水,几棵幽绿的青菜点缀其间。

田得福注意到,那亲戚一直待在楼上的房间里,房间与面馆隔开,兼做办公休息室,田得福目光里的怀疑虽然不容侵犯,但是他似乎也没有伤害韩美枝的意思。

面吃到一半,田得福撂下了碗,他说,离婚吧,当年我不该私藏亲戚寄给你的那些信,也不该自作主张预设了结局,今天这才是结局。

5

离开韩美枝的田得福并没有回家。

田得福白天在建筑工地做瓦工，夜里到一个作坊去做搬运工，搬运工是凌晨一点干到五点，虽然气味难闻，但钱来得快，老板也是个爽快人，只要你少说话，多干事，当天结账从不拖欠。田得福上半夜睡足了觉，下半夜铆足了劲，把自己当成赚钞票的机器。

这样干了三年，直到有一天晚上他赶去上班，远远地看见那个隐蔽的工厂里灯火通明，人影攒动。田得福止住脚步远远观望，他借着月光看见老板手上戴着手铐低着头，一脸沮丧，他的一左一右不是那两个花枝招展的女人，而是两个面色威严的警察。田得福心惊肉跳，拔腿便跑。失去一份工作的田得福心存侥幸，但同时万分失落。老板犯了事，他却失去了一份收入。

他曾在一个大雨滂沱的白天，借工地休息赶去那间工厂。他第一次在白天看到这间工厂的容颜，它坐落在一处山坳里，门面很不起眼，门上贴了个半尺宽的封条。他工作的操作间在另一处山坳里，他对这里充满了留恋，但很快留恋便化作憎恶和满腔的怨恨。田得福失去这份工作的第二年，活干得少了，人却总是没力气。一个私人医生给他看了面色，摸了脉，摇摇头，面色沉重地建议赶快去大医院。临走时老中医追出门外将十块钱的诊费退回到田得福的手中，意味深长地说，这个你留着，今后，你用钱的地方多着呢！

田得福心里忐忑不安赶去了市里的大医院。面色温和的女医生听了他的叙述，仔仔细细问了他打工的细节，女医生的关心让田得福心存感激，但很快女医生谴责的语气便让他坐立不安。

女医生说，你们这些人，要钱不要命，为这些黑心老板打工，害了别人也害了自己。到此，田得福才明白，自己那几年干活时严重伤害了自己的肺，那种难闻的，忍一忍便麻木的气味是有毒的，就是这种毒一点一点让他的力气悄悄耗尽，同时一点一点让他的肺纤维化。

田得福失魂落魄找到那间工厂，青天白日下，那间工厂已经被夷为平地。耗尽力气的田得福三年间挣的钱都用来治理他的肺，钞票挣起来花的是力气，花起来却像流水一样，哪怕是没有浪花细水长流，也很快流光了。

田得福一觉醒来，已是傍晚时分。躺在自家床上，田得福总是会回味起韩美枝在床上留给他的点点滴滴，他不肯放过每一个细节，那些细节此刻都化作细细密密的牙齿一点点啃噬着他的心脏，鲜血很快让他明白尘埃落定是什么样子。

从床上坐起身，取出床头柜里一件簇新的外套，他气愤地将外套用力摔在地上，很快又将衣服抱起细细抚摸。衣服质地细腻，做工精良，这是韩美枝当年为他添置的衣服。一种属于自己的悲悯将田得福从头到脚地包裹起来，他动手穿戴起来。喊了几声百荷，见无人应答才放心地接通电话。

过两天，我女儿去了城里，我去接你。他对着电话那头柔声说。

电话那头是小荔枝。

田得福是小荔枝生活里的一道闪电。

田得福在工地上找到工作后，回到韩美枝的住处取衣物，一进房间便听到小荔枝的哭声。

田得福推开小荔枝虚掩的房门，走进了小荔枝的房间。只见床上摆了一套整整齐齐的衣服，床单上也没有一丝褶皱，房间里收拾得窗明几净，便为小荔枝的细心打动。你看我能不能帮你什么忙？小荔枝凄然一笑。田得福心里一个冷战，他循着小荔枝的目光，迅速扑向小荔枝床头柜上的药瓶，满满一瓶的安眠药。

田得福气愤地将药片踩在脚下，扭过脸去挥手给了小荔枝一个巴掌，小荔枝一个趔趄险些扑倒在田得福的怀里。你为什么要敲我的门？这么些天我白天黑夜盼着有人来救救我，我已经没了指望，就打算吞了药片，你为什么敲我的门？田得福扶起身边的小荔枝，满腔的男人气概，他心中陡然升起一种激情，他怀里的小荔枝是被抛在幽暗角落的一丛残枝，他的激情同时会点燃两个人暗淡的生活。

小荔枝是这城里郊区的菜农，也是个疾病缠身的人。前一年，生病之前小荔枝从乡下奔赴沿海城市打工，在一个制鞋厂流水线给鞋底上胶，一个月收入很可观，她和丈夫两个人忙里忙外，还在县城里买了一套商品房，接了乡下公公婆婆带着孩子住在县城。小荔枝还打算在流水线上奉献青春的时候，有一天突然晕倒，检查出得了贫血。接着，小荔枝的脸色就由黝黑变得苍白。村子里很多人在沿海城市打工，联想到他们每天熟视无睹的热带水果，便贴切地将她唤作小荔枝。小荔枝的丈夫将她送回来养病，从此一年也不见一面，还在那边找了女人。为了赚点工资，小荔枝在面馆里做勤杂。

前一天，小荔枝回家看望孩子，竟然吃了闭门羹，公婆瞒着她换了门锁。

田德福救了小荔枝的命，却不知该如何营救小荔枝的心，他闷头听着小荔枝的讲述，抽出了一支香烟，想一想又送回了烟盒。他说，你和美枝住一个屋，算是她的姐妹，往后，有啥困难找我，但有一条，一定要活着。

6

田五福特意回乡接百荷去城里。

这一次，田五福驾驶了一辆崭新的轿车，汽车驶进村子，就开始按喇叭，村道上闲逛的几只狗原本蹲在树荫下吐着舌头，被车笛声叨扰连声狂吠。一瞬间，寂静的村庄终于有了动静，但响声落地，终究归于沉寂。

田五福埋怨田得福，你回来怎么不让我送你？田得福微微一笑，我一个人行的，你替我带着百荷去城里认认路，就行了。田得福正在打草鞋，这是他从城里回来后不停操持的，他寻来稻草，一根根捋直，掌心起了泡，编好的草鞋他细细欣赏，享受其中的过程。田五福怔怔地看着，静默了一会儿说，你真决定不再去城里了？田得福坚决地摇摇头，不去了。田五福的眼神里有诸多疑惑，嘴里嘟囔着说，你在家也好，早点把屋子盖起来。田五福说着，又房前屋后转了一圈。再次进屋，他将慢悠悠转动着的风扇调到最大挡，迎着风解暑。他解了衬衫扣子，衣摆迎着风飞起来，像是翅膀。

五叔的汽车百荷还是头一次乘坐。笔直的公路像是一直在那里等待着百荷。田野，村庄渐渐地留在了身后。不改的是方向，变化的是人。

他在干什么？踏足城市，这桩重大的事情，是个意外。城市值得拥有爱情。百荷想起了他，坚信这个时间他也想到了自己。

怎么不说话？五叔问，百荷的脸腾地红了。五叔是她的亲人，正坐在她的身边，她却只想着城市以及她想念的那个笑容，那个声音，那束目光，那份体温。

奶奶年龄大了，经受不了打击，你上一次到底有没有闯祸，我也不追究了。现在你大了,见到奶奶可要悠着点。百荷听出来了,五叔话里有话,但她佯装只听懂浅层的话意。她说,我是去看望奶奶的,我不是去惹奶奶生气的。

五叔叹了一口气,奶奶年龄大了,中风还没好利落,神志也不大清醒。

城市就在眼前了,像是期待了很多年。也像是等待了多年。

城市给百荷的第一印象是经过了装扮,掩盖了泥土,拥有如此真实的繁华,城市一生都不会卸妆。楼房,广告牌,接踵而至。街道上有匆忙的行人,一些人在等待,一些人正穿过街道。一些建筑在建,一些建筑在拆。

楼房高耸着,像是从地下拔起来的,百荷没办法识别出城市的特征,高楼将她的目光不断地向上拔,纵横交错的街道又在不断地将她拽向四周。

只有进入到房间里,百荷的内心才踏实下来。

五叔的新房超出了百荷的想象,或者说百荷第一次踏入城市之中的房间,身临其境,她却感觉恍如梦境。五叔带着百荷参观安置她的房间,墙纸是淡雅的奶白色,暗影的花纹透出了朦胧之意。五叔说,早知道你住就贴粉红色的了。在这样的新房里五叔也像是另外一个五叔。先前的五叔的尖利被城市磨平了。站在窗前,五叔指着窗外示意百荷俯瞰西北角,那儿一排的窝棚,就是我从前落脚的地方。

五叔得意地说,当年我来到城里,正赶上一处工地拆迁,我立刻不做泥瓦匠改行收建筑垃圾,如果我不去收垃圾,我还会干点其他的,没有闯劲,不肯吃苦,会辜负这个大好时代,不然哪有我的今天。

百荷只看到微缩的城市在自己的脚下。她的目光触摸的都是城市里活过若干遍的生灵,现在的以及将来的。

百荷伫立窗边，注视着楼下的街道，夹道两旁的店铺招牌，虽不争奇斗艳，却也各具特色。百荷注意到一家时装精品屋，橱窗里并未摆放时装，而是在局促的空间里吊挂着一个秋千，距离虽远，但那秋千绳像是她心里细弱游丝的一部分，牵动着她的内心。眼下，她在认识城市之前，急于见到母亲。她是母亲的一部分，母亲已经逃逸得太过久远，她身处城市，母亲就从城市的角落里摇荡在她的心里。百荷收回目光，直截了当说，五叔，我爸爸一直在骗我，说我妈很忙，你告诉我，我妈在哪？我要找到我妈妈。

父亲回家了，还剩下母亲，百荷的心思只有百荷最清楚，要么水落石出，要么欢聚一堂。五叔讳莫如深。百荷要去看望母亲，这个要求直截了当。百荷接着说，我爸爸一直在骗我，五叔，你不要骗我。

就在那一刹那，百荷突然想，河流完全有可能会站起来，她就是立体的河流。

而所有的尘埃里也有绽放的花朵。

五叔神态自若地对百荷说，我们去看看奶奶午睡醒了没。五叔回避了百荷的请求却忽略了祖母的热情，祖母已从卧室里循声而至，百荷，我的孙女。

祖母脚步蹒跚，一只手僵垂着，一只手颤巍巍拉住百荷。

奶奶，我不该动你的蓝棉布。百荷的歉意等待得长久，说出来便情真意切。祖母却目光浑浊，像是她从未与蓝棉布有过交集，像是她的记忆只剩下眼前的百荷。祖母接着说，百荷，我的孙女。

五叔觉察出了蹊跷，他说，你说的什么蓝布？这和奶奶有啥关系？百荷却不再言语，百荷熟悉自己的沉默，五叔却难免疑惑。五叔说，你这个孩子，从小就让人搞不明白，如今这么大了，还是这样。

百荷紧紧咬着嘴唇，脸上摆出若无其事的表情，心里面像是被鞭子抽打着。一时间，房间里寂静无声。窗外，天色渐渐暗了下来，对面楼上的玻璃窗映出了灯光，百荷在城市的第一个傍晚，未见夕阳。

五叔打破了百荷的沉默，他说，要是考不上大学，你有什么打算?

百荷抬起头，思绪还在自己的轨道上运行，她说，她明明就是我妈妈啊，我怎么能忘记。这个才是真相。五叔定睛注视百荷，张张嘴，终究理解了百荷的思母之心，追上了百荷的思绪。

五叔说话模棱两可，他说，要我说，想要又得不到的东西，最好的方法就是遗忘。说完这句话，五叔闭紧了嘴巴。五叔虽然只说了一句话，但百荷听出了两层意思，外层是本已存在的，内层的就是母亲已不是自己的母亲。这个是百荷必须接受的现实。

这不是百荷愿意接受的现实。村庄里的现实还完好无损地存在着，那个清晨的笑容，那条油菜田边默默陪伴她们母女的清溪河，都完好地保存在脑海里，而且都在现实中存在着。她不需要重塑也不愿赋予新的意义。父亲曾经不止一次说过，你母亲她忙，仅仅是忙碌而已，现在，她愿意选择相信父亲。

祖母一边看电视，一边打着瞌睡，她置身于自己的真相中，怡然自得。

傍晚时候，嫣然进了家门。她是五叔的女友，年龄却长五叔三岁。

嫣然出现在百荷面前时，穿着打扮很精致，头发焗成酒红色，直直披散在肩上，穿着鲜红色的套装裙，却涂着淡粉的口红，仿佛她是由红色及粉红色描画而成。在五叔眼里，她是由热情组合而成的。

嫣然第一次出现在五叔面前时，也是穿着红色的外套，那外套上沾满了暗色的泥浆。嫣然坐在污泥上，痛哭流涕，拆迁队将她视作钉子户，她视自己是弱势群体。邻居们陆续搬离，她仍和施工承包方僵持不下。

五叔收售建筑垃圾，进入拆迁工地，工地上到处是残垣断壁，唯有嫣然家突兀地耸立在废墟之上。

谈及往事，五叔含蓄自夸道，多数人得知双方握手言欢的结局，却不知嫣然改变钉子户身份，我功不可没。

嫣然一脸的娇嗔，五叔转换了话题夸赞嫣然，心肠好，又能干，又勤快。

招待百荷在城市的第一餐午餐，嫣然亲自下厨，清蒸了鳜鱼，又红烧了排骨。色味俱全摆上了餐座，百荷坐在祖母身边，替祖母夹菜。祖母颤巍巍挪动着双唇，吃一口，说一句，百荷，我的孙女。

祖孙二人其乐融融的场景，打动了嫣然，她直言说，百荷，你妈妈有了别的男人，你爸爸有了其他的女人，你前脚走，那女人后脚就进了你家门了，等你看完奶奶，你再回家就有妈妈了，不过不是亲妈。要我说，你就住在这，多陪陪奶奶，不要回乡下了。

嫣然的一番直言五叔未及阻挡，直直地射中了百荷。父亲明明是一个人回家的，家里的村庄还在，祖父耕种的农田还在，祖母生活的乡村还在，这些都紧紧扼住了百荷，她要保持原样，直至母亲归来。百荷丢下筷子，从桌边直直地站了起来，目光咬住五叔，渐渐眼里涌上了泪水，她说，五叔，我要回家，我要回乡下。

百荷的决定下得突然又不接受规劝，五叔置之不理。过了两天，终于耐不住百荷的坚持放弃了挽留。临走之前，五叔慷慨地说，好歹来了趟城市，五叔不缺钱，你想要什么，我送给你。

百荷吞吞吐吐地说，我想要台笔记本电脑还有一部手机。

百荷索要的这两样礼物，让她心里隐藏的一条线越来越清晰。她在现实中沉默寡言，但她的语言却时时飘出她的身体，越来越浓，她需要一个虚拟的空间迎接她的语言。而在语言之外，她接收的信息越来越让她失望，祖母无力接受她的歉疚，父亲找了新的女人，母亲始终无法谋面，她的城市之行未使她如愿，她的想念越来越强烈，而他留在虚拟世界的线索让她念念不忘。

打开电脑，百荷首先去看 QQ 留言。他在，他等在那里。他的焦急、歉疚以及期待都等在那里。

百荷面对着屏幕上他的留言，不禁鼻子一酸。他说，他很抱歉，失约是迫不得已。他说，希望有机会当面解释。这无疑是一个伏笔。他留下伏笔之后，几乎每天都会留言。

百荷几乎每看到他的一个字，就向他走近了一步。有了这些留言，百荷在字里行间感受到他的笑容，他的目光，他的笑声，他的体温，他无疑又回来了。

他说，我们很久没见面了，但你的容貌我心里清清楚楚，你对我呢？有了这句话，百荷放弃了视频，她相信他。

除此之外，百荷在虚拟空间里给晓晓留言，晓晓留下的谜语她不知该如何破解，最后只留给好友几个大大的问号。

五叔抽不出时间送百荷回乡下，购买了车票，开车送百荷去车站。一路上，五叔一直沉默着开车，遇见红灯驻车等待的片刻，焦躁地拍打方向盘，嘴巴却一直不肯出声。沉默是百荷最喜欢的相处方式，她原本出于礼貌，脸上挂着似有若无的笑意，渐渐便嘴角紧闭，进入比五叔更深邃的沉默状态。窗外城区的景色都像是一幅幅画挂在苍穹之下，她只匆匆掠过局部，并未驻足细节，而那些细节对她依然充满了诱惑。

到了车站，五叔叮嘱百荷，你爸爸不容易，你要理解，回去好好相处。五叔的每一句话都有着丰富的内容，百荷的心沉甸甸的。

五叔看着她进了站台才放心离去。隔着检票口的落地玻璃，百荷注视着五叔的背影，拐过进站玻璃门，一眨眼便不见了。她收回目光，长长地吐了一口气。直到此刻，百荷才心生歉意，无法贴近母亲的现实将她堵在生活的死角，她其实是不愿意接受眼前的现实，她有怨气，却抛给了无辜的五叔。

五叔的那句话从心底响了起来，想要又得不到的东西，最好的办法就是遗忘。一路上，百荷的心越来越沉，直到接近家门，她心底构筑的家的壁垒彻底坍塌了。

百荷并没有踏入家门，也没有在村庄停留。

她接近家里的院子时，远远地看到父亲田得福正和一个陌生的女人坐在院子里。父亲在编草鞋，动作不紧不慢，女人坐在父亲身边，整个身子贴着父亲，像是父亲身体的一部分。

整个家，整个院子都是一个整体，百荷无法涉足，她是个多余的人。

百荷的泪水在绝望里攀缘，很快这灼热的液体点燃了她的愤怒。百荷急匆匆绕道后门，溜进了房间，收起了那套剪刀，取出祖父交给她的那缕黑发，百荷又到父亲的房间里搜出了一千元钱。院子里的两个人沉醉在他们的世界里，百荷凝视着那对依偎的背影，嘴角流露出一丝愤怒。仿佛眼前是万丈深渊，百荷一步也不会向前，她快步从后门逃离了自己的家。

天还没有黑透，但是村庄已经提前沉寂下来，寥寥的灯光和稀稀落落的犬吠都在催促百荷，快一点，快一点，天黑了路上就没有车了。房间里透出的灯光和欢声笑语透出了某种信息，同时也衬托了百荷的孤独和凄寂,百荷沿着路边摸索,很快一块大石头落入了她的手掌,这块大石头带着她的满腔气愤像离弦的箭,方向准确地投向了自己家的窗户。随着一声惊慌失措的喊叫,百荷自己也像一支离弦的箭奔向村口的大路。

百荷的方向在她的虚拟空间里,她拥有了五叔赠予的电脑就有了方向。在镇上的公交站台上,百荷打开了电脑,他果然在,幸亏他在。

这一次,他再次为失约道歉,并且表达了他的思念,他对百荷的思念与百荷坦诚面对,他说,他在碧城,他为了这无法忘却的思念命名了新的网名:老调重弹。有了他的留言,百荷便有了方向。

百荷手里攥着这张期待已久的车票,一遍又一遍为自己的贸然行动寻找合理的借口。她想这不怪她,只能怪生活欺骗了她,她要将自己的愿望变为现实。她只有和他才有共同语言,她当然就去找他。现在她对一切都失去信心,只有他让她拥有信心,更何况,也许会发生一些意想不到的事情,她总是对意想不到的未知充满期待。现在,父母都背叛了她,她有理由寻找自己的自由。百荷心里很乱,但是,登车的时间刻不容缓。百荷随着人流到达了检票口,她忽然将手里的票缩了回来。

村庄还在,但她渐渐地觉得身后的村庄是个空空的村庄,母亲的笑意还在那里,那笑意老了,她却已长大成人。清溪河还在,她却更向往他的身影。

终于,她将车票放进了检票口。

第八章　风口浪尖

1

车站人来人往，人们填满这个空间的每个角落。

进入候车厅时，百荷跟随着人流，向前流动，她像是被迫通过安检。候车厅里依然是密密匝匝的旅客，仿佛整个城市都随着列车移动。

百荷的时间是由她自己分配的，这让她感到新奇而兴奋。这个兴奋湮没了父亲带给她的懊恼，她现在将自己交给了她决定的方向。

上车之前，她通过手机发了短信，她放弃了通话，担心听到他的声音会因为激动而语无伦次。

老调重弹回信说，他既不在他所居住的城市也不在他谈生意的城市，他说他在路上，在哪条路上呢？他没有说。百荷也没有问。她心里的疑问就像是春天快速生长的藤蔓，纠结，缠绕。

老调重弹发来短信问她身在何处，离家出走这件事的来龙去脉说起来并不复杂，但是百荷认为说出来很丢面子，百荷想找一个体面些的谎言，但是她不擅长撒谎，尤其面对老调重弹。百荷寻找谎言的时间过长，终于引起了老调重弹的怀疑，他直言不讳地说，若来到了碧城，你先找个地方休息，明天我回来后联系你。百荷心里忽然一亮，她认为这就是心有灵犀。百荷还沉浸在这种兴奋中,老调重弹又发来短信说,不放心她一个人在陌生的地方寻找住处,已经给她安排了宾馆,她直接过去就可以了,宾馆就在距下车位置向东五百米。

他就是百荷的方向。

她从县城坐了公交车,一路上在想她其实就是走在城市的路上,她忽然想到了祖父,还未计算出祖父当年走到钢城的里数,便到了城区。转乘公交车到达火车站时,她忍不住自鸣得意。

第一次坐火车,像是被绿色淹没了。火车启动的时刻,她的记忆里又注入了新奇的感受,这一天的感受让她应接不暇。她因此认为自己拥有了更多的秘密。

她的邻座是个中年男人,皱着眉头,不断地拨弄手机。百荷看着窗外的风景,在车窗的反光里看到他拿出了一份报纸,来回浏览着。她和一个陌生人距离如此近,看清了他的五官,也猜测出他满腹心事,但他是一个过客呢。对面的同龄女孩,看上去也是无精打采,也许是同龄人的缘故,她对着百荷露出了笑容。百荷不知该如何对待这个笑容。

中年男人离座时,她也借空去了一次洗手间。她站起来时,脚步是稳当的。她因此下了结论,在火车上走动没有特别之处,虽然有些失望,但她从洗手间回到座位上时老练了很多。她一边稳稳地迈步,一边想,火车上的洗手间排水孔的终点在哪一节车厢呢。

出了车站,她首先评判出,城市的站台都是类似的,像是来源于相同的模板。后来,她见识了碧城的街道、楼房,不免有些失望,城市也是相像的。新城区,老城区,大学城,经济开发区,相似处多了便有些乏味。而那些差异她又没有眼力识别。

2

有了老调重弹的安排，下车后她顿时有了方向。向东五百米，她远远地看见宾馆气派的霓虹灯在向她招手。从小到大没到过这样的场所，虽然是第一次，但是百荷并不胆怯。电视上这些场景她见得太多了，再说现在的电视剧演得都很逼真。百荷走到宾馆前台时，模仿电视剧里女主人公，端着肩膀矜持地问道，请问老调重弹订的房间是哪个？前台的服务员彬彬有礼地看着她，脸上的微笑就像是橡皮泥捏的模型，回答也是字正腔圆，对不起，查无此人。百荷听出了她话里的奚落，只在一瞬间，百荷感觉自己像是进入了一场戏，而她迅速进入了角色，她身体里的沉默缩在角落里。她要掩藏她的沉默。她要做一个崭新的自己。

百荷继续助长服务员的威风，她头发凌乱，神色疲惫，怎么看都会被人低看一眼的。电视剧里落难的人总是会被人欺凌的。那么百荷预订的房间是哪间呢？这简直是一张王牌，啪地甩出来，对方的惊讶喷涌而出，百荷今晚在宾馆定了贵宾套房。您这边请。百荷非常有涵养，她对服务员的惊讶泰然处之。她跟随服务员到达客房，当着服务员的面，百荷并没有表现出任何出奇的举动，她在电视剧里连总统套房都见过，还会为现实中的贵宾套房一惊一乍吗？

服务员离开后，百荷脱掉脚上的鞋在房间里兴奋地舞了一圈，这是她有生以来首次独立面对城市的夜晚，她终于被夜晚公平对待了，被城市公平对待了。

地毯是如此绵软，紧接着她又躺在床上，席梦思弹力十足，远远超乎她的想象，床单的洁净让她不忍心进入被窝。她进了洗手间，将台面上的小玩意一一打开，沐浴液，洗手液，淋在身上，痛快地洗一次淋浴，又在浴缸里泡到险些入眠,但是她心里总是有一个声音在提醒她。又一次检查了反锁的房门,目光扫遍室内角落,确定危险毫无可乘之机,她躺在沙发上安然入眠。

一觉醒来,天还没有大亮,她是被肚子里的饥饿叫醒的,她肠胃里的饥饿先她苏醒,百荷记起来昨晚自己忘记了吃晚饭。百荷的肠胃已经习惯了她饥一顿饱一顿地对待它们,但是这是在陌生的地方,她的肠胃要求她负起责任。百荷本想细细思量今天穿哪件衣服见老调重弹,她随身的衣服很有限,哪一件她都不中意,挑来挑去她便有些泄气。这个时候肠胃又闹起来。百荷只好出了房间,房间在九楼,进入电梯,等了很久,电梯却纹丝不动。百荷站在电梯里,想象着电视剧里的情景,终于找到了键盘,自作聪明地按了快捷键,电梯开始运行,这期间,百荷的心也随着电梯下降,一直担心电梯中途停止,好在电梯一路顺畅。

百荷来到大厅,天已经蒙蒙亮了,这是她一人面对的城市的清晨,清晨还是清晨,没有任何改变。因为肠胃的不断抗议没有到满足,现在它们显然使用了暴力,腹部一阵绞痛,她顾不得矜持,有气无力地询问正向她走来的服务员,哪里能买到早饭?服务员像天鹅一样迈着优雅的步子将她领到二楼餐厅,提醒道,我们也可以将早餐送到房间的,您不必亲自下楼。站在餐厅门口,饥饿让她原形毕露,她顾不得矜持,实话实说,我吃不了多少,这么高级,我吃不起,我问你哪里能买到烧饼。服务员的惊讶并没表现出来,她和昨晚的接待不同,显然是个体贴的女孩,她善意地提醒道,这里的住宿费用是含早餐的。说完,目光炯炯直视着百荷。

百荷将手里抓得紧紧的十元钱放进口袋里,理直气壮地走进了餐厅。

这个早晨,百荷的肠胃享受了贵宾待遇,显得服服帖帖 。

他发来短信，百荷即刻陶醉在清晨，百荷觉得他就在眼前了，他说他就在宾馆对面的茶楼里等着她。

马路对面的茶楼迫不及待进入了百荷的视野。隔着宾馆大厅的落地窗，茶楼以简约的形象矗立在她的目光中，木制的几扇窗框，镶嵌着茶色的玻璃，在众多的大理石墙面间，散发着自然、质朴的气息。她想象着茶楼内的氛围，那种氛围低俗的人也会被熏陶得很高雅。放下电话，她整个身子都飘起来了。她长这么大还没有在茶楼喝过茶，电视剧是她对其中氛围的感悟的源泉。

走出宾馆大厅时，百荷被保安拦了下来，请她到前台结账。

保安的腕力很大，他一早接到通知，注意贵宾房里的宾客。他通过所有渠道的消息汇总，已经确定百荷是个不安定因素。百荷尖叫着，无法挣脱。对于突然到来的蛮横她没有思想准备，但是她的心里还是露出了怯意。她为自己的孤陋寡闻感到羞怯。她订了房间，当然她付费啊，掏出了口袋里所剩的八百元现金，她虚张声势喊道，我又不是不付钱，为什么抓着我。保安早已松开了手，注视着百荷将钱递出去，长长地舒了一口气。他昨晚接到通知，为了这个土里土气的丫头他在监控室盯了一夜，早已疲倦不堪，他怀疑百荷的身份证有假，却对吧台服务员说，只要她付了钱，她爱上哪上哪。看着递出去的八佰元，百荷心疼不已，她这时候宁愿站在马路上过一夜省下那八百元。这是她人生中最昂贵的支出，这是城市对待百荷的姿态。

进了茶楼，并没有闻到想象中的茶的清香。这不怪这里的茶不好，因为是早晨，茶楼刚开始营业，茶的香味还在昨夜里的梦乡。百荷还没有询问老调重弹在何处落座，服务员便将她带到了一个年轻人的面前，因为整个茶楼刚开始营业,除了百荷,他是唯一的客人。

现在,百荷终于在现实中和无数次进入她梦乡的他面对面了。

他不是。一个陌生人坐在眼前,百荷忽然内心充满了绝望,愣怔片刻,她向着明晃晃的门外转身,她要离开,尽管还没有目的地,她的目光已先期逃离。

你就是百荷吧?

他开口说话了,这声音令百荷惊讶,像是那个心里的人就站在身后,百荷没有见到这人的面目,但百荷听到了他的声音。那声音是善解人意的,它是会跑的,直接走进了百荷的内心,与百荷千万遍重温的声音不期而遇,叠加在一起,这是他的声音,已经长在百荷心里的声音。百荷的眼泪夺眶而出。她闭了下眼睛,阻止了泪水。转身,面对老调重弹。如果现在离开,她在这个城市就举目无亲了。甚至,属于自己的角落也不复存在。

老调重弹伸出手在她的眼前摇晃,她的视线还是冲破一只手掌的阻力,牢牢地定格在老调重弹的脸庞。他不是,他的形象在心里清晰有致,她说不出特点。

你就是我想象中的模样。老调重弹说话了,并且微笑着注视百荷。他的微笑也很迷人,他不是,他的笑容当然就不是,眼前这人的笑容,像是错乱季节的服饰,他明明在秋天里,笑容却透着隐约的寒意。

百荷心被一个又一个失望击中了,她沉默着,在对方眼里成为一个沉默的陌生人。不知该如何用语言表达,老调重弹说的话也不是她心里想说的话。这样相见的场面和电视剧里不大一样,电视剧里第一次见面的人总有些拘束,彼此打量寻找一些无关痛痒的话题。

很快,老调重弹拣起了他们的熟悉的话题。老调重弹说,你的伤彻底好了？百荷点点头，认真地说，彻底好了。好了就好，真不容易。这是不连贯的两件事，但他们却贯穿在一起。

他看上去却很成熟稳重，一直向百荷介绍他居住的这座城市，包括这个城市里发生的一些故事，然后，他问，你的家乡也有一些有趣的故事吧？百荷不知道该说什么，他们家的那个村子对她而言充满美感，处处都留有她美好的回忆。

她抱歉地笑笑。好在老调重弹很快就说，应该很美。假设他是百荷心里那个人，他们在城市的第一次会面也会是这样吧？他也会约她喝茶？除此之外百荷想不出还会发生什么。

他不是，但城市是真实的，他的声音也是真实的。她已经领教了城市的态度也欣赏了城市的表情，她没有找到离开城市的理由，况且老调重弹的声音一直在挽留她。

喝茶，对于百荷来说，喝得太久，就没有趣味了。她的目光在茶楼四处飘移，木墙，木格柜，木桌椅，木顶的天花板安装的长方形的木制灯，仿佛都市里浓缩的田园，她看着窗外的街景，渐渐地每一条路在她的眼前流成了河。

一个女孩穿着时尚，长发飘飘地走过来，又走远了。这个女孩会走到前面那栋楼里吗？百荷走神了。她将目光移向老调重弹，他的目光走了过来，与她的目光相遇了，有着河边的水声以及远处青山的注视，百荷走进了他的目光，而他的目光柔和起来，他的声音传了过来，几乎就是他了。

老调重弹也看着她问道，我们这么了解，已经是好朋友了，对不对？百荷情不自禁地点点头，和一个城里人交朋友她是愿意的，母亲遗弃了她，父亲排除了她，她也许就是为另一处角落而生的，除了乡村，只能是城市！她在对他的目光和声音点头。而他的声音诚恳地说，我心里一直当你是我的朋友的。

她打定主意以诚相待。好朋友到我的城市就让我尽地主之谊好不好？老调重弹已经有了下一步的安排了，既然来了就好好玩玩，散散心，我看出来了，你不开心。他的这句话进一步留住了百荷。他不是，可是他的声音在这里，百荷想先抓住这声音。他看出了她不开心。百荷接受了他的声音，但是她沉默着。

出门结账时，老调重弹问服务员，今天打折吗？服务员回答说，不打折。百荷察觉他的脸色暗了一下，像是心疼钱的样子，便内疚地说，对不起，让你破费了，我身上没钱了，不然，由我来付好了。老调重弹抢白说，你说的什么话，我是觉得这家店宰人了。百荷想了一下，就那么几杯茶，一百六确实很贵的。为了感谢老调重弹的情义，百荷善解人意地说，不过，我长这么大，第一次正儿八经地在茶楼喝茶呢！

老调重弹听她这样一说，果然来了兴致说，我带你去这城里其他地方，多体验几种人生的第一次。百荷内心其实充满了好奇，但是她戒备地说，去哪里？老调重弹没有回答百荷。

百荷尾随着老调重弹走进了一条窄窄的巷子，像是走进了这城市的深处。

他和她走得这么近，一旦彼此沉默着，就如同路人。百荷打破了沉默说，你怎么不说话？说什么，他回过头，看看四周。他站定的角落是这城市的一个角落，陈旧的墙壁上一些旧痕来历不明，此刻，裸露在百荷面前，毫不遮掩短处。顺着墙壁向上，那屋檐摇摇欲坠，像是等待着两种结局，要么重伤百荷，要么砸向老调重弹，百荷瞬间识破了屋檐的阴谋，她不顾一切地推开了老调重弹。两人刚刚跳开，那屋檐便重重地砸了下来。

3

面对意外排除的险情，老调重弹怔怔地看着远处，脸上是很痛苦的表情，他放弃了对百荷的邀请，算了，不去也好，我今天还有一笔生意要做，你自己玩玩吧。

老调重弹对自己态度的改变令百荷有些措手不及，她想或者也违背了自己的本意。她其实一开始就该走开的，但是她离不开他的声音，她和他的声音纠缠在一起。她说不清自己的想法是否真实，她有一点点忧虑，但是似乎面对着现实中就在身旁的他，她又有所顾虑。

也许这就是别离，百荷的眼睛有点湿润了。他轻易地就放弃了对她的邀请，可见他的邀请也是草率的。

你快点走，越快越好。老店重弹忽然语气急促地催促道。百荷见他对自己的态度转变得有些怪异，越发不肯离开。不走你会后悔的。老调重弹的这句话，让百荷背脊一阵发凉，她马上跑出了巷子。

百荷迅速躲到一家店铺里佯装挑选货品，眼睛瞄着孤零零站在路边的老调重弹，她现在发现他的身材修长，肩膀宽宽的，个头高高的，跟他自己的描述非常吻合，也许会相信红狐狸的存在？

老调重弹的身边很快聚集了两个年轻人，他们像是在商量什么事情，又像是他在吩咐什么事情，随后，他们上了一辆停在路边的轿车，百荷从树后走出来，眼睁睁看着那辆车绝尘而去。灰色的车体，蓝色的车牌，那上面白色的数字个个拒人于千里之外。

百荷走在城市的街道上，她羡慕那些城市的角落，它们属于这里，而她却没有理由拥有这城市的任何角落。

老调重弹本来是她奔赴这城市的全部理由，现在，她的心里空荡荡的。牵在手上的一根线，一阵风就飘走了。

她现在身无分文了。站在这城市的街道边，打量着城市，建筑以及一切没有人类目光的所在，都很友善，她把目光落回近旁，首先慌乱了，她的目光都被如数奉还，有两个女孩子嘻嘻哈哈从她身边经过，目光与她相撞接着便跳开了，她们捂嘴窃笑。多数目光都像雪花一样飘落在她身上。

真正的他会在哪里？她渐渐感到冷意，沿着那辆汽车驶离的方向迈步，路旁的路牌上标明，这是向城东的方向，她第一眼看到它，毫无准备，毫无选择也毫无想法，她不想再看第二行，就沿着这个方向向东。

百荷不情愿手里的这根线就此断掉，她锲而不舍地在这座城市的大街小巷寻找刚才那辆轿车的踪迹。之所以有这样的信念，是因为那辆车绝尘而去让她的内心很受伤害，那辆车的车牌号码顷刻便在百荷的脑海里安营扎寨。

百荷是在傍晚时分寻找到那辆轿车的，尽管它没有招惹百荷，静静趴在路边，百荷还是走上去狠狠踢了它的轮胎几脚以解心头之气，那种既爱又恨的感觉像是对着老调重弹。这是一条僻静的巷子，路两边的建筑物参差不齐，高一些的墙面上都绕满了五颜六色的电线，矮一些的墙面上都刷了五颜六色的广告。偶尔矮墙上冒出一两种多情的植物，争先恐后地面对苍天。百荷守在汽车旁细一思量又觉得不妥，她不能把自己局限于一个任性的女孩。

天色渐渐暗下来，路上的行人渐渐稀少。高高矮矮的窗子里或明或暗透出灯光，这灯光让人觉得温暖。百荷躲到一处僻静角落，眼睛却不肯放弃对汽车的凝视。渐渐地，百荷的举动引起了路人的注意，有一个男人走过去又向她走近，像是提出警告，百荷不能再等待，她拨响了老调重弹的手机。

手机一接通，耳边便炸开了锅，那边的声音很嘈杂。百荷说不出话，索性不说话，她沉默着。老调重弹显然也是挂念她的，他在千万种嘈杂的声音里寻到片刻的安静，充满歉疚地对百荷说道，对不起，今天让你受了委屈，天这么晚了，去宾馆住下，我会联系你。

老调重弹的眼睛就在自己的身边，百荷却无从找寻，她对着电话喊道，我问你，你信不信世上还有红狐狸？你不出来见我，我现在就离开。老调重弹却挂了电话。

她现在连那个声音也失去了，失去了局部，却不能失去完整的一座城。要离开家，就不能离开城市。

百荷还心存侥幸，驻留在城市，也许会遇见母亲。她虽然没有母亲的照片，但母亲的长相在脑海里，她还想去向警方求助，或者登个寻人启事。

百荷这一夜，是在这座城市的火车站候车厅度过的。

在候车厅，满是来来往往的旅客，他们的行李中都携带着方向，而候车厅本身又是所有方向会聚之所。大厅里一眼望不到头的检票口依然处在忙碌中，灯火通明中人来人往，成排的座椅充满了柔情，它们容留了漂泊的心。

百荷注意到有几个旅客在角落里席地而卧，光洁的水磨石地面也充满了柔情。二楼休闲区里夜宵飘散着香味，百荷一一过目，最后去免费开水区喝了一杯开水，不锈钢制的水龙头汩汩流淌的温情令她眼圈一热。

守在城市的车站，这种没有承诺的守候，对于百荷是一种新鲜的体验。

等到了中午，老调重弹突然出现在眼前时，百荷的体验达到了顶峰，两个人四目相对的那一刻，百荷认为自己的守候有了圆满的结局。

我就猜到你在这里。老调重弹坐到她旁边的椅子上，百荷闭着嘴巴不说话。如果结局已经注定，不需要再加上多余的情节，但老调重弹显然又是个转折或者新的篇章。这篇新章节她会是主角吗？如果她想成为主角，她该怎么做？百荷心里纠结，看着老调重弹的目光便有些复杂。老调重弹的目光里更多的是关心和温情，以及淡淡的忧伤。这种来自异性的忧伤本身的魅力就超过任何语言。百荷不禁心头一颤。

老调重弹伸出手不由分说将百荷拉到怀里，百荷挣脱他的怀抱，满脸羞愤，干什么？她的声调很高，他的举动让她失望，陡然提高了戒备之心。周围的人都投来询问的目光，一时间两人成为焦点。老调重弹显然是个在公共场合注重举止的人，这样做也是迫不得已。外人目光里流露的关心都是希望他们之间的纠葛扩大化，他当然要屏蔽这些目光，老调重弹怒气冲冲对周围吼道，看什么看？他的怒气为他在水泄不通的人群中开辟了一条光明大道。他拽着百荷走出了车站。

任由他牵着手在人群里穿梭，目的地在哪里百荷并不关心，手与手传递的温情遍及全身，借助双脚走路的节奏，她身体里隐约回荡着战栗。他的手像是城市伸出的手，她不舍得离开他的声音，他的声音是有温度的。

来到昨天见面的茶楼，老调重弹松了手。虽然心存遗憾，她并不讨厌他，何况能赶到车站拦她离去，可见他是重情义的，要怪就怪自己张冠李戴。老调重弹坐下后说道，好了，我知道你不生气了，昨天是不是要救我？百荷忍不住咧嘴一笑。老调重弹狡黠地盯着她，等一下去宾馆休息。百荷马上答道，我不累，我今天打算找工作。这个决定突然冒了出来，百荷暗自吃惊。但她肯定了自己的决定，这是自己的新方向。

老调重弹说，你在车站待了一晚还不累？百荷惊奇地问道，你怎么知道？老调重弹避重就轻道，我还有个名字叫老谋深算。

百荷脑子里错乱的思绪各就各位，灵光一闪叫道，昨天我一下车当然只能在车站周围，你害我一夜花光了身上所有的钱，没有钱我只有依靠你对不对？你昨晚明明就看到我却不见我。对不对？我还当是心有灵犀。

老调重弹提醒道，心有灵犀是指有情人，你对我有情吗？

本来在控诉，遇到这个问题，她警惕地闭了嘴。这是个严肃的问题，轻易不能回答。

不会撒谎，她马上摇摇头，机敏地说，我到城里是为找工作。工作？老调重弹站起身坐到百荷身边，百荷慌乱起身要与他拉开距离，老调重弹却用手腕制止了她。百荷只好坐下，一只手悄悄地摸索着，她现在没有心情体验，只有恐惧还有如山般厚重的悔意。老调重弹还没有进一步举动，百荷已经将一把剪刀明晃晃地举在他的眼前。

我问你，你信不信世上有红狐狸？老调重弹咧嘴一笑，当然有。

他拿出了一千元钱，诚心诚意对百荷说，你这么小，赶快回家，当心遇上，他停顿了一下，咬着牙吐出三个字，真骗子。百荷当然不会要他的钱。她现在需要工作。

工作还是好找的，只要肯花力气，你救过我，我可以帮你。

老调重弹很快为百荷找了一份工作，在一家宾馆做服务员，宾馆为员工提供住处，尽管职工寝室设在地下室，但这个埋在地下的角落也是城市的一个角落，也是百荷在城市的一个角落。

百荷穿上宾馆的工作服，体态婀娜，像是训练有素的样子，忍不住谦虚地告诉同事，她跟着电视练过。那新同事撇撇嘴，年轻人都不愿干这行的，看你能坚持几天。

这就是城市，没有母亲，有工作就有留在城市的理由。

4

百荷有了工作，对老调重弹的态度便有了变化。至少，她不再是学校里不谙世事的小女生。她主动约老调重弹去看电影,将老调重弹想象成清溪河畔相遇的他。

第一次走进影院,百荷故作老练。穿着用工资买的一套淑女装,她把头发拉直又烫成大大的波浪,为了显得成熟她选了一只颜色暗淡的口红。装束的改变使她一下从女生变成女人,她为此扬扬得意。

在电影院门口,她看见老调重弹急匆匆的身影便醒目地站在台阶上,却并不开口招呼。她的招摇引来许多目光,但老调重弹像是不近女色的木头,始终没有将目光落在她身上。看着天色已晚,霓虹灯的光芒忽明忽暗,老调重弹循着手机铃声才赫然发现近在咫尺的百荷。

进入放映厅时,老调重弹明显和她拉开了距离。电影情节非常乏味,老调重弹中途要退场,她只好尾随出了影院,追上老调重弹的步伐。百荷大度地问,你怎么一直不说话？老调重弹皱了一下眉头,我有些累了。我这样好看吗？百荷跑前几步,堵在他的面前,摆了一个造型。老调重弹用陌生的眼光打量她,其实,你之前的装束非常自然纯朴,你知道吗？自然纯朴是美的一种境界。她陶醉在他的声音了,无论褒贬,她终于如愿听到了她内心的声音。只有到现在老调重弹才恢复了以往对待百荷亲近的态度。

回到住处,百荷要做的第一件事就是去理发店将发型恢复原样,对于理发师来说这是一项高难度的工作。恢复到原样,头发聚拢在一处无精打采地趴在后背上,像是充满了情绪,和宾馆的环境有些格格不入。工作时,她时不时透过玻璃窗观察外面的动静,期待着老调重弹能够出现。奇怪的是,百荷的发型恢复,却始终未见老调重弹露面,一天也就罢了,两天也就罢了,一连三天也没见老调重弹现身。他的手机也关机了。

百荷察觉自己对老调重弹的关心胜过关心自己。她现在跟他处在同一个现实空间里，却只是擦肩而过，她不甘心。深入地想下去，她不得不承认，她其实还是思念清溪河畔的那个他。

突破虚拟世界的局限，她却闻不到来自他的气息。百荷仔细回味他的气息，才知道自己这是在思念清溪河畔的他。

咫尺天涯的悲情是因为客观条件的限制，而老调重弹就近在咫尺，百荷脑子里回旋着老调重弹的气息，下班后不由自主搜寻着他的踪迹。

现在，老调重弹制造了一个令人费解的谜团，或者这个谜团就是一个诱惑。

城市如此扑朔迷离。在网上无比熟悉的他在现实中却非常陌生，他的一切，包括喜怒哀乐、衣食住行，网上所有的信息都毫无用处、透着虚假。百荷认为这些都是可以理解的。只是他的那些情感和忧伤、打动人的情怀，百荷一定要弄清楚是真还是假。寻找一个熟悉的陌生人，是现实中一项非常刺激和冒险的行为，它的不确定性决定了它的难度。但是百荷自认为自己具备超强的挑战能力。

他明明曾经是她的方向，现在她却要寻找他。是谁迷失了呢？

寻找只能以宾馆为中心向四周扩散。最初的活动范围就是那条小巷。

然而，小巷透露出的讯息却很杂乱。那些五颜六色的电线在白天里看似乎团结得更加紧密，这一次百荷发现，太阳好的日子空间被利用得相当充分，各式在阳光下晾晒的衣服将主人的生活展示。百荷就是在这些衣服得到了启发，她放弃了汽车，目光在那些晾晒的衣服里穿梭，终于有了收获。

那件浅条纹的衣服在阳光下随风飘荡着，像是一张剪纸。

敲门的声音像是敲击在百荷的心头，她用自己的力气敲击自己的疑惑。房间里寂静无声。一扇大门的背后,像是在发酵一个机密。门板像个冷漠的仆人,百荷的拍门声惊动了一些住户,有的人探头看看,有的人就问,你找谁?百荷总不能说自己是找一个网友吧,人们普遍对网友的真实表示怀疑。有个楼下的老太太,听着百荷执着的敲门声,不顾年老体弱也上来助百荷一臂之力,但门里面依然鸦雀无声。百荷再一次将眼睛对着门缝上,她的眼前一片漆黑,什么也看不见。显然门缝已经被动了手脚,这薄薄的一层纸彻底凉了百荷的心。百荷气冲冲出了小巷。这是个意外的结局,她没想到这个人拒绝见她,当她是个陌生人。

百荷一个人在城市徜徉,她的内心空荡荡的,不知不觉又来到了小巷。那件衣服此刻有些孤单,像是一个人随风飘荡,百荷突然伸出手将那件衣服抓在手上,衣服在她手上没有一点声响,它似乎更期待逃离。现在,百荷将老调重弹的气息抓在手上,心里似乎有了归属,她和老调重弹终于亲近了,却是如此特别的方式。唉,我知道你在里面,百荷对着冷冰冰的门喊道,你的衣服我拿走了,去我那里拿,我等着你。百荷有了一点收获,她已经记不起自己真实的意图。

百荷拿着这件衣服,就像是带了他的影子,心里反而找回了在网上每次与他相见的喜悦。这件衣服又似乎是人质,但是百荷想掳掠什么呢?百荷也不明白,事情的发展有些叵测,百荷这个年龄倒是有这个期待。

这件上衣与百荷配合非常默契,安安静静地躺在百荷的枕边,凭着它散发的气味,百荷甚至认为老调重弹就蜷缩在那些纹路里,他用这件衣服做了掩体。衣服忠心耿耿陪着百荷,它的主人像是很能沉得住气。又过了一天,老调重弹还没有出现。百荷找来针线,将衣服的扣子牢牢钉了一遍。这件衣服陪着她又一次来到小巷。这一次,百荷有了新的发现。

房门大开着,房内的陈设一览无余,非常简单,一张桌子几张单人床,房间里有一股污浊的怪味，室内有两个陌生的小伙子，他们对于百荷的贸然闯入似乎并不排斥。单单从外表上看，百荷有一副姣好的容貌，五官搭配得恰到好处，一双眼睛瞳仁黑黑的，显得纯净无邪，更难得的是百荷长了一张小巧的瓜子脸。她看人的时候，瓜子脸的下巴微微抬起，她那双瞳仁就像是美味的瓜子仁。百荷抬着小巧的下巴，把询问的念头压下去，她把手上的衣服递过去给一个面善的小伙子，我是来送衣服的。小伙子接过衣服看了看，马上想到它的主人，他当百荷是一个敞开的秘密，对另外一个小伙子道，唉，他这是哪一出？语气里带着戏谑。衣服被人成功认领，百荷心里一阵窃喜，这衣服的主人呢？她指着衣服含糊其词问道。

出去忙了，我们陪你玩玩。小伙子嬉皮笑脸道，似乎他们的领地之内的来访者玩一玩是唯一的目的。百荷本能地退到门外，她的感觉很不好。你躲什么？找都找来了。小伙子站起来，抖了抖腿。百荷注意到他的那双脚，在地上走几步又停下。简单的斜十字。百荷的手心里出汗了，心跳加速。不对啊，你怎么找到这儿的？小伙子的脸色一沉，再抬起来，便是一副凶相。百荷认为这凶相就是对自己的驱逐，她转过身，沿着来时的路奔跑，树，房屋，她顺着过来的，又被她甩在身后，她想这些都是过去的时光所包含的内容，那一段时光，应该抹掉的时光。百荷一口气跑到了大街上。确定身后并没有跟上来人，那些被她甩掉的时光也都静止着。百荷蹲在地上大口喘气。

5

也许是百荷的造访产生了效果，隔一天，老调重弹终于出现在百荷面前。他似乎也经受了心灵的蜕变，脸上的表情也发生了深刻的变化，此外面对百荷始终是一言不发。百荷的心灵受到煎熬，看着他犹豫着不知该怎么办。他如果不自己坦白编造谎言的理由,百荷不知该对他说些什么。

她其实分不清自己是否认识这个站在眼前的男人,也分不清这个人与自己有什么联系,仅仅因为嗓音,仅仅因为他,相信红狐狸的存在。

两个人沉默着,既熟悉又陌生,既陌生又熟悉,出于对自己的保护,百荷决定继续保持沉默。百荷眼睛望着前方,即便感受到来自他的目光,这道温暖的目光,还是让百荷的心肠一点一点温柔下来。她的整个身心浸润在柔情之中。

跟我去一个地方,他说。

进了电梯,直达三十三层,百荷第一次乘坐电梯到达这样的高度,她趴在窗口向下看,人如蚁虫,这让百荷兴奋得声音都有些发颤。

两人所到房间里的布置也很让百荷惊奇,落地窗帘,光泽尽显的瓷砖地面,地板的缝隙间镶嵌的金边,亮闪闪的,很耀眼。白色的勾勒着花纹的家具,也许是欧式的,但百荷并未询问。老调重弹坐在客厅的沙发上看着百荷在房间里雀跃,他似乎不是在炫耀财富,这是我们家闲置的房子,洗手间装潢得太落后。

百荷置身洗手间,大理石台面悠悠地闪着光,它的奢华,让百荷有些胆怯,这样考究,百荷从未享用过。

我希望你住在这里,住在城市的房子里。城市的房子就是这样的感受。

百荷曾经在空间里描述自己的梦想,她说过梦想住在城市的房子里,他是帮她实现梦想。

这是你的?那住在巷子里的又是谁。百荷终于说话了,带着冰释前嫌的疑惑。这是你租来的吧?我不忍心你太破费。向对方坦白自己的感受,无疑是表明自己不计较他的谎言。接收到百荷的坦诚,老调重弹的脸上露出了笑容，这个笑容让他特别真实，百荷不喜欢那里面包含的稚嫩但也不讨厌。你住下去成全我的愿望，说起来，我的愿望就是让你实现梦想。

接下来，他卸下了自己的伪装，亮出了自己真实的身份。

他不过是来自乡村的大学毕业生，像百荷一样离开了家，在外漂泊，所不同的是他的父母贩卖水果，已立足城市，这也是一份家族产业。爷爷奶奶对他的溺爱让他窒息，他必须把这份爱匀出一部分，百荷就是他愿意匀献爱意的对象，是他理想中的小妹妹。

老调重弹的好意使交流的气氛融洽，老调重弹显然不会浪费这个机会，他进一步表达了自己的好意。我还可以陪你去看电影，逛公园，让你感受在城市里有一个人一直等待、关心着你。

百荷在这里住了两天。

每当百荷站在电梯里身体都感到压力。她已经询问了物业，这果然是老调重弹租住的房屋，这个住处一个月的月租超过了她的工资。百荷手上拎了行李，那把钥匙安静地展开在她的手心里，她要交给老调重弹，就像是交给他一副担子，她手心里的钥匙一旦脱离掌心，她就要开始另一种城市生活。

把钥匙收回去，把行李送回去，住过一个月时间，我离开这城市，你也回家吧。老调重弹语气轻柔但很坚决。

6

这一天，两个人去看了一场电影，坐在电影院里，两个人的心思都不在电影的内容，而在于看电影这种形式。影院里半明半暗的灯光充满了暧昧，人影绰绰，却又远离彼此，亲近的人更加离不开彼此，陌生的人更加漠视他人。观众大多是情侣,每一对都像躲避瘟疫一样远离他人,证明他们的情感不容侵犯,黑暗之中闪烁的都是内心里不可遏制的火花,他们在此刻才明白这种空间里的意味深长。两个人选择了一个僻静的角落,百荷手里举着爆米花。

老调重弹注视着电影银幕,却并未为剧情所动,眼睛里是一片的茫然,他的茫然有些可爱。银幕上男女主人公重归于好,他们的激情正在肆意泛滥。老调重弹眼里的茫然点着了一团火,目光灼灼地看着眼前的百荷,一股潜流渗入了他们的世界,这个世界是开放的同时又是封闭的,他的目光最后放弃了百荷,他的心也放弃了百荷。

电影散场后,他送百荷回到他租给百荷的住处,在大厦的一楼门厅止住脚步,像个彬彬有礼的电视剧里常常现身的绅士。

有了看电影的经历,两个人似乎更加亲密,为了配合这种亲密,百荷的装束也有了变化,她的打扮有了时尚的元素。充实这些元素的资金来源当然是她的工资。老调重弹告诉百荷,他的真实姓名叫常世喜。百荷为了这个吉祥的名字捧腹大笑。常世喜看着百荷大笑,脸上也是灿烂的光芒,他为自己拥有这个女孩的笑容自豪。

二十天后,他不得不向百荷告别。按着他的安排,房子租期满一个月后,百荷回到家乡去,他劝告百荷,你一定要回到自己家去。老调重弹因为工作需要会前往另外一座城市。

告别之时,他看上去忧心忡忡,他说,你不要在城市闯荡,一定要回家去。话说到一半,他又为百荷解释,不愿意回去也可以理解。他转身离开的时候,像是从巷子口带走了这城市的一部分。

老调重弹离开城市的第一个清晨,百荷醒来后,下了床,踱到窗前,向下俯瞰,城市悄然醒着,或者说从来就不曾入眠,谁会舍得让深情入眠呢。

进一步观察,百荷发现即便自己站得这么高,任何地面上的商场、车库、学校,都在半空中的建筑里穿梭,都与自己毫无关联。这让她感到这个世界的虚幻,她把双手握在心口。她与老调重弹告别的巷子口,还守在那里,这个城市的巷口,依旧如此。他确实离开了,带着他特有的嗓音离开了,他的嗓音像是从她的身体里抽身而去。这种感受令她惴惴不安。

7

百荷踏上了城际列车,前往老调重弹工作的城市,应了他给予的友情,这是城市的一部分,她要回报他一个惊喜。

她早已接受城市,或者她本来就属于城市。百荷上了车,一只手将手中的油鸭子举得高高的,这是她带给老调重弹的,老调重弹最爱吃这个,就着啤酒。车上邻座的女孩像是在等待她的故友,主动向百荷问好,女孩很友好地对百荷笑笑,她还嗅了嗅百荷手里的油鸭子,真香！百荷点点头,心里比她还多了一句话,还甜。是去见男朋友？女孩又问,百荷觉得女孩的眼光很犀利。含糊地点点头,又摇摇头。

从起点到终点的征途都是可以收集起来的记忆,百荷下一步要努力去实现这些。百荷给老调重弹打电话,老调重弹,我马上要出现在你身边。老调重弹在电话里有些敷衍,别开玩笑,你怎么知道我在哪？百荷不担心找不到他的住所,她对身边的女孩说,我朋友在一家公司做策划。单调的旅程使两个女孩成了互相交流的对象。你朋友在公司里策划什么？什么公司？百荷摇摇头,老调重弹在那城市的住址,是她悄悄在他无意丢弃的快递单上看到的。她不愿意就此失去老调重弹这个朋友,失去相信红狐狸存在的朋友。

到达目的地,下了车,百荷已与邻座女孩交了朋友,她们两个手挽手,百荷很希望有个认识的朋友,在这个陌生的城市,比陌生更让她难以忍受的是孤独。百荷说,我们很有缘分啊!女孩笑了笑,她们沿着一条路向深处走。女孩问,你的朋友为什么住得这么偏僻?百荷回答说,他为了躲开家里人。

地点虽然安静,但查找起来也并不难,即使这里只是城市的一处角落,却也是城市的一部分。微小的,丰富的一部分。

两人很快到了一栋三层小楼前,楼里的几个窗口已经亮起了灯,二楼东面的第一家,房间里却漆黑一片。面对着一片黑暗,百荷有些不知所措。对着女孩莞尔一笑,她希望女孩离开,一个人体验失望。

也许他就在附近,打个电话,女孩善意地提醒道。百荷对她的善意有些恼怒,同时懊恼自己过于夸张地炫耀和老调重弹的情谊。借着远处的灯光却清晰地看到女孩眼里的尖利。

你确定是这个地点吗?女孩问道,语气里有着一种震慑力。什么意思啊,我有必要骗你吗?我现在让你给他打电话,女孩的语气低沉,神态很威严。百荷侧过脸打量女孩,她心里惴惴的有点紧张,表情里都是探寻。女孩四下里警觉地看了看,最后将目光落在百荷的脸上,百荷觉得她的目光里是无数盏聚光灯,刺得她闭上了眼睛,等她睁开眼,女孩亮出一本昭示身份的证件,直抵百荷双眼,我是警察,这是我的警察证。

警察跟踪老调重弹已经有一个月了,这一个月,老调重弹没有在网上招募新手下,他更多的时间是跟一个网名叫百荷的网友联系。警察顺着这条线索,发现他们的网上相识始于一年前。这对于老调重弹是个例外,因为根据警察掌握的情况,最多一个月,他就会中断跟对方的联系。警察调查到百荷是一个在校女学生,便明白,百荷不是老调重弹的猎物,也许是同伙。

老调重弹招募的都是这个年龄段的男孩子,他们的行动都是老调重弹策划的。这个策划简单,简单到只有两步,第一步团员自残身体局部,使自己受伤,第二步带伤碰瓷,索取钱财。老调重弹将卑劣的手段视之为创业。他们隔段时间就会作案一起。近一段时间正当警察埋下布控,收集证据时,老调重弹却长久地按兵不动,他千里迢迢赶去碧城租了房子又离开,似乎是金蝉脱壳。

蹲点的警察却发现了意外出现的百荷,也就是说百荷所有的活动都是在别人的监控下发生的。百荷脑袋里装满模模糊糊的生活片段,只有她和老调重弹共同欣赏的那场电影是清晰的,电影院里在他们的世界之外,还有另一个剧情在上演,百荷记起来电影院里有一种妖娆的气味经久不散。

介绍案情后,女孩端来一杯热茶递给百荷,现在百荷面对的女孩,是女警林迎春。

林迎春手上也捧了一杯热茶,耐心地等着百荷做决定。其实百荷下一步的行动她自己是没有主动权的。鉴于她和百荷在车上建立的友情,林迎春使用了特权,她给百荷时间考虑,让百荷将她的这段纯真无邪的感情有个安置。百荷手捧热茶,脸涨得通红,她内心的声音听起来不是愤怒,愤怒远远不能抒发她的心声,震惊也不够,喝了一口热茶,她很想问林迎春这是不是真的。除了这个疑问,百荷还有一丝悔意,她的悔意追溯到乡下美好平静的时光。

房间里很安静,百荷期待这种安静延续下去,这份安静弥足珍贵,分分秒秒不容挥霍。林迎春喝了一口茶,表明她的耐心是有限度的。林迎春站起身来来回回踱着步,百荷终于掏出了手机。

隔着茶室的玻璃,那栋楼的东头第一个房间依然是黑如暗夜,静如止水。林迎春点点头，瞳孔发亮，她站在那里示意。百荷瞧一眼窗外，柔和的灯光，灯光下稀稀落落的行人，没有一点异常，这是一个城市里平常的夜晚。

林迎春说，老调重弹住所周围埋伏了她的很多同事，包括她俩置身的茶室。百荷的手抖个不停，没有人理解，这个电话是在和他的声音告别，百荷的心碎着。

电话通了，但对方一直没有接听。百荷长长地舒了一口气，她看见林迎春的瞳仁暗淡下来，咧咧嘴，百荷露出了一个苦涩而抱歉的微笑。林迎春的目光是审视的，百荷在她的目光下低下了头，很识趣地低下了头，她听见了自己微微的喘息，局促，艰涩。我想你不知道，我们掌握的资料中，老调重弹的真实身份是一个农民，身份证上的名字叫李新，他在乡下有一位妻子，他们的女儿五岁了。

他以一个假的身份带着百荷认识了一个真实的城市，他们的足迹遍布这个真实的城市，他为什么要换一个假身份对待百荷，到底是他高估了自己的演技还是为了不击碎百荷的梦？他叮嘱过，不要找他，是为了自己还是百荷也许那不是他的心声，是城市的回馈，现在这一切对百荷都不重要了，眼前的现实揉碎了那些时光。

能告诉我，他为什么这样做吗？百荷问林迎春。她记得他曾经跟她说过，他的梦想是做一个普通、平凡的人，有自己的家和房子，他还羡慕百荷在乡下有一块地，他说过，他想有一块自己的天地。林迎春嘴角划过一丝让人不可捉摸的笑意，她说，这正是我们想问你们的。

百荷抬起了头，微微张大了嘴巴，她的目光到处乱撞，最后愤怒地落在眼前安静的手机上。这和我有什么关系？我不是他的同伙，我不是故意要找到他的。她的声音打着战，带着哭腔，我要回家，我要回我农村的家，她说。

手机没有一点声音，像是安然入眠的玩具，与游戏和阴谋共生，百荷拿起手机。林迎春却按住了她的手，语气严厉道，你现在必须配合警方，如果他来电话，其余的不许说，就问他在哪里。

百荷泪流满面。

她的沉默与安静停止了生长，而一种新鲜的青春的活力却发芽成长了。

第九章　水到渠成

1

春节前夕，腊月二十六。这不是个特殊日子，但百荷对每一个日子都有特殊的感情。

傍晚，林迎春约了田百荷在一家咖啡屋见面。她开门见山，我来做说客，送钱给你，是高强母亲的一点心意。

百荷的目光落在窗外。大街上，年味都掩藏在人们匆匆的步履中，春运的新闻占据着街心大屏幕的头条，城市空间里的每个人都在向家乡移动，一些气息，一些梦想也在追赶着度过新年。

昨天这个时间，她走出员工寝室。她穿着一件红色的羽绒服，行走在冬日冰冷的街道，在行人中像是一簇火苗跳动着。她沿着街道独自走，她在心里说，我要走遍这座城的每处角落，我要找到他，我要找遍这世上的每一处角落。行人擦肩而过，没有人听到她的心声。她用行走的方式在对每一个脚印做着告别，也许会耗尽一生。

后来，她见一家大型超市门前人头攒动，临时搭建的舞台上，主持人手持麦克风，站在寒风中，不断地向围观的群众介绍各式商品，重头戏是每间隔五分钟，主持人就会向人群抛出一件新年礼物，他抛出的礼物都是些钥匙扣之类的小挂件。百荷远远望着，主持人抛出礼物时动作迅速，像是抛弃他的累赘，而争抢礼物的人群却激情四溢，你推我搡，仿佛生活的全部重心顷刻间都转移在这件礼物上。

百荷随着人流走进了超市。一个商品的城市，琳琅满目。

临近春节，商家借助绝佳的商机，调整了商品摆放的格局。各式糕点烟酒，都摆放在醒目的位置。百荷在令人眼花缭乱的商品前流连，一排夺目的中国结和福字图案的剪纸吸引了她的目光，她久久地站在红色对面，脸色也被映红了。她身旁挤过来一对母女，在挂满中国结的货架上挑挑拣拣，女儿的身高刚好达到她母亲肩膀的高度，母亲搂着自己的女儿，一只白皙的手恰到好处地收拢着母女二人的兴致。

百荷选购了一些彩色的纸，最多的是红色。

在酒品柜组，百荷选了两瓶白酒，是买给父亲的。在鞋帽柜组，她挑选了一顶送给祖母的棉帽。到了收银台，她又转回酒品柜组，添加了两瓶白酒放在购物车里，这是送给五叔的。她心里清楚她挑选的这些商品最终会留在她狭窄的寝室里。

得知自己高考落榜，她并没有太大的失落。她在电话里安慰父亲，说她在城市里有了工作，工作很忙她找不出时间回家。她隐瞒了自己所在城市的地名，恰如父亲向她隐瞒了真相。父亲说，你回来，我要和你说个事，要不然，我们去找你。

我们是谁？她拒绝追问，因为她不肯面对取代母亲的女人，尽管母亲在她的心目中的形象越来越模糊，但韩美枝三个字已烙在她的心上。

她即将独自度过的春节，已经来到眼前，等待她独自走进去，毫无诱惑。

林迎春见百荷双眼注视着窗外,脸上露出了苦笑,这种苦笑出现在这个年龄段的女孩脸上有些矫情,但百荷的苦笑是发自内心的,她其实非常脆弱,却用坚强和倔强掩饰自己,她的掩饰反而适得其反。林迎春告诉百荷,李新请求我们不要惊扰你,他说,你救过他,他一辈子记着你。有一次你推开他,躲过了砸下来的屋檐。百荷低着头,她咬紧了嘴唇沉默着。林迎春接着说,那个垮塌的屋檐他们本来预备砸伤你,借此逼你碰瓷的。

百荷看见咖啡的颜色逃离了咖啡杯,成了她今后的生活之色。

她看见咖啡的味道以袅袅的形状向外溢出,那是她生活的味道。百荷不习惯咖啡的味道,但是倾心咖啡的颜色,也许咖啡的颜色就是梦的颜色,在异乡的梦里,梦是咖啡色的,而他会是什么颜色?

百荷的目光迷离地抬起眼睛反问林迎春,李新是谁?

然后,她沉默着。以一种少女独有的近乎完美的姿势,静坐于此。我不认识什么李新,我只认识老调重弹,她说。在城市里,她已经换了一种带有距离感的口吻说话,她不是刻意的。

咖啡屋里很暖和,整间咖啡屋就像是一座城。屋外的寒冷所向披靡,但城里是温暖的。

咖啡勺叮当一声落入杯子里,百荷端起咖啡一饮而尽,她把咖啡当成阴影,从此浓也浓不得,淡也淡不得,一如生活中的晦暗前景。

林迎春轻摇着手中的调羹,注视着咖啡的涟漪,对服务生说,再上一杯。接着,她对百荷说,李新被判了七年,他家里有个生病的父亲,缺钱,但也不至于过不下去,他的犯罪行为也许是虚荣心作祟吧。

百荷不搭腔,站起身准备告辞。她和林迎春面对面喝咖啡心里是有障碍的,绕过椅子,像是绕过了心里的一道坎。百荷站在椅子后面,身体露出了局部,面部表情却是清晰的。无论怎样的环境,都让她联想到那间茶室，茶室对面那栋楼，黑着灯的那间房。她推回桌上的那些钱，拿回去，我不缺钱。百荷向门外走去。

这案子跟你没关系，告诉我，你为什么一直在帮助高强。百荷停下脚步却没有转过身，如果她转过身，林迎春就会看见，百荷满脸的愕然之色正对着墙面上画着的一杯咖啡。

我知道你和高强成了好朋友，你们的友情对他的治疗帮助很大。林迎春对着百荷的背影进一步解释道，你不要介意，这次不是因为工作了解你的行踪。百荷并没有回头。她留给林迎春一个背影，一个人走出了咖啡屋。

室外，冷风扑面而来，夹杂着一些混合的气息。每一处灯光都在各自的角落璀璨着，咖啡馆留在她的身后，她沿着人行道向前走去。

跨过了年，步伐仍然不能停滞。这段时间里，百荷在城市里修复着一颗城市人的内心。这是城市的夜色，这是城市的嘈杂，这是城市人的面孔，像是构筑了壁垒。百荷从大街上拐入一条小巷，那些嘈杂声不仅生了双腿还生了翅膀，尾随了百荷。前方的巷口，洞开在原处。百荷站住，抬头看天，视线被各式雨棚以及晾衣绳分割，天空只是被分割的一部分，而那左右对望的墙壁一层层叠加的，像那桌上的钞票，而她是那杯咖啡。

高母叠加的钞票，明明叠加了对她的伤害，无处争辩，处处碰壁，他们不理解百荷，百荷也不理解她们。

2

百荷初次与高强相见是林迎春带的路。

汽车驶出城区，沿着笔直的大道一路向前。如果说市区的美得益于时尚与繁荣，市郊的美就更多源于大自然的恩赐，车窗外几乎处处是美景。天空湛蓝，田园开阔，绿色养眼。景色无声，车内，百荷也静默无语。林迎春专注驾驶，偶尔从后视镜里瞟一眼百荷。

连续的盘查与审问，她们的交流接近晦涩。

启程之前，两个人已经生疏了，由生疏到陌生。

审问是连夜进行的。林迎春已换掉便装，身着警服，表情严肃，百荷内心里是敬畏的，但同时心生戒备。她第一次被带到派出所，内心惴惴不安，表面上却强作镇定。

百荷咧嘴，勉强用微笑与林迎春打招呼。林迎春表情严肃，打开手里的笔记本，一副公事公办的姿态，百荷对她的姿态很排斥，却也不由自主站直了身子。林迎春挥挥手，表情僵硬地指了一把对面的椅子，示意百荷坐下。百荷悻悻地站着，林迎春继续用目光示意，目光空洞。百荷只好坐在椅子边沿，双脚用力接触着地面。

姓名。百荷直视着林迎春，眼睛里起了雾。她没有回答。林迎春接着问，姓名。百荷用力踢了一下椅子站了起来，她沉默着，目光直直地望向窗外，窗外的整个夜色被分割了，而她的一切也在支离破碎地溜向窗外。林迎春依然表情严肃但语气缓和地问道，姓名。

田百荷。百荷咬着嘴唇，低低地回答道，她的嗓音疲惫而拖沓。林迎春皱起了眉头。

我要回家。百荷脸色通红，两只手紧紧抓住椅子的扶手。

你这样子回家，难道很光荣吗？林迎春反问道，面色僵冷。你知不知道，有人因为你们的伤害回不了家？你知道吗？在被敲诈的一些企业里有人为此生意受到影响，家都散了。林迎春冷静地继续说。像是久别重逢，百荷被沉默包围着，曾经的，属于她的沉默。

你说说吧。林迎春启发道，说说你所知道的内幕，我给你说话的权利。百荷守着椅子的一角，寂静得像是椅子的一部分。不要磨洋工。林迎春催促道，语气严厉。

我什么也不知道，我没做错事。百荷嘟囔着轻声辩解，双手渐渐松懈下来，双腿支撑着站起了身。窗外投进一缕灯光射到百荷的脸上，她眯眼凝视片刻，脸上的红晕渐起渐褪。

我给你说话的权利，林迎春重复道，但是百荷沉默着。最后，她抬起头，直视着林迎春。

她说，我想看看受害者，我能去看看受害者吗？她将目光凝聚在林迎春的目光中，语气恳切，我想去看看受害者。

你们年纪轻轻，为什么不务正业？林迎春说，目光凝视着百荷。她看到百荷的目光纠结着一些愧疚之意。略一忖度，她说，天亮后，我带你见见高强。

3

汽车驶过了一片林区，到达一片开阔地带。

直到窗外的景色静止不动。百荷整个人也像是静止的。这不是她的目的地，她被不安和惶惑拖拽着，无法起身。我不下去，为什么带我到这儿，我只是想见见受害者。百荷牢牢地抓住安全带。下车。林迎春命令道。

百荷下了车。这是一家康复中心。什么性质的康复中心百荷也无意打探。接近中午时分，碧城的天空从来就很纯净，阳光也很热烈直接。但这些都不属于她，她被警察带到这里，这里不属于她，她不知道自己该从哪儿离开。

百荷不想暴露她内心的疑虑和胆怯，匆匆瞥了一眼门牌下的一行小字,心灵栖息地。百荷的心脏一直被无形地拖拽着,几乎无法承受。百荷不安地看着林迎春,戒备地问道,带我来这里干什么?测谎?顷刻间,百荷心里的委屈倾泻而出,她不想和警察成为对立面。我说过了,带你见一个人。林迎春冷冷地回答道。

什么人啊?百荷牢牢地环抱住路旁的一棵树。坚决地说,我很正常,不需要看精神医生,我只是想看看受害者。

我带你见的这个人就是李新案件的受害者。他的名字叫高强。说出这个名字后,林迎春目不转睛地注视着百荷,她的目光带着锥子直抵百荷内心,你想见受害者是心里有愧?希望利于结案。百荷咬下嘴唇,摇摇头,她说,我不该住老调重弹租的房子,我不该花他犯罪得来的钱。我太傻了。

高强本科毕业,通过互联网平台投递了简历求职。简历一发出便有了回复。他应聘到李新的公司,很快得知了公司的犯罪行为。高强设法逃离了公司,并拨打了举报电话。

脱离了犯罪团伙,高强却无法脱离自己,他的这段经历是人生的一段阴影,不仅打击了他的自信,还使他对一切心灰意冷。归来后的高强心里堵着一扇墙,他容留了自己的怪癖,除了对每一扇他能坦然面对的高高的墙壁狂喊,李新,我不会放过你,他对一切保持沉默。

女朋友无法容忍他的乖戾,断然与他分手。收到女友分手的短信,高强更加沉默了。

百荷沉默着,想象在脑海里纵横交错,伤痕遍布。

在被敲诈的企业里,有的为此生意受到影响,家都散了,高强也是受害者，心灵的伤害。林迎春冷静地继续说，语气包含谴责。

百荷默默跟在林迎春身后，她放轻了自己的脚步，她的内心拖拽着自己的身体，她的整个身体越发沉重。辩解是徒劳的，百荷的面部表情变化没有逃过林警官的眼睛。你应该清楚，不坦白，等待你的结果会是什么。她冷冷地说。

疗养院内部的风景一样如画般美丽，一切都井然有序。树站在路边，长廊里摆放着整齐的藤椅。百荷并没有看见想象中的疯癫场景，只是她们的初来乍到，迎来一道道好奇的目光，百荷不敢直视那些目光，那些目光很涣散，像是翩飞的萤火虫带着的忧伤。她们一路走着，始终无法驱逐这忧伤。这忧伤来自内心，这是城市治疗内心创伤的医院。这让百荷很不自在。

在走廊的尽头一间病房门外，林迎春停下了脚步，百荷站住，心跳突然加速，她的慌乱无法掩饰，目光也无处安放，她低下头，盯紧自己的脚尖，地面光洁如镜。林警官拍拍百荷的肩膀，别紧张，他不和任何熟悉的人相认，我是他唯一信任的人，他对信任的人很友好。说着，她敲着门喊道，高强，我来看你了。

百荷抬起头，出现在百荷眼前的是一个五官帅气的小伙子，手里拿着一本书。他的头发软软地卷曲着，发型很时尚，他撩了一下头发，目光毫无生气。百荷鼓起勇气，迎接了他匆匆的一瞥，他的目光接触到百荷慌乱的眼神一下便亮了起来。亮起来的目光里有无数的欣喜在翩翩舞蹈，像蝴蝶在飞。只是目光闪着光亮，无法掩盖他身上散发的深色的默然。

静默冲向百荷与林迎春。

高强，好久不见了。林迎春响亮地打着招呼。高强的目光却黯然转向了墙壁。没有语言，百荷却认为她很快熟识了他。她熟悉他的沉默。

他以沉默拉开了与外界的距离,他们却以沉默,默默接近彼此。

高强突然转身面对着房门匆匆一瞥,目光飘荡起来,紧接着,神色忽然很凝重地对着林警官道,李新,我不会放过他的。我不会放过他的。他的声音有渐渐高亢的趋势。林警官提醒道,高强,过去的事不要提了。高强脖颈上的青筋暴起,像是爬上了一条绵软的蚯蚓,百荷附和着林迎春安抚道,有时候打击也要换成动力的。这句话是百荷最近总结出来鼓励自己的,她现在也要让她思想的火花点燃一个黯然的灵魂。高强脖颈上的蚯蚓消失了,百荷不由得暗暗长舒一口气,林警官对她微微会心一笑。

这是一间单人房间,收拾得很整齐,阳光暖暖地射进来,在写字台的书本上投下了金色的光芒,但这光芒是静默的。

高强与百荷的距离非常近,百荷闻到了他身上一股清新的气息,这股气息是人生中宝贵的青春时光所特有的。百荷不无遗憾地想,这气息不应该虚掷在这促狭的空间,它应该在阳光下尽情挥发。

窗外一位护士穿着淡粉色的制服飘然而过,就像是一抹遗憾悄然离去。

她的心剧烈地揪了一下。她将目光牢牢地盯着高强。终于,他们的目光沉默地相遇了。百荷在他的目光里找到了自己的目光,她被这目光打动了,纯洁得一尘不染,涤荡了世间所有的杂物。他不说话,沉默着,百荷的沉默与他相遇了。接着,他的安静翩然而至,百荷的安静与他相遇了。

叶露,你终于来了。高强突然开口说出了第二句话。

高强激动地点着头,伸出手想要拥抱百荷。百荷僵立着,林警官这时候突然一把拉过百荷,脸上泛着姐姐般的慈爱,严厉地说,我和叶露会监督你的,你可要好好表现啊!林迎春忽然悄悄拽住百荷的手,像是传递着一种无形的压力。百荷迅速进入了角色,也许为了更逼真,也许是发自内心,百荷脱口而出说出了自己的电话号码,和 QQ 号。后来,百荷确信是这组号码自己跑出来的,像是百荷的剪纸,它会帮助高强重塑原来的自己,这是她的心意。百荷看见,这两组号码瞬间就点燃了高强眼中的火苗,百荷看到高强目光里的火光,它和自己的火光相遇了。沉默之外,她像是留下了什么。

离开疗养院时,林迎春说,高强很狂躁,今天是个例外,居然说了话,高强与女友分手后认为所有的女孩都是叶露。

回程中,百荷和林迎春一路无话。临近市区,林迎春接了个电话,挂掉电话,她在路边停下了车。她说,你确实没有撒谎,李新全部交代了,你也确实和他们不是一伙的。她说,记得今后不要轻信网友。林迎春看见百荷的眼睛里起了雾。

百荷却像遗留下了什么,除了那串形态各异的号码,她将目光投向远处,她的目光像是相中夜空里的一个角落,直接落在了那里。

百荷一直沉默着。林迎春再次启动汽车。到了市区,下了车,林迎春见她欲言又止的神态,问道,你还有什么要说的?百荷直视着林迎春的脸庞,她问,我想问一下,这个高强,他有妈妈吗?林迎春没有直接回答,她边走下汽车边问,你问这个干什么?百荷咬住嘴唇沉默了。

你不是叶露,回去换个电话号码,免得高强打扰你,林迎春临别时叮嘱,百荷的疑问,她并未解答。

4

百荷独自来到了疗养院。

她走进疗养院大门时,没有遇到任何阻拦,像是没有任何障碍,这出乎百荷的意料，这情景像是暗喻人们在生活中随时可摆脱精神困扰。

她来陪伴高强，而陪伴百荷的是另一个自己。进入高强房间后，百荷静静地站在角落里，房间里唯一的一把椅子上，高强正襟危坐。他们沉默着，直到百荷离开。

相隔两天，百荷接到了高强打来的电话。

他说，你已经两天没来了。这是百荷听到他说的第三句话，单独对她说的第一句话。他终于开口说话了，对她。

高强跟着这组电话号码，像是洞悉了时间的缝隙。电话那头传来微微的喘息声，像是在试探，百荷这个年龄是很希望生活不要按部就班的，一眼看不到头的生活才会有吸引力。百荷说，我懂你的沉默。这是百荷对高强的第二句对话，像是语音的开启键。

她也不希望对方挂掉电话，但又被不安包围着，不知接下来会发生什么。

你不是叶露，你是谁？喘息声换成了高强的语言，这是百荷听到他说的第四句话，百荷浑身一颤，手中的电话落在地上，粉身碎骨。百荷注视着脚下的碎片，那组跳跃的号码奔跑而至，在她目光栖息的角落里璀璨生辉。

这个手机是她目前最值钱的家当。百荷在房间里坐卧不宁，她不忍心，想起高强的目光，像是自己丢在那里的一束目光，渴望的目光。这个突然中断的电话可能会掏空高强内心残存的希望。

百荷急忙打开电脑，登录 QQ。高强果然在等待，遇见百荷，他马上迫不及待地问道，电话怎么挂断了？百荷敷衍道，对不起，没电了。高强静默了一秒钟，你撒谎，手机掉到地上摔碎了。

百荷慌乱地抬起头环顾四周，寝室里的照明灯发着微弱的光芒，四周安静而和谐,她的心里的惶惑却无法逃离无形的眼睛。像是洞窥了她的内心,高强发过来的一句话让她的不安渐渐地消散,他说,别害怕,我在你面前是真实的高强。

她的倔强上来了,她的勇敢不容置疑。她回道,你有什么好怕的,我只是有些吃惊。高强绕过了这个话题,再见,我会还你一部手机。

下了线,百荷匆匆关闭了电脑,老调重弹依然留在那个虚拟的世界里。

百荷到街上用身上仅有的钱,买了一部便宜手机。手机刚开通,她便接到高强的电话。他在电话里说,你接不接受,我都会买一部手机送给你。

挂断电话,百荷冒出一身冷汗。她觉得自己像是从战场上打了败仗的败兵,疲惫不堪。她不应该把高强当成一个病人对待。

高强与她有了交流,是正常还是异常?是接近他的从前还是背离他的过往?她断定自己的一次沉默的陪伴,取得了他的信任,他其实并没有遗忘倾听和倾诉。这该是高强的一个秘密。分享了他的秘密,她不知道该如何保守这个秘密,这个陌生的秘密放在心里,会一点点发芽,拿到阳光下,会因为阳光的暴晒暗淡枯萎。百荷决定保留这个秘密,直到高强愿意公开自己的秘密。

她无法抛弃高强的眼神。他的眼神总是在她的眼前出现,忧伤的,寻求的眼神。这也是这座城的秘密,这也是这座城众多的眼神中的一个。

百荷的耳边时常响起杂乱的脚步声,不离不弃地追着百荷。你帮帮我,让我出去。高强会在百荷的睡眠中将她唤醒。

早晨起来,城市一如既往醒着,它的时间与空间或许早已失去存在的意义,城市只是作为一种姿态安静地容纳一切。

百荷总是看到高强的目光在期待着她，她走在路上时，它落在前方，广告牌，行道树，有时被接踵而至的行人踩在脚下，又倔强地跳了起来，带着伤痕依然跟随着百荷。她像是这目光重回城市的使者。携带着这目光的重负百荷两眼发花，双腿无力。他的目光在说话：我要回到我从前的样子。

她独自在城市生活着，他的目光跟随着她，起初惴惴的，接着成长至明亮。

这一天，百荷独自来到疗养院，她不由自主被那目光带领着。她放不下那目光，像萤火虫的目光，像黑夜的闪亮的目光。百荷像是来捡回自己的目光，她的遗落在成长道路上那些眼巴巴的目光，她要给那些目光装上翅膀，或者照顾那些目光，她不愿意那些目光受到冷落，她品味过那冷落的滋味或许会弄弯一个人生活的腰。

这一次，出现了门卫。他首次出现在百荷眼前，却像是始终守在此处。像是生活的眼睛。

门卫是个戴眼镜的老者，满脸敬业的表情，将百荷上上下下打量一番，还是摇摇头，这里不是随便可以进出的。百荷不甘心，进一步央求道，我是高强的妹妹，我来看看他。门卫摘下眼镜擦一擦，对百荷的央求并不买账，他的目光转移到百荷手上拎的水果，目光一动不动，嘴巴却动动说，高强不爱吃水果的。百荷眼睛一亮，将水果递到门卫手中，讨好说，这个留给你解渴吧。门卫嘴角露出一个诡秘的微笑，他向百荷招招手，因为不明白对方的动机，百荷警惕地挪了一小步。门卫又一次招招手，这下她明白了，他是向自己的耳朵招手，百荷将耳朵送过去，她听到门卫沙哑的嗓音，向右转五百米，你不要担心，这里只是疗养院。

沿着耳朵得来的方向，五百米后，百荷果然看见有一扇侧门。这侧门,行人来来往往得到很多人的宠爱。跨过侧门,百荷没有任何阻碍地跨进了疗养院。

明明在艳阳下,她却像是进入了秘密通道,通往人内心里的隐秘之所,她像是肩负某种不可言说的使命。

疗养院的景色似乎也别有洞天,成片的草坪,绿色植物长得郁郁葱葱。百荷见到高强时,他正在看书,非常专注。静静地站在门外,她觉得高强看书的姿势很好看。安安静静,一点也不疯狂。疯狂这个词用在高强身上仿佛有些牵强,他看上去非常正常。我知道是你,进来吧。这是这天他对她说的第一句话,语气平淡。

高强的目光依然专注于书本,他的声音却飘了过来。他每一次都能制造一种诡秘氛围。

她依然站在门外问道,你怎么知道我来了?这是百荷这天对高强说的第一句话,我希望能陪陪你。紧接着她说了第二句话。高强合上书本站起身,听到脚步声了。百荷接着问,你怎么知道是我?高强反问道,我刚才说知道是你了吗?悄悄舒了一口气,她心里一直揣着的惶惑现在纷纷逃离。高强站起身走到他的身边,百荷的心莫名地收紧了,她的神态似乎让高强改变了主意,他礼貌地说,你好像有顾虑,我们去外面走走,外面的空气很好。躲闪着高强的眼神,她摇摇头,又点点头,高强宽容地笑了笑说,我想让你陪着我。

百荷陪伴着高强。除了以上的对话他们是静默的。他走在前面,她跟在后面。时而,他停下脚步。她便和他并排伫立着,他们的眼前是草坪或者修剪齐整的灌木丛。生活与人生也处于如此的行走之中,他们沿着院子走下来,百荷便告辞,她不说话,只是挥挥手。他们之间的沉默张开了翅膀,慢慢飞离了一些

5

一个傍晚,百荷在心灵栖息地的院门外邂逅了高强的母亲。

疗养院远离公路,要走到公路上的车站还有一段距离,想赶在黑暗的前面到达站台,百荷步伐很快。但她的脚步被一辆尾随而来的轿车阻止。姑娘,等一等。姑娘,我是高强的母亲。轿车的驾驶员是一位端庄的女人,一边喊着,一边泊车。

下了车,女人试探地问,你是叶露?百荷灵机一动,点点头。但女人摇摇头,长叹一声道,你怎么可能是叶露。百荷不想让自己的目光泄露她和高强的机密,只好低头看自己的鞋尖。女人似乎也不期待百荷的下文。她自顾自说道,我是高强的母亲,你和林迎春一同来过,我知道你是谁。事实上,高强的一举一动都受到监视。

百荷讶异。她低着头,吞吞吐吐,我没有恶意。说完了这句话,百荷闭上了嘴巴,她的善意她无法描述,她的沉默又无法解释。

女人无奈地摇摇头,嘴角划过一丝苦笑。我不明白你为什么接近高强,但你这样做会使他不孤单,我还是感激你的。你要多少钱,开个价。百荷连连摇头,她不要钱,她也不想谈钱。女人却并不在意百荷的回答,接着说道,我想让高强回到原来的生活,抹去这段记忆,想让他像原来一样,花多少钱都愿意。高强的母亲停顿了一下,接着问,你知道他原来的样子吗?百荷仍然摇头,她的沉默摇摆不定。

上车吧,我带你去一个地方。百荷站在原地不动,她懂得高强的沉默,弄不懂高强母亲的逻辑,她不明白这和金钱有何关联,无故上了车,她不知是否要为乘车买单。

你是个好孩子,肯这样帮高强,我要谢谢你,我知道你在宾馆工作,要是耽误了工作，我会付你工钱，或者你辞掉工作，我雇用你，只要能让高强开口说话。女人试图进一步说服百荷。

我不要钱。百荷打破沉默，表明了自己的立场。还有一种心思，她没有表达，她辨别出女人的所为出于母爱。她羡慕的母爱，她未曾享有，但是她愿意离母爱近一点，她恍惚觉得她不是和女人在一起，她是和母爱在一起，她愿意被母爱征服。

女人看看天色道，上车吧，天很快要黑了。百荷抬头看看天，天边的一抹夕阳挂在树梢上。夜色近在咫尺。

你上车，我马上带你去见一个人。女人下了决心，像是抛出一个重量级的诱饵诱惑百荷。女人眼圈一红，声音里有了悲怆，你是个好孩子，见了这个人就有答案了，你就明白高强有多么固执，我们做父母的难处。女人的红眼圈让百荷动了恻隐之心，况且黑暗已经吞没了她的脚尖，百荷上了车。

女人开车的姿势也很端庄，尽管她脸上的表情还残留着悲伤。她握着方向盘专注前方，柔声问百荷，你饿了吗？百荷摇摇头，却兀自恍惚了，是母爱在向她询问。她既感动又温暖。尽管她内心忐忑，自己本来是一幕戏的旁观者，却不知不觉被卷进了剧情，下一节该是怎样的内容？她不免心事重重。女人见她沉默不语道，你别担心，你是个好女孩。林迎春说了，那些事跟你没关系。百荷注视着车窗，夜色尾随着汽车，她的眼里没有风景。

进入市区，女人又一次建议，我先请你吃晚饭吧。百荷摇摇头问道，你带我见谁？人在哪里？女人明白百荷内心的急迫，她说，我带你去见她，但不许对高强说实话。百荷犹豫了。女人看出了百荷的犹豫，她说，你要清楚这一点，我求你多陪陪高强，我不会亏待你的。

百荷摇摇头，又点点头，她在向母爱妥协。

百荷跟随着女人进入了一家KTV。女人觉察了百荷的狐疑，她说，高强只愿意和你交流，你也该清楚一些真相，这样有利于高强恢复到原来的样子。

长廊上歌声袅绕，到处都是暧昧的灯光，女人到吧台点了一个包厢，随后又要求夜来香服务。夜来香是谁呢？百荷心里满是好奇，同时已经有了一种预感。女人见百荷神色露怯，体贴地说，这种场合没来过吗？确实未曾身临其境过，但是这个场景与电视上无异啊。百荷并没有摇头，只是不屑地微微地撇撇嘴，她不希望被别人轻视。

百荷和女人坐在包厢里，等待，等待夜来香。音箱关闭着，整个空间露出怪异的表情。

厚重的隔音门被推开了，一位打扮清新的女孩像是一股风飘了进来。五光十色的灯光下，女人与百荷，以及女孩的脸时时变换着色彩。

女孩直直地注视着女人和百荷，目光讶异。她斜睨着电视屏幕，啪地打开了音响。大着嗓门道，二位，很荣幸为你们服务，让我们一起嗨起来吧。她的煽情并没有感染女人和百荷。

女人脸色凝重，百荷满面疑惑。见客人未被带动起来，女孩撩了一下垂肩秀发，拿起话筒尖刻地说道，我的服务是计时的，你们不点歌，别怪我没工作。

女人终于开口道，叶露，过去的事你不承认就罢了，你帮帮高强不行吗？女孩忽然摔了话筒，尖声叫道，我说过了，我不适合高强，你看见了，我在这种场合上班，跟高强门不当户不对。

女人的眼里有了泪水，在灯光下闪闪发亮，那璀璨的微小的光芒打动了百荷。她也终于弄清了女孩的身份，她插话说，你是叶露？高强只认你。女孩陡然变了脸色，满脸鄙夷，那是他的事，跟我没关系。女人擦净泪水，语气平稳地说，好了，你也不要以工作为借口，你喜欢这份工作，你做好了，我说过了，为了高强，只要你肯回到他身边，帮他恢复到原来的样子，我什么都不计较。

女孩打断她的话，提高了声调，现在求我回去了？为了高强，谁为我呢？谁又会为我们呢？我已经不爱高强了，神经病！

女人浑身发抖，脸色煞白，气愤地呵斥道，不许你侮辱我儿子。女人站起身，拽了百荷的胳膊，我们走。叶露在身后叫道，不用付费了，算我倒霉。她的声音就像是追过来一记重拳，女人脚下一个趔趄，险些跌倒。百荷的脸色通红，她高声抢白女孩：我们不差这点钱，女人却紧紧捉住百荷的手，算了，她肯离开高强也是我的福气。

女人告诉百荷，叶露其实有了男朋友。女人来这里是第五次，第一次，她甚至付了叶露出场费，求她出面劝劝高强，叶露收了钱却并未去见高强。女人说完，脸上带着深深的自责，我的高强太任性了，我们也在为自己对他的宠爱付出代价。

女人的肺腑之言让百荷动容，同时拉近了她们之间的距离。

女人将百荷送回她的房间，路上，她请百荷吃了这个城市的年轻人最喜欢的情侣餐，百荷不愿意女人破费，但是女人对百荷说，年轻人应该追求自己的爱情，等到老了会觉得这是奢侈，你陪着我享受一下。看着那份套餐，这份套餐叫作老伴套餐，让人回味，让人联想，让人感到温馨。和女人面对面坐着，世间女人对待自己的孩子无论走的是怎样的路，出发点都是母爱，她忽然想起自己的母亲，她长这么大还没有和母亲这样温馨地用过餐，百荷细嚼慢咽，让时间静静地流。母爱是如此琐碎如此脆弱如此让人留恋。母亲给自己的爱走的是哪条路呢？百荷开始羡慕高强，羡慕他拥有的母爱。

用餐过后，女人执意要送百荷回到住处。女人进屋后，摸了摸百荷的被子，太薄了，孩了。女人又看了看墙角的水渍，这房间太潮了，孩了。百荷沉默着，恍惚看到母爱的形状，就是被子般的形状，温暖地包裹着每一个睡眠。百荷依稀觉得自己渴望过这种关心，同时她也在奢享母爱，她说，没事的，我挺好的。百荷发现母爱一旦细腻总是让人感动。阿姨，可以把高强接回家的，那里的费用很高的，百荷建议女人，女人神情凄苦，高强坚持不回家，我们没有办法。

女人离开时，拉住百荷的手细细抚摸，孩子，今天我感谢你陪着我，也感谢你去看高强，感谢你陪伴他，我的高强他太孤单了，可是他却拒绝我。女人的母爱使她变成了母亲，也放下了对百荷的戒备。想让高强回到原来，他得忘记叶露。百荷说。

百荷想不到自己的行为会收到感谢。阿姨，你的感谢我承受不起的。女人摆摆手，优雅地说，我带你见过叶露，不要告诉高强，他会受不了的。百荷点点头，我懂的。懂是懂了，但是她并不赞同对高强隐瞒事实。

女人走后，百荷又一次去了KTV，在大厅的舞台上看到了正在表演的叶露。昏暗的灯光下，百荷坐在角落里注视着叶露。叶露歌声饱满，情绪也很饱满，她不时地对着台下丢着飞吻。

6

第二天，百荷去找领班请假，领班一脸诧异，挖苦说，田百荷，一旦请了假，满勤奖就没有了，你现在也奢侈到请假了。百荷对领班的冷嘲热讽早已领教，她怎么不心疼钱呢，满勤奖整整一百块，一百块可以吃情侣套餐的一半。百荷都吃过别人请的情侣套餐了，怎么能太计较个人得失，惋惜自己的满勤奖。但是她不打算谈论下去,她要去挽救一个沉默的灵魂,灵魂能用金钱衡量吗?百荷大方地说,我不缺钱花,我不要满勤奖。领班尖声叫道,田百荷,你就是穷大方,穷大方,你看看你这双鞋子从春天穿到秋天。百荷看一眼脚上的鞋子,像是自己身上一样多余的东西,百荷脱下脚上的鞋子,扔到垃圾箱里,这双鞋子我不要了,领班可不可以借我一双鞋子?领班摇摇头,百荷在她眼前像是变成了怪物,领班的眼睛瞪得大大的,像是双写的"○"。

不借,我只好打赤脚。百荷嘀咕着,我心疼袜子,只好光脚板走路。百荷脱下自己的袜子,光着脚板站在领班面前,乞求道,我要请一天假。领班的眼睛从"○"变成了"一",头点得像贪食的小母鸡,我同意,我同意。百荷打着赤脚奔向宾馆大门。领班尖声叫道,田百荷,你回来,我借你一双鞋。

这一天,百荷穿了领班的鞋子跑出宾馆直奔疗养院。鞋子有些小,百荷的脚尖磨起了水泡。百荷将疼痛视为对自己的锻炼,她一路龇牙咧嘴但坚持让鞋子坚守阵地。她到了侧门旁若无人地跨进大门,第一步平平静静,第二步,百荷一只脚悬在空中就听到树丛间一个声音传来,不许进,你找谁?百荷没有见到人只是听到喊声,脚落地,迈开第三步,那个声音又传过来,面相狡猾的那个小丫头,说的就是你。来来往往的人都将目光投向百荷,百荷不断地回敬他们白眼。但是这些目光锐不可当,依然饱含责问地投向百荷,不禁令她心虚,她气鼓鼓地走到正门。门卫显然正翘首等待,马上热情地喊道,我喊了两次话,你就止步了,你是个好孩子。他适时地发难,看来是有什么诀窍。

百荷要一探究竟,她不顾门卫的阻拦推开了值班室的大门,一排监控视频使疗养院的角角落落一目了然。

高强房间里，他的面前摊着一本书，目光却对着墙面，像个打发时光的老者。工作重地，闲人免进。门卫见百荷两手空空，失望地说，你就这样来探望人家。百荷认真地说，带了的。老人用商榷的语气友好地说道，这里给他钞票没有用的，去买点东西最好了。百荷脸上都是媚笑，通融一下，我先进去，出来时买来送给你，好不好？她挤出来的笑容，是陌生的，但奇效胜过沉默。老人点点头认同道，也是啊，里面的这些人多少疯疯癫癫的。你快去快回。他嘱咐百荷，他的嘱咐就是通行证。

瞪着旋风般卷进房间的百荷，高强敏捷地从椅子上跳了起来，双手握拳前推，双眼如炬，燃向百荷，那火苗朵朵都是警惕，高强退后一步随时准备出击，但是他没有迎来真枪实弹，他迎来一顿铺天盖地的指责。

高强，你身在福中不知福，你妈妈为你流干了泪水，你却在这装疯卖傻，你长了一副猪脑子，为叶露这样的女人，你让妈妈伤心。高强，你信不信我一脚踢翻你。高强像是被一连串的子弹击中，虽然知道自己的语言也是回击的武器，但是，他早把百荷的谩骂联想成事实，不堪一击的事实才是击倒他的武器，高强垂下双臂，瘫坐在了床上，百荷才住了嘴。

百荷脱掉了脚上的鞋子，神情突然落寞了，语气缓和下来，高强，你虽然不多说话，但你听我说，你就是当我是朋友啊，我今天说完话，今后就不想说了。百荷瞥了一眼高强，高强，你不知道那个套餐有多好吃。晃了一下双脚，她脚上的水泡气鼓鼓的很可爱。你妈妈的身上还有一种特殊的香味，我小时候想妈妈的时候就喜欢抱一个枕头在怀里，你妈妈身上就是那个味道，我真羡慕你呀，是她的味道让我来劝劝你。

高强嗅了嗅鼻子，眼珠转动着，终于，他闷声闷气地问道，我怎么没感觉？你自己没妈吗？

百荷抓住了对话的开端，立刻回答他，我没妈，想闻也闻不到，你没感觉是你没有用心闻！遭到了抢白，高强却并不辩驳，他望向百荷，目光却飘忽不定，直至飘向了窗外。我都不理我妈妈的，他接住了百荷的对话，声音轻飘飘的。百荷又一次提高嗓门，没出息，用自己的错误惩罚亲人，好卑鄙！这一次受到批评的高强脸色通红，急于辩解。又找不到有深度的句子，简单狂喊道，不是这样的。

话音落地，百荷突然拍起了手，她为自己的掌声做注解，太好了，你终于为自己辩解了，太好了，我的激将法打退了你的沉默啊。

拍着，拍着，百荷紧握自己的双手，像是握住了掌声，眼角湿润了，语调带着怅然，百荷说，高强，要是有人这样打破我的沉默该多好啊，我都是依靠我自己啊。

7

她陪着高强由秋天进入了冬季。像是形成了一种默契，他走在前面，她跟在身后，春天里卸去的花朵，绿叶茂盛着直到秋季，他们并不寂寞。在城市里，这个角落，安静得像家一样的角落。

他说，你这样陪着我，我该跟你说一说死在我心底的女孩。她活着的时候，像花一样。雨滴敲打着回廊的顶棚像是伴奏。

天底下的俗人，有了恋情才会脱俗，恋物或者恋人，要别人看不懂才算脱了俗，自己的心里才会保留块圣地。高强的心里的圣地就是叶露。他恋上叶露是因为叶露的无礼的个性。

叶露是他高中的同学，中学阶段，高强是品学兼优的好学生，他上课时旁若无人的态度是老师最欣赏的，眼睛里只有知识，这样的学生考试次次是高分。

叶露考不了高分,她上课时总会制造出各种声响。无人配合,她就会嚼着口香糖,用鞋底的摩擦制造声响。轮换座位时轮到她坐到高强的身边,高强很反感,脸上整天冷冷的,不苟言笑。

叶露下课时和女同学打了一个赌,她说,如果高强上课时笑一下她掏十块钱,他笑两下她掏五块钱。若是哈哈大笑或者不笑,那就不赌了。她高声宣布她的赌局,然后挑衅地瞪着高强,我就是看不惯你这态度。她说这句话时,歪着头,斜着眼睛,以便让高强感受到她的轻视。高强不懂她一贯的骄横无理,通常不去招惹她,他平白无故地成了她的赌具。他对她的无礼虽然气愤却依然保持事不关己的态度。他拿起课本埋头看书,这个举动彻底惹怒了叶露,她粗暴地掀翻了他手中的课本,异常尖厉地叫道,你连个嘲讽的笑容都没有吗?面对眼前的残局,高强嘴角抖了抖,站起身冲出了教室,他一路狂奔,在校园一个无人的角落蹲下身子抱紧自己放声大哭。他原本是想微笑的,因为捕捉到了叶露眼神里的焦灼的探寻,以及关心,他识破了她对自己表达关心的方式。

他感激她的关注,将叶露的行为理解成特殊的关心。这个女孩的身影常常出现在他的梦里,他喜欢这样的梦,弥漫着野花的香气。他的泪水又为自己感到悲哀,他忘记微笑了,他把笑容丢在了哪里?他为什么丢掉了笑容?他是一个幸运儿,家境优越,父母也有成就,他们对他的期待很高。他其实觉得奋斗毫无意义,他喜欢天文,但是父母说,这是没有前途的。他有什么好笑的?他是父母手中的宝,同时也是一样道具。

他和百荷恰恰相反,他所有的举动都为了摆脱母爱的束缚,他想躲避城市逃避这种被绑架的生活

有了那次交锋,他和叶露在高中的最后几个月相处愉快。毕了业,自然就走到一起。他们最喜欢做的事就是去看星星,到郊外,到海边,到碧

城。有一次,他说要送给叶露一颗星星,自然就是那枚钻戒,那是他们的星星。为了让这颗星星落户叶露的手指,高强一直想办法筹钱。叶露父母都是菜农,家境一般。父母自然不认可他们的关系,他自然不向父母伸手。他求职,于是遇到了老调重弹。

案件侦破以后,他成了父母眼中的患者。为了一个女孩子断了手臂,行为有失体统,太不可理喻。他的行为颠覆了父母对他的希望和信任,他是在一次睡眠中被父母护送到这里的,醒来后,叶露在他的生活里消失了。他拒绝相认所有的亲人,他们为他奔波,他用假面抗争。

那个叫叶露的女孩像是一朵开在幽暗角落里带刺的玫瑰。

你坚持不出院,你为叶露这样做?百荷问道,高强双眼无神地摇摇头,无奈地说,她扔下我,她死在我心里,我不想出去,找到她也毫无意义。我就做个父母眼中另类人好了,反正他们随时都在监视着我。

环顾四周,除了怡人的景色并没有什么异常,远处一位秃顶的老人正对着手中的小镜子做着有趣的面部表情,自娱自乐。百荷收回目光,心情也有些沉重,她同情地看着高强,他沉浸在往事中,往事没有迷茫仅有回味。他的眼角微微下垂,像是因为悲伤不堪重负,他的悲伤不合时宜却令人怦然心动。

百荷说,叶露的生活里早就没有你的位置了,你明白吧。高强摇摇头,一字一句地说,她死了。

她活着。百荷态度鲜明,表情坚决。是你自己的心死了。真不值得,你也应该忘记一个不需要你的人。高强忽然提高嗓门冷冷地说,我不用你教训我,你来陪我,找我母亲拿钱吧,让我母亲付你工钱,你可以走了。

高强提到钱,刺伤了百荷。百荷摇摇头,我不要钱。那你凭什么帮我？高强追问道。百荷说，我没有帮你，是你在帮我，你不知道，你妈妈身上的母爱的味道有多好闻，你不知道，我一眼识破了你的沉默。

高强皱着眉头四下看看，忽然咧嘴一笑。百荷心里惴惴的，隐约觉得自己在冒险，险情是由高强控制的，而她仅凭着感谢打动高强。高强说，我该离开这儿，我该回家过年了。

傍晚是悄悄来临的，百荷离开时光明正大走了正门，门卫低头在看报纸，嘴里念念有词，像是一切与他无关。一切，似乎未曾存在。

两天后，高强主动提出离开疗养院。

得到医院的通知，他母亲急忙赶来，远远地，高母看见自己的儿子正和医生说着话，腼腆的、谦逊的笑容回到了高强的脸上，他眼神里流动着聪慧的光，高强向母亲挥着手，迎着母亲走过去。

高强母亲结账时发现医院给了折扣，很是惊奇，提出质疑，是不是治疗效果不佳或是留下了后遗症？医生心虚地保证道，你儿子如果不愿意，我们保证下次不会收治他。高强母亲对这似是而非的话琢磨不透，便悉心观察儿子的一举一动。生活恢复了原样，她心里却有了隐隐的担忧。

临近春节，百荷接到父亲打来的电话。

她不说话，等着父亲的决定。听筒里，父亲支支吾吾，夹杂着纤弱的噪音，百荷判定是女人的喘息，她果断地挂断了电话。刚挂断，父亲的电话又打了进来，百荷，你怎么不说话，你回来我们一起过个团圆年。父亲做的决定，百荷不愿接受，她说，我春节也要工作的，除了你和妈妈，我不同其他人团圆。电话那边，喘息声更浓了，百荷不说话，等待着，父亲的声音盖过了喘息声，他说，也好，你还年轻，先忙工作，你什么时候回来，我们什么时候过年。百荷不说话，父亲并未追问她身在何处，她也不肯主动道出居所，她飘浮着，被听筒里父亲的声音推离了，离开了父亲，离开了家，在这个城市的角落里，唯有眼泪陪伴自己。她噙着眼泪祝福父亲新年快乐，放下电话，百荷忍不住哭出了声。

除夕夜，百荷留在宾馆里值班，她人生里第一个独自面对的春节，在城市里的春节。她用一些新奇盖过了感伤。吃了餐厅里破例免费的水饺，她坐在大厅里看电视，经理为值班的员工备了水果、糖果和瓜子。与城市相处近半年了，百荷的沉默从未现身。她是另一个百荷。

她从小就喜欢大年到处喜气洋洋。愁眉苦脸会辜负生活的恩赐，似乎每个人都深谙这个道理，感恩的氛围使碧城一派祥和。

百荷下了班，毫无困意，她只有在街上徜徉，心头兴奋无比。直到双腿挪不动脚步她才慢吞吞回到自己的住处。她现在住在一栋高层的负一层，脱离了云端却时常感受到来自土地的沉重。即使是新年，负一层依然弥漫着混合的气息。百荷屏住呼吸，她要尽快打开住所的房门，换一下呼吸，今天她特意在房间里备了檀香。

高强的母亲站在门外，服装考究，保养到位，优越的生活使她的脸上少有岁月的痕迹。显然经过了长久的等待，她神色焦灼地靠在冰冷的墙壁上，不时呵出胸腔的热气暖着手，她的手上拎了一个精致的皮包，她从皮包里拿出电话，稍一犹豫又放了回去，她看见百荷，立刻远远地抛出了自己的祝福，百荷，新年快乐。这是百荷新年里收到的第一个祝福，而且这份祝福来自高强的母亲。百荷心潮起伏，她奔过来扑到这位母亲的怀里热泪盈眶。百荷的泪水里还有懊恼，早知道有这样的怀抱等待着自己，又何必在大街上寻寻觅觅。

门打开来，潮湿的气味迎面扑来，百荷熟悉这样的气息，是她这些异乡人留下来的特有的气息，包含一点倔强，包含一点不懈的挺进，她脱离不了，只有混淆。她把檀香点起来，浓烈的香味使她有焕然一新的感觉，仿佛身体里注入了一种新的力量，她有了自信，自卑一点点微弱下去，她用力一扑，那点点残存也熄灭了。

她的脸上为自己房间的简陋深感歉疚，阿姨，我准备了奶糖。高母随百荷进了房间，房间里的凉气很实在，百荷解释说，我多数时间待在酒店里，酒店里很暖和的。阿姨的到来使百荷有些窘迫。高母还是摸了摸被子，眼睛里流露出疼惜，睡得冷不冷？百荷摇摇头。高母又去看了看桌子上，那上面有百荷为自己购买的一些零食，五颜六色的，百荷还没有打开包装，她有一个奇怪的想法，看着它们就会产生富足的感觉，一旦打开就会丢失，但是放在那里，她和这个城市的生活内容就近了一步。高母审视着，指着其中一个袋子说，这些还是少吃，没有营养的。百荷很心疼那些五颜六色的零食被别人指责，她只是想让自己像个时尚的年轻人，这一堆食物产生了这样的效果。

高母将百荷拉到身边坐下，满是爱意地端详百荷，被这样的目光注视，百荷心里都是羞涩和温暖，她的鼻尖酸酸的。想扑在女人怀里，却还是忍住了。这样坐着，她也很满足了。檀香的味道缠绵于室。女人抓起百荷的手细细地摩擦，掏出了一个红包递到百荷手上。

阿姨给你的礼物，其实就是压岁钱啊，我是长辈给你压岁钱躲祟啊，两千块。手心里的暖意蔓延开来，百荷的眼泪不可遏止地流了出来。这是她第一次收到压岁钱，她其实并不关心钱的数目，她感到了暖意。

留着自己花，不要寄回家里了，高母疼爱地拍拍百荷的手夸赞道，多好的孩子。百荷羞涩道，阿姨，我不能接受这么多的。高母说，是少了点。

百荷慌乱地摇摇头，脸涨得通红，不是的，太多了。高母摇摇头，过了年，我会另外给你一万，作为你帮助高强的回报。

百荷的心被一块巨大的阴云遮蔽了，高母嘴里的金钱让她和阿姨的距离不可避免地拉开了。不是的，阿姨，我不要回报的。她不知该怎样解释。女人显然见多识广，态度依然淡定，百荷，收了钱，你的动机别人就不会怀疑了，我知道你是个好女孩，但阿姨只能给你这么多。百荷呆呆地看着高母，嘴里喃喃道，我没有动机的，阿姨。

高母笑了笑，脸上有了凛然的表情，百荷，高强很优秀，你爱上了高强，所以这样帮助他，但这是没有结果的，这是不正常的。你也不要为了驻扎在城市采用这样的方式接近高强。离开这里，离开我的高强，让他回到原来的生活。

被高母软软的话语重重地击中了，百荷闭紧了嘴巴，高母也没有再说话，说完了这些话，她似乎很疲惫，无奈地叹了一口气。檀香的味道缠缠绵绵地顺着百荷的呼吸进入了百荷的身体，一点点在她的身体里默默绽放。

百荷看着高强的母亲，女人的微笑有些古怪，给你钱，你不要，坚持不离开，不就是要让我儿子离不开你。看得出，高母对于她们的交谈付出了极大的耐心，同时还克制着另一种情绪，她把这种情绪转化为一种凝视，百荷对这种凝视感到屈辱，眼圈一红，百荷流出了泪水，她的眼前一片模糊，模糊着她的未来。

高母的目光有些复杂，惋惜、愧疚以及微弱的爱怜。

她贴墙站着，墙壁是冰冷的。脚下的地板是冰冷的，门外每一条四通八达的道路像是城市的血液，却是冰冷的。在冬季，寒冷渗透在每一个角落。

8

整个新年，百荷业余时间里窝在床上，咔嚓，咔嚓，她和剪刀对话，她的剪纸和她床上堆放的新年礼物相亲相依。有了这些，新年的味道也在这里久久驻留。寝室在地下室，百荷的这个新年低下来，低到自己的内心，大鹏山、清溪河隐藏在她的内心，低低的。

一个工作日，百荷正在客房里整理窗帘，透过玻璃，她看见高强无声地站在宾馆门外的雕塑下，远远望去像是雕塑的一部分。百荷已经切断了与高强的所有联系。在百荷看来，回到原来的高强是陌生的，她不明白他的守望。她又觉得现在的高强是他自己戏剧里的道具。整个城市都入了戏。

下了班，百荷避开了高强由后门溜出了宾馆。

看着眼前的车水马龙，她又有一些失落。巨大的年的喜悦包围着她，城市巨大的建筑吞噬着她的身影。

她逆向而行，时不时摩擦到路人，每一张迎来的面孔里都没有他，但是她却从未摆脱期待。

远远地，她看到高强张望的身影，她伫立在那里有一秒钟的等待，脸上也露出了久违的微笑，但是，一秒钟一划而过，她仓皇地逃离了繁华的街道，躲到一旁的暗处，躲过了高强寻找的身影。

摆脱了高强，百荷的内心反而空落落的，看到街对面有一家甜品店，虽然她没有任何食欲，还是选择穿过马路进入甜品店。除了眼前的虚无需要一种替代品来充实，她担心现在回到住处，高强会在门口堵住她。她不知该如何面对。

柜台里精致的甜品琳琅满目，漫不经心点了一只，找个座位坐下来，她对着眼前的甜品出神。

一个人影闪进了甜品店，落于百荷的对面。是高强。百荷抬起眼睛，满是惊愕。为什么躲着我？你怎么能躲着我？高强问道，他的眼神她是陌生的。

他们两个隔着孤独的甜品对视着，目光针锋相对却又纠缠交织。高强先用商量的语气，我们去看电影好吗？百荷摇摇头。高强读懂了她眼里的犹疑。他安慰她，我妈妈是不是给了你压力？百荷不语。我们两个的事由我们两个做决定，你不必在乎。你配合我，我可以付钱给你。你看上去很缺钱。百荷听到金钱，她在他的目光中矮下去。

你怎么不说话，你怎么比我还善于沉默。听到沉默这个词，百荷终于直视高强。

我就是我，这本来就是我。百荷终于说了这句话。

高强轻轻一笑，那你要改变一下，在疗养院，我那是伪装的沉默。他是说，他曾利用沉默，同时，他利用了百荷的沉默，百荷无法容忍。

高强接着说，语气里掩饰着兴奋，我们恋爱吧，我没爱上你，但是可以折磨我的母亲，她担心我爱上你，又是老一套，门不当户不对。百荷沉默着，她眼前的甜点，是只粉红造型的小猪，色泽诱人，粉嘟嘟的面庞上点缀的眼睛太潦草，看上去既无奈又慌乱。百荷站起身，高强却拉住她的一只手，眼睛里燃起了火焰。百荷对火焰是抗拒的，同时又是渴望的，然而它却来自眼前的高强，这是错燃的火焰。

你怎么可以把谈恋爱，把爱也当成道具？我告诉你，虽然我穷，但我不是一无所有。百荷一字一句地说，她将眼前的高强，陌生的高强想象成一堵墙，她说出的每一个字都是一枚钉子，钉入他的身体，他的心，他的全部，钉出鲜红的血液。

和你恋爱是我不愿出国留学的借口，高强依然狡辩着，你演戏，我可以付钱的。百荷站起身，冲出了甜品店。

高强追到了大街上，百荷，我永远感激你，我不会伤害你，我也不会爱上你，但你可以帮助我，我讨厌我母亲干涉我。他用声音追上她。

百荷被这声音撞击了，停住了脚步，但也只是停留了一秒钟，紧接着，她跳上了一辆出租车。出租车司机看着百荷试探地问道，要不要等等那个小伙子？百荷摇摇头，眼睛里涌上了泪水，司机越发诧异道，既然感动得要哭，又要让人家追，你们这些女孩子玩的是什么花样？百荷不回答，眼泪更加汹涌。

第十章　彻底澄清

1

度过正月，工作时间满十五个月，百荷拟就了她在城市的第一份辞呈。

禀告过领班，百荷希望索回从工资中扣除的押金。领班面露难色，建议百荷再写一份辞呈亲自交给经理。

辞掉工作，当然是为了辞别这座城市。她匆匆收拾了行李，掂量那两件没有寄出的礼物，随手送给了室友。除了最珍贵的剪刀和彩纸像是尘封的情怀重见天日，其余的没有任何收获，行李箱里添了两件衣服，依然轻轻的，她羡慕它们，不似自己的心情。她把那台笔记本电脑压在行李箱的箱底，下决心轻易不再触碰。

我要走了，我要离开这里，我要离开城市？我该去哪里？他又在哪里？独自一人，百荷只有向沉默发问，回答她的仍然是沉默。在城市的这段时间，她一度成了另一个自己，她的沉默始终对她不离不弃。

她拖着行李箱，咕噜咕噜从酒店后门绕道经理室，递上了辞呈，白纸上面的寥寥数字沮丧无依。

这里不是她的城。她也并不拥有城市。拒绝回到家乡，唯有选择在外漂泊,下一个驻留地点她还没有想好,但心已经启程了。属于他的心当然要回到他的怀抱。她一旦准备出发,他就出现了,在不可知的远方,在她的内心。

经理匆匆扫了一眼辞呈,目光斜视的角度令人匪夷所思,他思路的角度也是倾斜的,他斜了嘴角问百荷,是不是想加工资用辞职要挟我,我可不是吓大的。经理端正了坐姿,上下打量着百荷,他的目光仍然是歪斜的。联想到门外高强曾铸就的真人雕塑,经理惋惜地对她说,要说我挽留你那是假的,我是舍不得撵走楼下的那个活体雕塑,那真是个活广告,还是个有钱的主,站在那给我们酒店涨人气,可惜他最终甩下你。听说最近出国了?

她对经理说,他不是坏人,他是个好人。经理嘲笑道,他是好人你更应该向好人靠拢。是他抛弃了你,还是你无法高攀?百荷不辩解。经理又用另一种口气协商说,你要知道我一直关照你,我以为你会回报我,现在却要辞职哦。百荷忍受不了经理甜腻腻的嗓音,心里腻歪,更是坚定了辞职的决心。

辞职要提前三个月提出来。见百荷去意已决,经理轻飘飘送过来一句话,像是打发擅闯禁地的乞丐,你可以走了,记得关门。百荷的目光从窗外飘回来,落在经理那张冷漠的面孔上,她的目光像蜘蛛网一样布满了他脸上的褶皱。

不舍押金,百荷的辞职之举暂且搁浅,接下来必须干满三个月。为了防止三个月后又有疏漏,她为自己的工作场景都拍了视频,备注了时间。

是薪水挽留了她,她游离于城市,牵扯她的是纤细的一条线,她和城市的关系纤弱得不堪一击,她被城市挽留了,她被薪水挽留了。它源于自己的血汗,对她忠心耿耿。她拖着行李箱咕噜噜回到住处,松了一口气。

她想,我没资格成为雕塑,我却在不断地塑造自己,我是我自己的雕塑师,我可以保护自己。

回到住处之前,她拖着行李箱,像是缅怀无法成行的旅程,绕道市政广场,站在真正的雕塑旁,将她内心收藏的有关他的目光、笑容,一一陈列在阳光下。她已将它们视为亲人,却未见它们的主人现身,她收藏的目光与笑容被她赋予了灵魂,而她自己却在寻找灵魂的摆渡人。

2

百荷最初到宾馆工作,做的是客房服务员。出于对最初工作的珍惜,她干得很卖力,既不怕苦也不怕累,也从不挑剔。

上班的第一天,先去领了制服,制服虽然没有领班的笔挺整齐却也是一种象征。八点一到被安排站在队列的最后接受领班分配工作,领班给她分了一位师傅。百荷客气地说,我不需要师傅的,不就是打扫房间和铺床?领班翻了她一个白眼,嘴角嘲讽的笑容像是一棵萎靡的狗尾巴草,你当我们宾馆的房间是你家山坳里的茅草房?百荷的本意是为了展现自己的能力,却迎来一顿奚落,她饱满的情绪受到打击,千疮百孔。

百荷脸色通红站出队列,你看不起乡下人,打工的都是乡下人,你给我道歉。百荷提出这个要求还不足以泄愤,她看到大堂经理走过来,脸上丝毫没有怯意。倒是领班面红耳赤,恶人先告状,向经理汇报说,经理,她说不需要师傅。经理一般不会留意一个服务员,他今天也是刚巧路过,看到这个小姑娘满脸的怒气。此刻,小姑娘虽然站姿局促,但眼睛里都是较量的光芒。这种光芒很亲切,让经理想起自己闯荡时的年轻时光。你给她道歉,经理面色严峻吩咐道,你不要师傅,是为了展示自己的能力?百荷点点头。

事情看似简单,却没有完结,百荷第一天工作的表现在同事间传得沸沸扬扬,同时领班的闲话又多了一些谈资。领班也是从农村来的打工妹,为了要摆脱自己的身份就更要和身份相同的人划清界限。

私下里,百荷回味自己首次面对工作的态度,她暗自感叹,沉默远离了她,城市改变了她,她是一个新的自己。

百荷工作的第一天跟了师傅,才明白看似简单的铺床和房间清洁还是有许多窍门需要掌握的,单是床单,就分大中小三种,师傅用手一掂便知道分量,大小好区别,中号就有些模糊。百荷手肯下力气,细致的就做不到位。换床单时,先要把床垫头拖拽出来,人在床头,铺好床单再推回原位,如果不到位床单就会松垮垮的。百荷倒是肯下力气,一次不行就再来一次,忙得满头大汗。

房间用品如何摆放,马桶如何刷洗,都是有标准的,十天后,她才做顺手。领班来检查时,百荷有了愧意,她主动向领班道歉,吞吞吐吐,说了一句对不起,下一句还没想好。领班戴了白手套,检查后对她的道歉置若罔闻,只是说,我给合格是给你师傅,与你无关,你要道歉去找经理。百荷听不出来这是抢白,下了班,诚心诚意等在经理门外,虚心地间接地向领班道歉。

经理打量着百荷鼓励说,你这么年轻,甘心做后勤,好好努力。

一次,收拾客房时到了520,刷过通用卡,百荷和另一位服务员不约而同后退几步,两个人跑出去几步才大口喘气。520的客人明显是喝醉了,满房间都是呕吐物。这个房间清理下来两人都没有精力说话。定睛看那客人没有一点声音,百荷立刻报警。客人被送到了医院,医生说,幸亏来得及时,否则会中毒更深。百荷助人为乐得到了表扬,老总接见了百荷。老总透露要让百荷做大堂经理,这对百荷来说充满了诱惑。成为大堂经理是她在城市里第一个理想。她接近了城市,以一个独立的劳动者的身份。

她要辞职,这一切正在远离她。

仅是为了薪水,百荷继续上工。下一个地点在那里等待着她。

这一天,百荷正在打扫房间,对讲机忽然叫起来,得到通知说是刚有宾客入住的308室需要调整一下电视机顶盒。

百荷到达308客房,站在门外礼貌地敲了门。请进,客人的声音也很礼貌。进入房间,门却在身后无声地关上了。百荷心里一阵惊悸,却见室内客人只是围了一条浴巾在下身,裸露的身子像只肥鸭子,对男人眼里猥琐的目光,百荷故作镇定视而不见。她不看他,专注调试机顶盒,刚一动手,客人挨过来,站在百荷的身后,有意地碰触百荷。百荷脸色通红,腾地跳起来,脑子里发怒的念头一闪而过,冷静马上占据了上风。百荷礼貌地致歉道,对不起,我碰到你了。说着迅速打开房门,逃离。她身后,传来恨恨的关门声,门板与门框的撞击声久久回荡在走廊。

这是工作中的一个插曲,百荷为自己的机智心悦诚服,心怦怦乱跳。师傅问她是不是碰到难缠的顾客,百荷摇摇头,表面上若无其事。宾馆里生意兴隆,小推车里换下的床品已经堆积如山,百荷推着小推车像是推着一座小山,脚下的地毯并不合作,总是阻碍车轮,走在长廊上倒像是走在坑坑洼洼的山间小路上,这些都难不倒百荷。百荷肯出力气,肯出力气现在不是年轻女孩的专利,与众不同有时候会遇见出人意料的情节。百荷果然就遇上了,还没有到走廊尽头,百荷的对讲机又叫了起来,这一次经理让她迅速到经理室。经理的表情很严肃,似乎遇到了棘手的麻烦,他说,你要澄清事实真相。

还是308那客人,歪坐在经理室里经理的老板椅上,正愤愤地抒发感慨，现在这世道真是难混，一个小姑娘我都混不过她。他瞥见百荷进来，马上从椅子上站了起来，一只手指指向百荷，喏，就是她，进了我的房间后，我的手表就不见了。

他抖动着手指，仿佛百荷是一堆烂泥，随时会玷污他的手指。百荷心里此刻真想自己就是一堆烂泥，糊上去从头到尾与他同归于尽。烂泥没有杀伤力，最好自己是一团火，烧他个原形毕露。眼睛里冒着火，她的样子像是要挑战却不知从何下手。经理现在像个局外人皱紧眉头。

你怎么能一人与客人面对面？规定服务员两人同时服务，你不懂吗？经理的脸上凝固着怒气，秉承服务宗旨，顾客不容怠慢，经理唯有叱责百荷。

谁知道他有没有手表？百荷反驳道，急于澄清真相，她自作主张，搞不清楚就报警吧！经理脸上露出古怪的笑容道，你是什么居心？报警，对大家都没有好处。监控里显示只有你一个人进了他的房间。百荷闻言，眼睛烁烁闪光，马上追问道，监控里有没有看到他进房间时手上戴着表？经理摇摇头，他看百荷的眼神便有些复杂。

客人脱口叫道，我也是个有身份的人，也不缺这一块表，我也没时间奉陪，事情调查清楚你们再联系我。他抖了抖自己的身子，那怪异的动作使他在百荷的眼里幻化成一只丑陋的生物，浑身上下长满了羽毛，他在抖动着他的狰狞，他的假象。他的嘴角挂着得意和嘲讽。经理脸上的怨气顷刻间转化为笑意，他点头哈腰地送客，刚拉开门，百荷却一步跳过来，拦住二人，眼睛里的火焰越来越红。不行，事情一定要调查清楚，我穷，但是我穷得清白。

经理拉攥着百荷，满脸厌嫌，口气里息事宁人道，也没有人说是你拿的，只是调查一下。百荷却不依，死死拉住那人的衣角，像是安慰一个丢失的灵魂，你放心，我一定要让你找到你的手表，找到你的良心，还我一个清白。

一个软弱的小姑娘突然化身追求真相的使者，很多人便围了上来，事情不可避免地扩大化。核心事件并不重要，重要的是百荷转眼间成了核心人物，她是自己的主人，她给自己做主。僵持间，百荷硬是做主拨打了报警电话。

她打电话的时候，308 客人的脸色越来越难看，经理的脸色也越来越难看。百荷毅然对经理说，穷人的面子也是面子，不弄清真相，我该怎么办？

警察的到来让百荷的心里燃起了希望。但是警察破案需要一个过程，更何况这是个小案子，一块表也就价值五千元。百荷心里的希望暗淡了，她追着警察问道，那我的清白要多少钱？了解了案件的始末，证据尚待查取，真相尚待侦破。警察驱散了围观的人群，钻到警车里。百荷敲打着车窗，不断地问，那我的清白怎么办？他在诬陷我。车窗徐徐摇下，警察露出了脸，严肃地纠正道，怀疑不代表诬陷。

百荷呆呆地看着警车绝尘而去。城市是这样的，容留了百荷的错觉，也容留了混淆的时光。

无处洗刷不白之冤，百荷内心憋屈，尽管面对虚拟世界心有余悸，她在这座无依无助的城市，她的倾诉唯有借助网络空间。308 客人调戏的行为，她描述得晦涩，一些网友义愤填膺却又爱莫能助。

百荷在中学同学群里，得到了最广泛的声援，这让她暂时忘记了不快。她曾就读的普通中学，升学率低，她的昔日同窗，高考结束，多数已步入社会，只有少数在高等学府苦读，脱离了学校，反而情谊难忘。虽多数远离家乡，但个个不忘乡情。同学群中弥漫的最浓的就是情谊。现实中的乡情四处飘落,虚拟世界的乡情越发浓烈。这是百荷最钟爱的群落,她在学校里沉默寡言,她在城市里和沉默配合默契,沉默掩藏着,滋生出一种沉默的力量,虚拟空间里她变成了一个不再甘于沉默的田百荷。

有些嗅觉灵敏的网友立刻望文生义,刨根问底。她疑惑网友的兴趣,又羞愤又忧伤。所幸,她在同学群里遇到了晓晓。隔着屏幕,晓晓对她的境遇深表同情,念及友情,晓晓宽慰百荷,劝她炒了老板的鱿鱼,一走了之。百荷却迫切地要解开晓晓身上的谜团,她刚发问,晓晓便匆匆下了线。百荷留言索要她新的手机号码,晓晓却留下了一份慷慨,她说,你缺钱尽管说,她的手机号码却隐匿在虚拟之中。

她其实不愿打开电脑,一打开电脑,她就会想起送给她电脑的五叔,和生活在五叔屋檐下的祖母,还有那个不可触碰的网友。而今,百荷心目中的他,只在她的内心。

放在枕边的那个布包里,剪刀和彩纸有时会跳出来在或明亮或黑暗的寂静中摇摆。它们剪碎她的泪水,它们擦干她的泪水。她要留在城市,她只当这是生活的苦恼,并不是城市带给她的苦恼,相反,是城市容留了她的烦恼。

无故蒙冤,工作的时候,百荷的心非常疲惫,她无心关注别人注视她的复杂眼神。她陷入了苦恼也陷入了思索。她的眼神里有挑战的成分,她把目光投向雕塑又投向公路,其实是在逃离那些怀疑,她没有做贼却平添了防贼斗志。

如此无助,他没有理由不走进她的生活,他频繁地出现在梦境之中。

在梦里,他把鲜花托给她,她举着鲜花神情涣散,思绪还在那团乱糟糟的事情里。她注意到,她摇摇晃晃出了大厅,站在马路边举棋不定,事情对她的打击远远没有结束。她把鲜花落下了,像是丢失了尊严。

工作结束之后,百荷沿着城市的街道一直走,恍惚觉得自己在进入河流。

百荷每一次站在街道上,看着脚下的路面,路面灰灰的,白天人来人往,夜晚街头清冷,灯光投下模糊的影子,她在路面上找到自己的脸,毫无尊严被人践踏。痛苦地蹲下身子,她要捡起她的脸。路人纷纷避让,看着这个举止怪异的乡下姑娘。

她无法克制地想念藏在心底深处的他,想象着,他无声地走到自己身边,将一束鲜花递到自己的眼前。百荷的眼里滴下了泪,一滴一滴打在鲜花上。

现在,她处于困境,内心渴望逃离,尊严却坚守阵地,离开,无异于临阵脱逃,她还没有上战场,已被打上了烙印,即使离开,也要清清白白。

她在QQ空间里发泄怨气,有很多人要替她出气,都是些天南海北的朋友,有的还不知真假,还有些网友质疑她的年龄,纷纷留言,你这么年轻却在宾馆做服务员?

三天过去了,警察仍未抓获窃贼。她工作的宾馆,每天迎来送往,这里温暖如住宿者的家,却冷漠如她尊严的桎梏。她目光所及的每一件物体以及人都暧昧不清,墙壁、地板沉默着,她与这沉默隔阂着。

报案第四天夜里,百荷收到了一条短信,短信内容让她为之一振,那上面清清白白的一行字,说是为她洗刷了不白之冤。是条陌生的来信。她追问对方的身份,对方却始终未曾接听,只是回复了一条短信。回复的信息内容也显出诡异,告知了一个地点,邀请她第二天傍晚六点准时赴约。她将信将疑。但他的笑容以及眼神都跳出来拥抱了她,挥之不去,让她在惶惑中心生期待。

3

第二天一早，百荷早早来到岗位上，一切井然有序，她怀疑昨晚收到的短信是梦境的一部分，内心疑惑，又一次掏出手机求证，那一条凌晨时分接收的短信赫然在列。

早晨八点，照例是晨会。百荷与同事刚在大厅列队，308 客人睡眼惺忪出现在大厅，手上举着一块表，表情窘迫，各位对不住，我前天冤枉了好人。308 客人将目光投向百荷，吞咽了一口口水，接着说，我的手表找到了。

在场的人都将目光转向百荷，所有的目光都静默无声。百荷的表情略显严峻，她似乎在思考一个问题。百荷喊道，你的手表不是找到了，根本就是没有丢。308 客人脸上红一阵白一阵，急忙辩解道，丢是丢的，就在房间里。百荷接着厉声道，赔礼道歉。308 客人道，误会就是误会。不对，要赔礼道歉，百荷的嗓音冲破楼顶。见 308 客人抬脚要上楼了，百荷上前拦住他。大堂经理借机敷衍她，不要耽误工作。百荷坚持着。

纠缠中大堂经理宣布例会解散。顷刻间，员工散开。没有人关心 308 客人是否要赔礼道歉。308 客人见状狡辩道，人已经散了，我说给谁听？百荷不由分说将大堂经理的对讲机一把抢到手中，递给 308 客人，说，对着对讲机说，对着所有人。308 客人只好咳咳嗓子道，我向 56 号员工田百荷道歉，我证明我的手表找到了。

如此圆满的结局，必定有曲折的过程，百荷等不及约会，追问 308 客人手表的真相，澄清事件的真相，他却支支吾吾，匆忙退房了。得知 308 客人退房，经理不免埋怨百荷，你这是何苦？你也没有损失什么。百荷却一本正经道，但是我得到了尊重。这指责像一团乱糟糟的麻绳，她开始期待约会，期待理解、信任的气息。

她提前请假赶去约会地点，一进门就看到预留的 6 号座位上并不是空座。一位男性魁梧的背影首先与她的目光进行了沟通，她带着更深的疑惑注视着那个背影，无法确定背影主人的身份。心里的期待甜蜜地蔓延上来，毫无缘由地认定是他，即使那背影略显发胖。他先到了，仿佛一直等在那里，连同埋伏的时光。

他坐在角落里，悠闲地翻看一本杂志。阳光暖暖地射进来，正好照到他的手臂上，使他的手臂像是具有了魔力，满是金黄的温暖的诱惑。百荷站在门边，她的时间也凝滞不前。百荷凝视着他的背影，直至眼角泛起了泪水。她掩面擦拭眼角，前所未有的期待和感激陪同她走近他，接近他的背影，然后，面对面。

他立刻抬起了头，从他的目光里走出了那个沉默的、安静的百荷，在村里为捍卫红狐狸的存在被祖母责骂的百荷。而百荷的目光里，他挑衅而满不在乎的笑容还在，他童年的影子还在，只是被缩小了，依偎着他年轻强壮的体格。是刘冠军。

面对面坐着，她注意到那缕驻留于他手臂的阳光，随着他身体的移动像是来回摆动的钟摆，时间错乱着，始终未曾停止摆动。她很想伸手握住那阳光，却不情愿握住他的手臂，她手捧茶杯温柔地注视着那缕阳光。

落座后，她很想握住他掌心里的温暖，惋惜着那缕错位的阳光。她矜持地坐着。她离开的大河圩向她走近，她遗落的童年仍生活在大河圩。

她很懊恼，经过了这些年，再次相见，从长相上她一眼认出了刘冠军，他的脸形、身材只是放大了轮廓。百荷一言不发，她很遗憾，他不是她生活里的陌生人。

刘冠军咧嘴笑着，眼睛却眯起来掩藏着他的目光，眼皮轻微眨动着，他小时候养成的习性保留着。

你一定想不到，我是神秘的好人吧？刘冠军先开了腔。百荷不说话，只是点点头。刘冠军穿了件今年流行的休闲装，头顶上，头发一丝不苟地站立着。百荷观察着他的穿着，这使他易于接近，这使他像一个陌生人。

我非常感谢你。百荷一字一句地说。

什么话，我应该保护你的，刘冠军淡淡地说。他们之间原本就没有开始，也没有承诺。接着，他说，坐一会吧，如果你忙，现在就可以走了，谢谢你能来。他的礼貌，使他像是一个陌生人了。百荷的内心安静下来，她安静地坐着，注视着眼前的茶几，原木的纹路透出古朴的气息。刘冠军也安静地坐着，他们面前摆放着青花瓷的茶具，那花纹里走动着历史，走动着过往。

百荷想起了家乡的那些午后，此刻，她蓦然发现，流连于城市，不知不觉中家乡走近了，在回味中，在想念中。她是喜欢那种安宁的生活的，或者跟他说一说红狐狸，他也会倾听的，但是百荷不能说，这相逢是个意外。

刘冠军终于又开口了，他的声音很低沉，你知道吗？我上学时一直有个愿望，就是和爱的女孩坐在城里的茶室喝一杯茶，像电视上演的那样。百荷一怔，却没有表态。音乐很缠绵，夹杂着淡淡的无奈和忧伤。他的哪句话是真？哪句话是假？而他整个人都不是陌生的，除了增大的轮廓，除了流行的发型、服装，他的童年的眼神还在，他的童年的心脏还在跳动着。他们在家乡水火不容，在异地，却一同落座于城市的这个角落。也许，一开口，他们之间就生分了，她借他喝茶润喉的间隙问起玉莲，他们彼此熟悉的玉莲。

记忆总是如此，一旦打开，时间的距离便被拉近了，直至近在内心。她的内心的影子还在，是童年的，没有长大却顽强、沉重地活着，此刻，慢慢地爬出来，带着大块的浓重的青涩，压抑着她。

她记得玉莲看清她身体的秘密，也记得玉莲在校园里追逐刘冠军的目光。而今，这些秘密都变成了室外树上的树叶，一目了然。她将目光投向窗外，默默告诫自己的内心，是成长的美好过程。直至她的脑海里流淌的家乡的那条河，以及那河岸上的清晰的回忆，覆盖了她心底的黑。她无声注视着眼前的刘冠军，他来自家乡，他带给她的回忆，她能清晰地看到，在世上任何地方，任何角落，她看到的他也能看到。

刘冠军喝了一口茶，茶是可口的，他给出了评价，不错，是新茶，明前茶。你也喝点。他建议百荷，喝茶对女人也是有益的。他对茶津津乐道，对记忆却置之不理，也许是他的淡漠让他的记忆神志不清。他说，玉莲这口茶，喝得太青涩，成本太高了。在她那，凡是金钱能解决的问题都不是问题。

百荷不识茶，看着那茶叶在杯具中妖娆，勉强浅啜，道过感激之语，她只想缄默不语。茶香留在口腔里，百荷却品味出另一种味道，家乡的味道有一些说不清的变化。刘冠军说，不提她，你还是那样，还是没变。他的话跳动着，让人琢磨不透。

天色渐渐暗下来，茶厅里陆陆续续进来一些客人，有些嘈杂。刘冠军站起来，抱歉地对百荷说，对不起，占用你的时间了，我们走吧！他彬彬有礼，成熟而礼貌，像个陌生人。

走出茶厅，更大的嘈杂将他们包围了，空气中飘浮着尘埃，他们两人也如同尘埃了，他们站在高楼的阴影里告辞。百荷没有说话，她觉得自己想用无形的绳子拉住什么，也许是逝去的童年时光，也许是乡情，却不是刘冠军，但是那绳子像一条游动的蛇，摇摆着游走了。你变了。你怎么知道我在这城里的？百荷道出心底的疑惑。刘冠军诡秘一笑，没有回答，却叮嘱说，无论怎样，要开心啊！他的这句话打动了百荷，他识破了她的内心。百荷不由得跟着刘冠军离去的脚步，刚走了两步，刘冠军站住，惋惜地说，我如今要养活自己，今天还有事，改日再约。然后，挥挥手，大步流星地离去。望着他渐行渐远的背影，她虽然怀疑他的洒脱，却更加懊恼自己的留恋。

4

他向她讲述替她申冤的过程，以一句“曲折艰难”概括始末。

308的客人是晚上九点回的，他走到宾馆大厅时，大堂经理便远远地和他打着招呼。他也是一副和气可亲的样子，对着大堂经理眼睛里都是调情的信号。他扬了扬手上的电脑，暧昧地说，要不要到房间来看大片？大堂经理笑容也很妩媚，我们可不随便进您的房间。他说，你可和她不一样，她一看就是个穷鬼。她自己活该。

带着暧昧之后的心满意足，308客人拿了房卡开了门，刚一进门，房间里灯光亮起来的瞬间，紧随他身后无声地闪进了一个人影。

308客人的脸上诧异还凝固着，闪进他房间的年轻人已经用匕首抵着他腰间。他脸上的表情都是恐惧，声音抖抖地哀求道，求求你，放过我。我今天是想报仇的。年轻人说道。

报什么仇？我跟谁都无冤无仇。308客人抖抖地说。

我叫刘冠军，我替田百荷报仇，说，怎么回事？

不过是想挑逗她，见她傲气地不理我，我不服气。

刘冠军说，你的手表是怎么回事？

我根本就没有丢手表啦！是我自己收起来的。308客人求饶说，我不对，我错了。

刘冠军的匕首拿了下来，308 客人马上叫起来，救命啊救命啊！刘冠军早有防备，收起了匕首，他不紧不慢掏出了一个优盘，上前捂住 308 客人的嘴巴，一手揪住他的领子威胁说，你如果报警，我就把你下午和野女人鬼混的视频发给你老婆。

308 客人被这个意外击中了要害，嘴里开始讨饶。

明天，你去把刚刚说的话对大家再说一遍，还田百荷一个清白。308 客人唯唯诺诺地点着头。接着，刘冠军命令道，要么你去买一块表回来，要么就实事求是，有没有手表你看着办。

过程惊心动魄，刘冠军却轻描淡写。他的话音里带着乡音。

其中他描述了心情，得知了她的遭遇，他用的这个词透着寒意，他研究、推敲、摸排，像个侦探高手。百荷这一次遇到了一个陌生的、热情出手相助的刘冠军，而在她的脑海里，他站在家里的台阶上，在教室里，在河边，那个像影子的刘冠军在她脑子里跳来跳去。

其实我是随口威胁他，我哪清楚那家伙有没有和野女人鬼混。刘冠军得意地笑起来，笑容狡黠。百荷也笑了，安静地笑，笑容沉在静寂中。无人附和笑声，刘冠军的笑声单调地收了尾，他说，你还是这样不爱说话，难怪被人欺负。

告别后，百荷独自走在街道上，夜色在远处渐浓，而她的眼前却是灯火通明。转身之际，拐弯处一个意外，像是一个预谋，等在那里。

一辆电动车，直直地冲过来，撞向了百荷。人很多，但都是陌生人。百荷孤立无援之际，刘冠军闻声返回，他反应敏捷，伸手一把拽住了对方。他俯下身子不由分说背起了百荷，百荷邂逅了他的体温。

肇事方是个毛手毛脚的小伙子，他喝了一点酒，赶去和女朋友约会，向暗恋的女孩表白，本来想靠酒壮胆的，却出此意外。在医院填写病历时，他嘴里嘟嘟囔囔，打工妹，打工妹，怀的是什么心？无助受辱之际刘冠军说，无非是钱说话，有钱什么城里不城里的。她心里涌起了一股热流，眼泪也顺势而下。

脚踝轻微挫伤，刘冠军背着她返回住处。她与他的体温重逢了，而她内心的感动却重叠了。百荷不心疼自己的脚，她心疼自己的工资，舍不得请假，她尝试着调休。刘冠军听她低三下四恳请同事通融，一把夺过百荷的手机，生气地埋怨道，你都这样了，不知道心疼自己。百荷被他的举动震惊了，她一直在下这个决心，可是她做不到。

刘冠军给百荷冷敷，百荷注视着毛巾，眼泪一滴一滴掉下来。这是她在城市里获得的温暖。

她流泪，刘冠军并不安慰她。百荷止住了眼泪问道，你怎么不劝我？刘冠军闷闷地说，哭出来心里好受些，我干吗要劝你？

无论如何，他的味道是家乡的味道，迅速占据了她的内心。

脚踝消了肿。百荷竟然又接到刘冠军的电话。

这一天百荷去了这个城市的旋转餐厅，他们不是情侣，却像餐厅里的情侣一样，就座于情侣包厢。刘冠军预订的座位，他说，乡里乡亲的，咱们本就是一家人。

刘冠军已是一家公司的产品推销员。工作中独当一面，下一步就将独自经营，他的产品销量在公司稳居前列。他在同学群里得知百荷的窘境，为了帮百荷解围，特意安排自己到这个城市来出差。

他说，对于他来说，这不是个难题。他还深沉地说，他遇到的难题都比这复杂，他都能解决。他还形象地比喻，生活就是一口塘，表面上平平静静，平静之下有的水深有的水浅。

百荷静静听他抒发感慨。在这个城市里,她像是一条游来游去的鱼,她没有自己的港湾,她也不能停靠在港湾,拿到工资,她就要离开了,她望着窗外路上的行人,猜测着其中有多少人如她被工资挽留在城市。这是个朴素道理,那不是薪水,那是填饱肚子的柴米油盐,那是生活。城市已经教会百荷生存的根本。

她人生的第一杯酒,是在城市里面对一个来自家乡的伙伴,这是百荷人生的第一杯酒。举杯之际只当是谢意,醉酒之后却留下了无尽的失意与悔意。

酒液缓缓地进入身体,带着一些惆怅,带着一些情谊。她放下酒杯就是带着醉意的百荷。她问他,你为什么不相信世间确实有红狐狸?你信不信清溪河的河水会说话?

窗外,城市纵横的街道如河,车流如河,人流如河,无法触摸的灯光穿行其间,高层建筑穿着体面,与低矮建筑握手相处。一个角落浓缩的画面,汇聚了这个城市的普通夜晚,是一张时代的有声照片。这里没有一处角落会容留红狐狸,红狐狸在百荷的记忆中。在城市之外,他们家乡的清溪河依然静静流淌着,大青山伫立着,田野正在迎接暮色降临,星星隐约出现在天幕。

刘冠军仿佛得知了事实背后的真相,他说,我相信世间有红狐狸,我也相信清溪河会说话。

有了他的这句话,百荷痛快享用了她人生的第二杯酒。她模模糊糊地认为,这是值得醉的。她以醉态出现在城市街头时,神情愉快。

六小时后,百荷身体里的醉意悄然退去。她睁开眼,首先看到自己的身体,毫无遮拦。

整个房间都在摇摆着，天花板一次又一次俯冲下来，砸碎她的裸体。她将眼前的一切设想成是一种幻觉，并且强迫自己接受它。在幻觉中，她抛出了自己的身体，她的身体在幻觉中不属于她，她的身体仅仅因为一次醉酒之后得到的信任便允许刘冠军进入。他像天花板一样俯冲下来，而她完全失去身体的知觉。

她抓起衣服，胡乱披在身上，双手打着战要套上裤子，一次又一次，许久才拉严腰侧的拉链。

她站在地面上，头重脚轻。她想象着一切都是泡沫，天花板是的，墙壁是的，还有床，都是泡沫。时间也是泡沫。而红狐狸只出现在她的记忆中。

你哪像玉莲花了我三十万，你就值一瓶假酒和一次人为车祸。是刘冠军的这句话击碎了她的幻觉。她眼前的现实冰冷又残碎，仅仅几小时一切就发生了逆转，或者她毫不设防，发生的这一切其实就等在这里。刘冠军从被窝里抽出光溜溜的身体，下了床，边点燃一支香烟，嘴里边随意抛出这句话。他抛出了他的恶意，抛出了他的全部。

她的身体抛开了她的灵魂，这令她感到羞耻。

一切都是泡沫，仅仅是轻轻一触，一切都不复存在。她支撑着身体，借着想象让自己的灵魂在空无一人的城市中奔跑，灵魂逃离了一次厄运。而她的身体也慌慌张张地追了上去。

她跌跌撞撞，在楼梯拐弯处，她麻木的身体撞歪了墙角的一幅装饰画，那画面临摹了世界名画《少女》。意外遭受撞击，画框发出了愤怒的咆哮，画面上少女依旧含笑，画外的服务员却凶神恶煞。面对倾斜的画作，服务员柔嫩的脸庞变成了气愤的赤红色，对着摇摇晃晃的百荷吼道，你给我站住，扶正了这幅画。紧随其后的刘冠军，停住脚步，眼见着百荷的身影消失在宾馆大门外，淡定扶起了装饰画，稍一踮脚便将画作恢复原状。服务员审视着，歪了，歪了，左边高了。刘冠军无心纠正，却斥责服务员，歪什么歪，我说它正它就是正的，我从小到大，什么也不信，我只信我自己。说罢，信步而去。

百荷已脱离了他的视线。这是旧城区，狭窄的街道，多数店铺经营家庭旅馆。簇新的路牙和陈年的路面，陈旧的建筑墙壁上搭配着当代的各式电缆线，一切都印在蓝天下，在春天里每个角落都是一幅写实的画面。两个女人坐在屋檐下剥毛豆，她们坐在门槛上，剥好的毛豆丢在瓷盆里夹杂着闲言碎语。

这条窄巷，真实地存在着。无论百荷如何强迫自己的大脑，记忆始终顽强不懈，它在百荷的脑海中盘踞下来。它是生活中的一条窄巷，它存在得理直气壮。它的天花板、墙壁以及床铺都存活了下来，时常出现在百荷的噩梦中。

百荷疲惫不堪，但她坚持行走，在行走中远离那条窄巷。

连续多日，她焦躁不安，走到警局门外，警徽在熠熠生辉，她心里对着那光芒波澜起伏，安定下来时却缺乏勇气。她羞于说出自己的醉态，也无法表明自己的立场，她拒绝刘冠军，却又与他同醉。她在矛盾中行走，借助时间，渐渐平复自己纠结的内心，强迫自己遗忘。

她一个人慢慢地踱回住处，站在每一栋楼底下久久注视那盏盏灯光，那亮光是她孤独生活的亮点，她可以任意享用却不是灯光的主人。

5

三个月后，百荷终于拿到了自己应得的薪水。

她点数着手中的钞票，想封闭一些日子，然后，让日子继续下去。她想回家,回到安静与沉默中去,回到河水身边去,回到窗前,她用剪刀将那些日子修修剪剪,回到他留在河边的笑容中去,回到从前。

她首先去辞职。言而有信,这一次,经理痛快放行,催促她搬离员工寝室。行李简单,地下室特有的霉味与她告别。她突然一阵干呕。这声音从身体内部升起来,让她整个腹腔都翻江倒海,让她整个人生都发生着史无前例的颠覆。

她的内心已经回到了清溪河边,在那儿沐浴春日的暖阳,她的灵魂始终在那儿。但她的身体钳制着她,将她牢牢控制在地下室的长廊里。

只是转身之际,她便失去了地下室的一席之地。她蹲在地下室长廊的墙角,她身体里埋伏的地动山摇陪伴着她,墙角发黑的霉斑陪伴着她,一只弯曲身体的多脚蚰蜒绕过她的身影钻进了墙缝间。

这是她第一个在城市里居无定所的夜晚。

百荷身体对她的攻击出乎意料地延长到第二天,她还是觉得胸口堵堵的,头晕目眩。空气中的所有气味都令她作呕。

寄存了行李,她忍着恶心到了医院,刚张嘴说话,便一阵干呕。她冲进洗手间,腹腔内的涌动又平复下来,面对着镜子里的自己,那是一张迷茫的脸。她摸了一下自己的肚子,心里涌起一种说不清的情绪,百荷有一种不祥的预感。

从洗手间出来,置身医院大厅,这里的一切都在表明健康弥足珍贵。同时,仿佛一切都患有疾病,需要通过治疗痊愈。数个挂号窗口都排着长长的队伍,百荷随意站在一支长队的末尾,内心犹疑着又退出了队伍。咨询台的白衣天使斜披着醒目的绶带,上书“为您服务”四个大字。百荷在心里揣摸着白衣天使的年龄,断定是自己的同龄人,便越发迟疑了。她的目光在大厅内逡巡，最后锁定了墙角边的玻璃柜，那上面坦然放着彩色的路标平面图。由一层起，百荷的目光一层一层向上爬，内科，外科，耳鼻喉科，骨科，儿科……她的整个身体忽然有了轻微的震颤，人类的生命仿佛都浓缩在她眼前的彩图之中，那规矩的图形在她的眼里渐渐汇聚成大写的“人”字，她按住自己的胸口，强压住又一股来自腹腔的气息，她将目光锁在“妇科”两个字上，她想，我没有生病，我拥有了另一个自己。

乘电梯上到六楼，百荷看到“男士止步”四个大字，长长舒了一口气。妇科候诊室外的蓝色皮椅上，坐满了女人。百荷观察到，门边的座椅上独自坐着一个女孩，看上去和自己年龄相仿，女孩一直在打电话，声音里充满了威胁，你不送钱来，我就把他流掉，我现在在医院。女孩挂掉电话，余怒未消，电话又进来了，女孩刚一接听便尖厉地叫起来，你才是刽子手，是你杀了我们的孩子，不是我不是我。百荷慌忙后退几步，似乎女孩的声音就是一把刀，割在她的心头。谁是孩子的父亲？那是一个罪恶的缔造者，但孩子是无辜的。她劝慰自己向前挪了几步，靠近护士服务台，递上挂号单。护士扫了一眼化验单，几个月了？是流还是生？

她的心灵已经回家了，她的身体却寸步难移，她想，这既不是城市生活的心意也不是她的本意。她说，生。

第二天，她回到宾馆，挽回自己的工作。经理拒不接收，她的恳求听上去不可思议，她说，我后悔了，我要留下来继续工作。她的悔意没有打动经理，她的举措唯有沉默，除了恳求，她对一切保持沉默。她的沉默终于奏效，经理撤回了她的辞呈，让步说，看你年纪轻轻肯做服务员不靠脸蛋吃饭，我就给你一口饭吃。

是命运的安排，她不得不接受新的生命，但不会接受刘冠军。

孩子非常乖,安安静静地待在百荷的肚子里,陪伴着百荷。现在百荷把她在城市的这处栖身之所叫作家。她是这个家的家长,她的人生规划里出了意外,而这个意外让她有了一个家。她生命之中孕育了一个生命,同时孕育出了一个家。

她孕育的生命是她生命的一部分。

百荷的身体和内心常常做着交流。起初,身体与内心想法迥异,身体不愿接受,不断地搅动风暴,要么是反胃,要么是失眠,身体的理由很充分,它是独立的,不容侵犯。

百荷的内心不再安静,不断地推翻身体的理由,不断地突破自己的困境,内心是坚强的,有时选择沉默,致使双方不约而同进入冷战。交战双方各自手握自己的正义,身体自认为秉持正义,内心却认为身体的正义有待商榷。

一旦进入冷战,身体便陷入了焦灼,身体受到自身的局限,它懈怠着,生命却在不断成长,不可阻挡地成长,有如百荷的内心。有时间助威,身体永远无法战胜内心。

百荷将身体里孕育的生命命名为战友,她和战友共同的敌人是她的身体。

百荷常常和自己的战友交流,今天吃饭乖一点,她拍拍肚子,满脸幸福。今天你要多吃点,她张大嘴巴,一脸陶醉。她的战友与她有时会出现分歧。百荷刚闻到味道,便开始呕吐,在洗手间里一阵折腾,人也有气无力。

这样下去,你没有营养,我也无法挣到养活你的工钱。百荷语气温柔。百荷的妊娠反应看似来势凶猛,但只要百荷的内心向身体求饶,她的身体很快就会偃旗息鼓。百荷身体的停战宣言,充满了无奈。

战争结束了，交战双方彼此宽容，互相谅解。尽管它们开始怀疑自己的未来。必须承认，百荷的母爱非常到位。她的母爱战胜了内心也战胜了身体，百荷与她的战友，与她的身体，与她的内心从此不离不弃。

6

六个月以后，百荷辞去了工作，她的身体交代她必须深居简出。

她拿到了应得的薪水，怀着一个秘密离开，这是生活的惩罚还是恩赐，一切都不是百荷能做主的，她可以做自己的主人却无法做生活的主人，而她的身体已经服从于内心。

她不得不带着孕育的生命留在城市。她向往的城市就这样和她发生了千丝万缕的联系。

城市进入了秋季，当然很快就会接近秋季的尾声。

她成了潜伏在城市的隐者，为了一个真正的自己。

她的内心反复对她的身体强调，这就是我自己，我就是我自己。

这个孩子是城市给她的礼物，她没有理由拒绝，她收留了一个秘密，而城市容留了她。

这是她身体的权利，她没有理由拒绝。

这是她身体的爱，她没有理由拒绝。

她赋予这个生命更深的含义，权当是一份爱，她命名的爱，就竭尽全力去爱，渐渐完全覆盖了她，最后，她判定是爱让她渡过了难关，这个孩子也跨进了生的门槛。

她在城市边缘的弯街找到了住所。

弯街是这个城市的发源地，城市最早的高楼、最繁华的商业街、最古老的商铺都从弯街衍生。鼎盛过后，留下的衰颓在狭窄的街道、陈旧的路面、斑驳的墙面上蹲守着。等待拆迁的老房子都在发挥余热，租金便宜，待客坦诚，日子捉襟见肘的，生活流离漂泊的，弯街一概笑脸相迎。

孩子在一天天长大，伴随着她身体的成长。百荷的沉默掩藏得毫无痕迹，她与住处的街坊们熟络起来，除了主动打招呼，她还热衷于与主妇们讨论孩子。夜深人静之时，她与孩子交流，她说，战友，你是我的另一个自己。她的战友是她的家，她的城。

百荷的房东是一位利落的妇女。百荷在弯街打听租房那天，房东正在厨房里烹炒，韭菜花的香味飘散着，她瞥见了百荷。弯街的住房就是如此毫无规则，她所在的厨房，窗面主街，邻居家的客厅却面朝她家厨房。她举着锅铲拉住了百荷，她身上的味道立刻包围了百荷，她说，你租我的房子，你这个闺女要生孩子，保姆都不要找的，我就是。

临近预产期，百荷不得不计划出一次门，她照着网上的指导，要去购买一些必需品。

行人看见百荷，目光里都是诧异，她坦然接受，她是为孩子逛商场，尽管已准备了必需的婴儿用品，但她总觉得缺少一些什么。手头拮据，她只能尽力实施。一分价钱一分货，婴儿用品也不例外。百荷对自己向来吝啬，她没有给自己买过一件昂贵的衣服，却想给孩子最昂贵的穿戴，虽然囊中羞涩，她还是把眼光放得比较高，不求最贵但求最好，最好的质量最经济的价格，挑选的难度系数增大，但百荷在商场里乐此不疲。挑挑拣拣到了服装区，衣服、帽子、小鞋子、小包被。百荷问营业员，还需要什么？营业员打量她的肚子，你恐怕怀的是个女孩吧？百荷一怔，男孩女孩对于她不是个问题。她咧嘴一笑，这一笑，整个人便僵住了。

脚步最艰难的时刻，她依然保持着身姿。

手机兀自叫着，打给急救中心，她的表情第一次超出了她的想象，周围的建筑都无动于衷。她的内心要求她的身体保持镇定，手指安静下来，终于准确送出了号码。

她忍着剧痛，蹒跚走出商场，摇摇晃晃站在马路边，等待着救护车，路人都在等待一出精彩的奇闻。数双眼睛注视着惊人的一幕，一个瘦弱的孕妇，脸色惨白，痛苦很明显来自她腹部的痉挛，她哆哆嗦嗦对这些无形的痛苦哀求着，等一等，等一等，世间的亲人经历曲折来陪伴她，来自她身体的力量是如此巨大，她和亲人进行着一场拉锯战，有无形的共同的对手。

脚步最艰难的时刻，他出现在百荷的眼前。他仍然笑着，那笑容是从她心底流出来的。他没有说话，可是她的耳边充斥着城市的各种嘈杂，他的目光在静静地发问，那个闪亮的下午，那条他们身后的河流湮没了一切。他说，你要坚强啊。

她一只手握着手机，像是已经抓住了希望；另一只手紧紧抓着购物袋，像是抓住了未来。她沉重的身子终于在众目睽睽之下倒在了城中闹市的街头。

120赶到时，百荷的意识已经趋于模糊。护士将她抬上担架时，因为她过分用力，她们只好将她不肯松手的购物袋放在她的怀里。

产科手术室，医生护士麻醉师都在等待，谁是产妇的亲人？谁来为她和她的另一条生命负责？他们翻看百荷的手机，正在确定她的亲人，处于昏迷的百荷却突然清醒了。是他在她的耳边叮嘱她坚强，呼唤她苏醒。百荷环视一张张面孔，他不在现场，他在她的心里。医生和护士目睹了百荷的笑容，她像是从绝佳胜地远游归来，满载着收获和希望，表情平静而满足。她对着围着她争论不休的护士和医生平静地说，麻烦把手术单给我，我为我自己签字，我为我自己负责。你们慢慢去争论，我可以死，我要送我孩子一条活路。

第十一章　若涉渊水

1

天气晴好的时候，百荷端了板凳坐在墙角晒太阳，孩子睡着，她心底最柔软的部分，她捧在手心里晒太阳。

她抬头看云，抬头看天，她是带着剪刀的孩子，她试图把天空剪开一角，她的乡村，她念念不忘的河流奔腾而至，携带着倾听与倾诉。她的灵魂寻找他，而她的身体仰望着天空。

孩子躺在百荷的怀抱里恬静地安睡着。

刘冠军出现的时候，百荷甚至怀疑他的眼睛是由空中俯瞰，他的眼睛带着他的双腿走到了弯街，熟门熟路，并且径自走进了她的小屋。他带着两盒奶粉，那包装盒的镀金光芒招惹了阳光，一路上闪闪而至。

他一开口就打破了百荷的猜疑，他的脑海里没有天眼，他也不具备遍访苍穹之城的情趣。他说，幸亏你那个同事说在这里见过你，是个热心肠，这地方太难找了。

接着，他道破了来意说，我不是来看你，我是来看孩子。他眯着眼睛，转头面向屋角的床铺，孩子喝了奶，正在酣睡。出去，你给我出去。百荷压低声音，僵冷着面颊驱逐着，面对入侵者，她吐出的每个字眼都带着锋芒。

刘冠军却执意走近床铺,打量着孩子,眼睛里流出的波动的暖光转瞬即逝,他翻着眼白又环顾四周,说,这孩子的爸爸是谁?刘冠军身体里的童年又摇摇摆摆回来了,他多年前站在家门台阶上的蛮横还盘踞着。她眼前的这个人,是孩子的父亲,却又是让百荷最难以启齿的人。百荷不说话,伸手挡住刘冠军,她用尽全身的力气拖拽着他,仿佛在撕扯着他带来的羞耻与厄运。她涨红了脸,额头上渗出了细密的汗珠,眼里的泪水倾泻而出。她不断地推搡着刘冠军,但他巨大的身体的阴影始终盘踞着,纹丝不动。

你出去,你给我出去。她压低声音说出了第二句话,重复着她的怨恨,撕扯着他的阴影。刘冠军伸手拨开百荷,有意触碰她的脸颊,她的泪水,他看到她眼角的泪水,刘冠军说,你别骗我了,这孩子是我的对不对?不是,和你没关系。百荷跳开,脱离了刘冠军说。你出去,出去。她指着房门,咬紧了嘴唇。

哦,幸亏和我没关系。房间里的氛围凝重起来。刘冠军注视着他带来的两盒奶粉,像是面对百荷的履历,他说,真没想到,这方面你还是个高才生。他注视着酣睡的婴儿,目光远远的,像是欣赏一件艺术品,漂亮,太值了。

都已经有孩子了,你也太快了。刘冠军接着说,幸亏不是我的孩子。不然,我妈要破费了,她一直盼着抱孙子,她说过,只要是我的孩子就是宝,花多少钱都值。

2

隔了一天,刘冠军又上门了。不请自来,手里拎了两条活鱼。他不再追问孩子的父亲。潦草地点个头以示招呼，接着他一头钻进共用厨房。百荷听到房东责怪他笨手笨脚，伴随着锅碗瓢盆的交错音响。

初秋的阳光从门外走进来，窄窄的一道门，局促的一道亮光。百荷由这道亮光仰慕太阳的情怀，它一定以苍老的目光俯瞰城池的命运。刘冠军端着汤碗跨过门槛时，那缕阳光倏忽而逝，像是逃离的命运。

百荷拒绝食用鱼汤，她闭紧了嘴巴。你好歹开开口吧。刘冠军低声央求道，百荷开口了，她说，你怎么用了房东家的汤碗。

她看着汤碗，鱼儿表情无辜，汤汁热乎乎的，那窄小的空间里的浓情使她有些恍惚，有一个瞬间，她心底柔软地松懈下来。她不必算清这笔账，也许命运就是一笔糊涂账。她不愿回乡下，她可以为自己做主。她的内心被软化着，也许孩子需要这样一个家。

她想起自己小时候对母亲的渴望，很久远了，韩美枝在她的脑海里是韩美枝，但母亲的形象总是在的。她端详着孩子的脸，圆嘟嘟的，心里替她做出决定，她一定需要一个圆满的家。她不爱刘冠军，他是强奸犯，她在心里给他判了刑，在城市生活却给了他一条生路。她停止了内心的撕扯，指着门，出去，你出去。她的内心和爱在拒绝着，代替孩子拒绝着。现在她的身体是孩子的家，永远的家。现在，她的身体在生长着另一个灵魂，孩子的灵魂。

刘冠军的身影覆盖了她们，她抬起头凝视着他的面孔，尽管他目光下垂，她还是依稀辨别出他童年的影子在他的周身徘徊，肩胛，胸膛，双腿，一股灼热的气流从心底涌上来，百荷伸出手啪地打翻了汤碗。

你又来干什么？你可以走了，如果你再来我还会搬家的。她警告驱逐他，像是警告驱逐羞耻与厄运。

刘冠军当然不肯离去，收拾了汤碗残局，固执地蹲守在门外，仿佛打算蹲守到孩子长大成人。他说，我听说这是个私生子，我不帮你谁帮你？

房东按照固定的时间协助百荷，城市里风靡月子中心和月嫂，房东用心诚挚，她一边为孩子更换婴儿服，一边絮絮叨叨，那些月嫂哪里有我好？

孩子开始了啼哭，她的啼哭听上去很焦躁，像是要逃离这次人生旅途。刘冠军不耐烦地对孩子第一次开了口，别哭了，马上就走了。他不说则罢，他的语言像是刺痛了孩子，孩子的哭声更大了，超越了婴儿啼哭的分贝，像是绝望的恸哭。经过短短的医院生涯，百荷已经是个熟练的育婴妈妈。她先看了一下尿不湿，一点也不湿，便开始敞开怀喂奶。孩子却为了啼哭放弃了到嘴的美食。在孩子的啼哭声中，刘冠军又一次跨过了门槛，咽了一口口水。百荷满脸疑惑地注视着怀中的婴儿，她为什么这样哭，像是要对我说什么，却又不会说。

借着窗外微薄的亮光，刘冠军的目光在孩子脸上匆匆掠过，他看见孩子一张皱巴巴的小脸，一张洞开的小嘴巴发出惊人的控诉。殷勤受到怠慢，刘冠军迁怒于天气，他一脚跨到屋外，仰头怒喝空气，这都秋天了，天怎么还这么长？他像是预订了足够的耐心，又一次端来了一只汤碗，他说，我打听过了，你没有男人，我好心客串，你好歹享受一下老公伺候的待遇。百荷咬紧了嘴唇，她的沉默再次返回，经历过成长，成了一种力量，她构建的禁区在她的内心。刘冠军举着汤碗，僵持片刻，他悻悻放下汤碗，解嘲说，你不领情，算我自作多情好了。百荷不说话，哄着怀里的孩子。受到冷落，他皱着眉头，拉开门，走了出去。

他离开后，孩子的哭声微弱下来，她羸弱的身子显然耗费了大量的体力。

月子里，百荷的房东一直在照顾，百荷孤零零在医院时，是房东及时赶到，与她共度孤寂的医院生涯，她深深怜惜百荷。

她见刘冠军出了门，便以长者的身份婉劝百荷，人家好心帮你，你也要领情，靠自己行不通的。百荷默不作声，她要给孩子双倍的爱。她下决心做一个合格的母亲也做一个合格的父亲。

孩子睡觉的间隙，百荷打理自己，她按照教程上的育婴流程做一个合格的妈妈。她睡下时耳边是孩子的啼哭，这是幻听。出院时，她就带着幻听。医嘱上说，只有当她完全放松下来，幻听才会离开。孩子快要满月了，幻听仍然没有离开，她已经习惯了幻听，她和她的幻听和平共处。

是安静将她唤醒。

她在黑夜中睁开双眼，她的幻听消失了。她并没有感到轻松，黑暗挤压过来。她不明白幻听悄然离开的真相。她和素未谋面的安静相守片刻，享受到前所未有的时光，她泪流满面。

她在安静中完全清醒过来，点亮灯，起身照顾孩子。

小枕头还在，那图案上的梅花鹿仍低头在青草间寻觅。小包被还在，粉色依然醒目，蜷缩在婴儿床的角落。它们独自守着自己的孤单。婴儿却不在，她安睡的角落，空空的。

幻听出走了，百荷以为自己迎来了幻觉。她将包被轻轻抖开，抖搂了一个空空的现实。她不愿与这个现实相认，揉揉眼睛又侧耳倾听屋外秋风的脚步，试图让现实发生改变。

在幻觉中，婴儿并没有出走，但她被事实出卖了。

百荷跳下床奔进屋外的秋夜，她的脚步和惊叫声敲醒了沉睡中的弯街。

百荷咬定了孩子被刘冠军抱离了弯街。她凭着母亲的直觉，首先唤回了幻听。她在电话里声嘶力竭地喊道，刘冠军，你把我女儿送回来。

刘冠军很坦然，他说，你喊什么，我都是为你好，你等着，我马上就到。

很快,他踩着夜色带着全部真相赶到了,百荷看见他高大的身材上盘踞的童年的表情,是麻木而顽强的冷漠。除此之外,他两手空空。

百荷扑上去,他的童年的表情是她的对手,他的麻木是一个巨大的悲剧。

百荷把自己全身的力气都唤醒,用她未曾遗弃的童年推翻他的童年,她发现她的力气从整个城市汇聚而来,她在打破他,打破他的顽固,打破他的冷漠与麻木。

整个推翻的过程伴随着婴儿的啼哭,她的响亮的啼哭响彻城市的夜空,一个新生命的活力锐不可当。

婴儿的啼哭在路上,怀抱着她的女人刚刚给了刘冠军七万元。生命的价格当然不止七万元,但七万元对刘冠军无异于雪中送炭。

3

刘冠军缺少五万元。百荷做梦都不会想到,就在两天前,城郊一座高高的庭院里上演了一出电视剧里常有的刑讯逼供的大戏。只不过现实版的剧情超越了编剧的底线。百荷孩子的亲生父亲显然是经过一番苦苦挣扎最后落入三个男人手中,这三个男人一个猥琐,一个斯文,一个模样周正却是个秃头。他们将刘冠军带进房间后先是对着他一阵拳打脚踢,像是对待一个专供发泄的沙袋。事实上,他们为生计奔波,为生活所迫,确实需要发泄。如果不是由于轻信刘冠军的游说,他们一个是安分守己的公交司机,一个是朝九晚五的小学老师,一个是路边上合法摆摊的烧烤老板,这三个人在不同的地点因为不同的原因与刘冠军相识,却因为共同的原因寻找刘冠军。刘冠军分别向他们高息借钱,表面上给出的借口是投资,暗地里在赌桌上血本无归。借期已过,债主自然要找到刘冠军,无论刘冠军如何解释。只有三天期限，否则这三个人绝不会让自己的钱财付之东流。

刘冠军再找百荷，目的是为索要金钱，他自认为和田百荷之间有许多把戏可消遣，他担心百荷告发，逃离了碧城，将近一年了，他认定，傻傻的田百荷是自己的女人，她不要钱不找麻烦，他未必娶她却可以把麻烦带给她，有了前两次的交往，深入下去他甚至都无须铺垫。

刘冠军先去了百荷工作的宾馆。走了一晚的夜路，脸色发灰，衣衫凌乱，手指充当梳子整理了头发，虽然无法除去灰尘和油腻。门童拦住了他。他不住宿却被要求出示身份证。他的身份证足以证明他合法公民的身份，身份证安静地孤守在他的钱夹里。除此之外，他一无所有了，他声称百荷是自己的亲妹妹，找她只为家中有急事，门童像是识破了他可笑的理由，回敬他撒谎都不圆满，他说，你不会打电话吗？

无法接通，无法接通。即使和门童理论时，他仍然认为百荷的同事成了她的同谋。

被逼无奈，他只好铤而走险。退出宾馆大门后，他在大街上徘徊，物色了一位脚步匆忙的女士，跟着她的脚步。她的脚步停在公交站台上，趁她张望远处时，他出手借走了她的钱包。

晨风吹过来时，他已焕然一新，他换下的那套皮囊被弃之路牙，始终无人认领。

门童却认领了他新换的装束，他堂而皇之地进入了宾馆大门。百荷却被她的同事遗忘了，被宾馆遗忘了。她毫无名望，一个辞职的服务员，在人流如潮的城市，静止或者移动，始终都在自己的轨迹之内，她到哪儿，跟随她的只有她本人。

刘冠军心灰意冷之时，一位保洁阿姨记起了百荷的面庞，她和另一位保洁会心一笑，她说，我记得像是在弯街看到过她，她挺了个大肚子，我当时还想，她都怀孕了。

刘冠军向百荷卖弄，我想办的事情没有办不成的，我最终找到了你，弯街就这么大，你又挺个大肚子，人家不认识你，但都认识你的大肚子。

他是来找她解困的，却自称是她的救世主，你年纪轻轻，养个孩子是累赘，我帮你处理了，不要你感谢，你再陪我玩一次，咱们两清了。

孩子是刘冠军悄悄抱走的，刘冠军坦然承认。当时，他放下汤碗，走出小屋，却并未离开。他蹲守在门外，直到夜深。屋子里悄无声息，他易如反掌打开了房门。母女正在熟睡，他模仿着百荷的姿势悄悄抱起孩子。描述当时的情景，他还不忘警告百荷，你租房子，这种门锁一定要换的。

收养孩子的是一对很和气的夫妇，事先说好这不是买卖，而是象征性地付点钱，说好了五万，刘冠军一直闷头抽烟，那对夫妇看着襁褓中的孩子，爱不释手，觉得很投缘，一咬牙又加了两万。他站起来扔掉手里的烟头，眼睛红红的，最后看了一眼孩子，头也没回地走出了院子。

七万元钱中的五万他只看了一眼，跟在他身后的讨债人将钱揣在怀里，紧走几步追上他，从口袋里抽出一张纸，兄弟，这张欠条我撕了，你看着，手一扬，白色的纸片像是翩翩的蝴蝶落在落叶上，此刻的秋意便多了一层牵强的意味。刘冠军的眼里没有秋意只有逃离。

望着百荷的眼泪，刘冠军狡辩说，我当然不是卖孩子，为了让你轻松，人家给了两万营养费，我一分不要都给你。

是刘冠军，是这样的一个人，站在眼前。百荷透过橘黄的灯光逼视着他。他睁眼理直气壮地翻着眼白，嘴角似笑非笑，他带着这个表情从小到大。他的血液在皮肤下，在他的身体里，在橘黄的灯光下流动着，没有出路，没有方向。

他晃动着手中的钞票，脸上是邀功的表情，我都没有出卖你，为你解决了麻烦。他晃动着手臂，那皮肤下的血液晃动着。百荷听到那钞票下的血液尖锐刺耳地尖叫，血液需要一条出路，需要苏醒过来。

百荷摇晃着站直了身子，靠近床，摸索着。忽然，猛地转过身，抽出了一把剪刀，笔直地刺向刘冠军的血液。

刘冠军眼疾手快抓住了百荷的手腕，彼此较量着，僵持着，产后虚弱的百荷瘫软在床上号啕大哭。

她的哭声里响起了共鸣，是婴儿的啼哭从远处传过来，她停下来，那哭声还在，她坐起身僵着身子走出门去，哭声在哪儿，她就到哪儿去。她在刘冠军眼里是移动着的，他说，你是不是去找孩子？你不愿意，我们去把孩子抱回来，你可不能去报警。

他望着百荷，见她完全是另外一个百荷，那孩子的哭声响彻百荷的全身，他不具备如此的肉体以及心灵。他听不到哭声，自然无法理解一个在哭声中倾听倾诉的百荷。

刘冠军的这句话，让百荷平静下来，她冷静地咬牙说道，抱回孩子，否则，我不会放过你。百荷不顾身子孱弱，胡乱套了件外套，奶水流出来，这是孩子生命的源泉，是她的身体的血液，也是她身体的泪液。

4

太阳悬在空中，目光温和。在它的眼里人类毫无隐私，因此它不会跳下来为百荷解围，它温柔地注视着百荷的眼泪，一路颠簸着。眼泪的语言注定是湿润的，疲惫而悲伤。

讨价还价之后，他们坐上了一辆出租车。这是百荷第二次在城市乘坐出租车，她泪眼看到的车窗外，树木是潮湿的，高楼是潮湿的，路面是潮湿的。橱窗里的商品,个个表情僵硬,每一样都在等待着它真实的主人来认领,所有的商品都陈列着人类的欲望,所有的商品也都是潮湿的。

街道上仍然人来人往,车流从未间断,一切在百荷的泪眼之中都是潮湿的。

百荷的孩子在啼哭着,只有百荷能听得到。

出了市区,出租车在刘冠军的指引下,驶上了一条乡间小道,路面坑坑洼洼,司机操控着方向盘像是耍杂技。刘冠军坐在副驾驶位置上,一边指引方向,一边观摩司机的车技,这边,这边,左拐,右转。像是进行着其乐无穷的游戏,他身体随着车身摆动着。百荷眼角挂着泪,注视着他摇晃的背影,她从未撕裂过他的背影,她从未见过他的心会颤抖。

到了目的地,刘冠军像是由杂技演出中回归现实,遗憾节目结束,他意犹未尽,边付车资边回味着说,左轮悬空会更刺激。司机反应平淡,回答得切合实际,司机说,这地界荒僻,没有回头客,我空车回去要赔本的,我在这等着,送你们回去,包车的待遇收取租车的费用。刘冠军陡然变了脸色,催促说,快走,你快走。又对百荷解释,我朋友会送我们回去。

望着出租车绝尘而去,他才理会百荷。

孩子的啼哭便响亮起来,包围着百荷,包围着她孱弱的身体。

这是一处村庄,距离闹市并不遥远,相比光怪陆离的闹市却又恍如两个世界,一切在百荷的眼里都是遍布斑驳。

深秋的季节,田野里裸露着大片的稻田,金黄的稻谷已收割,稻茬沤在淤泥中,每一颗的眼神都是无限怅惘,田埂间的几棵树,树叶已落尽,光秃秃的枝干倔强地指向苍穹,依偎树根的几朵野菊花粲然绽放着,田野没有人类的语言,一切却都在表达,与野菊花交流的,是秋风。秋色在这里倾心于颓败的情绪。

村庄坐落于寂静田野之中，像是寂静的一部分。一条村道蜿蜒向前，村道边分布着错落有致的二层小楼。偶尔一处低矮的砖瓦房，牵扯着视线矮下去，陈旧的窗台，腐朽的门框毫无生气，唯有遍布的苔藓，生意盎然。

他们的到来并没有引起村民的注意，多数人家关门闭户，只有稀稀落落的几户敞开大门的人家，一两只在村道上张望的狗，热闹地围在他们周围。刘冠军解释说，这里住着我的一个朋友，住得偏僻，他们寻不过来。谁寻不过来？百荷警觉地问。她心里的惊疑不断地放大。

百荷耳边孩子的哭声微弱下来，她想象得到，婴儿羸弱的身子显然耗费了大量的精力。我的孩子为什么要到这里来，我为什么要到这来？接近村东第一户人家，百荷站住了脚步。这是村落里少有的气派的门户。高高的庭院，门楣上居然还有砖雕，两扇大门通体刷了红色，既热情又充满诱惑。

孩子的咿呀之声由院门里涌出来，迅速变浓，围绕着百荷。

不容刘冠军阻拦，百荷扑过去嘭嘭嘭敲门，节奏咄咄逼人。

院门很快开了，院里站着个陌生的女子，上上下下地打量百荷，眉宇间既是疑惑又有些恼怒。百荷不说话，目光跳过女子，匆匆扫视了院落，除了墙角碎砖垒就的小花圃，每个角落都坦坦荡荡，每个角落都是静默的，她带着脑海中孩子的咿呀之声，推开女子，继续向前冲，跌跌撞撞撞开了房门。

堂屋里，这家的男人正在看电视，他的目光从电视上拔出来，一半是惊愕，一半是惊叹，聚焦在百荷的脸上。他身后的电视里，正在上演着一幕悲喜交加的电视剧，男主角喜得贵子，女主角身处抢救室。剧情正处在高潮，婴儿的啼哭盘桓其间。

百荷扑进去。隔着冰冷的屏幕，百荷看着眼前的孩子不禁泪如雨下，眼泪的堤坝一旦打开，怎么止也止不住。

她身后跟进门的女子已听信了刘冠军的解释，以为真是百荷不慎弄丢了自己的骨肉。

这家的女主人也是个热心肠，埋怨了自家男人，又抱怨了电视机音量，同是女人自然能体会母女分离的肝肠寸断，电视里孩子一直在啼哭，他的哭声吸纳了百荷，也接纳了女人的眼泪。

画面晃动间，剧情节奏缓慢，产妇转危为安。电视剧演绎的幸福与百荷相距遥远。百荷在上演的幸福中，渐渐冷静下来。她逼视着刘冠军，一个冰冷的现实摆在桌面上，他正带着百荷与她的骨肉背道而驰，司机打道回府，她就是走回去，也是和她的骨肉相隔得越来越远。

刘冠军脸上挂着得意的笑容，目光狡黠，凑近她的耳畔悄声说，你呀，就是傻。出手的货，我怎么会追回来，到手的钱，我怎么会送回去？为防你报警，你中了我调虎离山之计。

说着，他晃了晃手中的手机，喏，为防你报警，你手机电池早被我拿掉了。

5

孩子的哭声回响着，但孩子在不属于她的角落里哭泣着。整个日子里都哭泣着。哭声晃动在空中。

百荷沉默了，一段错乱的时光降临了，孩子的哭声消失了。她的世界静寂无声。百荷晃晃悠悠回转身，凑近这家的露天水池，不顾水龙头上来历不明的手印，灌了几口自来水。接着，她摇摇晃晃走出小院。

村道上依然空荡荡的,一切都在静默地注视着她,一切都和她相隔着遥远的距离。孩子的啼哭始终响着,她在啼哭声中煎熬,然而,除她之外,一切都处在静默之中。

还在哺乳期,奶水发胀,一番劳顿,百荷浑身像是被抽干了精力,她的整个身体里只剩下贯穿的啼哭。无力挪动脚步,百荷抬头仰望太阳,阳光的暖意无法抵御秋天的寒气。太阳是红色的,一切都是红色的,血的颜色,太阳以鲜血的形式出现在百荷的世界里,出现在人类的视野之中,鲜血似乎要冲刷一切又似乎要冲破一切。

在村子西边一户敞开的院门边,两个老眼昏花的村妇正在门口剥毛豆,豆秆上沾着新鲜的泥土,豆荚也通体泛着光鲜。她们神态淡定自若,她们仿佛用一生在剥取植物的真相。

她们对百荷的询问非常不满,跟你说过了,这不是你的家,你到这来找什么孩子。遭到抢白,百荷并不气恼,她看到村道已临近尽头。再向前移动脚步,经过那棵老榆树,经过那树下废弃的石碾,她就要走进田野之中。这是她钟爱的版图,而她的孩子,她的另一个生命不该离开她,不该离开属于她们的时光。

百荷接着向前挪动脚步,刘冠军远远观望着,先前凑热闹的两只狗,友好地跟在他的身后,亦步亦趋。

还我孩子,还我孩子。百荷回转身发疯般冲向刘冠军,就像寻短见的女人奋不顾身地撞向一堵墙。刘冠军原本还残存着孤男寡女风花雪月的梦想,见百荷像是暴烈的母狮子,就像是赌桌边瞬间收回了赌注,如果下错了赌注收获的必将是败局,他的生活何苦要一个疯狂的女子败兴?刘冠军想到这里,马上一脸冷酷,粗暴地推倒百荷,你疯了,不知道好歹,自己弄丢了孩子,凭什么怪我?不然出了事,谁负责?

他们的吵闹声惊动了村上的几户人家，有人站在院门外张望，剥毛豆的那两位妇人却起身，嘭的一声关上了院门。唯有凑热闹的那两只狗对着百荷狂吠。百荷慢慢起身，衣服上沾满了灰尘，头发也凌乱不堪，她的愤怒勇往直前，但她已心力交瘁。她将目光投向张望的人们，带着哭腔哀求道，求求你，帮我报警，他是个恶棍。收到她的求救，那些目光却畏缩了，嘭的一声又一扇大门向百荷关闭了。

那响亮的回音响彻了百荷的耳膜，刹那间，一切声响都消失了。一切都失去了听觉以及视觉。百荷不再哭泣，她身体里的沉默苏醒了，相伴于她。

见百荷不再吵闹，刘冠军吹了一声口哨，是得意扬扬的腔调。他从裤袋里掏出了手机还有一把明晃晃的钥匙。在百荷眼前晃一晃，兴奋地说，走吧，你跟着我，两万块足够我们享受。百荷缄默不语，像是失去了所有的知觉，又像是置身空旷无人的荒野，这是噩梦般的境地，但这是现实。

刘冠军手中的那把钥匙打开了村庄一户人家的院门，他像是拥有所有的钥匙，有能力打开一切房门。而整个村庄依然在沉寂之中。

太阳已经西斜了，风的凉意加深了一层。顺着村道，百荷的视线跌跌撞撞奔跑到田野间，她跟着视线挪动脚步，身子是僵硬的，脚步也是僵硬的。刚走了两步，刘冠军便冲到她的视线里，覆盖了她整个身子，你不跟着我，你想去哪？他拉扯着百荷，百荷整个身子轻如薄纸，经过院门槛，她的脚钩住了门框，刘冠军俯身将她扛在了肩上，像是扛起一袋农作物，百荷用力撕扯着他的头发，双脚乱蹬不肯就范，最后，她在他肩膀上咬下去，她的愤怒清晰可见，他的肩膀渗出了血。

他们展开了较量。刘冠军拖拽着她，一只手翻箱倒柜，堂屋，厢房，家具，床，墙上的石英电子钟红绿交错，时间却停摆了，像是一个回忆停留在原地。终于,他找到了一块创可贴,他防备着百荷逃脱,又要处理伤口,权衡之际,百荷却停止了挣扎。

剪刀!一把剪刀吸引了百荷的目光,吸引了她的心。她拿起剪刀,刘冠军正欲抢夺,却发现自己大惊小怪,百荷丢弃了他,丢弃了一切,她顺手拿起八仙桌上横陈的一张薄纸,咔嚓,咔嚓,剪刀和薄纸很快发出了它们各自的音调,咔嚓,咔嚓,那薄纸在百荷手中变成一张张剪纸,传递出一个个生命。

百荷的孩子一个一个哭泣着,孩子的嘴巴,鼻子,耳朵,小胳膊小腿,孩子的微笑,孩子的动作,百荷端详着她手中的“孩子”。她将剪纸捧在手心里,有了体温的传递,那剪纸在百荷的手掌间鲜活起来,她的孩子鲜活起来。

一个一个成长的孩子,另一个百荷在剪刀下成长着。薄纸用完了,剪刀完成最后一件作品时发出了轻微的叹息。百荷凝神注视,迅速抽回来,揉在手里狠狠地撕烂了,这张剪纸仿佛是眼前的刘冠军,这张剪纸在陈述一个事实,也在泄露一个秘密。这在百荷的生命中并不美好。

无数个孩子陈列在眼前,刘冠军也沉默了,他的沉默合乎情理 。他将创可贴敷在牙痕上,处理完伤口,他向百荷宣布,你虽然咬伤了我,看你是个女人,我不跟你计较。他将目光落在百荷的乳房上,目光邪邪的,百荷的注意力凝聚在剪纸上,她只看见了她眼前的剪纸,以及她的孩子。

在百荷的世界里,刘冠军被忽略了。被强烈的挫败感鼓动着,刘冠军双手伸向百荷的乳房,百荷站在原处,但是她的剪刀出击了。剪刀是百荷的一部分,它将刘冠军逼迫到角落里。面朝刘冠军,百荷一步步后退到院子里,逼近院门,她却泄气了,院门反锁着。刘冠军站在远处,她和他之间隔着一把剪刀,一个被剪开的世界,泾渭分明。无法跨出院门,百荷举着剪刀物色了院子里一间独立的房间，她相中了那小屋的防盗门。呼啦一声拉开了防盗门闩，百荷将自己锁在了小屋里。

隔着防盗门的铁栅栏，刘冠军试图抓住她的手。百荷把双手背在身后，像个威严的审判者。百荷的眼睛里都是愤怒的光芒。

刘冠军弄不明白，百荷，我不是为你好吗？你这是在逼我招供，你难道还要报警把我送进监狱？

百荷紧紧闭着嘴巴，她摆弄着手中的剪刀，咔嚓，咔嚓，剪刀响亮的声音清脆悦耳。剪刀锋利的刀口剪碎了无形的可憎的一切。

刘冠军又问，那孩子到底是谁的？百荷不说话。她的沉默在她身体里又一次开始生长着。

僵持到后半夜，刘冠军做出了让步，他试探说，那孩子，是不是我的？我放你回去，你会不会报警？百荷不说话，她的沉默生长着。她固执地摆弄着手中的剪刀，始终沉默着。

有了这样的经历，两人的对话已到了山穷水尽的地步。

架不住饥饿和瞌睡，刘冠军靠在小屋的外墙边，沉沉睡去。

百荷却始终清醒着，咔嚓，咔嚓，她像是要剪破他的沉睡。

百荷的脑海里都是叠影，她靠在小屋墙角的小床上，打量着眼前的一小块天地，咔嚓，咔嚓，她手里剪刀始终忙碌着，剪碎无形的需要剪碎的一切。

伴着夜晚的冷风，她像是听到了孩子的哭声，断断续续的。凉意袭击了她的全身，她的身体也在提醒她，阻碍她与孩子相见的障碍是冰冷的，僵硬的心，咔嚓，咔嚓，她要剪碎那些阻碍。她的孩子在哭泣，她的整个世界都回荡着孩子的啼哭声。

6

凌晨时分，刘冠军在冷风中醒来，他整个身体像是僵硬的石头。他伸了个懒腰，伸直双腿，然后，站了起来，饱尝了夜风，他整个身体都被寒冷贯穿了，包括他的心。

刘冠军趴在铁栅栏制成的防盗门上，伸长脖子察看百荷的动静，剪刀悄无声息，百荷无声无息。借着朦胧的月光，刘冠军辨别出百荷横躺在屋角的小床上。他试着喊了一声，喂，田百荷。回答他的是耳边的冷风。刘冠军像是被冷风惊醒了，他的心遇见了悔意，他说，百荷，你出来吧，我不拦着你，早知如此，何必当初。刘冠军的悔意越来越大，包围着他，他用力撞击着防盗门。百荷横躺在那里，她手中的剪刀露出隐隐的寒光。顺着剪刀的寒光望去，刘冠军瞪大了双眼，他用尽力气撞开了防盗门，小床上，百荷左手拽着剪刀，右手手腕上鲜红的血液汩汩而出，百荷已接近昏迷。

田百荷，你非要这样害自己吗？刘冠军背起百荷，打开院门，边跑边喊，田百荷，你不如给我一剪刀，只要你睁开眼，我保证给我自己一剪刀，我保证把孩子给你送回来。他背上的田百荷不声不响，越来越沉。

回应刘冠军的，只有田野间的秋风，然而，刘冠军不懂风的语言，他弄懂了一点，他背上背负着真实的生命，她的体温不能消失。

他一边奔跑一边祈求，田百荷，你要活着，你要永远活着，我算是明白了，你就是你。

当他跑到连通闹市的公路上时，迎面刺目的车灯射过来，如同白昼来临，急救车的汽笛声传过来，打破了沉寂的田野、村庄，也打动了刘冠军的心，他的眼睛里，终于，流出了热泪。

第十二章　风行水上

1

弯街在城市里顽强地存在着。它的前生是这城市市郊的普通集镇，一条宽阔的主街，碎石路面，偶尔汽车开过，扬起碎石下的黄土。沿街凌乱的门面，都是经营些小生意的，早点摊、理发店、小百货、美甲坊、足疗所、服装店。店主都是镇上的居民，世代居于此。早些年，镇上的居民夹在城市和乡村之间，像是半生不熟的馍。随着城市的不断扩张，弯街毫无主张地成为市区的一部分。面子更换了，里子却陈旧了。街道边拼接的住房不断地侵占主街，慢慢地，主街缩成了街巷。

弯街就像是曲折的生命线，蜿蜒于城市，庞大的城市之躯遍布着众多的毛细血管。

百荷的孩子其实并未离开弯街。一直未曾离开弯街。

刘冠军的反悔举动，最终让这桩买卖演变为一桩闹剧，避免了一场悲剧。

将百荷送进医院的手术室，刘冠军的电话打给那对抱走婴儿的夫妻，他在电话里充满了歉意，他说，有个情况，我得跟你们交代一下，这孩子她有毛病，越大越明显，遗传了母亲，小时候的症状是傻，长大后是痴傻，找不出病因,也无法医治。

像是冥冥之中得到了神秘的暗示,孩子在襁褓里酣睡,她的酣睡配合着刘冠军的谎言,迷惑了那对夫妻。脱离了母亲怀抱的24小时,她拒绝食用奶粉,她的拒绝是沉默的,却是带有震撼力的,她闭紧了嘴巴,眼睛紧闭,两只小手双拳紧握,她的胸脯一起一伏,像是整个世界都在适应她的呼吸,而不是她来习惯世界。无法行走和尚未掌握属于人类的语言,她始终无声地沉醉在她的睡眠之中,以异乎寻常的毅力沉睡,以沉睡抗议。

这对夫妻在电话里谴责了刘冠军,也道出了困惑:我们也察觉了异常,又不敢带她去医院,也正想联系你,钱退给我们,有毛病的孩子你拿走,咱们两清。

在弯街有很多新奇事件的发生,远远超乎人们的想象。比如街口的鞋匠前一天还在街口修补足下漏洞,第二天便因为中了彩票大奖成为弯街土豪。再比如面食店老王的女儿小王终日低头走路,背着书包出出进进,高考发榜后,她成绩排在全市文科考生的第三而备受瞩目。

孩子回归母亲的怀抱,一个非婚生子的前途喜忧参半。她漫长的成长过程,无法长时间引起弯街人的关注,婴儿失而复得的闹剧很快被人们遗忘。弯街人更关注柴米油盐,百荷母女的生活归于平静。

凉意渐浓,孩子的满月和弯街的冬日暖阳结伴而来。

2

女儿满月,房东慷慨解囊,送给孩子一个百元红包。

百荷百般推辞,房东眼圈红了,抹了一把眼睛,将孩子抱在怀里,孩子睡着了,她仍然抱在怀里。似乎她抱了孩子,再说出的话就更有说服力,她说,这地方环境不好,还是给孩子找个宽敞地吧。

趁孩子熟睡，百荷正在收拾房间，地面要清扫，桌面要整理，换下的衣服要清洗，说好了交给房东的活计都等在那里。她手上叠衣的动作凝滞住，如同一个提示。她不仅欠着房租还欠下了房东照顾孩子的工钱。

寻找孩子的风波平息了，她的奶液却也枯竭了。这是意外，但是这个意外没有再发生转机，她的母乳滴滴答答留在陌生村庄的颠簸中，留在愤懑和挣扎中，留在不属于女儿的空间里，而那是女儿生命的源泉。女儿回来了，可是她的母乳丢失了。

购买奶粉要花钱，婴儿纸巾要花钱，流出去的钞票远远超出她的预算。她遗忘了一个生活中朴素的道理，生活永远超出预算。

百荷只好许诺下个月多加工钱，虽然这是一个干巴巴的承诺，但她是真心的，她最值钱的剪刀，房东看不上，那台电脑她也无法拱手相让。见百荷一再许诺，房东索性直言，我家儿子找了新租户，人家不欠房租。你不是欠我的房租，你欠的是房东的，我实际是个二房东啊，当初看你老实，谁知你偏偏一个人生下孩子，这个年头，你这样的人还是少见啊，不让男人养孩子，这样下去，你会吃苦头的。

百荷被未曾谋面的房东驱逐了，她被房租驱逐了，她被城市驱逐着。

百荷去找工作。再次出门，面对城市，她像是久别后归来，她身体经历了惊天动地的变动，她的身份变化了，怀里拥抱着一个亲人，城市仍然不动声色。城市一定真正认识她了，也听说了她的遭遇，她就像是去约会一个老熟人，熟门熟路地来到了人力资源市场

她没有学历，缺乏从业经验，还要有空余时间照顾孩子。她背上的孩子安睡着，无疑是一个任务，无疑是一个说明，无疑是遭遇拒绝的一个理由。

回来的路上，她抱着孩子去餐厅吃饭，一只手娴熟地抱着孩子，一条腿蜷起来架在另一条腿上，孩子乖乖地伏在她的怀里，她用另一只手快速地吃着一碗小刀面。邻座是一位年轻女子，见她姿势吃力，主动问她为什么不买一辆婴儿车。年轻女子热心介绍说，她的孩子也是刚刚满月，5000元一月雇请的月嫂照顾宝宝，倘若没有婴儿车，月嫂都不肯登门的，抱孩子太辛苦，现在多数人不愿付出辛苦的。说着，年轻女子诡秘一笑，压低嗓音说，我就是找个理由出来散心的，我花了钱，不能让月嫂偷懒的，在家里看她干事情很烦心的。

百荷脸上露出了苦笑。吃过了饭，百荷怀里抱着孩子回到那个小房间。她第一时间给孩子喂奶，孩子一定饿了，但她没有哭闹，甚至露出了笑容。她一笑，百荷的整个身体都笑了。

房东送来了一辆婴儿车。只不过，虽是送来了婴儿车却是一脸的为难，她的难处就像是涓涓细流，断断续续却也思路清晰。坦白说，我们都相信你，可是有些人是不愿意受到影响的。话题深入下去就会蹿出来有杀伤力的害虫，房东说话也就点到为止。百荷自知不会伤人，而且她孩子的尊严不容践踏，她涨红了脸敏感地问道，什么影响，我影响谁了？

房东的态度依然诚恳，一一列举弯街生活的不易，又陈述了街坊们对百荷的诸多帮助。百荷听着惊诧极了，她想不到她用的一张纸、一滴水的价格都能被细致报上价来，但是，房东还是很大度地说，算是算，我们还是免费提供的。

百荷思忖了一番，房东的别有用心也是煞费苦心。她应该自己寻找出路了。

天气转凉，百荷将所有的衣服穿在身上，她单薄的身子与先前并没有两样，只是多了一辆婴儿车，为了这婴儿车她对于新住所的选择举棋不定。房东见她同意搬走,脸上便有了和缓,说话也就动了情。她好心给百荷安排了住处,一再强调说,那里的环境适合孩子的生长。是碧城市郊一处偏僻的小院子。

房东这时候走近一步,说道,你住在那里,有人来养活你,那房子的主人是我的一个远房亲戚,想找个女人过日子。房东的话里有一种暗示,在她的生活里是半明半暗的亮光,如果她示弱,她就会在暗处无忧,如果要在明处,她就要有足够的能力挡风挡雨。站在明处,她的生活也未必前程似锦,但是暗处的生活必定只能偷得一缕阳光。百荷已经心力交瘁,对于房东的这番话,就像是她刚刚馈赠的婴儿车,百荷默默推回去,如数奉还,无原因的馈赠,必定会是有原因的索取。

夜里,孩子不断地咳嗽,咳到后半夜发起了高烧。

万般无奈,百荷联系了晓晓。仍是通过 QQ,这一次,百荷说,QQ 里说不清,你还是给我你的电话号码吧。晓晓没有回复,她们的对话停留在页面上,第二天,晓晓发来了她的手机号码。

接到百荷电话时,晓晓正躺在钱总的怀里欣赏电视连续剧。乏味的剧情让她昏昏欲睡,百荷的电话让她精神为之一振。

百荷说话的语气平平淡淡,听着她电话里叙述的内容,晓晓脸上的表情越来越凝重。

3

钱总的汽车停在弯街口就像是一位迷途的贵妇进入了村庄,而那村庄像是风烛残年的老人在寒风中瑟瑟发抖。

晓晓下了车,站在街口张望。狭窄的街道漫长地在眼底延伸,先瞅见各式低到搭在眼帘上的招牌,接着是毫无棱角的各家的门槛,路面的沥青千疮百孔，新近更换的窨井盖，像是弯街的奢侈品。晓晓和百荷终于在城市的弯街，弯街的小屋里会合了。

单薄的墙壁沉默着，墙面旧迹斑斑。简单的家具沉默着，贴墙摆放的一张旧床，依床而立的三屉桌，桌面上挤满错落有致的日常用品：成人的牙具，婴儿的水杯，抽纸，一次性婴儿纸尿裤。还有气味，混合着盘桓在每一件日常用品之上。空间局促，晓晓和百荷相依而立，钱总便被挤到了门边，一只脚搭在门外。百荷的窘境延伸到门外。

房间阴暗，晓晓的光彩愈加突出，她的耳坠、她的胸坠、她的戒指、她的手镯都在各自的位置发出光泽。直截了当遮盖了百荷。

除了晓晓，钱总的意外出现让百荷始料未及，还有同行的一位老周，说是钱总的生意伙伴，与钱总同龄，看上去却比钱总年轻许多。老周目光跳过百荷，四下环视，嘴里连连认定说，这样的环境对于孩子太不安全。说完，他的目光才落在百荷的脸上。仿佛揭开了百荷的窘迫之痛，他愿意鼎力相助，他立刻做了决定，这个地方不要住了。他探身面向床铺，面庞瞬间放晴了，像是接近他的想念，他伸出双臂做出了拥抱的姿势，脸上的晴朗之色是陶醉的表情。婴儿正在酣睡，她的酣睡之态香甜得令人陶醉，令一切都沉浸在静好之中。

老周像是很有照顾婴儿的经验，他听说孩子有些咳嗽，便断定孩子是受凉了。晓晓贴近百荷耳语道，老周下海前是一位儿科医生，他喜欢孩子。

老周打量的目光最后落在百荷身上，他赞叹道，你还真不简单。这话也不算是恭维，百荷却面红耳赤。她的潦倒让她羞愧，但她并不觉得羞耻。她落落大方地说，想要省钱就是要吃苦。使她宽慰的是，晓晓的朋友看孩子的目光都是新奇喜爱的，是正常的成年人对孩子的喜爱，并没有异样的眼光。尤其是老周,孩子一睁开眼,他抢先伸手抱起了孩子,嘴里赞叹道,这孩子太可爱了。

钱总的办事作风雷厉风行,他第二天便为百荷在自己和晓晓的爱巢附近租了房子。这样,百荷离开了碧城,在晓晓所在的江城安置了下来。算不上投奔,应该是投靠。两个分开两年的闺密又会合在一起,但是她们的生活却发生了变化。这种变化,不在预期里,却切断了她们生活里的幻想与期盼。先前的生活恍如隔世,现在的生活又千头万绪。

两人的住处虽然只相隔数十米,但晓晓每次光临百荷的住处,身上的装扮都像是盛装赴宴。

发型虽是简单明了,因是拉直的离子烫,看上去清纯柔顺。晓晓身上的服装都是流行的款式,是国际的品牌,大衣里面的羊绒裙,与羊绒衫匹配的丝巾都很昂贵的,只可惜百荷并不识货,晓晓只得孤芳自赏。钱总点评过晓晓的穿着,说她穿裙子近看远看前看后看都是难言的性感。因而,她一年四季都穿裙子,走路时她的臀部摆动得很夸张,长筒皮靴精致地衬托出她的长腿,最艳丽的是她手腕上的手表,一举手就透出一种尊贵。她的衣服有很多套,有时候,她一天多次去百荷的住处,每一次都换一套衣服。钱总不回来时,她一整天待在百荷那里,抽个空为了换套衣服她也会回一次自己的爱巢。

她的住所,钱总称其为爱巢,她起初还沾沾自喜,渐渐地品出其中掩藏的苦涩,这个名字让她感到摇摇欲坠,她问钱总,爱巢是家吗?钱总肯定的回答当然是,她对他的回答感到怅然,不满意却又不知该如何修正,还有比这个名字更贴切的表达吗?钱总离开爱巢的日子里,她坚守在爱巢里,调整心态当爱巢是自己的衣橱,她在这里把爱恨情仇,喜怒哀乐都当作随时可以更换的外衣。

旧时的玩伴相伴，晓晓常发感慨，百荷，你还是没有变。百荷清楚晓晓的言下之意，她还是那样傻气。百荷并不辩驳也不排斥，她留给他人的印象是她小时的影子，这影子伴随着她成长。

百荷却在晓晓的身上找不到她昔日的影子。当初晓晓悄然离开学校，只有她本人清楚她去赶赴人生的第一场约会。

邀请是钱总发出的。他发出的请柬，毫不修饰，他说，你跟着我，我有能力让你上最好的大学，让你过上有钱人的生活。

他说跟了他是有几层意思，晓晓没有多想。在这之前，她从城市回到农村打算参加高考，但她一进入校园，透过校园的栏杆望着无边的田野，以及校门外那条伸向远方的公路，她心里的犹疑渐渐沉下去，接着又浮上来。进入校门意味着和那段城市生活告别，仿佛眼睁睁地看着城市里那段时光从手中溜走了，而其中居住在别墅的生活她一辈子都无法与之重逢。

她不愿意从那时光中抽身而去。

她也不愿意回到她的旧时光。

她愿意失去旧时光中的一切。

她愿意重创一个世界，她愿意跟了他，以免擦肩而过。

4

晓晓第二次进城，直接去了白金天地。她进城时，已到薄暮时分。路灯一盏盏亮了，每一盏都像是细微的花朵，开在夜色里。晓晓眼里的夜色闪闪发亮。

钱总的秘书带着她,在快餐店吃了晚饭,又去商场为她选购了几套衣裙。商场里,灯光更加明亮,所有出售商品的细节都闪着光泽。晓晓很兴奋,第一次金额过万的购买经历,颠覆了她的消费观,她整晚都处于眩晕状态,闯入她眼帘的一切都是颠倒的,包括,白天与黑夜。

两次进城,她和秘书有过多次接触,很多时候,秘书都像是城门上的一个把手,为你推开门,却独自静守在门外,城里的世界与他无关。他们像是有了某种契约,尽量避免交流,简短的对话像是稀薄的空气。

白金天地是钱总的福地。

白金天地所在的地段是江城最繁华的地段,楼价高到普通人望尘莫及。白金天地的前生是友谊商店,友谊商店也是江城最著名的商业场所。友谊饭店是友谊商店的下属单位之一,它紧邻友谊商店。

钱总的童年和少年时光在这两处场所倾注了很多羡慕的目光。友谊商店的副食品柜台五颜六色的水果糖是他最向往的美食,也是他努力考高分的动力之一。怎奈他每次都会与美食擦肩而过。他青睐友谊饭店的橱窗,看看玻璃橱窗里摆放的卤猪蹄或者盐水鸭,嘴巴里口水泛滥,但饱了眼福。

高中毕业后钱总毅然放弃高考,参加江城的社会招工考试,父母对他的选择不屑一顾,认为他放弃高考是自毁前程,父母不愿看到家里的长子成为友谊饭店里案板后面卖盐水鸭的大师傅,但这是钱总的梦想。钱总如愿就业,梦想的实现造就了他日后的辉煌。钱总卖了五年的盐水鸭,单位体制改革,为了让梦想不断绽放,钱总毅然承包了友谊饭店。成长的道路风雨兼程,友谊饭店成为白金天地的前身,而钱总也因此成为腰缠万贯的钱总。与其说梦想成就了钱总,不如说魄力造就了钱总。

很多时候,晓晓是相信缘分的。她第一眼,就识别出钱总眼里投给她的缘分。她是个惜缘的女孩，又处在惜缘的年龄。至于缘分是孽缘还是良缘，晓晓不愿多想。她肤浅地认为，看上一眼并不讨厌就是有眼缘了。

白金天地的一套顶级豪宅中，钱总穿着睡衣，却并未就寝。

钱总穿着睡衣，看上去胖一些，也要老一些，同时随和一些，他脸上的笑容也深一些，他的笑容很亲切，一直延伸到他睡衣的褶皱里。

他说，你可以叫我钱总，你明白吗？晓晓不明白，但是她点点头。钱总的做派、钱总的声势以及钱总眼睛里的缘分，既浅得像蜻蜓点水，又深不可测，晓晓不知该如何测试。她只清楚，缘分是要抓牢的，否则，缘分很快就像是天上的流云流走了。钱总显然也是这样的想法，他要在晓晓的测试中体现自己的魅力。时间久了，晓晓知道这是金钱另外的一种闪着光泽的魅力，她不迷恋却依恋。

她换上新买的衣服展示给钱总，新衣服使她看上去比较成熟，比较瘦削，同时亭亭玉立。她整个脸庞面对着钱总，目光却像轻盈的蝴蝶落在窗外的栏杆上，看上去惴惴不安。

钱总所坐的位置，距离晓晓不过几步之遥，他能看清晓晓的全部，她身体的每一处细节在他眼里都无可挑剔。晓晓赤裸的小腿，透着青春的活力的肌肤。她整个人站在钱总的眼前被他审视着。在柔和的灯光下，她裙装里面的身体是柔软的，湮没在黑夜的灯光中。

在白金天地，晓晓在钱总的眼里是迷人的。她的娇小的、玲珑的、胆怯的，等待中的双颊、双胸、双臂、双腿在灯光下，流动在她身体上的每一处神情都令钱总欲罢不能。仿佛，他的眼神每一次落在晓晓的身上，他身体中被时光剥夺的青春正姗姗而返。

与钱总恰恰相反，晓晓躺在床上面向钱总，她的身体在渐渐苏醒，并且茁壮成长，钱总每一次经过她，她都产生一种错觉，她认为自己已长在钱总的内心,并且已占据钱总的内心。

一个细雨蒙蒙的下午,晓晓在钱总的钱包里发现了一张女孩的照片。这让她感到很新奇,沮丧。她端坐在窗前望着窗外绵密的细雨,心里有一股说不清的滋味,她断定这是钱总的妻子。

当钱总又一次经过她的时候,她直挺挺地躺在床上,面对着钱总脸上的皱纹,皱纹里满满的汗水,她审视着这些汗水,目光直直的。钱总停下来,气喘吁吁地问,你今天怎么了?晓晓听着钱总的声音,她心里想,他钱包里揣着其他女孩的照片,心里会想着谁呢。她爬起来,赤裸着身子,面对着赤裸的钱总,拿出了那张照片。

钱总笑了,这是我女儿。

钱总是个负责的家长,他每个月给他在国外上学的女儿二十万,妻子在国外陪读。晓晓后来得知他的女儿与自己同龄,心里很不是滋味。她排遣异样滋味的渠道就是要求钱总为她增加每个月零花钱的数目,她提出这个要求时,钱总正在兴头上,大汗淋漓,通体舒畅地陶醉着。晓晓的话并没有败坏他的兴致,但是他没有应答。晓晓整个人便僵僵的。整个身体一点点收缩着,但她身体的线条是直的,眼神也很空洞。她空洞的眼神收敛了钱总的兴致。钱总从晓晓身上滑下来,点了一支烟,败兴地眯着眼睛慢慢吸着,烟吸到一半时,他光着身子站起来,拿过自己的钱包,从里面抽出一沓钱,数也没数,啪地摔到晓晓的脸上。晓晓的眼泪流出来了,但是她一直就让那些钱盖住她的脸,盖住脸上的泪水。

平心而论,钱总对晓晓很大方,也很体贴。这样的做法会伤了他们之间的感情,但是,他们的感情是过眼云烟,晓晓每一次跟着他到一个地方旅游,都不会问下一站,晓晓知道问了也是白问,他们的起点往往就是终点。她也曾做过努力,想怀个孩子,但是钱总很快就察觉了,警告她,她彻底明白了，没有感情，他们已经坠落了，他捡起她时，在他的眼里就是落定的尘埃。

5

孩子百日的那天，出差的钱总提前回来了，同来的仍有老周。钱总介绍说，老周提议一起给孩子祝贺一百天，算是给她们的一个惊喜。钱总不在的时候，冷静的晓晓编排诸多对钱总的不满，但是钱总出现在眼前，她就异常沉默，她的沉默是因为激动，钱总这次出差带给她的礼物是一心形的羊脂玉坠，吊在她的心口凉凉的，同时也吊起了她的胃口。钱总趁大家没注意在她的腰上掐了一把，他的暗示，她马上就懂了。立刻提议她和钱总再去买瓶红酒。两个人却兴味盎然地回到爱巢。

房间里剩下百荷和老周，突来的空寂让百荷有些无措，孩子的出生让她越来越像一个沉稳的母亲。尴尬很快被老周打破了，他从前是个儿科医生，面对眼前的婴儿，他有很专业的体会和一个有亲身体验的母亲进行交流。这个话题是百荷最乐意交流的话题，老周娓娓道来，他就孩子的睡眠饮食都提供了很好的建议，厨房里菜肴的香气四处蔓延，一间房屋里男人、女人还有一个孩子，以及以孩子为中心的话题，一个家的氛围令百荷感动。眼前的老周便倍感亲切。这其实就是一座城了，家是一座城。

百荷为了掩饰内心的情愫，独自走进厨房，老周却抱着孩子跟了过来，站在厨房门边上，他对这次交流还有一句结束语，他说，你是一个真诚的女人，一个无私的母亲。百荷手中的汤勺举在半空中，像是从空中落下了一个令人震撼的惊叹号。在惊叹号之前，她的茫然，她的焦虑，她的母爱，她的未来，一直都排着长长的队伍，期待着一个肯定，现在它们得到了一个答案。这样的肯定无疑是一种答案。

百荷感激这两句话，却轻描淡写地说，这是我自酿的苦酒当然自己喝。老周摇摇头，打断百荷，有些人在错误里获得重生，有些人在错误里沉沦，更何况这不是你的错，尊重生命是一种美德。他的这番话，搭起了一座桥，由他的心出发，抵达百荷的内心，这是一句贴心的话，算是贴近了百荷，无论是有意还是无心。他不问过往便断定不是她的错。

老周又说了一句话，他说，你要开心啊。这句话回来了，或者说，百荷找到了这句话，在城市里。恍惚的久违的他的气息，还有他的手，在那个堤埂上的黄昏，这是不完整的，但就算是一部分，他在百荷的内心，很快就完整了，她用自己的联想修补那些空白，他的笑声，他的笑容，他的体温。在城市里，这个小小的空间里，近乎圆满了。

吃饭的时候，百荷将孩子抱在怀里，大家一起为她庆祝，酒杯举在空中，百荷眼圈红了，她其实暗暗记着孩子的百天，也感叹自己的孤独，但从未想过会有这样的场景。这样想着，感激的眼光又一次投向老周。

老周还有一个惊喜，他送给孩子一个果汁机，临走的时候，他从汽车的后备厢里取出来，附带两箱苹果。百荷知道刚才钱总说，这次出差他们顺便去了山东的一个苹果基地，采购了一卡车苹果，宾馆餐厅整个冬天的苹果需求有了着落。钱总经营的一家宾馆下一步要扩大经营，装修到位，开张在即。

老周特意嘱咐百荷，苹果要在早上吃，早上吃是一个金苹果。晓晓已经有了明显的酒意，她歪在钱总身上问，下午吃呢，老周看着百荷答道，银苹果。晚上吃就是烂苹果了。晓晓打趣道，老周你看百荷是不是你眼里的金苹果。百荷的脸腾地红了，抢白晓晓道，你真是喝多了，瞎打趣。老周因为要开车滴酒未沾，他毫无酒意也只是对百荷抱歉笑笑，他这样一笑百荷在他眼睛里找到了饭前两人贴心的一幕。

春节就在眼前了。

百荷有心将这个春节过得热热闹闹的，自己是次要的，关键这是孩子在世间的第一个春节，她不能让孩子扫兴。孩子虽然小但有她独特的交流方式，她有着非常丰富的肢体语言。百荷问她，我们要不要热热闹闹过春节？她便手舞足蹈，两只眼睛亮亮的。百荷又问她，我们要不要贴春联放鞭炮吃饺子？孩子的小腿用力蹬着。百荷这一刻觉得自己是世界上最强大的人，因为她是母亲，她要让她的女儿茁壮成长。

孩子在她怀里抱着奶瓶喝奶的时候，她给晓晓发了条短信，她有一件事要和晓晓商量。

晓晓这几天事情很多，爱情要经营，友情无暇顾及。

钱总这次出差实际上先去了美国，见了自己的妻女。父女相见，女儿落落大方，看他的眼神像是对待陌生人。妻子外表变化不大，但内心却蜕变了，从前的友谊饭店的白案师傅在唐人街的川菜馆里找到了知音，这个现实让钱总心里各种味道杂陈，酸味浓一些，却不是醋意。钱总伏在晓晓的怀里大呼小叫地问，你说这公平吗？她从我这里拿钱到美国，去给她的相好开餐馆，这是奇耻大辱，她用的是我挣的钱。

晓晓假意安慰钱总，声援钱总的谴责，钱总夫妻之间的裂纹在晓晓的眼睛里绽放着希望的光芒，熠熠闪光。有了希望的晓晓对钱总更加体贴入微，嘘寒问暖是主要功课，按摩推拿是课外培训，钱总的喜怒哀乐就是她的晴雨表。钱总的生活内容占据了她一天二十四小时，如果这是一件工作，她天天都在加班，尽管那夜之后，钱总似有若无地问她自己酒后是不是失态了，她当时只是装糊涂，敷衍道，你对我还谈什么失态。她在心里却纠正他，应该叫作酒后真言。

钱总公司扩大经营,手续环节出现了问题,同时资金出现了短缺,其中的内幕要绕很多弯,晓晓并不懂经营,她只知道钱总这两天为资金茶饭不思。晓晓又一次热了牛奶端到钱总的眼前,我这里还有点钱,你拿去应急吧。钱总惊奇地问,你怎么有钱?晓晓粲然一笑,其实也是你的钱,你给的零花钱我都没花,都攒着呢,也有十几万,拿去应个急。钱总有些泄气,这些钱是杯水车薪,不过他马上敏捷地改变了想法,嘴里恶毒地骂道,妈的,老子给那孙子明天再加几万买药钱送去,我看他盖不盖章。他马上端起牛奶一饮而尽。牛奶顺畅地进了他的胃,晓晓却倒吸了一口凉气,想不到钱总真的要了她的钱,对她还真是不见外,但愿日后这钱千万不要打了水漂。她不知该为自己的付出惋惜还是庆幸。

第二天,正在悉心学习按摩的晓晓接到百荷的短信皱了皱眉头。她对着百荷的短信露出一个鄙夷的笑容,当然这个笑容并没有送出去。她决定冷落一下百荷。

晓晓从按摩课堂上急匆匆赶回爱巢,她手上拎了购物袋,里面是晚饭要烹饪的蔬菜和肉,这些菜肴未必派得上用场,钱总也许有应酬,但也说不准,他有时候回来了,嘴里喷着酒气,却嚷着肚子饿。晓晓总是要备着菜肴或者点心,这些菜也许明天就会扔掉,因为钱总不吃隔夜菜。晓晓撞上百荷的视线,手里的购物袋不由得抖了一下,之前她一直向百荷表明,这些家务是由保姆操持的,实情也的确如此。无意间相遇,好像她撒了谎。她无意说谎,而是现实发生了变化。说起来有些复杂,晓晓也不想对百荷坦诚真相,真相掩藏着她的目的。她的世界如此脆弱,经不起精明的百荷的推敲,一句话、一个电话或者一个眼神、一条短信就会碎裂。

阳光很好,风也很轻柔。百荷推着孩子守在晓晓的门前。晓晓一直不接她的电话,她的担忧大过疑虑。晓晓要将自己的未来系在钱总身上,她忍不住担忧晓晓的未来，因为钱总的未来就非常模糊。

怎么在这里？晓晓看看孩子，孩子被捂得严严的，婴儿车的敞篷很实用。百荷看见晓晓，心头一颗石头终于落了地。

百荷的这个想法是榨果汁时想到的，也是受了钱总的启发。百荷想联手晓晓也去苹果基地要采购一车苹果，通过销售，赚取差价。百荷兴奋地说，晓晓，我们凭自己的能力也能赚钱的。晓晓急于展开烹炒，及时给百荷泼了冷水，她撇撇嘴，你有多大的本事？你这么聪明，怎么会这样？晓晓打开房门，下了逐客令，老钱要回来了，我没空和你闲聊。刚一转身她又改变了主意，说，看在好朋友的面子上，我不和你合作，我帮你看护星星，不过，这事你必须咨询老周，吸取些经验。

6

百荷听从了晓晓的建议咨询了老周。老周接到她的电话显然很诧异，百荷听得出他在电话那头声音有了瞬间的凝滞，百荷但愿这凝滞里多一点惊喜少一点厌烦。她的声音有些怯怯的，对不起，耽误您一点时间了。客套之后应该切入主题的，百荷忽然百感交集，她担心遭到拒绝，想极力珍惜这次通话，却不知该如何表达。她对着话筒忽然哽咽起来，最后通话莫名其妙地结束了。百荷要咨询的细节一条也没有落实。百荷平复心情，老周的电话主动打了进来。

老周的出现使百荷的这次苹果收购之行有了详细的规划，包括路线、价格、品种，最关键的是通过老周会有一个折扣。老周是在百荷放下电话后出现的，他正在城南，距离百荷家开车也要四十分钟，就是说老周没有询问，也没有犹豫就驱车赶来了。老周似乎体谅百荷的难处，百荷不提，他也不问，就像没有发生，又心照不宣，百荷觉得她和老周又一次贴了心。

这个老周还会和怎样的女人贴心呢？百荷有些害臊，老周离开时丢下了两万元，说，这是收购苹果的本钱。放下钱时，他暗示她，你其实可以不必这么辛苦。话里有一种暗示，但是百荷把话挑明了说道，我就要靠我自己。老周怔怔，什么也没说。百荷看着桌子上的两万元，他说这钱本来就是为她准备的，不必还的。百荷坚持写欠条时，老周的脸色很阴郁。

凌晨四点，汽车奔驰在高速路上，每一辆疾驰而过的汽车都携带着光芒，贯穿于城乡之间。渐渐地，到达了另一个地点，变成了另一个自己。她忽然想到了他。

她以为自己忘记了，其实那种想念一直生长着，并且与她相守。

局限在狭窄的空间，她们的前途是共同的前途。

货车司机是个年轻的女人，这有些出乎百荷的意料。女人对百荷用着审视的眼光。她介绍说，她是周总的朋友，周总曾是她孩子的主治大夫。

女司机握上了方向盘，百荷对她的感觉完全不同。女司机驾驶着卡车，霸气、自然又与众不同，百荷愿意欣赏女人的霸气，也愿意主动示弱。女司机嘴里嚼着口香糖，腮帮子一上一下像是在自言自语。百荷见自己的示弱收效甚微，便想主动示好。百荷陡然觉得女人是可以依偎的温暖。虽然她对百荷的距离写在她的眼神里，但是现在她的目光都凝聚在前方。

我真的很羡慕你，百荷主动开口道。自她的女儿开口啼哭，她已经改掉了沉默的习性。

女司机的腮帮子一上一下，她吹了一个泡泡，算是对百荷的回答。百荷愿意将她的泡泡理解成荣誉与骄傲。接着恭维道，开卡车的女司机真的很神气。百荷其实不清楚她说这些话哪些是歉意，哪些是谢意，她的内心有些复杂,也有些好奇。女人对她的敌意毫无来由。但是百荷现在必须依赖和信赖她。基于这个前提,百荷找到了一个话题,她不希望这是一次单调的旅程。

我是第一次跑长途,幸亏周老板介绍了你,否则我就要去批发市场,赚得要少些。百荷主动示好。

女司机这一次不再吹泡泡,她只是笑了一笑。她的笑容有些古怪,让百荷心生怪异。百荷的倔强又上来了,她做的是光明正大的事情,却因为一个女司机使事情变得蹊跷。百荷问道,你笑什么?女人惜字如金,只是笑笑,她说。

女司机将方向盘稳稳地握着,话也稳稳地吐出来,说得不容置疑。凭你的身份,还要自己去什么产地?既然托了周老板要车,不如就托了周老板一步到位拿钱。百荷听到这些话有些莫名其妙,又加了一句,你这话听着好糊涂。女人咧嘴笑道,等你和周老板清清楚楚就不糊涂了,百荷越发糊涂了。

窗外有了微微的曙光,她们共同迎来了一个晴朗的早晨,这多少与她们此时融洽的气氛有些吻和。

车上出现了短暂的沉默,她们共同面对前程,已经交过心了,不再是陌生人。女人直言道,自从周医生的女友出国后,周医生再没交往过女人。听说你一个人带着孩子?老周早该有个家了。百荷警觉地问道,这和我有关系吗?女人嘴角滑过一丝讪笑,不再言语,百荷随即也沉默了,照明灯雪亮,百荷坐在驾驶室的暗影里。

周医生是个儿科医生。不知什么原因,他医治过很多孩子,却既不娶妻也没有自己的孩子。他一直想找个带着孩子的女人。卡车女司机说完,叹了一口气,感叹说,人生总有不如意。

老周交代我，不要多说，但我要告诉你，老周是个好人。女人最后补充说。

百荷忽然非常想念她的孩子，想知道她睡得好不好，在晓晓的怀抱里会不会哭闹。离开孩子不过数个小时，她却觉得像是经历了一个世纪那样漫长，她想给晓晓打电话，又担心吵醒孩子，这个时间孩子应该在睡觉，她试着发了一条短信，晓晓很快回信了，宝宝睡得很好。她的心稍稍踏实了些。女司机虽然开着车，但是眼角关注着百荷的一举一动。她提醒百荷，你放心，周总这个人不会勉强你，他很绅士的，他家里很有钱的，不会亏待孩子。百荷打断她的话，想抱养我的孩子，想当我是影子，这不可能，我就是我。

车程大约六小时，走了一半时，女司机将汽车开进了服务区。经过长途奔波，女司机毫无倦意，整个人都神采奕奕的。对于百荷这是一个别样的清晨，她对女司机暗生钦佩。

服务站里很多卡车司机都在洗手间里简单地洗漱。盥洗台前排满了司机，多数是男性。百荷和女司机共用一个水龙头，女司机将毛巾搭在肩膀上，双手掬满清水，将整张脸沁在手掌间，少顷，抬起头，她脸上挂满了晶莹的水珠，面对镜子，女司机告诉百荷，卡车司机的人生在路上，生活在路上，很辛苦的。百荷注视着女司机镜子里的脸庞，由衷地说，我很佩服你，我觉得你很了不起，我该向你学习。

在服务站买了简单的早点，女司机嘴里还在嚼着包子，就已经在发动汽车。这时候天已经大亮了，她对百荷说，我不会打瞌睡了，你可以睡一会。百荷很兴奋，并没有睡意，看着女司机开车，她也有成就感。车窗外，一些城渐渐接近又远离，田野始终袒露着生机。

女司机告诉她，如果不是周总提前电话找了供应商，她们不可能当天赶回的。百荷愕然。

女司机猜到百荷是不清楚这些细节的。她主动对百荷说道，说起来你很无知，别人都是收购二十吨，你是三吨，你以为有人会搭理你？就是你找到卖家，也只能买别人的库存，质量不知有没有保证。今年苹果是小丰收，很抢手的。

到基地后，女司机带着百荷验货、装车，果然一切都很顺利，她对老周有了一种复杂的感激。她想如果他们之间没有交易只有交情该有多好，她不薄情，这想法却又似奢望。

装好货，已过午饭时间，女司机去路边的小店买了两个面包，又去要了两碗汤面，对百荷说，你这趟伙食省了不少钱。百荷执意要丰盛些，但女人拦着百荷，只对厨房喊，再加两个荷包蛋吧，她又对百荷低声道，留点钱给孩子吧。离开之前，女司机跑到车上拿出了两个包裹，她说，这是她给果园的老夫妇带的酥油饼，这两位老人同意把苹果卖给你，全因为周总。她注视着百荷说道，你猜我到这拉苹果多少次？百荷摇摇头。女人接着说，我二十五岁跟着丈夫跑长途，近十年了，当年，第一次跑长途就是到这拉苹果。

像是洞穿了百荷的心思，女人接着说，我去年已经不亲自开车了，买了车，成立了物流公司。这一次亲自出车全因为周总的重托。

苹果收购的价格很合适，超出预期的低价。但女人回来的路上给她算了一笔账，刨去运输人工成本，利润并没有想象的多。百荷没有表态，她的苹果并不是仅仅卖给别人吃的。苹果的另外用途，她不知会不会被别人接受。相比于这种忐忑的期待，老周的这些变相的好意便微乎其微了。

回来的路上，是在黄昏，女司机一路唱着歌，她的歌声并不动听但感情很真挚,百荷听出来了,那些歌或哀婉或缠绵,每一首都是她内心的流露,她是唱给自己听的,百荷是这样认为的,女司机在自己的歌声里体会人在旅途的单调和沉闷。女司机的旅程因为有了歌声却不再单调和沉闷。她不是沉浸在自己的歌声里,而是沉浸在自己的生活里。

归途中在服务区休息时,女司机点了一支纤巧精细的女士烟,她嘴边的星火,一点一点的鲜红让人联想到怒放的红玫瑰。

到达终点时,老周安排卸货的人已经等在那里。几个人麻利卸货,车厢很快就空下来。百荷付运费时,女人撇撇嘴说,你是真糊涂还是假无知,你都没和我签合同,付我什么钱?百荷笑了笑,货都已经到了,我和你成了姐妹。女人手一挥,我的合同是和老周签的,老周马上来付钱。女人坐在驾驶室里顾自吸着烟,唇边的香烟袅袅。车厢一空,她便碾灭香烟,驾车离去。

天色已经大亮,马路对面早市的嘈杂声一阵一阵地传过来,老周由前方缓缓走来。

老周说,我请你去吃个早饭吧,一夜没休息,你的脸色很憔悴。百荷拒绝道,我不困,也不饿,你答应运费由我来出。老周显然不太适应百荷的固执,也很反感。百荷直视着老周道,我谢谢你的帮助,但是,我的孩子我要亲自抚养。老周的脸上露出吃惊的表情问道,这两者有什么关系吗?百荷索性将决心进行到底。我接受帮助,但我不接受赠予,我要给你写一张欠条。老周的脸色沉了下来,表情严峻,语气也有些低沉,他问道,卡车司机都告诉你了?百荷立刻接上话,毫无余地地说,是的,但这是不可能的。老周显然在斟酌,他想试着让百荷改变想法。

她的固执里有一种与众不同的成分。老周思量着。百荷站着不动,他也没有拔脚离去，两个人僵持着。老周无奈地看看四周，又将目光落在百荷的脸上，他发现百荷脸色通红，表情像是受到欺负的孩子，她不是委屈，她是倔强地捍卫自己。

老周的心被揪了一下，他马上做出了让步，好吧，写一张欠条，先去吃早饭。百荷脸上的红色褪去，疲惫让她满脸憔悴。马上写，她的任性里有着赌气的成分，这种赌气是友好的，是对友情的互相体谅和忍让，同时也是友情的润滑剂。百荷写了欠条，然后对老周豪爽地说，想吃什么，我请客。她夸张自己的豪迈，无非是为了显示自己的强大，她的强大在老周眼里充满了孩子般的幼稚。这些都不重要，她需要表明，她就是她，不会成为任何人的影子。

吃早饭时，老周漫不经心地说，苹果不拉走，场地要收费的。百荷说，知道，我今天回去看星星，明天就去销苹果。老周吃着早饭，提醒道，我有几个朋友，要不要我帮忙？百荷马上说，谢谢了，我要是没销路，我怎么会去收购苹果？在老周眼里，百荷就像是心血来潮过家家，他饶有兴味地说，你的欠条可是有时间的。百荷读出了他话里的震慑以及不屑。她说，别人帮助我的，我都要记得报恩，我欠别人的，我都要偿还，你放心好了。老周有些没趣，早饭在沉默中接近尾声，百荷明显有了戒备，老周明显为戒备失落。为了挽回失落，他输送了一条友情的纽带。

孩子挺好的，我来的时候他在睡觉。百荷脸上的惊讶凝固住，手里的勺子掉在碗里。是遭劫后的疼痛和焦灼，声音里都是愤懑和谴责。我说过我的孩子我自己养，晓晓怎么能把孩子交给你。纽带接住了，却又一次被百荷打上了结。百荷的戒备让周总很受伤，他低声地解释说，你把孩子交给晓晓，晓晓搞不来，钱总就给我打了电话，昨晚我歇在钱总那里。

百荷安静下来，她的失态介于无奈和挣扎之间，她不允许外人对她的孩子有非分之想,孩子是她自己,她的命是她自己的,她不是影子,她的孩子又怎么会是影子。她越来越觉得自己的艰难。她曾经庆幸周总的爱心,现在这爱心被打上了标签。接近她的人都有些莫测,百荷不禁有些黯然神伤。

一位无助母亲的真情流露打动了老周,更何况她保护自己孩子的决心无懈可击。老周动了恻隐之心。他像一位大哥一样对百荷说,孩子不应该离开母亲,我只是想帮助你,没有人强迫你,我没有恶意。也许是为了缓解沉闷的气氛,老周换了话题,他说,你怎么销苹果?百荷抬眼望着远处的一抹朝阳,眼里也有了光彩,她说,多谢关心,我自有办法。

一夜之间,百荷曾工作过的碧城宾馆荣登网络新闻的头条,因为碧城宾馆收到了一份奇特的新年礼物,这份礼物被披上了红丝带,高高地摆成一个心字造型。苹果箱红通通的颜色,在阳光的照射下比真实的红心还要鲜红。这些果箱里的苹果不是普通的苹果,它们不仅寓意平安,而且每一个上面都标明:星星的苹果。

星星的苹果引起众人围观,场面热闹又充满期待。人们得知苹果在碧城宾馆免费派发,有谁会拒绝新年的祝福,有谁会拒绝免费的苹果?碧城宾馆一时间引发众人关注。人们很自觉地在碧城宾馆门前的广场排队等候,等候祝福。

排队时人们互不相让,一位老太不小心踩到另一位老太的脚,她们互不相让又同时上前一步。两个老太肩并肩互相诋毁对方,甲说,要不是因为星星我才不来。乙说,还不是为了苹果。两位老太旁若无人的对话,立刻引发了一场争论,人们到这里的目的不单纯是为了苹果,他们好奇星星是谁。真是星星的苹果,那么这星星和苹果就是杜撰。如果就是一般的苹果,这又是一个谎言。人们都有揭穿谎言的冲动,更何况这冲动以获取免费苹果为结果。

终于到了揭穿谜底的时候。星星是一个孩子的名字,人们看到星星被妈妈抱在怀里睁大了好奇的眼睛。星星的妈妈在台上打开了第一箱苹果,人们看到那是一只只普通的苹果,但它们代表着爱心。在她的叙述里,人们获得一个信息,星星的妈妈独自抚养星星,星星的苹果之后会有星星的水果上市,希望大家购买,为星星献出爱心。台下的派发活动准时开始,一只只鲜红硕大的苹果像是传递的热心,场面热闹非凡。

百荷无疑是星星的母亲。

台上的百荷看一眼台下波涌如潮的人群,脸上露出了得意的笑容。她抱着星星来到了经理办公室。经理取出备好的钞票,递给百荷。一次低廉的广告费用,却取得非凡的广告效应。但是经理显然对百荷心存芥蒂,他望着百荷怀里的星星问道,这是你借来的道具?百荷张张嘴却静默不语,她心里反感经理的措辞,却不知该如何抢白。

经理注视着百荷,问道,你怎么就想到这样的方法,百荷回答道,生活。

7

这一次扣除成本,百荷赚了五千元。百荷将钱还给老周,老周也没有推辞。接过钱,他问百荷,下一步你准备出售孩子的什么?是出售吗?这不是她的本意,但她无从辩驳。老周话里的奚落百荷不是没有感觉到,但她不打算回避这个问题,况且她为自己的成功沾沾自喜。我要扩大经营,卖星星的水果。百荷回答。

老周打断她的话,声音近乎愤怒,出卖自己女儿的尊严,你不配做一个母亲。

百荷忽然住了嘴。她和老周之间隔着的一张办公桌，充当了隔离彼此的道具，现在它变成一件锐器，她突破了困境却进入了另一种困境，那锐器尖锐地提醒着她。

老周说，你这样唯利是图，只为了突破眼前的困境，却没有想到将来。

将来是必须面对的。老周见她默不作声，追问道，你有没有想过孩子的未来？她竭力维护的壁垒，支离破碎。她庆幸这种碎裂，否则她会像张贴在城市墙壁上的各类广告，禁不住风吹雨打最终面目全非，她要保留自己的心，她在城市是用心生活的。

星星的水果也许会供不应求，人们购买苹果的心理各不相同，出于好奇，出于慈善，出于爱心，出于优越，出于怜悯。宾馆经理寻找百荷，百荷的创意让他对她另眼相看，他决定在宾馆大厅特设展台，期待百荷制造出更多的星星的水果，这是个商品时代，最赚钱的往往不是产品本身，而是亲情，友情，思念，温暖。时机成熟，百荷可以大赚一笔，他也可以赚回宾馆的好声誉。但百荷销声匿迹了。

百荷关闭了对外的一切联系，老周的一席话，在她的内心掀起了波澜。

她躲在房里不曾出门。

孩子的童年、少年与青年，在她的怀抱里张开飞翔的翅膀，想象深邃而绵长，她看见自己的无辜的孩子走进了时光的隧道，隧道沿途长满不同的植物，植物丛中充斥着光怪陆离的光与影，遥远而苍老的声音在远处凄厉恸哭。这个隧道似曾相识，百荷拒绝让自己的孩子再次光顾，她抱紧了自己的孩子。她感到内疚。

孩子在她的怀里醒来，恬静地对着她微笑，纯净的目光令人心动，这是世间最感人的目光，信赖，平静，一尘不染。百荷心里陡然升起神圣的责任和承担。她似乎听到另一种时光隧道的回声，她可以渐渐老去，但同时渐渐成熟，她可以是隧道丛林里结满子的果实，阳光和温暖、美好同行。她已逃不过时光隧道，但她可以开辟自己的阳光大道。

百荷安静，晓晓却无法平静，她拎了数目可观的食品袋，那里面汤汤水水装满了她献给钱总的爱心，爱心达到饱和，都是上好的食材，扔掉了可惜，她顺手带给百荷打牙祭，这个月，百荷虽赚了点钱，却对自己更加吝啬，她注意到，百荷厨房里只有几袋打折挂面。

将食品袋重重地丢在桌子上，晓晓质问百荷，你拒绝老周了？

晓晓如此直言不讳，百荷很意外。她索性直截了当，你从一开始去见我就是带着老周，你帮助我，一开始就是因为老周愿意帮助我吧？

晓晓反问道，怎么了，有什么不对吗？你的房租都是老周垫付的，你说你的开销都是借我的，我可没说同意啊。再说，你以为友情能当饭吃吗？

晓晓的反问，让百荷哑口无言。她心目中的友情原本就属于她和晓晓，晓晓将友情转移了，而她的固守，显然太过单薄。

百荷低下头，凝视着怀里孩子娇嫩无瑕的面庞，自言自语道，你们都说我傻，我傻到底好了。我就是我，换成另外一个我，我也做不到，我做不了别人的影子。

第十三章　水波不兴

1

钱总的妻子回国了。

晓晓对这女人归来的前因后果概不知晓,她所能接受的只有这个女人回到国内的现实。消息是钱总带回来的,他这一天进门比往常略微早些,虽然过了晚饭时间,但他进门后主动问道,有没有吃的?他这一次虽然还是疲惫的神态,对晓晓的态度却很热情,边问边给了晓晓一个笑脸。得到一个笑脸,晓晓脸上的笑容愈加灿烂。

五分钟后,餐桌上已经摆好了三菜一汤,东坡肉是钱总的最爱,虽然加工比较费时,但晓晓每天下午三点钟就开始准备晚饭,这准备常常是徒劳的,但因为有足够的时间她的烹饪水平已经得到钱总的赞许。钱总回来后小餐一顿的次数在渐渐增加。拴住钱总的胃,就会拴住钱总的心,世界上最近的距离,在晓晓看来,就是心和胃的距离。

晓晓注视着钱总吃饭,很多时候,晓晓有开口说话的欲望,她的寂寞只能与钱总分享,但是钱总说过,他吃饭的时候尽量别跟他说话,否则对肠胃不利。晓晓愿意钱总的胃健健康康,所以,她保持吃饭时静默的习惯。这一次,钱总却主动打破了安静,他用词依然简洁,语气依然不紧不慢:她明天回国。

晓晓撑托面颊的双手离开桌面。动作太过突兀,她的下巴毫无招架,险些和桌面亲密接触,晓晓眼睛瞪得大大的,呼吸急促,身子僵硬,挺得直直的,像是遭遇了意外袭击,手足无措。钱总依然专心吃饭,表情淡定地问晓晓,你紧张什么?晓晓没有回答,她不是紧张,她是激动。此外,还有期待。她长期努力的结果就要见分晓!她私下里已经把这女人当成对手,演练过无数次对决。像是面临决赛,现实中的对手就要登场。

她见过这女人的照片,其貌不扬,也了解她和钱总的结合没有浪漫和特殊的原因。如同普天下平凡的夫妻,他们的结合太过普通,并无丝毫传奇出彩之色。钱总与女人结婚时,俩人同是友谊食堂的职工,年龄相当,志趣无异,彼此都是工人子弟,算是门当户对。双双被下岗之潮席卷之际,钱总目光敏锐跃于浪潮之上,他人丢失了工作岗位生活陷于窘迫,钱总却几经挣扎漂浮于浪潮之上,下岗潮,成就了他人生的弄潮之旅。

钱总处于浪潮之巅,妻女顺势而上远赴海外。而晓晓即将迎来的爱情保卫战也算是顺应潮流。

我怎么办?晓晓在钱总面前已经养成了外表乖顺的习惯,钱总喜欢性格乖巧的女人。虽然随着成长的步伐,她的性格发生了变化,但外表因为钱总而有所保留。晓晓显得像迷途的羊羔一样无措地凝视着钱总。钱总已经吃饱喝足,他丢下饭碗,手拿抽纸惬意地擦了下嘴巴,像丢掉手中的抽纸一样随意地丢出一句话,她来她的,你过你的。

这是什么意思?晓晓跟着从桌边离开的钱总站起来,用力过猛,沉重的红木椅腿撞击了她的脚跟,虽然疼痛钻心,但晓晓双眼一心一意注视着钱总。

接下来,晓晓便有些神思恍惚,洗过的碗她忘记放进消毒柜,在浴室为钱总放洗澡水时，她愣怔地看着水流像一条线一样在她的手里越流越长。钱总似乎对她的恍惚有些触动，难得用商榷的语气对她说，要么，你去百荷那住几天？晓晓关掉手里的水流，眼神迷离地凝视着钱总，这个和她肌肤相亲的男人，如此轻易地做出了对她的应付。如此简单，短暂的离开，是一个怎样的开端？钱总代替她与他妻子对决？还是钱总有了决定？撤离战场，她应该庆幸还是惋惜？

2

晓晓像是一只恓惶的小鸟离开了爱巢。

她离开时，钱总已经洗浴结束，舒坦地躺在床上半睡半醒，他赤裸着，整个身体舒张着，身体上的每一处毛孔都发出舒心的窃窃私语。

通常，这个时候晓晓也已经偎在他的怀里入眠。但今天出现了意外，决定是临时下的，晓晓的追问一直没有得到回答，她决定以行动要挟。她穿好睡衣，空着两只手，站在床前对钱总说，我现在就去百荷那里。语气很重，有赌气的成分。钱总睁了一下眼睛很快又闭上了，嘴里含含糊糊地说，明天一早来得及。晓晓的眼睛很快湿润了，像是暗示面颊进入抗议的表情，一滴冰凉的泪珠缓缓而出。她紧紧地咬着嘴唇，等待着钱总帮她更改决定，她等待着，四周填满了夜的寂静。不知过了多久，她清晰地听到，仰躺在床上的钱总发出了轻微的鼾声。

衣橱里都是她的衣服，鞋柜里充斥着她的鞋子，爱巢里都是她的痕迹，她和钱总的痕迹，是她的爱巢，她为什么要离开？她的离开甚至都抵不过钱总的一个平常睡眠。她的离开受到震惊的是她自己。晓晓躺在百荷的身边，耳边是母女俩轻微的鼾声，轻微，平稳，在黑暗中是一切声音的归属。

晓晓在黑暗中睁大了眼睛，她想起自己的爱巢，心里一阵怅然，钱总的淡定是无视她还是他的妻子？她不得而知，但有一点可以肯定，钱总并不会为她做这个决定。

直到天亮，晓晓才蒙眬睡去。刚睡着，她立刻惊醒了，到了每天她为钱总准备早饭的时间，这是她从保姆的职责中剥夺的专利之一。她睁着眼睛听凭内心的纠结，如果现在回去，她昨天的行为就像是在赌气，如果她不回去，钱总就此摆脱她，她所做的努力都会付之东流。晓晓虽然经历了一个不眠之夜，却像是忽然清醒了，她跳下床奔到门边。百荷正在厨房轻手轻脚准备早饭，听到晓晓匆忙的脚步声，敏捷地拦住了晓晓。

不要回去。百荷阻拦着晓晓，声音很低却不乏震慑力。昨晚入睡之前，她苦口婆心的劝慰看来收效甚微。在百荷看来，去或留都由钱总的行为来给出答案，他如果和老婆分开，自然就是爱晓晓，会来接回晓晓。如果钱总抛弃她，就此摆脱她，对于晓晓未尝不是一件好事。对待晓晓的这份感情，百荷态度分明。

遭到阻拦的晓晓，坐在床上，目光哀怨。时间一分一秒地滑过去，房门静默无声。手机也是分外安静，一条短信都没有。晓晓在房间里走来走去，手机握于她的掌心，她一时托举着它，一时又将它攥得紧紧的。

熬到傍晚，晓晓躲在卫生间里，偷偷拨打了钱总的手机，钱总的手机却关机了。晓晓顿时失魂落魄，她来不及换鞋子就冲出了房间。

爱巢就在眼前，它的一位经营者却站在门外。晓晓不顾一切地冲到这里却突然胆怯了，她来捍卫什么？爱情还是家庭？直到这时，晓晓才清醒地意识到，她其实从一开始就一无所有。

爱巢的窗帘是暧昧的温馨的粉色，严严实实遮住了室内的亮光，留给窗外一个冰冷的现实，钱总从来没有给过晓晓承诺，她现在闯进去面对的除了自己,还有什么?房间里隐约传出女人的笑声,轻佻而浮夸。晓晓在这笑声里丧失了所有的勇气。她慢慢转过身,看到跟在身后的百荷,鼻子一酸,眼泪流了下来。

一连几天,钱总的手机都关机。没有来电,晓晓坐立不安。拖得时间越长,晓晓越没有信心。她发现她和钱总之间一旦分开,没有值得怀念或留恋的内容。两年了,他们是怎样度过的?除了最初的新奇,钱总的魅力在她的心目中近乎贫瘠,这个发现让她心慌。尽管如此,她还是迫切地要回到钱总身边去。她试着寻找借口摆脱百荷的监视。

借口还没有找到,女人却找上门来。

她站在门外,晓晓一眼就认出了她。宽宽的脸盘,略显细长的眼睛,温和的微笑,和照片上一模一样。岁月没有在她的脸上留下一丝痕迹,白净得让人妒忌。晓晓的心,立刻拎了起来,警觉地问,你要干什么?女人和气地笑了笑,有那么一瞬间,晓晓想起了自己的母亲,羞愧让她脸色通红。女人的声音,听上去很温和。她对晓晓说,我上次看到你站在老钱门外,你们的事情我都听说了,我来看看百荷的孩子。

听说了?她听说了什么,她听谁说的,晓晓的神经绷直了,接近极限。

未受礼让,女人自己进了房间,落落大方地坐在沙发上,她四下打量着房间,最后目光落在百荷怀里的孩子身上。一翻凝视之后得出一个达观的结论,老钱没福气,肯定不是他的孩子。

百荷对这个女人有几分复杂的敌意和歉意,对自己的孩子却有百分的袒护,见来者揣测孩子的身份,她立刻反击:钱总不是她的爸爸,是我孩子的福气。这句话有烟火的味道,两个言语上针锋相对的女人,都将目光投向静默的晓晓。晓晓脸上呈现出窘态,她一直在紧张地揣测女人的意图，这时候，她不合时宜地问道，百荷，你刚才说什么？百荷听出了晓晓声音里掩藏的战栗。百荷抱起孩子来掩护自己的眼神，眼神里都是坚强的信号。晓晓的情绪接近崩溃的边缘，钱总不出现，却让他的女人来兴师问罪，她已经被悲伤和绝望包围，对百荷的眼神毫无觉察。

百荷收回目光，对晓晓的表现满是失望，当初不听劝，现在又六神无主。百荷又将孩子换了一个位置，以便直面女人。索性豁出去，她要为晓晓做主。

百荷直截了当地说，有什么话你就直说。女人将目光投向晓晓，脸上的神色有些古怪。蔑视，厌嫌，嘲弄，似乎还有一点恻隐之情。注视良久，女人长长地叹了口气，平和地说，你不要慌张，我是看你和我女儿一般大，来为你提个醒，我不想我女儿的亲生父亲做的事情太没良心，没底线！此话一出，房间里紧张的气氛顿时出现了缓和。百荷僵直的身子立刻软了下来，她站起身将孩子递到晓晓怀里，顺势拍拍晓晓的肩膀算是舒缓情绪。晓晓的情绪在纠结的悬崖边徘徊，这时候也收了回来。她慌乱地将目光投向女人，蜻蜓点水一般。

孩子交到晓晓手上只是权宜之计，百荷腾出手为女人沏了一杯茶，这是友好的表示。女人接受了百荷的友好，脸上浅露一个微笑，客气地说，谢谢。

对话有了铺垫，百荷赞同女人的开头，料定担心的刀光剑影没有了舞台。女人接着说，我知道你的存在，从一开始就知道。但是我和钱总离婚了我能说什么呢？离婚了！这个消息无疑在平静的水面上投进了一块沉重的石头，在晓晓的心里激起了千层浪。晓晓从沙发上弹了起来，将孩子交到百荷手上，兴奋溢于言表。女人冷冷地看着，接着说，你不要激动，也不要高兴，听我把话说完。晓晓掩饰着兴奋，大胆地将目光投向女人，她终于可以直面自己的对手了。况且,她现在已经不是自己的对手了,她甚至在内心深处对她泛起了一丝悲悯之情。

女人的话,悠悠的,听起来非常遥远极不真实:你真是个傻孩子,老钱马上就要移民美国了,和他的女朋友团聚。晓晓顿时蒙了,浑身像是被抽走了力气,她看见自己的力气奔到门外去追问钱总,而她自己却浑身瘫软倒在了地上。

幸亏女人反应敏捷,她将晓晓搂在怀里,掐住人中,晓晓睁开眼,望着眼前焦急的两张脸,晓晓咧开嘴,凄楚一笑,她这一笑,却笑出了女人的泪水。女人颤颤地说,傻孩子,我当初也是因为姓钱的花心才远去美国啊。

钱总汇去美国的金钱,其实都给了远在美国的那位女友,钱总资助她在美国读书,女友毕了业不肯回国,钱总心有不甘又难舍恋情,这边的生意都做了交代,也申请了移民。女人这次回国,也是将自己在国内名下的财产与钱总做个了结。头一天晚上,她原本是住宾馆的,禁不住钱总再三挽留,念及旧情,留宿旧宅。

3

爱巢里一切如旧。再次归来的晓晓环顾四周却恍如隔世,她摇摇晃晃地走到衣帽间,衣帽间里各式时装,鞋子,皮包,琳琅满目。晓晓却没有了以往流连的兴趣。抬脚进了卧室,梳妆台上她的首饰、化妆品依旧熠熠闪光。晓晓瞥一眼床单,她发现床单换了。心里涌上来一股酸楚,但很快便压了下去。

保姆正在做清洁,拿着抹布进来。猛然间看到晓晓,惊讶地叫道,哎呀,你回来了。惊叫声里有着奚落。

保姆是钱总在友谊饭店的老同事,下岗后卖过早点,倒腾过衣帽,小本生意一直未见起色，体力和运气却在走下坡路，最终投靠钱总，钱总念及旧时情谊，资助她开办家政公司，她却力不从心，情愿屈就做了钱总的专职保姆。

知恩图报，这位保姆一直尽心尽力，工作出色，对钱总的饮食起居也很了解，最初与晓晓相处也还融洽，一段时间后，却毫无缘由遭到晓晓解雇。保姆看出晓晓对钱总走的是深入路线，心里难免鄙夷，此刻，复岗归位的保姆借手中一块抹布表达内心的轻蔑和不敬。手一抬，将抹布抖得灰尘遍室飘舞。昨天，钱总已经交代过，今后这里交给她打理。她已经打探到女主人回来过，虽然离了婚，但钱总没有让晓晓登堂入室的打算。

像一个等待中的过客，晓晓在爱巢的客厅里等待钱总的归来。她冷冷的目光直直地注视着房门。她心里的火苗却半明半暗，等待钱总的出现是她心里微弱的光明。保姆已经安然入眠，她请示钱总得到默许，容忍晓晓独自坐在客厅里等待。

直至深夜，那时的夜，已经深到无边，钱总回来时，门一开，裹进来一股凉风和无尽的夜的黑，瞬间扑灭了晓晓心里残存的光芒。

钱总的双眼里装满了夜的黑，并没有在沙发上落座，他径直进了卧室，晓晓直直地起身，挪动脚步跟在身后，到了门口止住了脚步。钱总回过身，眼里毫无神采，双手却用擒拿般的力气将晓晓拉到身边，随手关上了卧室的门。钱总将晓晓整个身子搂在怀里，如此亲昵的动作却让晓晓周身寒冷，晓晓审视着闭着眼的钱总，坚决地推开了他。钱总也并未介意，他狠狠地扯着自己的领带。

我只是回来取走我的物品。晓晓对自己回来的目的依然无法明确，百荷已经交代过给自己留下尊严，然后全当做了噩梦。可是梦境就在眼前，它是如此虚幻和冰冷。晓晓不甘心，她要和钱总谈一谈。

我该怎么办？晓晓问道。钱总已经换了睡衣，昔日由晓晓打理的西装被他凌乱地扔在床上。你的问题你自己看着办。他上了床，远远地看着晓晓，目光漠然。他希望她懂得他的言下之意。她已经回美国了，你今天就睡在这吧，他说。晓晓点点头，那么明天呢？她走近床边，审视着他。钱总轻佻一笑，这是你的爱巢，你还来问我。说着便挺直了身子靠近她。晓晓凄然一笑，退后一步问道，钱总，你要骗我到什么时候？钱总钻进被窝，问道，我骗你什么？晓晓说，你离婚了？你要去美国和别人结婚了？钱总从被窝里探出头，眉毛跳上额头，愤愤道，你调查我？晓晓追问道，是不是？也许是困意袭身，钱总眉毛突然松弛下来，人也疲沓沓的，反问道，这跟你有关系吗？接着便下了逐客令，恕不奉陪，我要睡觉了。

钱总说出的每句话，怪诞而理直气壮。无情地撇清了两人的关系。晓晓偏偏抓住话音不放，晓晓不想绕弯子，直直地说，我跟了你快三年，总该换你一句真话吧！说到真话，钱总又从床上坐了起来，他像是被一个真字激怒了，不耐烦地说，说真话，都是真的，又怎么样？晓晓接着问，我跟你这算什么？钱总说，你让我说真话，真话很伤人的，不过是逢场作戏。你愿意就住下去，不愿意我也不会去骚扰你。

晓晓面床而立，欧式古典风格的红木床，颜色沉稳，纹理精致，稳稳地守护着她和钱总的过往，一些甜言蜜语，一些激情云雨，夹杂着正在诞生的彻骨的寒气从床上升起，将晓晓重重包围起来。晓晓颤着声问道，我对你用了真心，你为什么这样对我？钱总见晓晓浑身颤抖，有心不想说真话，又担心纠缠不清，他现在急于摆脱，便狠下心说真话，反正真话又不付费，说了还能彻底解决麻烦。钱总的嘴角一撇，露出一个轻蔑的笑，他斜睨着晓晓，眼神很轻佻，晓晓，说真话，如果不是因为我有钱，你会跟了我？我老早看出来，你不是对我真心，你是对钱真心，不要跟我玩清纯。

钱总说到这里，突然目光炯炯直视晓晓。他看见晓晓像是猜到自己进入了一个精心编织的圈套，脸上除了悲戚就是恍然大悟的神态。

打定了主意，百荷决定搬家，现在有孩子、晓晓加上她，三个人就是一个家。百荷的这个决定晓晓并未附和。

搬家是一次剥离，对于晓晓这是一个艰难的决定。她和钱总的过往活灵活现地在眼前翻动，她抓住钱总的眼神，抓住他的胃，抓住他的心，眼睛里却都是恍惚。她现在一无所有，包括钱总的欺骗。她是一个无牵无挂的自己，但是她回不到从前。晓晓在江城夜晚的街道徜徉，她不知道该如何捡回自己。

钱总发了短信来，说他在离开江城之前随时欢迎晓晓回到爱巢。离开江城之前，像是一种暗示，这是钱总的无情还是有情？这是晓晓人生的一道关口，她跌进去支离破碎，努力复原，钱总却给了她一个重击。这个重击让晓晓眼冒金花，她开始反击。起初，晓晓放弃了回复短信的机会，她冷落了手机，将它弃之冰凉的玻璃板桌面，熬过了数小时，手机也变冷了，胜过玻璃桌面。最终，晓晓甘愿败北，她将手机握于掌心，思忖良久，主动拨打了钱总的电话，钱总却关机了。

百荷不知晓晓的内心，却目睹晓晓的沮丧。见晓晓枯坐，趁孩子熟睡，百荷拿出了剪刀，她希望剪出她们的城，希望借此吸引晓晓，咔嚓，咔嚓，剪刀游走着，它刻画的城市缺少力度，自然无法吸引晓晓。

晓晓待在百荷的住处，看一切都无法接纳，地板，墙壁，家具，胜过百荷在弯街的住处百倍，却逊于她的爱巢千倍。凌乱的孩子的用品，嘈杂的母女间的絮语都不属于她的生活。而这一切都带给她被爱巢遗弃的预感。

借着夜幕，晓晓踱到爱巢，远远的，整栋别墅都是漆黑的。站在角落里，她豁然发现这是她和钱总在这个世上唯一的角落，离开这个角落，她和钱总在这个世上仿佛从未有过任何关联。

钥匙握在手心里，晓晓犹豫着，不愿面对漆黑的世界。晓晓呆立片刻，回转身，不知何时百荷抱着星星站在她的身后，百荷不说话，晓晓像是看到了沉默的形状，模样模糊，却像空气般顽强存在着。

4

无法联系钱总，晓晓给老周打电话，这是唯一的线索，钱总和这世上千丝万缕的联系里，唯有老周是最明朗的一条。老周接到她的电话明白了她的心思。

几天后，老周交给晓晓一张卡，金额200万。不是补偿，算是赔偿，晓晓拿着这200万，脸上渐渐有了红色。

收了钱，晓晓又收到钱总的短信，钱总说，这不是补偿，算是赔偿。这是一个检测行为，你要是不接这钱，我也许会对你另眼相看，你果然只在乎钱。晓晓手握手机，空闲的时候她的兴趣集中在游戏上。钱总的短信，她置之不理，没有回复。她对百荷说，我不要钱，我图什么？我守着他，我这几年的时光才卖了这点钱，我太亏了。晓晓说过这句话，百荷正背着孩子在厨房忙碌，触景生情，晓晓不禁有些伤感，忽然又同情起百荷来。她说，百荷，你何苦要自己抚养个孩子，跟你比起来，我还是赚了。念头一转，晓晓又为百荷抱屈，数落百荷，老周这样的好男人，你这样的态度，老周会溜走的。

晓晓自作主张给老周打电话，借口星星感冒，老周在电话里犹豫着，回答说，百荷的孩子还是百荷自己做主吧。百荷始终不肯表明态度，久久未见回应，老周率先挂断了电话。晓晓气急败坏，责怪百荷说，你掐断了与财富联结的一条线。百荷背对晓晓，面朝电脑，一边哄着怀里的孩子，一边浏览十字绣图案，她不反驳晓晓，她的思路只有她自己清楚，她说，晓晓，绣十字绣也可以挣到钱呢。

晚饭桌上，两人面对面，端着饭碗，百荷瞥了一眼晓晓，她和晓晓之间终是有一笔生活的账目。百荷说，晓晓，星星上了幼儿园，我就去赚钱，我有力气，会赚到钱的，今后我们一起打拼。晓晓撇撇嘴，抓着筷子在菜盘里挑挑拣拣，忽然说，你清高，你怎么成了未婚妈妈？你清高，有本事让我看到你自己挣到钱，再替男人养孩子？

晓晓心情不好，失去了爱情，认为友情也不可信，她丢下饭碗，撇开了百荷，上网逛了一会儿淘宝，又出门逛街。

购物带来了短暂的愉悦，她带回来的那些商品，堆满了房间。紧接着，晓晓计划去旅游，西欧，东欧，她心仪的地点几乎都曾相伴钱总涉足，地球上未留下她足迹之处显然缺乏魅力。想到即便有心仪的旅游胜地，一个人形单影只也索然无味。

离开了钱总，晓晓却未带走自己的心思。整夜难以入眠，白天无精打采。她坐在窗台上隔着透明的玻璃，触手可及的两个世界都让她无法忍受。玻璃外的世界，寒风肆虐，天气变化无常，要么是飘飘洒洒的雪花，要么是潇潇洒洒的冬雨，一切都淹没在寒冷之中。她身处的空间，到处是婴儿用品，花花绿绿的婴儿玩具，以及那个襁褓里的生命，百荷忙碌的声音，奶声奶气的自话自说。她仔细端详襁褓中的婴儿，猛然间醒悟：钱总要去美国，不单是那个女友，还因为美国有他的女儿，自己若想挽留他，只要怀上他的孩子，有了血脉相连，他定难以割舍，就是去了美国，他还可以回国，美国再远也还在地球上。

晓晓跳下飘窗,冲进洗手间。镜子上的那张年轻的面庞,除了失眠带出的水肿,皮肤还有光泽,光泽之下的弹力蓄势待发,眼睛里有点血丝,但没有眼袋也没有皱纹。年轻的优势使褶皱远离,她还有眼前大把的青春。晓晓匆匆地洗漱,对着镜子整张脸涂了化妆水,又抹了乳液,做罢妆前护肤,又擦粉底液,接着画眉,眼影,眼线,睫毛膏,腮红,直至唇妆,每一步都精致到位,大功告成之际她抹着口红,随手也给镜面抹了一下,留下了一个醒目的似是而非的唇印。

挑了一件大红的外套,外面很冷,但是她还是穿了裙子,脱掉外套,她的整个身子的婀娜还在。

正值周末,钱总有周末去打高尔夫的习惯,为使身体酣畅淋漓,打球前钱总不会填满自己的胃,以免出汗多,水分流失快,喉咙发紧,影响发挥。打完球就要吃补充体力的食物,但又不能暴饮暴食。

晓晓计划晚餐选择鱼类,蔬菜,水果。她心里存着侥幸,一边急匆匆地去选购,一边说服自己。算了,我离不开他,谁让人家是个有钱人,我是为我自己去的。

回到爱巢门前。晓晓左手拎着购物袋,右手掏出钥匙,稍做犹豫,钥匙准确插进锁孔。那锁孔内的弹簧却负隅顽抗,只进了一步就无法深入了。她正纳闷,身着制服的物业人员急急地跑了过来。嘴角挂着揶揄的笑容:这房子昨天成交了,新主人换了门锁,你不知道吗?

成交了?知人知面不知心,她清楚了,钱总付给她金钱的同时还在出售住房,他同时做了两笔交易,一笔是和她,一笔是眼前的住房。

晓晓不甘心,隔着栅栏把她手上采购的物品一件件抛进院子里,那两条鲜鱼重获自由却在缺水的地面上仅仅挣扎了两下,便一动不动了。

钱总离开了这座城市,晓晓却不愿离开。她与这座城市之间有着千丝万缕的联系,美容院,健身所,养生堂,娱乐会所。晓晓是他们的贵宾,享受的白金级别的待遇。晓晓离不开这些待遇。

她有大把的时间陪伴寂寞。陪伴她的只有百荷。

5

吃不惯百荷做的饭菜,又不愿亲自动手。晓晓便联系家政公司雇用小时工。小时工登门一次,却不肯再来。留下话说,在那点大的地盘做工,有损小时工尊严。晓晓气不过,亲临家政公司发了一通牢骚,又回来抒发了一通怨气,一边抱怨着生活的不公,一边决心更换住所。抚慰了晓晓的怨恼,百荷主动请缨,说,既然这样,我做你的保姆吧,我欠你那么多,你说该怎么做,我就怎么做,我不怕苦。晓晓却很敏感,她说,你不怕吃苦,难道我怕吃苦吗,你不懂享受生活,你不精明,你不吃苦,谁去吃苦?

晓晓这些年在江城也结交了一些朋友,到了这月的 18 日,是她和好友聚会的日子,这一次轮到她坐庄。搬离了别墅,聚会场地的奢华却不能缺席,晓晓预订了江城最气派的五星级酒店的豪华包间,糕点,酒品,菜肴,一一亲自过目。不忍丢下百荷,便周全地给百荷贴上了标签,她称百荷是她资助的单亲妈妈。一切安排妥当,晓晓抱着手机,亲自通知好友,一圈电话打下来,有的电话打不通,有的打通了对方却不接听,最离谱的是一位奢侈品包包的经销总经理,当年为了结交晓晓曾三番五次亲临爱巢,她倒是接听了电话,听明了晓晓的邀请,她挖苦道,是不是打算这次放血之后,今后的日子过到不识柴米油盐的世界去。

无人捧场,酒店的聚会不得不取消,晓晓耐不住寂寞,到了 18 日这一天,她在房间里焦躁地走来走去,最后还是拿起电话喊来了几个闺密,这几个闺密不注重场地,只注重情趣,晓晓和她们的情谊多数都建立在牌桌上。

自己和钱总的爱情最后赚得的数目,是亏本还是盈利,她的几个闺密众说不一。她们挤在出租屋里,玫瑰红的嘴唇,璀璨的美甲,香烟的雾气很快营造出一种靡靡的气息。

她们摆开临时租借的麻将牌,一边出牌,一边替晓晓诅咒钱总,也诅咒身边的男人,其中有一位最近在男友那失了宠,她诅咒她男人一命呜呼,话一出口又连呸数口,她说,他不能死,不能让他老婆得逞。还有一位是她们之中最年轻的,被捧为超级美女,晓晓私下里评判她五官不精致,恭维她全因为她男人的权势。她说话也有权威,她说,我们女人还是要善待自己。

她们也都当百荷是朋友,见了孩子也都出手大方,纷纷掏出见面礼。心直口快的一个忍不住推心置腹,她说,便宜了男人,你怎么这么傻呢?百荷不接话,她推开窗户散除烟味,那女人露出嘲讽之色,她说,晓晓,你得赶快想法子搬出去,这个小地方会把人困得更呆的。

聚会结束后,百荷追出去婉拒大家留下的红包,她们客气一番也都收回了,其中一位随手将红包扔在车座上,她说,我们都是看在晓晓的面子上,你看我这车价值60万,我还会在乎这个红包?你不要,就是不给我面子。晓晓跟在后面,脸上红一阵白一阵。

送走了晓晓的好友,屋子里突然空阔了,冷清悄然而至。

麻将桌上,东西南北中,一万到九万,麻将牌凌乱地散在桌面上,遗留着一些人生里的嬉笑怒骂。

百荷动手归置桌椅,又将星星哄着睡下了。两个人都不说话,室内陡然安静下来,前后相比,俨然两个世界。

晓晓忽然问,百荷,你说,爱一个人是什么感觉?我的心里空空的。

你拒绝了老周，我想跟老周在一起，我可以为他生个孩子，或者领养个孩子，他不是就想有个孩子、女人的组合吗？可他却拒绝了我。百荷静默无语，她越来越不懂得晓晓，晓晓也不懂她。她的孩子从一出生就成了城市的一个秘密，有谁又会懂得她内心的秘密呢，她身处城市却觉得离城市越来越远，离她想要的生活越来越远。

这个狭窄的空间里塞满了晓晓的疑问，晓晓接着问，百荷，这孩子的父亲是你最爱的？你甘心这样过下去？这一次，百荷抬起头，用力摇晃着。

百荷不说话，她该开口说话的，说出她带这个生命来世间的理由，但她不开口，一切都应接不暇，一切都太过迅猛，她还没有想好，她还在等待，等待一个提示，她该如何回答有关生命的疑问。

第十四章　河同水密

1

春节的时候，晓晓回到父母身边。

晓晓的父母如今居住在老城区，城市在不断扩大，但老城区还是拥挤的，街面改造过，路面新铺了沥青，下水道也常清淤。街道却无法再拓宽了，相反越来越窄，不断地传来拆迁的消息，临街住户不断拓宽自家房屋。街道两旁的店铺上不了大场面，社区小型超市，理发店，美甲店，馄饨铺子，小饭馆，都和走来走去的日子混杂在一处，窄窄的街面上每天都夹杂着柴米油盐的琐碎话题，没完没了的讨价还价。

钱总当初在老城区盘下了这套老房子，楼上面住人，楼下临街还有个10平方米的小门面，权当随手送给晓晓的见面礼，这就成了晓晓在城市生活的一部分。晓晓父亲在医院清醒后，渐渐恢复神志，出院后，离开了工地，刚好利用这个10平方米的小门面卖起了年糕，就此安顿下来。有了老房子立脚，算是在城市扎下了根。

老房子虽老，但晓晓喜欢老房子，陈旧的门窗，残破的墙壁都隐含着这城市陈年的味道，这能使她像个土生土长的城里人，她和这城里的陈年往事做邻居，对这城市也像是知根知底。

她分不清钱总是否给了她爱，但钱总无疑给了她城市的生活。她也分不清，她是爱钱总还是爱城市的生活。

现在，她想起了爱，钱总与她之间却无法再谈相爱，钱总已漂洋过海了，钱总和她相隔着这段遥远的距离，晓晓也不知如何跨越。在她和钱总之间，爱，只能是一种奢望。

家家户户都聚在家里过着年，街道便空旷了，有些陌生，一些生活中的喧闹瞬间就成了记忆。街面上铺着一层红，是爆竹的纸屑，红色使整条街透着喜庆。斑驳的墙壁上一些苍老的裂纹也像是绽开的笑容。家家门上张贴的红对联迎面扑过来，整个年只剩下喜气洋洋。

晓晓向深处走，走到自家门前，先是看到红对联：富贵双全人如意，财喜两旺家和睦。她没有琢磨对联的内容，脚下台阶的一处苔藓却映入眼帘，这一定是从前的苔藓，它认识这老屋几代的主人，晓晓却从未与它相认。一时之间，晓晓便有些恍惚，她不明白自己的家为什么会在这里。

鸡鸭鱼肉狮子头，菜肴围聚在桌面上，一家四口团圆了，一家人在城市里与春节欢聚一堂。

在老房子住久了，父母的脸面却光鲜了，像是褪去一层劳累，父母脸上的皱纹都舒展了一些，这一点让晓晓感到舒心。除此之外，餐桌上的每一句话，晓晓越听越堵心。弟弟升入了初三，面临中考，父母以她为榜样，鼓励弟弟。母亲夹了一块红烧肉放到晓晓碗里，母亲说，小弟，你要学你姐姐，靠自己的本事，在城市立住脚。

她坐在家人中间，却与他们相隔甚远，这中间隔着一个实情。她上的大学是钱总花钱买来的，她的工作是钱总的助理，一家人安居的老房子并不是她购置的，尽管户主落了她的名字，那是钱总随性赠予的，这实情薄薄的，轻易不能触动。

母亲年前曾回到乡下，打理了老屋，开辟了一小块菜地，说村上的房子敞亮，说村上很多人家的生活条件超过了城里，还说了进一步的打算，他们想给弟弟在城里置备房子，首付要30万，母亲的目光投向晓晓。晓晓的筷子在每一样菜上挑挑拣拣，她脸上的表情心不在焉。母亲的话，没有哪一句能触动她的内心。

茶几上，母亲置备了巧克力、奶糖、蜜饯、坚果，晓晓却毫无兴趣，她想起小时候，每逢过年，母亲亲自熬糖稀，做的芝麻糖、花生糖，还有欢喜团。吃罢了年夜饭，晓晓就急着离开。她离开家的时候，母亲叮嘱她，下次不要坐公交车，也不要坐地铁，要开车回来。

离开了老房子，离开了家，晓晓在街头闲逛，团圆的日子，路上的行人多是结伴而行，只有她和自己的影子做伴。在家里待不住，她也不想回到小屋去。漫无目的地走着，她忽然来了兴趣要找到自己的影子，兴许是霓虹灯太过喧嚣，她明明在灯光下却找不到自己的影子。

后来，她一路寻觅着到了影院，除夕夜的影院，张灯结彩，也是年轻人的天下。她独自买了一张票，坐在角落里，迎接了新年。

影院的那个角落在光怪陆离和寂寞孤单之间跳转。

手机不断地提示，有人向她发来新年问候，不是钱总，是一位朋友，鲜有会面，但晓晓留意他很久了，留意他微博里、空间里的奢靡。

走出影院，晓晓给他回了一条信息。晓晓的思维如同脚下清冷的公路，是一条直线，那条直线颜色是沉重的墨黑色，它没有呼吸，在寒夜里，看上去异常僵冷。

2

六天后，晓晓与这位朋友见了面。是在一家商会举办的新年酒会上。

参加酒会的多是商会的会员，钱总曾担任这家商会的常务理事，晓晓随同钱总出席，身份是助理。这一年，晓晓未收到酒会的请柬，却收到了这位朋友的盛邀。这位朋友说，他缺了一位高品位的女伴。晓晓嫌弃女伴的身份，却对高品位无比推崇。她选购的名牌包、鞋子，还未亮相，索性自降身段，欣然应允。为打消一些意料之中的漠视，晓晓特意重新选购了一件礼服。

新年酒会上，晓晓的良苦用心收效甚微，她想象中的几个劲敌均未到场，去年被奉为酒会之花的吴助理已远走他乡，擅长舞蹈的王助理为推掉酒会突然辞职了，她听着这些闲言碎语，看着眼前闪烁的灯火，眼神不由得迷迷蒙蒙。

幸好有这位朋友做伴，他赞赏了她的礼服，又殷勤地请她跳舞，伴随着缠绵的曲调，他说，其实我们缺的就是勇气，你没有对我有感觉吗？晓晓的感觉其实是沉睡的，被他一挑便苏醒了，苏醒了便多了活力，现场上也多了魅力。

他为她斟酒时目光凝视着她说，你知道吗？三年前，我第一次参加这酒会，远远望着你，眼前的对饮人却是你的影子。晓晓不仅在他的酒里醉了，还在他的话里醉了。他们的距离保持着美感。交过心就足够了。回去的路上，他们带着醉意，晓晓的醉意更浓，有人曾暗恋着她，尽管她未曾有过暗恋的体会，有了那一半，也就足够成为她回报暗恋的理由，她抓着这份暗恋，直接抓到自己的内心深处。

晓晓酒醒后，在酒店房间的角角落落找遍了，也没有这位朋友的影子。晓晓依然能闻到那个男人的气息，用清水洗洗鼻腔，希望提高自己的嗅觉，晓晓沿着墙角将嗅觉向上延伸，她的眼前都是敦实的墙壁，晓晓用目光将墙壁泡烂了，她找不到他的影子，她要顺着气息去找到他。晓晓顺着气息越来越兴奋。尽管他不辞而别，他的暗恋，她不愿放弃，如同她不舍繁奢。

元宵节过后，晓晓和这位朋友第三次约会，时间地点确定好，出门前的盛装也到了位，却错过了赴约的时间。

晓晓赴约的时间到了，她却沉沉入睡。她的这位朋友等在那里，等在约会的地点，在街边的拐角，沿着拐角下去，他预订的客房也等在那里。

3

晓晓的朋友，等来的是百荷。百荷在远处暗自核实了晓晓手机里保存的照片，确定了晓晓的约会对象。

百荷背着松松垮垮的一个双肩包，穿了一件年轻人最流行的帽衫，并拢了双脚站在晓晓朋友面前。他正在向远处张望，他的约会对象选了这个人头攒动的广场，本人却姗姗来迟。百荷吸引了他的目光，这是个有意思的插曲。他的目光收拢回来，上下打量站在眼前的女孩，发现女孩面容姣好，尤其那双眼睛，赏心悦目不说，眼睛里透着信赖。他太珍惜这种眼神了，这种眼神对于他就是一次意外的财富，有眼前出现的陌生女孩，他的贪婪就不单纯地停留在财富的浅层了。

您在等人吗？百荷问，我想问一下咖啡屋怎么走。这位朋友热心指点，问路的百荷却仍然记不住。百荷自谦是路盲，晓晓的朋友只好充当她的领路人。

得知问路的百荷是独自旅游，这位朋友立刻以本地人的身份热烈欢迎，江城的宾馆都很好的，他热情介绍说。你指的是？百荷马上直爽地说。比如说，能够发生有趣的故事的宾馆。百荷已经挪动脚步了，背影充满了遐想。

保持着友好的距离，离开了广场，他们沿着人行道向前。走着走着，这位朋友无限伤感地说，你知道吗？我一直期待着和一个像你这样一看就很善良的女孩，并肩漫步在这样的黄昏里。百荷停住了脚步，像是她的心里涌动着无限的柔情。这位朋友看着百荷眼里流露的柔情再一次深情地说，你知道吗，其实，我们缺的是勇气。

百荷显得抵挡不了这样的恭维，呼吸有些急促起来，她为他的多情感动，为自己的麻木羞愧。这位朋友显然是体贴的，就像是路两边的护道树在炎热的夏季洒下的浓荫。他说，对不起，我的真心话，初次相见让你受惊了，前面就是咖啡厅。说着，他绅士一般搓搓手，但是他并没有进一步的举动，百荷的眼睛注视着他，像是在继续鼓励。

百荷独自进入咖啡屋，落座不久，就见这位朋友急匆匆地踏入咖啡屋，他像是遗落了什么重要物品，低头寻找着，来到百荷的位置，百荷的目光恰巧由窗外收进来，顾盼流连。这次，这位朋友主动与百荷打招呼道，这么巧，你还在，我没等到熟人，咱们一天遇到两次，算是熟人了。百荷粲然一笑说，原来你也在这里。男人马上俏皮地接上话道，这是一句歌词，但是用到我们今天的两次相遇上应该是这个“缘”字。男人在桌面上手指蘸清水写下一个缘字。接着男人自我介绍道，我是一名老师哦，有什么问题可以向我请教。

男人说，为了这个缘，今天我请你喝咖啡吧，咱们交个朋友。说着，他坐在了百荷对面。他刚落座，百荷突然掏出了一把剪刀，轻轻搁在茶几上，一半是警告，一半是震慑。百荷一字一句地说，不许你耍弄晓晓，要么真心待她，要么离开她，你若再玩弄晓晓，当心我报警。

错过了这位朋友，晓晓不无遗憾。百荷自作主张的测查之举她也并不感激。手机上那朋友已将她拉黑了。一遍又一遍翻阅着手机里的通讯录,晓晓的手指在手机屏上飞快滑动,最后,她将手机直直地伸到百荷的鼻尖下。

晓晓说,你知道我手机里有多少这样的朋友吗?你自已填肚子都顾不了,还多管我的闲事,我交朋友是我的自由,你知道这个朋友的见面礼是多少吗?你知道他名下有多少财产吗?

百荷沉默不语,她离开的这段时间,星星先是酣睡,醒来后啼哭不止。百荷像是谢幕的演员,所有的语言和表情都在戏剧之中,一切的演出活动都已结束。演出达到了预想的效果,她一边哄着孩子,一边说服晓晓,我给你用了安眠药,是我不对,我只是想让他真心待你,我没想到他是那种人,我不想你再被伤害。

她说的伤害激怒了晓晓

晓晓说,你为了让我帮你照应星星,拆散我谈的朋友。你精明,你怎么拴不住男人,一个人带个孩子,你花了多少钱,你算得清吗?

晓晓甩出了这句话,两人同时都被这句话震惊了。

房间里充斥着星星的啼哭声,时高时低,百荷一次又一次张开双臂做出像鸟儿展翅飞翔的姿势,她常用的这个伎俩,这一次失去了效应。孩子啼哭着,她小小身躯里掩藏着巨大的委屈,新鲜的,稚嫩的,成长的委屈。哭声久久不散,演化成了室内所有人的心声,她们的沉默受到了沉重的打击,婴儿的哭泣声的打击。

百荷将孩子搂在怀里,她啼哭着,脸涨得通红,一口气接着一口气,像是要撕裂无形,却又巨大的某种物体。百荷怀抱着自己的哭泣,她的身体颤抖着,她的双手颤抖着。

她将孩子放在床中间,孩子的啼哭声在床中散开。干净的凌乱地团在一起的床单，立刻被啼哭浸染了，孩子蹬动着两条腿挪动着她的啼哭。

百荷拿起了剪刀。咔嚓，咔嚓，她尝试剪碎啼哭。百荷和晓晓都注意到，啼哭声是在剪刀的咔嚓声中停止的。剪刀会说话，剪刀听懂了啼哭。

百荷去菜市场买菜，每天要掐算着时间，赶在孩子睡醒之前。在菜市场，她掐准了菜价，晓晓虽然在意身材，但也注重营养，每顿菜肴要求荤素搭配。一周里，鸡鸭鱼肉每天轮换着采购、烹饪。百荷在乡下就结识的各式时令蔬菜，茄子、黄瓜、西红柿、莴笋，整齐码在城市的台案上，供她选择，蔬菜有了身价，而她也换了身份。像是一位熟练的家庭主妇，讨价还价之后，临走之际，摊贩都会免费赠送一把香葱。经过菜市场边的大型超市，她要细细观望一番广告栏，虽然嫌超市内出售的菜价过高，极少光顾，但遇见超市散发促销广告，她又不肯遗漏。

走出菜市场，百荷会绕道一家洗车行，站在车行店铺外的人行道上，她将鼓鼓囊囊的购物袋放在脚下，缓解臂膀的疲劳，看上去百荷在稍事休息，她的眼睛却注视着车行内的那把水枪。水枪正在忙碌着，它激起的水花冲刷着车身的灰尘，它扩散着水流的激情，一些污垢被不断驱除着。清晨的城市街道是忙碌的，车流渐渐加长，喧嚣渐渐鼓胀，对倾心观察水枪的百荷来说，这些都不存在。水枪关闭的间隙，百荷会猛然惊醒一般，拎起脚边的购物袋，急匆匆离去。

百荷会准时进入家门，晓晓已经醒了，慵懒地躺在床上，注视着天花板。百荷准备早饭，收拾换洗的衣物，晓晓吃饭的时候，她照顾孩子。多数时间孩子要趴在她的背上，她好腾出两只手清洗衣物。

她的忙碌，像是沉默的借口。而晓晓也并不多说话，她们彼此的沉默是陌生的，因此有了距离。

这一天，晓晓难得开怀大笑，百荷不停地播放《憨豆先生》。晓晓的笑声落地像珍珠一样铺满地面时，百荷打破了沉默，她说，晓晓，我想去一下洗车行，只去一天，你帮我照看一下星星。

洗车行的工作并不复杂，百荷很快就掌握了基本的操作要领。

车行里原本有两个小伙子和一个师傅，车行里主营汽车的各式维修工作，洗车只是兼营的，烦琐而收益慢，原本这些活是两个学徒兼干的，百荷不请自来，车行里一下多了生气，年轻人对百荷明显是欢迎的，都表现出热情的态度。但师傅的脸色却阴阴的，一副爱答不理的神态。百荷操作时因为动作生疏停顿一下，他便叫了起来，抱怨老板找来了一个累赘。其余的小伙子挤眉弄眼。下一辆车开来清洗，师傅又过来抱怨百荷占了场地。

百荷见这师傅明显对自己有成见，却又不知是何缘故。她趁着中午休息时买了一袋瓜子，拿到车行，算是递出了一块友好的敲门砖。师傅对她的瓜子不屑一顾，并且表现出明显的厌恶，恶声恶气道，到处扔的都是瓜子壳，我看你没事找事。百荷笑脸更加灿烂，我马上会清理的，师傅。谁是你师傅，你一个女人还想修理汽车，修好自己就行了。

百荷一愣，脸腾地红了，忍耐到了极限，未获得缓和，却获得羞辱。百荷愤懑地说道，你这是什么话？把话说清楚。大师傅翻翻眼睛，似乎无意与百荷计较，他嫌恶地退后一步，似乎要与百荷划清界限，百荷却逼近一步，眼睛里射出无数支锥子。大师傅毫不示弱，放出狠话接招，你凶什么，带着个私生子还如此招摇。哗的一声，大师傅话凝固在空中，浑身已被水枪淋得透湿。

百荷举着水枪，像是捍卫尊严的女战士，她尖厉的声音同时射向大师傅,不许你侮辱我,不许你侮辱我。

百荷在洗车行的洗车生涯只踏进半步,便终止了。

春节过后,天气渐渐暖和起来,江城的夜晚同样繁华,大街上川流不息的车辆为百荷提供了生活的来源。

百荷的工作是夜晚开张的,白天可以照顾孩子,晓晓对百荷的做法不屑一顾,她也因为孩子不得不守在家里。晓晓质问百荷,难道你一辈子就打算洗车?百荷嘴上不语,她的下一步还在酝酿中。晓晓说,你瞧不起我?还是瞧不起我的钱?百荷摇摇头。

百荷买了一部水枪和一套洗车必备的工具,在车行的马路对面开展了夜晚洗车业务。

百荷清洁的第一辆车,是老周的座驾。老周将车停在百荷的面前,下了车,瓮声瓮气道,你非要这样?百荷说,这样也不丢脸,我靠我的力气吃饭。你是星星的妈妈,你这样做,我很心疼。这句话,打动了百荷的内心,但百荷的脸上毫无表情。

老周叹了口气,晓晓让我来劝你,晓晓说你天生就傻,一点不假。这句话是伤人的,但百荷习惯了,就像是每天面对的日子,这句话被岁月拉长了。

老周站在身边,这对百荷来说是个温暖的时刻。一辆车开过来,还未停稳,老周率先说,不洗车就停到前面去。百荷在心里感激这份温情,但她终是无法成为影子。最后,她打破了温情,开了水枪,老板,谢谢你照顾我生意,你照顾我开张,打八折。百荷的生意算是开了张。

江城夜晚到处五彩缤纷,灯光给人无所不在的遐想。空闲时百荷发现江城与碧城有许多相似之处,人流、车流,以及灯光。

那些车主站在一边等待着百荷为他们的爱车冲洗灰尘。这些灰尘也许来自乡村,城市。每个人都像从一个盒子里钻出来,带着疲倦,带着安静,带着瞌睡,带着爱。有的人睡着了,有的人说笑着,有的人愁眉不展,随处都是城市的表情。汽车离开时,这些人的表情没有多少变化,时间太短暂,他们的路程却很远。

百荷却总是缺少一种融入的感觉,她始终是一个马路边的旁观者,车流的旁观者,这种失落又常常将她的内心灼伤。

4

小屋里来了一位不速之客。门铃响起的时候,百荷正在厨房里忙碌,星星在客厅里搭着五颜六色的积木,晓晓在房间里试穿她的服装,她在每一套服装里演绎着她的品位。她的服装里承载着她的自信,美艳,以及期待。她在这样的自信和期待中度过了大把的时光。她刚为身上的一套服装搭配好了耳环,门铃就响了,像是为她这身装扮喝彩。

是高强的母亲,她来找百荷,带着已经过去的往事,带着它们隐约的痕迹,并且肆意联想。亲自看到了星星的五官,她悬着的心终于落下来,落在了平静之上,有一个浅浅的失落的旋涡转动着,同时浮动着怜悯。高母注视着百荷,你怎么这么轻率?

在百荷这里这不是一个需要回答的问题。她迷恋过高母的温情,迷恋过她传递的母爱,但百荷现在是自己孩子的母亲,每一份母爱如同一个坚果,包有自己的外壳。百荷母爱的外壳坚实,油黑发亮,独一无二。

百荷沉默着。她脸颊的皮肤紧绷着,头发凌乱地散落在肩膀上,她穿着围裙,围裙的前襟上落满了水珠,像是散落的星星,一滴水珠里藏着一颗星星的心事。她低垂的双手湿漉漉的,一只手里还攥着一把正在清洗的芹菜。

是晓晓瞒着百荷,以百荷的名义在QQ里联系上高强母亲的,晓晓见百荷的联系人里,标注为母亲。

高母打量着晓晓,未曾放过晓晓服装上的任何细节,晓晓的穿着,晓晓的神态,她脸上皮肤的光泽以及指甲上的光泽。高母感叹说,百荷,别的事情你没眼光,倒是这位朋友交得不错。

高母赞赏百荷与晓晓的友情,很快就加入了友情的阵营。她说,你这个孩子,不太精明,不适合做生意,只能靠双手挣钱,我有很多朋友需要保姆,我也可以帮你介绍一些活。

高母在房间里外打量一番,见墙壁是光洁的,地板也是实木的,房间里的每件家具虽是复合板材,却精巧实用,摆放的位置也都恰到好处,茶色的漆面既美观又不失庄重。摸了摸床单,感叹说,你这都是借你这朋友的光,当初你独自一人还要睡地下室呢,她点拨百荷说,你要向人家学习,过上有品质的生活。晓晓带着微笑,观察着高母,确定她不是百荷的母亲,却无法确定百荷在虚拟空间里这位母亲的出处。

晓晓的目光追随着高母,她欣赏高母的上衣,裙摆长度刚到膝盖的短裙,肉色的丝袜,受到品位女人们恩宠的那双鞋,穿在她的脚下像是一种烘托。还有皮包,限量版中的一款被挽在手腕处,那皮包里有呼吸,带着她的呼吸,她的高贵,她的雅致。

高母蹲下身子,面对着星星,被孩子稚嫩的笑感染了,嘴里发出感叹,多好的孩子,又扫了一眼百荷,她的两道目光带着各自的表情,一种是艳羡的,一种是遗憾的。她伸手去抱星星,手腕上的手提包磕磕绊绊险些碰到孩子的额头,星星敏捷躲开了那双手,她一翻身爬到了百荷的脚边,百荷俯身抱起女儿,一手拿着芹菜转身进了厨房。

电饭煲里的米饭熟了,指示灯叮当一声发出了宣告。米香味飘浮着,在空气中。

晓晓开口说话了。她的端正的语言在她的服饰里,高贵雅致,在她晃晃荡荡的耳环里,闪闪烁烁。

我联系你这事百荷不知道,我瞒着她,我是为朋友做主张,晓晓为自己辩解,我不出面,百荷能有什么办法。

高母咧嘴一笑,跨过了地板上的积木,坐在了沙发上,坐垫过于松软,她陷落在中间,那身服装立刻遍布皱纹。晓晓靠墙站着,除非身着睡衣,她习惯于笔直地伫立。

我们在 QQ 上都聊过了,你也看到孩子了。晓晓站着说出的话声音并不高。

去做个鉴定,不做鉴定我也会给她一些钱。女人做出个决定。费用我来出。

晓晓嘴角划过一丝笑。笑容很浅,转瞬即逝,她耳朵上的两个耳环左右摇晃着,既然你愿意出这费用,说明你儿子和百荷之间有过关系。你们为什么这样对百荷,让她一无所有。

高母将手腕上的手提包拉开,当初给她钱,她不要,现在让你出面,喏,我们也不是无情之人,当初的费用还给她,免得有麻烦。女人将皮包里拿出的一沓钱拍在桌面上。我敢肯定这孩子与我们高家毫无关联,这钱是我心甘情愿给她的。

百荷抱着孩子,从厨房里出来,她和她们之间像是两个阵营,她只要脱离她们就突围了。百荷说,我的孩子就是我,我就是我,不需要鉴定。她冲进高母和晓晓之间,放下星星,拿起那沓钱塞在高母的皮包里。她的一连串动作激发了孩子的兴致,她拍着两只小手为母亲喝彩。

喏,你也看到了,高母向晓晓摊摊手,化解了自己的尴尬,又借机表达情意对百荷说，你做保姆也好，做服务员也好，赚点小钱够生活就对了，不要好高骛远，我有几个朋友都要请保姆，我可以帮你介绍的。百荷不答话，抱起星星进了厨房，厨房哗哗的流水声淹没了晓晓与女人交会的眼神。

高母离去时，晓晓去送客，与高母交流了想法也交换了服装信息。直到将高母送上车，晓晓站在车外，像一幅优雅的油画。车子启动滑行了五十米，车窗缓缓摇了下来，高母探出头，姑娘，你哪天去我那聊天，我请你喝茶。

回到屋里，晓晓兴奋地拥抱了百荷，百荷，我真没想到，她这么有钱，开的是一辆宝马。

百荷身子僵僵的，脸色沉沉的，说出的话闷闷的，百荷说，晓晓，你要是为我好，就不要再理他们。晓晓却撇撇嘴，你不肯说，我当然要帮你找，找到这孩子的爸爸，我决不轻饶他。太可惜，晓晓面露惋惜，接着说，你不懂的，有钱人的世界你不懂的，可惜她不是你妈，也不是星星的奶奶。

晓晓再一次交了男友，前车之鉴，手机从不离身，除了外出约会，她抱着手机窃窃私语，眼睛里露着光芒。直至夜不归宿，她始终未对百荷透露半点信息。

两个月后，晓晓外出健身的一天，高强的母亲又不请自来。

见到百荷，高母开门见山，她说，我来找你，你不要告诉晓晓。我拜托你，不要告诉她高强的过去，就按我说的，你曾是我们雇用的保姆。我们高强现在留了学更优秀，她和高强很般配，学历，长相，最重要的是她很聪明，这点弥补了她的低门户，但是她自己年纪轻轻创业挣下 200 万，可见能力很强。女人瞟了一眼百荷，百荷正一边飞针走线一边教星星在纸上画星星,她眼里除了满天的繁星,就是手上的彩线,彩线由细针穿引落在一幅十字绣上,那画面花团锦簇,题名是锦绣前程,这是百荷刚接的一幅作品,也是她的新的生活来源。她沉默着不说话,内心惊讶晓晓的新男友是高强。

5

春暖花开之际,晓晓即将举行婚礼,百荷的保姆身份不适合出现在婚礼上。晓晓说,像高强家这么富有的家庭,你到了婚礼现场,既没有合适的身份,也没有适当的服装,况且,我们过分亲密,我担心他母亲生疑。

晓晓搬离了出租屋,临走她嘱咐百荷,你记着我第一次接触高母就介绍说,你是保姆,我是雇主,我帮你,是乐善好施,今后你还要这样掩护我,我嫁到碧城,就没有人知道我和钱总的往事,她摸着小腹,我帮你渡过难关,不要你还一分钱,只求你对我的过去守口如瓶。高强向我保证了,我是他第一个女人,怀了他高家的种我这回赚大了。

晓晓不无遗憾地感叹,百荷,我说你傻,你别不服气,你干吗去他家做保姆?你应该把高强追到手,一切都有了。见百荷只顾飞针走线,晓晓瞥一眼百荷手中的十字绣,百荷,这风景真像我们大河圩,我结婚,还要回一次老家,回到大河圩。

那个地名轻轻地从晓晓的嘴里滑出来,那气息是温暖的,有清溪河的波纹,大青山的绿影,树木和田野,以及百荷枕边的梦。

晓晓离开的这个夜晚,百荷梦见了大河圩,太阳在天际间,金黄色的阳光,油菜花间祖父缓缓走来,与他相伴的是那只记忆中的红狐狸。它活在田野间,活在大河圩,活在祖父身边。在梦里,百荷不需要求证,在梦里一切都存在着。

晓晓离开的这个夜晚，百荷第一次在城市的夜里遇到她乡下生活的梦。

晓晓大喜之后来给百荷送喜糖，带回来一个消息。

百荷的父亲重病不起。晓晓打量着百荷，不免心生同情，百荷，我替你瞒着实情，你换了手机号，这个春节也不打电话回家，你家里人联系不上你，到处找你。

这消息不啻一记闷雷。百荷注视着晓晓，像是寻求真相，晓晓身上带回了大河圩的气息，她的眼睛里也溜出了大河圩的思绪。

田得福躺在床上，清醒地躺着，却毫无力气，他对每一个探望的人都发出疑问。最先是自己的弟弟田五福，百荷明明跟了你进城，你怎么说她曾回到乡下，我的女儿为什么要撒谎？

田五福试着等待哥哥把心里的话说完，他在哥哥喘息的时间等待着，但田得福没有再说话，他喘息着，像是被焦急紧紧捆绑着，每一声都很艰难。

田五福叹一口气，他很懊恼，他回想着开车送百荷去车站的每一个环节，他已经想过很多遍了，越来越清晰，他送她到了车站，她下了车，走进了候车大厅，是在长途汽车站。

按着田得福提供的地址，田五福前往韩美枝所在的城市，公路还在，公路边的街心公园还在，公路拓宽了，花园扩张了，新建楼房都是插入云端的高层了。每一扇窗口都是崭新的，没有一点历经拆迁的痕迹，韩美枝和那套二居室像是从未在此生活过。

田五福也曾捏着百荷更换的手机号码循迹碧城，最终在弯街的原址上，面对着一片拆迁现场，他意外收获了商机。

一对父女打碎彼此间的联系，是轻而易举还是各有隐情，田五福如坠五里雾中。既要牵挂着兄长残喘的那口气，又要遍寻大海，他眼前的世界就是无边之海，而百荷渺若细针。

第十五章　山重水复

1

百荷站在窗前，向楼下俯瞰。整座城市的姿态和表情重复着昨日的生动和丰富。

整座城市的脚下踩着一双沉重的鞋子，天长日久，已生了根，与土壤相连，所有的粗粝和温柔都无法破坏。土地与城市紧紧相握，城市必须握紧泥土，永远。

乡村是从泥土中生长出来的，像所有的农作物，永远不会挪动生长在泥土中的脚步。

一串简单的号码便将百荷的城市与乡村连接在一起。

她逃避联系父亲，却牢记着那个号码，从未隔离在生活之外，也从未隔离在内心之外。

晓晓离开后，百荷终于主动拨通了父亲的手机号码，铃声传过去，像她热切的语言，等不及来自大河圩的回音，忐忑的脚步声便从心底漂上来，像流水声。她慌忙挂掉电话。

手机铃声紧跟着又响了起来，不依不饶的，依然是她记着的那个号码。她让它响着，祈祷它响下去。父亲一直很好，也许是个误传的消息，也许是晓晓劝她回乡的善意之举，百荷安慰自己，抱了孩子在房间来回走动。

她曾设想过，与父亲的相聚。这是孩子与外祖父的首次相见，孩子是她生命的一种存在，亦是父亲生命的一种存在。原本就是爱的整体，每个片段的拼接，要有个铺垫，这个铺垫，如何铺陈，她还没有想好。

手机依然响着，只是刹那间，百荷便领悟了来自虚拟世界的铺陈。百荷忙扑过去，手颤抖着，按下了接听键。

整个城市都与她一起竖起耳朵，聆听来自大河圩的语言。

是百荷吗？你快回来啊，你爸爸必须要见你。轰的一声，百荷内心的壁垒，轰然倒塌。

2

三间砖瓦房已不见踪迹，新近竣工的二层楼房耸立着。墙面的瓷砖凝结着纯粹的、簇新的生活。新的楼房，新的家。

田得福安躺在床上，气若游丝。整个人像是被棉被折起来，折成了其中的一部分。百荷经历过孤独，但任何一种孤独都比不上父亲此刻的孤独。

围在床边的几个人见百荷赶到，纷纷避让开，百荷强压哽咽扑上去握住了父亲的手掌，手掌依然是宽大的，青筋突起，游离着一丝温热。

她和父亲之间没有了任何距离。在远处，在近处，在这世间，生死之间的距离却在踉跄前行，永远。

百荷颤颤地喊了一声，爸爸。父亲的眼皮跳了一下。她不希望这是没有回答的呼喊，紧接着百荷喉咙里啜泣之声滚滚而来，她的悲伤之外还是悲伤，她的无奈之外还是无奈。

父亲果然没有回答,但睁开了眼睛,父亲不说话,目光却是慈祥的,微弱的,慈爱的。父亲的目光落在百荷周身。百荷再也想不到,就这样与父亲坦诚相见。爸,这是我的孩子。百荷抓住了父亲的目光,这一瞬间,是这样美好。她感谢孩子的存在,父亲的目光露出了惊喜。这惊喜迅速传播,父亲像是瞬间喘息顺畅了,脸色也显出了光泽,好,父亲吐出了一个字,轻轻的,却清晰,好。

百荷不愿承认这样的现实,但现实就是这样的。百荷没有时间隐瞒,这也不是打击,或许是一种安慰,为了这个安慰,百荷愿意承认这个现实。百荷说,爸,我在这世上,有了一个孩子,这世上,有了一个我的孩子。我有孩子了。百荷寻找父亲的目光,而父亲的目光像是一盏灯,兀自熄灭了,只余下那个"好"字永远留在了世间。

你爸爸怕你担心,一直隐瞒病情,你这个孩子怎么都不回家。五叔摇摇头,再看看百荷怀里的孩子,五叔的眼里都是悲痛。

百荷长久地握着父亲渐渐僵冷的手,父亲的手握着一个沉重的现实,她的手握着一个冰冷的现实。从此,她这一生永远缺少一个来自父亲的拥抱。

五叔拍拍百荷的肩膀,百荷,节哀吧,你爸一口气,熬到今天,到底等到了你。

这是世上的最残忍的等待,也是最凄凉的结局。

百荷不愿接受。百荷无法接受。

她坐在拥有父亲的角落却无处可依。

百荷抬起头,新近铺就的楼板,房梁没有了,只有天花板裸露着新意。百荷凝视着天花板。

祖父不会复活，她的期待，却依然活着，无处可依。

百荷不愿丢弃，埋在心底，埋在灵魂深处。

她不忍直视父亲渐渐苍白的面容，又无力扭转局面，百荷的眼睛里没有眼泪，视力是清晰的，但红狐狸无疑无迹可寻，即使它有心成全百荷，它又能蹲守在哪里呢，更何况父亲从未向百荷提起过红狐狸，更不可能搭救过狐狸。狐狸没有出现，百荷希望借助幻影，一秒钟也好，两秒钟也好，哪怕给她人世间的瞬间，她和父亲彼此温暖地相拥。她不禁感到绝望，绝望让她泪流满面。

百荷僵坐着，一动不动。她整个人软弱不堪，像是耗尽了所有的力气，无法挽回父亲，无法抗衡现实。

无法挽回父亲，百荷想挽回与父亲曾经相守的一切，床，家具，房间，手机，一切都真实地存在着。她拨打那个属于父亲的号码，手机的提示音一声紧似一声，又一次次击碎了百荷。

铃声沉寂之后，一切都静默无声。

百荷最终在自己的血液里找到了父亲，她身体里的血与她亲切对话。

父亲去世了，一种血流尽了，一种血生长在她的身体里，无法改变，金钱地位财富，都无法掠夺。

父亲失去呼吸，她的呼吸还在，替代父亲，孩子在她的怀里呼吸着。

她守着父亲的呼吸，活着，呼吸着。

她和父亲连在一起，永远。父亲活在她的血液里，永远。父亲活在她的呼吸里，永远。

父亲走过的田野还在那里，清溪河依然流着，大鹏山仍然守在原处，这些都让百荷回到从前，从前，父亲一直活着。祖父，一直活着。

3

众人都在堂屋里，团团围住五叔。五叔身体发福了，整张脸油光光的，五叔的脸色滋润与父亲的枯槁形成了鲜明的对比，加深了生疏，面对五叔，百荷像是面对陌生人。

同样，五叔面对百荷也是这样的感觉，她像是这些亲人的局外人。

五叔的女人嫣然依然是时髦的打扮，衣服的颜色略显暗淡，脸面上的妆容却是粉的、红的争奇斗艳。见了面，她主动和百荷打招呼，她的大方平添了气势。

院子里，房间里，挤满了村民。一些人刚踏进院门，一些人正在赶回来的路上，俨然成了一次难得的聚会。五叔在城市里积累了财富，在家乡博得了人缘。他清点着来客的名单，随口下着许诺，哪个想跟我发财的，办完了事到城里找我，有我一口汤，我绝不会让乡里乡亲去喝西北风。

渐渐地，吊唁父亲，成了一次拜访五叔的机会。

傍晚来临时，院子里拉起了灯。郑倩倩踩着灯光踏进院门时，风尘仆仆。

她一出现，院子里片刻鸦雀无声。几年未见，她在百荷眼里依然是娇娇弱弱的，面相文雅。面对乡邻，她谁也不看，她的眼里只有五叔。嫣然反应敏捷，挥手打断她的目光，你怎么来了？这种场合你不好出来的。

郑倩倩依然注视着五叔，这么大的事，你怎么瞒着我？

五叔咧咧嘴，略显尴尬。

嫣然一把拽离了五叔，她化解了尴尬，五叔并不领情，他低低地吼道，你们两个今天要是不安分，别怪我不客气。

郑倩倩眼圈一红，忽然，抽身面向百荷，百荷，我心里想哭都哭不出来了。郑倩倩的这句话,百荷起初以为她是为父亲的离去悲伤,后来她从别人的称呼里找到了答案,她的伤痛欲哭无泪。这是一道人生答卷之外的附加题。这道附加题,左邻右舍都对答如流,大家称呼她二老婆,她是五叔的二老婆。

明明是父亲的丧事,这中间却莫名穿插着五叔的家务事。听起来这家务事没有人能判断孰是孰非,也没有人追究家务事的起源,平常的日子,每一件小事都是导火索。火焰迟迟不息,五叔像是并未受到煎熬,他安抚两个女人,你们两个再闹,我就找个小三。

嫣然初次登门,率先放下了姿态。小郑,这个地方很美的,山清水秀的。郑倩倩不答话,转过身撇嘴吐出两个字,矫情。她扎在村里的妇女堆里,半真半假称呼五叔,我的老公。妇女们也争着加入了阵营,贴近郑倩倩,真真假假附和,这么有钱的老公让人羡慕啊。

院子里不断有人登门,面对百荷,面对百荷的孩子,多数人目光讶异。父亲的血液流着,在她的内心,她必须守护着,永远。

百荷抱着孩子站起身。她起身的那一刻室内突然静了片刻。像是百荷怀里抱着的,不是孩子,是个秘密。

有人暗暗传递着眼神,有人指指脑袋。百荷脑子里和大家想的不一样。如果要是高明,不会如此下场。如果要是精明,男人不到场,又未见婚礼,她何故生下男方的儿子。

可惜了,傻啊！玉莲的母亲多彩认为自己最有发言权,悄声感叹,这孩子怎么就一直不懂事,和玉莲同样大。多彩的家政公司,规模不断扩大,玉莲已成为掌舵人。还是我家玉莲命好,多少人高攀不上她。众人便打听玉莲在外的现状,多彩讳莫如深,总之一句话,凭本事吃饭,能赚到钱就是本事。大家难得相聚，自然要关心玉莲的婚事，多彩说，婚事不好办，有钱的太少了。换而言之，没有钱，休想高攀玉莲。

百荷拖着衰弱的脚步，指挥自己的双腿。一步，再一步。她的内心衰弱不堪，她的脚步不断地鼓励自己，自己走，走自己的。她猜得透那些目光，那些目光锋利无比却又软弱无力。即使它们无所不在，百荷也必须闯过它们。

一步，两步，举步艰难之际，百荷内心的清溪河赶来助阵，河流降临了，它只为百荷降临。百荷向往的，一条立体的河流，拥抱了百荷。

这是百荷与河流的自由时光。这是河流赠予百荷的力量。百荷在这个悲伤的时刻，流下了泪水。

在场的人听到百荷的哭声，都沉默了。一时间，悲伤的氛围笼罩了院落里里外外。

百荷被巨大的悲伤包围着，无人能参与她的悲伤。嫣然抱走了星星，百荷将自己留在一间空房子里，独自握着她的悲伤。

百荷一直在等待时机去探望河流，河流却来探望百荷了。河流的探望表明了河流的态度，河流从未驱逐百荷的思念。

河流自己站立起来，它坦诚地裸露了自己的内心。百荷在河流的内心里清晰地看到自己的内心。

她在房间里找来一把剪刀，咔嚓，咔嚓，百荷流着泪剪出了一个父亲。剪刀终于再次与百荷汇合了。剪刀剪碎了百荷的悲伤，百荷剪碎了自己的悲伤，剪碎了围绕她的悲伤。

剪刀带领百荷放弃那些碎裂的悲伤。

剪刀活灵活现，又一个奇迹就这样诞生在百荷的眼前。剪刀剪出了一位少年，少年的祖父，百荷从未与他相遇，百荷却流着祖父的血液，百荷与少年祖父的爱相遇了。

祖父似乎也不愿面对今日的局面，或者，他初衷不改，无法接受百荷碎裂的悲伤。祖父是睿智的，以他的少年之态坦然面对现实。

4

祖父去放牛。

剪刀在百荷的手里自如游走，很难看出是剪刀在带动百荷，还是百荷的双手在操纵剪刀。剪刀没有说话，但剪刀带来的世界不是沉默的。剪刀里流出的内容是由剪刀决定的，这些内容来自世界的各个角落，包括世界的尽头。现在，剪刀里流出的世界就是百荷的世界，剪刀里走出来的人，就是百荷世界里的全人类。

稻田以及清晨。剪刀里流出的清晨是祖父的清晨。

百荷看着熟悉的清晨。阳光像一条金灿灿的绸带在百荷的眼前铺展开，祖父走在阳光里，走在稻田间。水声在远处，隔着时光，百荷判断出那水声是清溪河流水的声音。隔着时光，百荷看见一个又一个祖父的背影。他们和这个少年祖父交谈，你原来就是在这里。看上去祖父和他的一生欢聚一堂了。这一切令百荷入迷。百荷熟知的祖父里亦有百荷不知的细节。比如，祖父最苍老的背影气喘吁吁，再比如，百荷还没有来到世间时，爷爷在内心里勾画了另一个百荷，一个男孩。这不免令百荷失落，祖父隐藏了他的愿望。

百荷的心提了起来，她有一种按捺不住的预感，红狐狸，消失的红狐狸就要出现了。百荷抓住祖父少年时的背影，那个背影显然将当年那个秘密掩藏得太深了，以至于到如今祖父的背影也将红狐狸遗忘了。百荷忍不住嗔怪祖父，爷爷，爷爷，你为什么要将红狐狸藏得那么深啊，是不是红狐狸还有更深的秘密。百荷忍不住就要开口说话了，祖母说过，不要和剪刀说话。这么多年了，那也许是祖母的善意谎言，当年，祖母故弄玄虚是为了抓住百荷贪玩的心，过去了这么多年，百荷自己都没有想到剪刀里的世界已经长在百荷的内心。或者说，百荷原本就是和这个世界连在一起的，是剪刀打开了这个世界的大门。百荷践行承诺，不忍心惊扰剪刀里的世界。

百荷等待着。

稻田。阳光。以及水声。一个永恒的世界。

百荷等待着。

安静的田野，行走的阳光，流动的水声。一个永恒的世界。一个永恒的尽头。

祖父是那样平淡无奇，他牵着牛，走在田野间，那牛低头亲吻青草，嘴巴里专心地咀嚼。

一位红衣少女从剪刀里流出，百荷剪出什么内容不是她自己决定的，如有神助。

在剪刀里，红衣少女仿佛从世界尽头走来，像是为百荷答疑解惑而来，亦像是为当年的祖父而来。这让百荷怦然心动，她的整个身子都凝固住了，整个世界都凝固住。阳光以及流水凝固的样子依然是美的，苍茫的美，烘托了一个人类少女的不凡，只有少女在走。她像阳光一样在流动，她像流水一样在行走。她走到祖父面前依然在走，她留给祖父的背影打动了百荷的心。

她不是祖母，但是常驻祖父的内心，从祖父的少年时代开始。

少女的出现弥补了百荷的好奇。红狐狸毕竟是红狐狸，有了少女的出现，红狐狸的踪迹似乎也明朗了，沉重的内心忽然间轻松下来。那个当年的少女也该白发苍苍了，她是活在这个世界里，还是以少女的形象活在剪纸的世界里，永远。永远。咔嚓。咔嚓。

剪刀在游走，咔嚓，咔嚓，剪刀的脚步接近时间的脚步，剪刀的脚步就是时间的脚步。

百荷停止了动作，剪刀也停止了动作。安静的剪刀在蓝的背景下异常醒目，它和百荷的交流生生不息。剪刀带领着百荷，一直没有走出这景致。直走到田中贵抢亲的前一天。

田中贵抢亲的前一天，一早就上了大鹏山，肩上扛着扁担，扁担上绕着麻绳，打成麻花结，晃晃悠悠的。天气寒冷，大鹏山上一派荒凉，一些树木枯萎了，留着树桩面向苍穹，冷风穿过枯草，留下一部分寒冷在缝隙间。

山坡上一片赭黑的泥土裸露着，是战火留下的遗迹。

田中贵独自在山间小道行走着，脚步声空旷，孤单。

他在一块岩石边坐下来，解下腰间的砍柴刀，他向远处张望着。风声传了过来，没有脚步声，他蹲下身手指在石缝间触探着，然后他突然站直了身子，抽出柴刀。他砍柴的动作，又猛又急，像是要用尽所有的力气。岩石边，红狐狸安静地注视着田中贵，它悄无声息，但田中贵知道它就在身后，田中贵说，红狐，你跟红衣姐姐说，我明天成亲了，我娶不起她，可我心里永远想着她。

田中贵成亲的当天夜里，在牛棚里睡到后半夜，悄悄起身，几根多情的稻草攀附在他的毛发里，借着夜幕的掩映，田中贵的耳朵、眼睛、鼻子敏锐起来。夜，沉寂着，田野也在沉寂之中，一些越冬的麦苗横七竖八地横亘在泥土之上。白天的时候，在清冷的阳光下，一批逃亡的外地人曾从麦田横穿而过。

田中贵在黑暗中裹着寒风前行，越过一个山坡，他在山脚下看到了一双眼睛，红狐狸躲在山脚下像是静候多时，田中贵说，嘿，红狐，你怎么知道我从这走的。他压低了声音笑了一下，嘿，你给我放哨。

过了山坡，稀稀落落的几户人家在静夜中沉睡着。山坡东头的那一家茅草房，房门虚掩着，像是寒夜里的一道门。田中贵轻轻一推，板门便开了，微弱的油灯下，一张条凳，条凳上的磨刀石蹲守在那里，像是在迎接他的到来。

一个声音告诉田中贵，一切准备就绪，就等你明天的消息。你明天扮成磨刀匠到镇上磨剪刀，摸清镇上来了几个日本兵，几个汉奸，带了啥武器装备。

田中贵扛起条凳，领了任务，他要立刻趁着夜色返回。

他走到门边时，那声音与他道别，忽然凝重起来，同志保重，保密。

5

到了吃晚饭的时候，院子里摆上几张方桌，六样菜，三样荤，三样素。人太多，吃一波，换一波。院子里的喧闹声传进房间里，百荷仍然是安静的。

嫣然推开门，见百荷端坐在满屋的剪纸间，红色的剪纸像浸满了血液。那些剪纸陪伴着百荷，看上去栩栩如生，像是和百荷生活在一起。

嫣然捡起一张剪纸，是祖父的剪影。嫣然与祖父素未谋面，她端详着手中的人像，只是觉得是个人的形象，那剪纸人在她的手中像是发出了沉重的叹息，耷拉下来，嫣然心底里也涌起了悲凉，她被诡异的气息缠绕。探头窗下，见郑倩倩抱着星星穿梭在饭桌间，嫣然担心自己成为局外人，丢下那剪纸，急急地出了房间。

嫣然无法理解百荷，父亲去世了，她却有闲心剪纸。没有谁理解百荷剪纸的意义，自然就没有人深入剪纸的世界。

百荷举着剪刀，咔嚓，咔嚓，也许会有新的内容从剪刀里流出来，父亲告别了这个世界，他会有一种新的生活。百荷感到自己和父亲终于有了亲近的契机，这让她心生期待。她情愿独自待在这个纸造的世界。

百荷似乎是被遗忘的角落。百荷的悲喜又和人们的悲喜有些格格不入。

父亲给她的疼痛令她更加疼痛了。她手中的剪刀剪出父亲。祖父，一个祖父，两个祖父，三个祖父，不断涌出的祖父，不断涌出的父亲。

祖父的世界里出现了陌生的少女，父亲的世界里会出现母亲吗？会出现一个什么样的母亲？百荷不断地挥动剪刀。

百荷在剪刀的带领下寻找母亲，寻找韩美枝。

韩美枝其实正被人堵在门外，田五福恼羞成怒，你回来干什么？你不是已经和我哥离婚了？这里不欢迎你，我哥不想见你。

韩美枝一路风尘仆仆，顾不得擦掉脸上的汗水。想必早已领教了小叔子的跋扈，她说，别跟我耍横，这是我家，我为什么不能进？

你今天想进了？田五福上下打量着韩美枝，嘴角挂了嘲讽的笑容，想分房产吧，消息还挺灵通。韩美枝泪水奔涌而出，指责田五福，你瞒着我就罢了，还来侮辱人。韩美枝泣不成声，五叔不为所动，摆出了谈判架势，他说，你不是一直要离婚吗？都得逞了还跑来干什么？想见我哥你就要写个字据。

百荷出现在院子里。隔着一道门，母女终于四目相对。

韩美枝凝视着百荷，肩膀颤动不止，泪水模糊着双眼，她生命中的一部分，留在这里，是与命运共存还是与命运抗争？她生命的一部分，可以独自呼吸，独自成长的一部分。

隔着一道门，百荷望着韩美枝，她眼前的中年女人，头发随意披散着，米色风衣的腰带耷拉着，黑色打底衫镶嵌的花边一部分褪了色，一部分依稀留有赭色的印记。一个陌生的韩美枝，目光里满是疲惫，让人心碎的疲惫，陌生的目光。

百荷接受她，接受自己生命中的一部分，伴随她生长的一部分，并且永远无法剥离。韩美枝说，百荷，你是百荷吧？妈妈对不起你。百荷不接受母亲的歉意，她摇摇头，推开拦在眼前的五叔，跨过门槛，走近母亲。百荷不说话，她的心里一直在呼唤，妈妈，妈妈。她的嘴巴沉默着，但她的内心始终未曾沉默。

母女团聚的场景，田五福并不感动，他内心的波澜一层一层涌上来，最后他恍然大悟，他说，韩美枝，小荔枝那个女人通知你的？韩美枝所有的目光凝聚在百荷身上，她的目光由内到外抚摸着自己的女儿。不知感动还是冲动，她说，百荷，你为什么一直不联系父亲，荔枝阿姨一直也在找你。

韩美枝的一句话让小荔枝的身影闯入了现场，她从未离开父亲。五叔不能接受小荔枝的存在，他仿佛洞穿了一个女子娇弱身材里揣着心肠。他说，这女人心肠坏得狠，前一天被我撵走，这一边把你找回来了。我谁也不会给的，这老房子。

韩美枝一脸悲切，老二，你不是都发了财了，还在乎这些？老二立刻回击说，不该你得的，你就不该得，当初要离开，如今又争抢着回来，想要进门，就要签协议。韩美枝当下决定，你拿协议来，我签，我什么都不要，我只是来送送田得福。稍有停顿，韩美枝凝视着百荷吐露了心声，我也想见见我女儿。

五叔很周到，协议是早已拟好的。母亲随意一瞥，便提出了质疑，这老房子为什么百荷也要放弃？五叔本来不屑于解释，多少年的恩怨他希望一笔勾销，他说，这是杜绝后患，免得百荷嫁了人再来添乱。母亲被彻底激怒了，她说，你这样做，你对得起你哥哥吗？何况，妈还在，让妈做主。

祖母留在城市，五叔给出了理由，妈把这一切都交给了我，她不能到现场，免得受刺激，你这样的，就是妈在这，也不能你说了算。

签了协议，韩美枝跨入了院门。

一家人的团圆百转千回，终于聚在这一处院落里，却相隔了两个世界。那个百荷期盼的团圆永远留在她的脑海里。

6

安葬了前夫，韩美枝不免忧心忡忡。

她身为母亲，无法主宰女儿的生活，总要给女儿出谋划策。母女相对自然要谈到今后生活的打算。

母亲建议女儿将孩子交给她的父亲，盘问数遍，她得到的回答只有百荷的沉默。百荷的沉默在韩美枝看来，既陌生又古怪。

韩美枝琢磨不透女儿的心事，索性直截了当地提出，去找孩子的爷爷奶奶，她点拨女儿，凭你的能力，谁也保不准，哪一天会把孩子送到福利院。

百荷沉默着。她是母亲的一部分，她不顶撞母亲。嘴巴沉默着，内心并不沉默，她在内心倔强地回敬母亲，我就是我，我就是我，我能养活我。

韩美枝被百荷的沉默阻挡着，无法进入女儿的内心，女儿又不肯向她敞开心扉。韩美枝心里憋屈，尽管生活未符合她的心意，她仍然想法表明心迹，怒气冲冲站在院门台阶上亮开了嗓门，历数生活对百荷的不公，既没有彩礼，也没有婚礼，生了孩子还要独自受罪。百荷眼前春天绽放的景致，处处埋伏着隐形的杀手。有村民从院门外探头探脑，韩美枝哐当关上院门，她将春色关在门外，坐在台阶上抹了一通眼泪，再次面对女儿，百荷正在和女儿嬉戏，她处在自己的快乐之中。望着孩子，韩美枝的心不由得柔软了。嘴上却忍不住抱怨，你到底找的是怎样一个男人？你怎么这么傻啊，他不负责任，告他强奸，让他去坐牢，不然就让他掏钱。

百荷未曾理会母亲的建议，似乎这建议是微小的，被她遗忘的，她仍处在快乐之中。她是母亲的一部分，她同时又处在她独自的快乐之中。

第十六章　江河行地

1

五叔离开后，人也就散尽了，前几日乱哄哄的院子，陡然空寂下来，一些余音也掩藏在缝隙间，墙缝或者地缝。

从房门到院门，从院墙东到院墙西，水泥平地一览无余。阳光照射过来，院墙墙面上瓷砖的光泽，冷漠得拒人千里之外。

老枣树已连根拔走，鸡舍鸭窝也都端掉了，一堆杂物扔在角落里，那是一些生活的旧痕，锄头，铁锹，一辆面目全非的自行车，一张条凳，磨刀石的凹槽像是疲惫的眼睛。这些痕迹蜷缩在生活的角落里，它们的目光木然，空洞，却又很知足。它们的眼睛曾经明亮过。那是有着美好回忆的痕迹，同时也是伤心的痕迹。

百荷童年的蚂蚁生活在她的童年里。

她像蚂蚁一样沿着生活的路线，出走。现在，她坐在家乡的院落里，她童年的蚂蚁依然生活得有声有色，而且会一直这样生活下去，生活在她的童年里。

韩美枝在屋里打理百荷的行囊。皱巴巴的外套，廉价的内衣，孩子的包被，紧紧地挤在背包里。每一样都满是褶皱，这些褶皱诉说着百荷经历的曲折，起起伏伏，远远超出一个二十岁女孩所能承受的。

韩美枝一边理平这些褶皱，一边低声啜泣。她想象着，自己的单薄的女儿独自和她的茫然、恐惧以及微弱的希望做伴，她孤单的身影穿过街道、楼宇、阳光以及灯光。她为女儿抱屈，女儿岂止落在一个男人的圈套里，同时也落在了生活的圈套里，落在命运的圈套里，一环套一环的圈套，让她感到窒息。她下决心要帮助女儿，要么突围，要么将这一切赋予新的意义。

剪刀，蓝布，纸，她一样一样整理着，下决心让女儿摆脱这些幼稚的把戏。

一缕头发，一缕散发着陈年气息的乌发，出现在韩美枝的视线里。她一伸手，那头发便弹跳起来，像经历了长久的沉睡，伸展的一个懒腰。韩美枝端详着头发，不长，甚至有些零碎，发质略显粗硬，虽无法判定头发的出处，她断定是男人蓄留的短发。身为母亲，她有义务对自己的女儿提出忠告，不能太傻，也不能太痴情。

韩美枝攥着头发，三步并作两步来到院子里，她将那缕头发举到百荷面前，然后用力一抛摔到地上，同时摔出一句话，不管是哪个男人的，不许再收留，这个是能当饭吃还是能当钱花？百荷蹲下身，缓缓拾起头发。像是拾起一个记忆，百荷有些恍惚。

韩美枝上前攥紧了她的手，语气里透着恳切追问道，百荷，你告诉妈妈，这是谁的头发，谁欺负了你，妈妈替你出面，讨个公道。

百荷童年的秘密延长了，但始终未曾长大。

百荷说，这是爷爷留下的，是他留下的一个谜。说完，百荷沉静的目光望向门外，像是迎接这秘密的真相。

韩美枝注视着百荷，心里权衡一番，最终戳穿了女儿的谎言，却用的是向女儿妥协的腔调，她说，你啊，以为你爷爷死了，就死无对证了？你祖护外人，就不愿理解妈妈的心情，还搬出爷爷做幌子。

百荷不辩解，她沉默了。祖父遗留的秘密，什么也没有泄露，泄露秘密的只能是秘密本身。

秘密始终未曾在剪纸中出现，祖母在城市里守着她的生活，祖父生活在百荷的剪纸里，他们各不相干。是母亲无法容忍秘密的存在，而她，同样怀着解密的好奇心。

百荷被好奇蛊惑着，并且说服自己，这并不是对祖父的不恭，而是不容生活的迷惑。在祖父的生命里，有谁的头发值得他这样珍藏？一个鲜为人知的秘密，打开谜底的结局会带来什么？也许，祖父的生命的形状，并不是长的或者圆的，也许具体到一缕头发。

百荷说，我也想将这头发归还给它的主人。

韩美枝说，百荷，你这话说得糊涂，可我不糊涂。也许这是你爷爷在帮助你，他留了自己的这缕头发。你五叔暂时让我们住在这里，今后想什么歪主意，都没用的。说着，母亲拽下一根百荷的头发，团在手里，又掂着那缕头发。她说，现在科技发达了，去做个检测，也做个证明，你是田家的后代，要争这老房子，万一跟你五叔打官司，也是个证据。

2

韩美枝无法说服百荷离开，城里的工作又不能推托。

她千方百计成了城里人，现在又开始羡慕乡下人的生活了，空气是清新的，瓜果蔬菜是新鲜的，夜晚是安静的。所有的这一切原来她逃避的，逆袭为她此时的向往。看着近在咫尺的幸福，偏偏却要绕了一个大圈子去追求幸福。走出院子，成片的油菜花盛开着，每棵树都在长出新芽。田埂上散布的嫩草随处可见。

即便如此,她仍然坚持说服女儿,城市有城市的优势,便利的交通,无尽的机遇,面对任何人都是平等的,日新月异的时代,只要有足够的金钱,只要有足够的精力,就能尽情地享受生活。乡下的生活不丢弃,城里的生活同样不容忽略。

她劝说女儿随同她前往城市,取出一沓票据,那是她每次寄给女儿的包裹凭据,既有金钱也有礼物,她为了离婚,信守不见女儿的约定,她的念想无法寄回大河圩,只好委托田得福。她表达的思念从未抵达,将近二十年,她对女儿的牵挂,田得福编织了善意的谎言,经历了这么多年,真心尚未褪色,但百荷已经从她的幼小的向往,稚嫩的思念中逃了出来。她就是她。她的孩子就在她的身边,这就足够让她满足了。

提到今后的打算,百荷便沉默了。百荷一沉默,韩美枝便缄默不语,与女儿相处的几日,她逐渐走进女儿的沉默,走进另一个自己。

你守在乡下,是不是要守到孩子的父亲出现?以女儿的沉默为线索,韩美枝终是一无所获,她不得不重新开辟一条通道。她说服女儿,我如今独自撑了门面,你跟我去城里,陪我做个伴。韩美枝不提亲戚,却道出了内心的痛楚,男人个个花心,都不可靠,我如今在这世上只有你这个亲人,我只信任你。

母亲提起亲情,百荷依然沉默。韩美枝不甘于沉默,她转换话题,吃喝开销,没有收入,实际上住在这里是一种奢侈。

提到奢侈,百荷终于回答了母亲,她说,我有能力的,我必须要靠自己,我最奢侈的是我不违背自己的心。我不这样做,我活不下去啊,我就是这样的一个人啊。

安静像一滴水一样无声地降临在母女之间。

母亲最后迁就了女儿，你的事情你做主，我回到城里，也会常回到乡下。养孩子的费用，你不要操心。

百荷却摇摇头，我养了孩子，我是为我自己操心的，我有一双手，终归能靠自己的。

晚饭桌上，母亲烧了几样菜，狮子头，五香螺蛳，韭菜炒绿豆芽，这几样菜，也是她那面馆里的招牌菜，那招牌上，韭菜炒绿豆芽被命名为根源长久。整齐干净的厨房里，天然气管道输送的丝丝火苗，蓝色的，幽幽地切合着母亲的心思，她一边烹饪一边落泪。

3

母亲离开后，百荷带着女儿守在家里。夜深人静之际，百荷从睡梦中醒来，孩子在沉睡之中，百荷却睁着眼睛凝视着夜色。她小时候惧怕的黑暗与寂静包围着她。百荷与它们和平共处，一同击碎了她的恐惧。

摒弃了恐惧，百荷看到自己在明亮和喧闹中奔跑。她弄出踢踢踏踏的脚步声。似清溪河的流水声，饱满的、震颤的流水声，清晰的、欢快的流水声。百荷终于成了一条河。

祖母采摘的蓝草，长在河岸上，开着黄色的花。春天，蓝草被采摘，收集，与石灰浸泡提取靛青染料，白苎布在靛青染料中孕育出蓝印花布。青从蓝草中提炼出来，青的颜色比蓝更深邃，更纯粹。百荷进入了称之为揉蓝的过程。一种蓝，你所见到的蓝之外的蓝，它存在于想象之中，所以，它确实存在着。

祖母的那块蓝展开在蓝天下，属于王淑贞的蓝。

晴朗的早晨，秦淮河边，天空透着瓦蓝，王淑贞站在阁楼上，她的目光由瓦蓝向下自由流动着，最后落在染匠的目光里。王淑贞与染匠相视一笑，染匠一边搅动着布料，一边对王淑贞说，小姐，你去乡下，我放心。

王淑贞粲然一笑，嗔怪道，我爹出了门你才敢这样说吧。她随手拽了一朵阁楼墙角边攀附的牵牛花，手一扬，牵牛花飘飘摇摇坠向染缸。染匠愣愣地抬头仰望着王淑贞，过了这一阵，我会去找你。

我等着你，你说话算话。

他们的目光落在他们共同的空间里，每一个眼神，每一个笑容，每一句对话。

王淑贞一闪身消失在阁楼上。片刻工夫，她来到厅堂里，隔着柜台向院子里的染匠招手。染匠刚跨进屋，王淑贞又一个闪身跑向了阁楼，她声音低低地，急促地留下一句话，你收着我的头发，记着送一缕你的头发给我，这是我们的秘密。

这是我们的秘密，永远的秘密。

4

隔一段时间，韩美枝回到了乡下。她不甘心，那头发居然无法吻合。她质问女儿，这到底是谁的头发？她将那缕黑发摔在地板上。百荷沉默着，怔怔地注视着黑发，她心里认定这是怀念的形状，母亲不会懂，而她只懂了一部分。祖母收留的黑发最终成了祖父的秘密，他们守着遗失的和收藏的秘密度过了一生。

母亲絮絮叨叨，说起了小荔枝，感叹她是个好人，快递了田得福承包的清溪河水段的养殖合同，却分文不取，不知是宽慰自己的良心还是安慰断了联系的小荔枝。母亲当下做了决定，百荷，这个交给你，我算是帮他们了却你的心愿，你说要靠自己，我等着你成为养殖大户。

说完了小荔枝，母亲又说起郑倩倩，五叔与郑倩倩暗生情愫，却又和嫣然成家，母亲断定是嫣然的富有诱惑了五叔，也洞悉了五叔发家致富的捷径，历数五叔的薄情，自认郑倩倩是自己的妯娌。

声援了郑倩倩，母亲接着声讨刘冠军，感叹刘家流年不利，年初，刘家老大因为欠下巨额赌债，惹了官司，紧接着，公司里经营不善，为支撑资金链高息贷款，丢下烂摊子，刘家老大却不见踪迹。冠军这孩子欠债充英雄，还债做狗熊，宠大的孩子经受不了打击，失去活下去的信心，听说家里破产了在监狱里闹自杀。

孩子站在饭桌边，双手闲不住，抓了筷子抓勺子，叮叮咚咚伴奏。百荷忽然打断母亲，说出了自己的一个决定，她说，妈，你去问下郑姨，刘冠军被关在哪？

韩美枝诧异道，你和刘冠军有什么关系？就是有，也要撇清，他家不比当年，他如今欠债不还犯了诈骗罪。百荷缄默不语，韩美枝也不再追问，她不懂女儿的沉默。

5

田野里，成片成片的油菜花开放着，桃花、杏花、梨花也都相继开放了，春天并未改变，百荷眼里的春天却成长了。清溪河的身体也渐渐丰腴着，在春天里，河水渐渐饱满，它的思绪翻转着向前，迎接汛期来临。

天气好，百荷带着孩子去探望清溪河。

清溪河一如既往流淌着，他的笑声，他的笑容，他的目光，他的体温都留在那里，随着时光成长着。

拥有这些不是梦。

远处，村庄在安静里静守。

她看见，他的目光越过水面注视着她，而他的笑声也从水面上浮起来，包围着她。就在不远处，在家门外。

百荷匆促挥别了清溪河，穿过田野，接近家门。她看见，他站在那里，面容依旧，眉头微皱，百荷看到了他的目光。她听到，他的声音正飘向刘冠军的母亲，你配合一下，这个案子我们跟踪了几年了，当年我还在这里暗访过。

他的声音明明在梦里，却从耳边清晰地传过来。百荷无处安置自己的听觉，她想念，她的追逐，她的找寻，她站在那里一动不动，像是雕塑。

看热闹的母亲凑到百荷身边絮絮叨叨：那个叫蒋言的警察，来调查刘家老大，据说他跟踪他的案子好多年了。现在，百荷得知了他的真实姓名，他叫蒋言，知晓了他的姓名，百荷像是拼齐了她的爱，他的笑容，他的声音，他留在她少女时光里的黄昏，百荷完完整整地拥有了他的爱，他在百荷的内心，百荷对自己的内心表白，我最爱蒋言。

百荷终于和他面对面了。他很和气，介绍自己说，我是警察，来调查一起案件，关于刘家的，听说你和刘冠军是同学？百荷点点头并未抬头，他也不强求，他说，既然这样，你和刘家有接触，刘冠军在监狱里要自杀，还有关于他的父亲，有什么线索希望你提供给我们。

百荷终于抬起了头，却无法鼓起勇气注视他，她看见了他的身影，却没有勇气去寻找他的目光，她自己的目光跳动着，落在房檐上、台阶上、地板上。众人的目光落在百荷的身上，有的像雪花，有的像蜜蜂的刺，百荷的目光飞上了天空，蓝，每一滴蓝都打湿了百荷的目光，云朵，云朵，每一朵云都有一个秘密。最后，百荷的目光落在他的呼吸里。浓重的，蓝色的，有着蓝草花香的呼吸，一切都曾存在过，一切又恍如梦境。

她为了找到这瞬间的注视，仿佛重新生长了一次。

他也注视着她，目光里，只有一丝疲惫掩藏在深处。他的语气缓和下来，他说，你们是一个庄上的，应该比较了解，希望大家配合我们的工作，都尽力提供一些线索。

百荷沉默着。他没有变，眼神还在，声音还在，但是他显然遗忘了，她曾经在清溪河畔，一字一句地告诉他，我叫田百荷，就住在这里。那是她自己的声音，留在她少女时代的血液里，永远。流动的唯有时光。他说，你不要有顾虑，配合警方是每个公民的义务。见百荷沉默，他显然失去了耐性，他的声音对村主任说，今天就这样吧。

他从她身边擦身而过。瞬间，百荷的心像是也逃离了身体，追赶着他的心，他像是听到了心与心相随的脚步声，忽然回过头，看了一眼百荷。